Molly, Ende dreißig, lebt in New York und hat dem Traum vom großen Glück abgeschworen. Stattdessen führt sie eine unaufgeregte Beziehung mit dem soliden Chiropraktiker Russell und schreibt mehr oder minder seriöse Reportagen für ein Online-Magazin. Die Tiefen des Alltags meistert sie mit spitzzüngiger Ironie und einem bis zur Perfektion eingeübten Galgenhumor – ihr Standardrezept bei allerlei Rückschlägen, egal ob privater oder beruflicher Natur. Als sie jedoch eine Reportage über die Liebe unter Großstädtern schreiben soll, noch dazu im Geiste der romantischen Übermutter Nora Ephron, gerät sie an ihre Grenzen: *Harry & Sally*, *Schlaflos in Seattle*, *e-m@il für Dich*, alles wird von Molly zu Rate gezogen, doch der romantische Funke will einfach nicht überspringen. Und blind, wie sie für die Chancen des Lebens geworden ist, sieht sie auch die Begegnung mit Cameron, einem Mann, der sie aus der Reserve zu locken versteht und ihr in Witz und Schlagfertigkeit in nichts nachsteht, nicht unbedingt als Wink des Himmels …
Spritzig, wunderbar frech und entwaffnend komisch erzählt Linda Yellin vom unerwarteten Liebestaumel einer abgeklärten New Yorkerin, die feststellen muss, dass sie im Grunde ihres Herzens eben auch nur eines will: ein Happy End!

Linda Yellin arbeitete nach einem Studium an der University of Illinois einige Jahre in Chicago in der Werbebranche. Sie veröffentlichte Kurzgeschichten in diversen Magazinen und zwei frühere Romane. Linda Yellin lebt und arbeitet als freie Autorin in New York. *Mein Sommer mit Nora* ist ihr erster auf Deutsch erscheinender Roman.
www.lindayellin.com

insel taschenbuch 4303

Linda Yellin

Mein Sommer mit Nora

Linda Yellin

MEIN SOMMER MIT NORA

Roman

Aus dem Amerikanischen von Regina Rawlinson

Insel Verlag

Die Originalausgabe erschien 2014 unter dem Titel *What Nora knew*
bei Gallery Books, a Division of Simon & Schuster, Inc., New York.

Umschlagfoto: Morgan Norman/Gallery Stock

Erste Auflage 2014
insel taschenbuch 4303
Deutsche Erstausgabe

Vertrieb durch den Suhrkamp Taschenbuch Verlag
Umschlag: Cornelia Niere, München
Satz: Satz-Offizin Hümmer GmbH, Waldbüttelbrunn
Druck: CPI – Ebner & Spiegel, Ulm
Printed in Germany
ISBN 978-3-458-36003-2

MEIN SOMMER MIT NORA

Für Randy Arthur – *ich liebe dich wie verrückt.*

»Niemand ist romantischer als ein Zyniker.«

Nora Ephron, *Rolling Stone*

PROLOG

Zehn Minuten nach meinem »Ja, ich will« im Garden City Hotel auf Long Island kamen mir die ersten Zweifel. Nur, wie sagt man einem Mann, der als *glänzende Partie* gilt, »Nein, ich will doch nicht«? Schließlich bekam ich dauernd von allen Seiten – und sogar von wildfremden Leuten – zu hören, dass ich mit Evan Naboshek aus der Kanzlei Naboshek, Halla & Weiss das ganz große Los gezogen hätte.

Für den Fall, dass es irgendjemanden interessiert, hier gleich die Antwort auf die Frage »Wie habt ihr zwei Turteltäubchen euch eigentlich kennengelernt?«. Alles fing damit an, dass Turteltäubchen Nummer eins direkt aus dem Taxi in eine Pfütze stieg. Während ich mit dem Regenschirm kämpfte und gleichzeitig mit meinen Einkaufstüten jonglierte, purzelten Tomaten, Paprikaschoten, Zwiebeln, drei Dosen Limo und ein Dutzend Eier auf den Bürgersteig. Da hechtete, ohne zu zögern, ein edler Retter herbei und hinter ihnen her, seinen Schirm gereckt wie Don Quijote die Lanze.

So schnell kann's gehen.

Evan sieht so verboten gut aus, dass mir gleich Böses hätte schwanen müssen. Dunkelhaarig, hochgewachsen. Hohe Stirn, Adlernase. Und ein markantes Kinn, das ich später gerne des Öfteren mit deftigen Aufwärtshaken eingedeckt hätte. Als er mir eine entfleuchte Zwiebel reichte, sprangen mir seine goldenen Manschettenknöpfe ins Auge, und ich sah, dass er keinen Ehering trug. Ein ringloser Finger lässt natürlich keinerlei konkrete Aussage über den Familienstand des dazugehörigen Mannes zu, aber wenigstens stehen die Chancen fifty-fifty.

Den Regenschirm schützend über sich und mich haltend, half

Evan mir, die Lebensmittel wieder einzusammeln, um mich sodann bis zur nächsten Straßenecke zu begleiten, wo ich den klebrigen Eierkarton feierlich in einer Mülltonne versenkte. Tomaten, Paprikaschoten und Zwiebeln segneten ebenfalls das Zeitliche. Die verbeulten Limo-Dosen überlebten, aber meine Würde war dahin. *Der Regen wäscht alles wieder rein*, tröstete mich mein ritterlicher Retter, und es klang wie ein Zitat aus einem Liebeslied. Sofort sah ich Audrey Hepburn und George Peppard inmitten tanzender Tropfen vor mir, Hugh Grant und Andie MacDowell im strömenden Regen. Am liebsten hätte ich geträllert: *Und morgen wird die Sonne wieder scheinen!* Ich war vielleicht keine siebzehn mehr, aber ich konnte noch träumen.

»Und was haben Sie nun vor?«, fragte mein Nothelfer und schenkte mir ein Lächeln von solch blendender Strahlkraft, wie es sonst höchstens die Nachrichtensprecher im Fernsehen besitzen.

Ich spannte meinen Schirm auf. »Ab nach Hause«, sagte ich und deutete mit dem Kopf auf den weißen Upper-East-Side-Klotz, in dem ich wohnte. »Ich habe mir ein Taxi gegönnt, damit meine Einkäufe nicht nass werden.«

»Dumm gelaufen.« Er lachte. Aber nicht über mich, sondern über mein Malheur.

Unter unseren inzwischen traut vereinten Schirmen erzählte er mir, dass er Sozius in einer Anwaltskanzlei sei und mir gern dabei helfen würde, Mutter Natur auf Schmerzensgeld zu verklagen, sollte ich mir durch mein Lebensmitteldebakel ein Schleudertrauma zugezogen haben. Auch wenn Unfälle auf dem Bürgersteig üblicherweise nicht in sein Fach fielen. Sein Spezialgebiet sei nämlich das Scheidungsrecht.

Hätte ich doch besser zugehört!

Ich dankte ihm für das Einfangen meines Gemüses und versicherte ihm, dass ich die letzten zwanzig Schritte auch ohne Rechtsbeistand bewältigen würde. Er lud mich auf eine Tasse Kaffee ein, zum Aufwärmen nach dem Regenguss.
»Sie sind kein verheirateter Scheidungsanwalt, oder?«, fragte ich.
»Nein, ich bin ein glücklich geschiedener Scheidungsanwalt.«
Wie gesagt, mir hätte etwas schwanen müssen.
Er machte es sich auf einem Besuchersessel in der Eingangshalle gemütlich, während ich schnell nach oben flitzte, die Limo-Dosen in den Kühlschrank stopfte, ihn googelte, aus den nassen Klamotten und Schuhen sprang, meine Haare drei Minuten mit dem Fön bearbeitete, bis sie halbwegs passabel aussahen, und wieder nach unten lief.
Evan telefonierte und bedeutete mir mit ausgestrecktem Zeige- und Mittelfinger, dass er in zwei Minuten fertig sein würde. Aber womöglich sollte es auch nur das Peace-Zeichen sein, denn nach einer Viertelstunde hing er immer noch am Handy. Ich winkte meiner Nachbarin Mrs. McBriarty, die mit ihrer Gehhilfe vorbeizuckelte. Ich ging zum Briefkasten, um nachzusehen, ob ich Post bekommen hatte. Und dann setzte ich mich wieder, meinem zukünftigen Ehemann gegenüber.
Am Telefon hörte Evan sich wie ein Anwalt der knallharten Spezies an – er forderte dieses, empörte sich über jenes und gab Sätze von sich wie: *Damit ist die Sache noch lange nicht vom Tisch! Wenn Sie sie vor Gericht ausfechten wollen, tun Sie sich keinen Zwang an! Meiner Mandantin soll es recht sein!* Er bestand auf dem Haus in den Berkshires und der Eigentumswohnung in Aspen, er verlangte die Restwertablösung für den Lexus. Aber wenn er zwischendurch zu mir rübersah, lag ein warmes Lächeln auf seinem Gesicht. *Nur noch eine Mi-*

nute, murmelte er stumm, um in der nächsten Sekunde nahtlos wieder in den Modus des Brutaloanwalts überzuwechseln. In der Anfangszeit unserer Beziehung fand ich es beeindruckend und sexy, wie rasant er von der einen auf die andere Persönlichkeit umschalten konnte, wie meisterlich er die Manipulation von Stimmungen und Emotionen beherrschte, diesen Schlüssel zu seinen Erfolgen vor Gericht. Später beklagte ich mich bitterlich, dass mich keiner davor gewarnt hatte, einen Dr. Jekyll zu heiraten.

Warnungen? Warnungen gab es mehr als genug, doch ich schlug sie alle sehenden Auges in den Wind. Ich ließ mich in teuren Restaurants mit erlesenen Köstlichkeiten verwöhnen und mit der Limousine durch die Stadt kutschieren, statt mich mit meiner Monatskarte in die U-Bahn zu quetschen. Nur zu gern tauschte ich auch mein vollgestopftes Miniapartment gegen seine weitläufige Vierzimmerwohnung an der Park Avenue ein. Ich badete in roten Rosen und ließ mir von Evan, nachdem ich ihn ganz unter uns von seiner anwaltlichen Schweigepflicht entbunden hatte, pikante Klatschgeschichten über die schmutzigen Scheidungen seiner Mandanten erzählen.

»Aber kein Wort zu niemandem, ja?«, sagte er.

»Großes Pfadfinderehrenwort.«

Meine Pfadfinderinnenführerin Mrs. Tuke hätte sich für mich in Grund und Boden geschämt.

Evan hörte am liebsten sich selbst reden, und ich hing an seinen Lippen. Der Mann konnte einfach den Mund nicht halten. Und die Hände nicht von fremden Frauen lassen. Ein winziges Detail, über das er sich allerdings lieber ausschwieg.

Ich fand seinen lockeren Lebensstil verführerisch. Er meinen strammen Po. Ich liebte es, wie er mich ansah. Er, dass ich zu ihm aufsah. Und ich stellte keine Fragen, wenn Mister Plaudertasche sich mal wieder entschuldigte, um ein vertrauliches Telefongespräch zu führen. Ich nahm sein ununterbrochenes Süßholzgeraspel für bare Münze. Ich fühlte mich ach so witzig, ach so klug und spielte in seinem Schatten gern die zweite Geige.

Und wie er meine Familie um den Finger wickelte! Er bewunderte die Bastelarbeiten meiner Mutter, schwärmte in den höchsten Tönen vom Punschrezept meiner jüngsten Schwester Lisa, lobte die scharfsinnigen Kommentare meiner anderen Schwester Jocelyn zum schwächelnden Euro über den grünen Klee und spielte freiwillig mit meinem Vater Pingpong. Meine Eltern kannten ihn gerade mal zwanzig Minuten, da wollten sie bereits den Cateringservice für die Hochzeit buchen. Mit Anfang dreißig werde es für mich allerhöchste Eisenbahn, fanden sie. Und auch ich sah mich wohl schon dem abgefahrenen Zug nachwinken.

In Sachen Liebe konnte ich nämlich nicht gerade mit einer goldmedaillenträchtigen Erfolgsbilanz aufwarten. Wenn es darum ging, das nächste schwarze Beziehungsloch anzupeilen, stand ich dem Hubble-Weltraumteleskop an Zielsicherheit in nichts nach. Während meines zweiten Studienjahrs an der Uni im schneeverwöhnten Albany verliebte ich mich bis über beide halb erfrorenen Ohren in Glenn (mit zwei n) Crosse (hinten mit e), als wir uns in einem Literaturseminar zu Ernest Hemingway und Virginia Woolf über das Thema »Genius und Suizid« in die Haare gerieten. Glenn vertrat den Standpunkt, Genie führe zwangsläufig zum Selbstmord. Ich hielt dagegen, das sei absoluter Blödsinn. Wir waren fast zwei Jahre zusammen – und die meiste Zeit flogen die Fetzen. Das Letzte, was ich von Glenn gehört habe, ist, dass er als Zauberkünstler in Colorado lebt und mit halluzinogenen Pilzen handelt.

Als ich mit der Uni fertig war, zog ich nach Manhattan. Immer wieder versuchte ich, meinen ersten New Yorker Freund – Clive, den Versicherungsmathematiker – zu einer Broadwayshow, einem Konzert oder einem Theaterstück mit echten Stars zu überreden, doch in seinen Augen waren einzig und allein die Spiele der Knicks im Madison Square Garden »großes Theater«. Einmal ließ er sich allerdings doch breitschlagen, das muss ich ihm lassen. Am langen Memorial-Day-Wochenende schlugen wir eine Einladung nach Fire Island aus, weil ich unbedingt *The Producers – Frühling für Hitler* sehen wollte. (»Der Strand!«, sagte er. »Nathan Lane!«, sagte ich.) Kaum hatte ich das Programmheft aufgeschlagen, flatterten mir zwanzig weiße Zettelchen entgegen, auf denen einzeln aufgeführt war, für welchen Star an diesem Abend welche Zweitbesetzung einspringen würde. Clive schüttelte den Kopf. »Sogar Matthew Broderick hat heute was Besseres vor.«

Drei Wochen später machten wir Schluss. Clive bekam das Umgangsrecht für die Knicks, ich für den Times Square.

Danach kamen Vince, Bobby und Sean. Ich trennte mich von Vince, Bobby und Sean. Im Halbjahrestakt. Wir kamen so lange wunderbar zurecht, bis ich nach ungefähr sechs Monaten fragte: »Na, was meinst du, wie läuft es so mit uns?« Was zu einer Diskussion mit anschließendem Aha-Erlebnis führte, und dann kam das Aus. Meinem nächsten Freund, Brett, dem Sanitäter, stellte ich die Frage nach sechs Monaten vorsichtshalber gar nicht erst. Aber er stellte sie mir: Und das war's.

Ich hatte keine Ahnung, woran es lag. Waren die anderen Frauen klüger als ich? Oder sahen sie ihrem Gaul bloß nicht ins Maul? Ich jedenfalls stolperte blind von einer Beziehung in die nächste. Dabei war der Anfang immer höchst vielversprechend. Ich war schließlich nicht masochistisch veranlagt. Aber früher oder später verflog der Reiz des Neuen; der Kerl mit den Sixpacks hatte nie Zeit für mich, weil er dauernd in der Muckibude trainierte; der Knabe, der mir das Gefühl gab, gebraucht zu werden, entwickelte sich zur Klette; der Weinkenner, der mir den Unterschied zwischen Syrah und Shiraz beibrachte, entpuppte sich als Alkoholiker. Als Evan in mein Leben trat, hätte ich selbst nicht mehr genau sagen können, was ich mir eigentlich wünschte. Und als dann auch noch jeder, den ich kannte – meine Wenigkeit nicht ausgenommen –, seinem Charme erlag und sich von seiner Anziehungskraft betören ließ und mir ständig damit in den Ohren lag, dass ich verrückt sein müsste, wenn ich diesen tollen Hecht noch einmal vom Haken ließe, hatte ich ruck, zuck bei Bloomingdale's eine Hochzeitsliste erstellt.

Ach, und noch was. Im Bett lief es zwischen uns phänomenal. Wir waren das dynamische Duo. Scarlett und Rhett. Antonius und Kleopatra. Tarzan und Jane. Mit Sicherheit bin ich nicht die erste Frau, die sich vor lauter Spaß am Sex plötzlich, in Spitze und Tüll gehüllt, mit einem Strauß weißer Lilien im Arm vor dem Traualtar wiedergefunden hat. Kann gut sein, dass Liebe blind macht, aber die wirksamste Augenbinde ist Sex. Ich bastelte mir Evan genauso perfekt zurecht, wie ich ihn haben wollte.

Nachdem wir den Karren gegen die Wand gefahren hatten, spulte ich die *Evan-&-Molly-Show* in Gedanken immer wieder von vorn ab, um vielleicht wenigstens im Rückblick das eine oder andere versteckte Warnsignal zu finden. Mir gingen die Augen über, so schnell füllte sich meine Liste.

»Ich hätte es wissen müssen« –
Die fünf verräterischen Eigenarten des Evan Naboshek

1. Nur weil ein Mann seine Socken bei Barneys kauft, bedeutet das noch lange nicht, dass er sie nicht trotzdem zweimal hintereinander trägt.
2. Knausert mit dem Trinkgeld, wenn es nicht auffällt. Beim Geschäftsessen im Edel-Restaurant schlägt er locker zwanzig Prozent drauf. Aber den armen Kerl vom Lieferservice, der ihm mitten in einer höllisch kalten Nacht Frühlingsrollen und Schweinefleisch Mu Shu ins Haus schleppt, speist Mister Großkotz mit einem Vierteldollar ab.
3. Kleinkinderausdrücke. Es gibt Frauen auf dieser Welt, die sich nicht gern mit »Mäusepups« oder »Papis Liebling« anreden lassen. Ich bin eine davon. »Was würden wohl die Berufungsrichter am Staatsgericht von New York von dir denken, wenn sie dich so reden hörten?«, fragte ich ihn nicht eben selten. Aber das hätte Mäusepups sich sparen können.
4. Kann auf Befehl furzen. Auch wenn es Leute geben mag, die ihn wegen dieser Fähigkeit vielleicht sogar bewundern würden – Mitglieder einer Studentenverbindung zum Beispiel oder Neunjährige. »Ich bin ein richtiger Blähboy« lautete einer von Evans Lieblingsscherzen. Er war imstande, es sich eine ganze Essenseinladung hindurch zu verkneifen – Cocktails, Dinner, After-Dinner-Cocktails –, um sich dann zu Hause im wahrsten Sinne des Wortes Luft zu machen. Damit hat er mich so manches Mal schreiend aus dem Bett und auf die Straße getrieben.
5. Verlangt im Restaurant immer einen besseren Tisch. *Immer.* Selbst an unserer Hochzeitstafel war ich darauf gefasst.

Kein einziger dieser Punkte ist streng genommen ein Trennungsgrund, aber als potenziell lebenslanges Reizthema eignen sie sich allesamt.
Ach ja, und nicht zu vergessen die Nummer sechs:

6. Hat mich wegen einer anderen sitzenlassen.

Nummer sechs ist ein Scheidungsgrund.
Dass er mich betrügt, habe ich überhaupt nur deswegen gemerkt, weil er zu bequem war, zu Hause seinen Computer auszuschalten. E-Mails mit unangemessenen Betreffzeilen von seiner Anwaltsgehilfin – damals Diane Forlenza, heute Diane Forlenza Naboshek – stachen mir beim Staubwischen unübersehbar vom Bildschirm ins Auge. (Ich nahm meine ehelichen Pflichten so ernst, dass ich meinem Göttergatten sogar den Schreibtisch aufräumte und seine Tastatur und Maus abstaubte. Kann man sich als Frau eigentlich noch mehr zum Affen machen? Während ich Evans Hemden bügelte, bügelte er Diane.) Und sie war immer so *nett* zu mir, wenn ich in der Kanzlei anrief. So nett, dass ich Evan sogar zu ihr gratulierte: »Du kannst von Glück sagen, dass du Diane hast.«
Ach Molly, Molly, Molly.
Der Abgeschmacktheitsquotient lässt sich allerdings noch steigern. Als ich Kommode und Kleiderschrank ausräumte, meine Klamotten in den Koffer pfefferte und Evan anbrüllte: »Du hast was mit deiner Sekretärin? Deiner *Sekretärin*? Ging's nicht ein bisschen origineller?«, unterstand er sich doch tatsächlich, mich zu korrigieren: Diane bevorzuge die Bezeichnung Rechtsanwaltsfachangestellte. Als ginge es in Wahrheit darum, dass ich sie in ihrer Berufsehre verletzt hätte. Mein Hab und Gut im Schlepptau, schnappte ich mir ein Taxi, ließ mich zur Penn

Station bringen und fuhr mit dem Zug nach Roslyn, zu meinen Eltern.

Nachts las ich Selbstmordgedichte von Anne Sexton. Selbst-
[20] mordgedichte von Sylvia Plath. Zynische Gedichte von Dorothy Parker. Ich badete in Selbstmitleid. Quälte mich mit Selbstvorwürfen. Badete in Selbstmitleid. Wie bei einer Wahnsinnigen ging es in meinem Kopf hin und her, drunter und drüber, und wenn ich mit dieser Nummer fertig war, weinte ich auf dem Schlafsofa in der mütterlichen Bastelstube, meinem ehemaligen Kinderzimmer, das Kopfkissen nass, was mich nur noch mehr aufregte, weil man doch vom Weinen Falten bekommt und ich mir ja möglicherweise irgendwann wieder einen Freund zulegen wollte. Wenn auch nicht in naher Zukunft. Vielleicht aber auch nie.

Wieso können sich manche Leute, auf deren Gefühlen herumgetrampelt wurde, im Handumdrehen wieder aufrappeln und neu verlieben, als wäre nichts geschehen? Vielleicht gerade deshalb, weil sie mit der Devise »Schwamm drüber!« am besten fahren? Für mich war die Liebe ein ebenso unergründliches Rätsel wie das Innenleben eines Toasters. Nur zu gern hätte ich mir den Glauben an Romantik, Herzklopfen und das große Glück bewahrt. Aber die wahre, tiefe Liebe, die einen bis an die Herzkranzgefäße ergreift, schlägt höchstens im Film und im Märchen ein.

Wenn ich in einer Buchhandlung an den Regalen mit den Liebesschnulzen vorbeikam, deren Heldinnen sich mit lüstern schmachtendem Blick an die schweißnasse Brust halbnackter Piraten und Highlander schmiegten, dachte ich: *Amüsiert euch, Mädels, solange es noch geht.*

Ich stellte mir vor, wie das Halbjahresgespräch wohl bei ihnen ablief:

HOLDE MAID: So, Sindbad, jetzt reißt du mir schon seit sechs Monaten das Mieder vom Leib, da hätte ich doch gern gewusst, wie es mit uns weitergeht.
SINDBAD: Hä? Ich bin Seeräuber. Wie es mit uns weitergeht?
Ich heuere auf dem nächstbesten Kahn an und mache mich aus dem Staub.

Meine Ehe dauerte knapp drei Jahre. Nur zwölf Tage länger, und wir hätten unsere lederne Hochzeit begehen können. Das habe ich nachgeschlagen. Zur Feier des Tages zog ich los und kaufte mir ein neues Portemonnaie.
Bis die Scheidung endgültig durch war, dauerte es vier Monate, was im Staat New York mit seinen damals noch archaischen Gesetzen (keine verschuldensunabhängige Scheidung) fast einem juristischen Wunder gleichkam. (Es sei denn, ein Sprüche und – gern auch fremder Frauen – Schenkel klopfender Schaumschläger von einem Rechtsverdreher hätte den Richtern ein paar Scheinchen zugesteckt. Was beileibe keine Andeutung sein soll.) Um sich nicht nur seiner Angetrauten, sondern gleichzeitig auch seines schlechten Gewissens zu entledigen, übernahm Evan für mich die Kaution für ein Einzimmerapartment – und die Miete für zwei Jahre. Meine neue Wohnung lag gleich um die Ecke von der verhängnisvollen Pfütze, die uns zusammengeführt hatte. Was den Blick aus dem Fenster anging, hatte ich mich im Vergleich zu früher entscheidend verbessert. Dafür war mein Blick auf die Liebe empfindlich getrübt.

1

 Als ich auf meinem Schreibtisch Deirdre Dolsons Nachricht vorfand, dass ich mich um Punkt zwei Uhr bei ihr im Büro einzufinden hätte, dachte ich als Erstes: *Was habe ich falsch gemacht?* Und als Zweites: *Womöglich bekomme ich eine Gehaltserhöhung!* Doch leider hinterließ der erste Gedanke einen bleibenderen Eindruck.

Gut möglich, dass Deirdre Ihnen schon mal in den Klatschspalten begegnet ist – dafür, dass man ihr dort auf Schritt und Tritt über den Weg läuft, beschäftigt sie nämlich extra eine PR-Frau. Gut fürs Geschäft, behauptet sie, aber in Wahrheit ist es nur gut für Deirdre. Sie ist Herausgeberin des Online-Magazins *EyeSpy*. Tratsch! News! Popkultur! Rezensionen! Und der Grund dafür, dass ich eine zahnmedizinische Krankenversicherung und eine betriebliche Altersvorsorge besitze.

Die Nachricht war mit Deirdres unverwechselbarer lila Tinte geschrieben. Ihr anderes Markenzeichen ist ein Parfüm, das bei anderen Leuten Kopfschmerzen verursacht. Sie scheint regelrecht darin zu baden. Ob sie mir den Zettel persönlich auf den Schreibtisch gelegt oder ihren Assistenten Gavin damit beauftragt hatte, entzog sich meiner Kenntnis. Deirdre besteht auf männlichen Assistenten. In den vier Jahren, die ich nun schon für sie arbeite, hat sie auf diesem Posten bereits ein halbes Dutzend Kerle verschlissen.

Ich war erst gegen elf in der Redaktion eingelaufen, bis dahin hatte ich zu Hause gearbeitet. Das ist ein Vorteil meines Jobs: Wir müssen nicht unentwegt am Schreibtisch kleben, sondern können unserer Kreativität auch anderswo die Sporen geben.

Nachdem Deirdre zu Ohren gekommen war, dass die Mitarbeiter des *Gawker*, unseres in ihren Augen größten Konkurrenten, von zu Hause aus arbeiten durften, erlaubte sie es uns ebenfalls.

Meine Kollegin Emily Lawler, die schleimende Schlange, hockte bereits, über ein Buch gebeugt, im Nachbarkabäuschen. Lieber als in ein Buch steckt sie ihre Nase nur noch in meine Angelegenheiten. Emily hat einen knallweißen Teint, pechschwarze Haare und dunkle Kulleraugen. Sie sieht aus wie Schneewittchen, bloß ohne die Zwerge. Kaum hatte ich die Handtasche neben meinen Ersatzpumps und Nudelterrinen in der Aktenschublade verstaut, sprang sie auch schon hinter der Trennwand hoch und linste mit einem süffisanten Unschuldsblick auf mich herab: »Da hast du ja noch mal Glück gehabt, dass du nicht erst nach zwei Uhr aufgekreuzt bist.« Woran man sieht, dass sie nicht mal so viel Anstand besitzt, mir wenigstens vorzugaukeln, sie hätte Deirdres Nachricht nicht gelesen. »Gavin hat nach dir gefragt.«

»Ach ja?« Ich schaltete den Computer an.

»Ich habe ihm gesagt, wenn ich irgendwas für Deirdre tun kann, braucht er es mich bloß wissen zu lassen.« Sie lächelte ihr falsches, liebreizendes Lächeln, das weder lieb noch reizend gemeint ist.

»Bist ein echter Kumpel, Emily.« Um sie loszuwerden, haute ich wie eine Arbeitswütige in die Tasten. »Macht bestimmt Spaß, den ganzen Tag zu schmökern.«

Emily war mit dem entspanntesten Job gesegnet, den man sich denken kann: Sie verfasst bei *EyeSpy* die Buchrezensionen. Wie aufs Stichwort hielt sie den Roman hoch, den sie gerade las: *Lustmord unter Liebenden*. Das Titelbild zeigte die abgeschmackte Illustration eines Mannes in Trenchcoat und

Schlapphut, der sich in einen Hauseingang drückt und dessen Schatten über die Beine einer weiblichen Leiche fällt.

»Der Typ ist mit einer ganzen Heerschar von Schwestern aufgewachsen.« Emily tippte auf den Namen des Autors. »Er weiß genau, wie Frauen ticken.«

»Ist das nicht ein Krimi?«

»Auch Kriminelle haben Schwestern.«

»Muss ich dir erst einen Dollar geben, damit du mich in Frieden lässt, Emily?«

»Du kannst dich auch auf den Kopf stellen«, sagte sie patzig und verschwand wieder hinter der Wand.

Als ich bei *EyeSpy* anfing, hatten wir alle noch richtige Büros, doch dieses Privileg genießen inzwischen nur noch Deirdre und ihr Finanzchef. Seit sie vor ungefähr einem Jahr die Wände eingerissen und uns zusammengepfercht haben, können sie sich die Miete für eine ganze Etage sparen. Die offizielle Parteilinie lautet, dass ein Großraumbüro die Kommunikation und den gegenseitigen Austausch fördert. Die Realität sieht allerdings anders aus. Alle Mitarbeiter sitzen mit Stöpseln im Ohr am Schreibtisch und hören Musik vom iPod, um sich vor Ablenkungen – und dem Kontakt mit den lieben Kollegen – abzuschirmen.

Vielleicht wollte Deirdre mich sehen, um mich für meine überragenden Leistungen zu loben und mir das Angebot zu machen, in ein Arbeitsabteil meiner Wahl umzuziehen. Vielleicht war sie so begeistert von mir, dass ich mich trauen würde, sie um eine eigene Kolumne zu bitten. Es wäre nicht das erste Mal. Dass ich sie um eine eigene Kolumne bat, meine ich. Und diesmal würde sie vielleicht ja sagen!

Nun, vielleicht.

Bevor ich zu *EyeSpy* kam, war ich bei *Hip*, einer Zeitschrift, der man alles Mögliche nachsagen kann, bloß eines nicht: dass sie hip ist. Bis zur großen Printmedienkrise verkaufte *Hip* sich gar nicht mal so schlecht, und sogar danach konnte sich das Magazin noch einigermaßen halten. Doch es hatte mit einer stark überalterten Leserschaft zu kämpfen, die sich eher für stabile Hüftprothesen als für straff sitzende Hüfthosen interessierte, was nicht zuletzt daran lag, dass man leider den Übergang ins Online-Zeitalter verpennt hatte. Für mich persönlich hatte das Dahinsiechen des Magazins auch etwas Gutes. Alle waren so mit dem Kampf ums nackte Überleben beschäftigt, dass ich mich mehr oder weniger nach Lust und Laune austoben konnte. Also gönnte ich mir zum Beispiel einen Artikel über einen namentlich nicht genannten prominenten New Yorker Scheidungsanwalt, der sein Spesenkonto frisierte und böse Parodien auf seine Mandanten zum Besten gab. Ach ja, und der erst vor Kurzem seine Frau, eine Journalistin, sitzengelassen hatte.

Wie Deirdre über den Artikel gestolpert ist, weiß ich bis heute nicht – vielleicht im Schönheitssalon oder beim Friseur. Jedenfalls rief sie mich bei *Hip* an und stellte sich vor. Als ob ich nicht gewusst hätte, wer sie war!

»Ich war hin und weg von Ihrem Artikel über Evan Naboshek«, sagte sie. »Sie haben ihn genauso schön in die Pfanne gehauen, wie Nora Ephron es mit Carl Bernstein gemacht hat.«

»Eigentlich ging es in dem Text gar nicht um meinen Exmann, sondern um …«

»Er ist Ihr Ex?«

»So was von ex.«

»Und? Hat er darauf reagiert?«

»Wenn man eine Unterlassungsverfügung eine Reaktion nennen will. Aber da war der Artikel natürlich längst in der Welt.«

»Man sollte meinen, als Anwalt hätte er mehr auf dem Kasten.«

»Sollte man meinen.«

[26] Sie schlug mir vor, mich bei ihr zu bewerben und ihr meinen Lebenslauf zu schicken. Am liebsten hätte ich ein paar Räder geschlagen. Und das ist noch weit untertrieben.

Mein Lebenslauf strotzt über weite Strecken nur so von Übertreibungen, Ausschmückungen und dichterischer Freiheit. Zwei Tage nach meinem Uniabschluss zog ich in die große Stadt New York, um eine berühmte Schriftstellerin zu werden. Ich hatte mir geschworen, auf keinen Fall in der elterlichen Polsterei auf Long Island zu enden. (Wenn man meine Schwester Jocelyn mitzählt, polstern wir bereits in der vierten Generation.) Der grundsolide, florierende Familienbetrieb war mein schlimmster Albtraum. Als ich empört feststellen musste, dass man mir trotz meines erfolgreich absolvierten Journalistikstudiums weder den Posten der Chefredakteurin bei der *New York Times* hinterherzuschmeißen gedachte noch mich die Leitartikel beim *Time* Magazin schreiben lassen wollte, legte ich die Karrierelatte ein kleines bisschen tiefer: *Hauptsache, es reicht für die Miete.*

Ich fing bei Starbucks an, wo ich zwar einen lustigen Titel verpasst bekam, aber kaum etwas verdiente. Um das riesige Loch auf meinem Konto zu stopfen, jobbte die *Barista Molly* in den nächsten beiden Jahren auch noch an drei Abenden die Woche als Aktmodell in einem Künstleratelier in SoHo. Ich entwickelte eine außerordentliche Begabung darin, reglos in einer Pose zu verharren, ohne ins Wackeln zu geraten oder aufs Klo zu müssen. In den Pausen warf ich mir den Bademantel über und ging von Staffelei zu Staffelei, um mir anzusehen, wie ich mich so machte. Obwohl ich mich schon immer gern als rätselhafte, exotische Schönheit gesehen hätte, reicht es leider nur zum braven, netten Mädchen von nebenan, dessen Gesicht gut auf einen Waschpulverkarton passen würde. Hübsch genug, um als hübsch durchzugehen, aber leider wohl doch nicht so hübsch, um aus der Masse hervorzustechen. Es sei denn, als einzige Nackte unter lauter Angezogenen. Da würde ich vielleicht auffallen.

Des Weiteren verkaufte ich Ballettschuhe, hütete Häuser und sittete Katzen. Meinen Schalterjob bei der Autovermietung Hertz hängte ich in derselben Nanosekunde an den Nagel, als ich eine Stelle als Werbetexterin für Kinderfrühstücksflocken angeboten bekam. Dort blieb ich bis zu einem Kundengespräch, bei dem ich unglückseligerweise das Wort »Fraß« fallen ließ. Es folgte ein Intermezzo als technische Redakteurin bei einem Mountain-Bike-Hersteller, das abrupt endete, als man feststellte, dass ich mich zwar ausgezeichnet darauf verstand, mich mit List und Tücke durch ein Vorstellungsgespräch zu mogeln, aber weder von der Tätigkeit einer technischen Redakteurin noch von Mountain-Bikes auch nur den leisesten Hauch einer Ahnung hatte. Danach hielt ich mich jahrelang mit Artikeln für eine Weight-Watchers-ähnliche Website über Wasser und jobbte einmal während des Weihnachtsgeschäfts in der Haushaltswarenabteilung bei Bloomingdale's als Küchenmaschinenaushilfsverkäuferin. An die Stelle bei *Hip* kam ich über einen Typen, mit dem ich geschlafen hatte – keine gute Idee, so kurz nach der Scheidung. Aber mein Selbstbewusstsein war zu der Zeit dermaßen angekratzt, dass ich bei meinen Entscheidungen öfter mal danebengriff.

Nicht geradlinig genug: Das hätte beim Anblick meines Lebenslaufs vermutlich jeder gedacht.

Jeder andere vielleicht, aber nicht Deirdre. Sie hielt mich für eine tollkühne Abenteurerin, die nichts schrecken konnte. Mein Vorstellungsgespräch fand »vor Dienstbeginn« statt, was für sie »vor der Redaktionskonferenz um acht Uhr« bedeutete, für mich dagegen »zu nachtschlafender Zeit«. Als sie mir einen Kaffee anbot, behielt ich lieber für mich, dass ich schon zwei Tassen intus hatte.

Damals bestand Deirdres Büroeinrichtung aus weißem Schleiflack, Chrom und Glas auf dunkelblauem Teppich. Heute besteht sie aus weißem Schleiflack, Chrom und Glas auf dunkelgrauem Teppich. Sie hatte hinter dem Glasplattenschreibtisch Platz genommen, ich davor, in einem weißen Barcelona-Sessel von Mies van der Rohe. Das ist das Gute, wenn man aus einer Polstererfamilie stammt: Bei Möbelstilen macht einem so leicht keiner was vor.

»Nun erzählen Sie mal von Ihrer Tätigkeit als Aktmodell«, sagte sie und fuhr sich mit den künstlich verlängerten Fingernägeln durch die blonde Stachelfrisur. Deirdre kleidet sich jung für ihr Alter – sie war damals achtundvierzig, aber aufgemacht wie achtzehn: tiefer Ausschnitt, hochhackige Stiefeletten, mit Armreifen behängt wie ein Schmuckstand. »Was haben Sie für sich persönlich aus dieser Erfahrung mitgenommen?«

»Vierzehn Dollar die Stunde plus Trinkgeld«, antwortete ich.

»Kein schlechter Nebenverdienst.«

»War es Ihnen nicht peinlich?«

»Es ist auf jeden Fall kein Job für Verklemmte.«

»Ich finde das sehr mutig.« Deirdre bot mir ein Schälchen mit Cashew-Nüssen an, aber ich lehnte dankend ab. Nüsse in den Zähnen hätten mir gerade noch gefehlt. »So was imponiert mir. Genau wie der Artikel über Ihren Ex. Der war auch ziemlich kühn.«

Ich warf mich in dem Barcelona-Sessel in eine möglichst kühne Pose, während sie mir eröffnete, was sie von mir erwartete: dass ich mich jeder journalistischen Herausforderung stellen würde. Wobei sie das Wort *Herausforderung* mit einem seltsamen Feixen unterstrich.
»Muss ich mich dafür ausziehen?«, fragte ich.
»Nein. Dafür müssen Sie lediglich eine positive Einstellung und Sinn für Humor mitbringen.«
Positive Einstellung und Sinn für Humor? Das hörte sich machbar an.
Deirdre erläuterte mir noch meinen Aufgabenbereich, zählte die Sozialleistungen auf und schilderte beispielhaft einen typischen Auftrag, irgendwas über einen Boxenstopp bei einem Autorennen und einen Reifenwechsel unter enormem Zeitdruck, aber ich hörte schon gar nicht mehr richtig hin. Ich war wie in Trance, seit ich wusste, wie hoch mein Gehalt ausfallen würde und dass ich kommen und gehen durfte, wann ich wollte, weil Deirdre nichts davon hielt, ihre Mitarbeiter an den Schreibtisch zu fesseln. Ich hatte es so eilig mit meiner Zusage, dass ich mich beim Sprechen furchtbar verhaspelte.
Während Emily also auf ihrem süßen Popöchen sitzt und für ihre Kolumne *Emily Literati* Rezensionen schreibt, halst Deirdre mir das »Vermischte« auf, um nicht zu sagen, das Verkorkste und Verquaste.
Hatte ich in letzter Zeit irgendwelchen Mist gebaut, dass Deirdre mich heute um Punkt zwei sehen wollte? Ging es vielleicht um den Luft-Yoga-Kurs, in dem ich an einem Stofftrapez kopfunter hin- und herbaumeln musste? Nein. Der Bericht hatte Deirdre sehr gefallen. Genau wie der Artikel über den Schießstand in New Jersey. Und den kleinen Zwischenfall mit der

Tontaube hatte der nette Herr bestimmt unbeschadet überstanden. Für die Enthüllungsstory über meine Abenteuer als Undercover-BH-Anpasserin hatte ich von Deirdre sogar – schriftlich! – ein dickes lila Lob bekommen. Die zahlreichen Online-Kommentare dazu waren ebenfalls positiv ausgefallen – bis auf den von der Frau, die feierlich schwor, bei der betreffenden Firma nie wieder einen BH kaufen zu wollen. (Also ehrlich, Gnädigste. 95 E? Da konnte ich wirklich nichts dafür.)

Mir fiel beim besten Willen kein Kündigungsgrund ein. Nicht der geringste. Aber wer im Leben schon so oft gefeuert worden ist wie ich, weiß, dass kein Grund noch lange keine Garantie ist.

»Ich möchte, dass Sie eine Reportage über die Liebe schreiben«, sagte Deirdre – sie wie immer hinter, ich wie immer vor ihrem Monsterschreibtisch.

Ich bin so ziemlich der letzte Mensch auf dem Planeten Erde, den ich auf das Thema Liebe loslassen würde. Höchstens im Rahmen einer umfangreichen Doktorarbeit mit dem Titel »Pleiten, Pech und Katzenjammer«. Aber das war auch schon das höchste der Gefühle, was ich auf diesem Gebiet an Know-how beisteuern konnte.

»Kennen Sie das Video, in dem dieser Typ seiner Freundin bei einem Basketballspiel einen Heiratsantrag macht?«, fragte Deirdre. »Das Pärchen, das sie mit der Kiss Cam eingefangen haben?«

»Die Frau, die einfach rausmarschiert, während er mit dem Ring in der Hand vor ihr kniet?«

Wir schüttelten uns vor Grauen.

»Dass man in einer Beziehung aber auch so auf dem Holzweg sein kann«, sagte sie.

Soll alles schon vorgekommen sein, dachte ich.
»Während er die Hochzeitsglocken läuten hört, treibt sie sich auf einer Dating-Website rum. Wie konnte er sich nur so täuschen und denken, sie wäre seine Frau fürs Leben?« Deirdre sah mich abwartend an.
»Das war eine rhetorische Frage, oder?«, sagte ich nach einer geraumen Weile.
Aufgeregt beugte sie sich vor. Es war ihr tatsächlich todernst mit dem Thema. »Simsen, Skypen, Online-Dating. Wie soll da ein Mensch die wahre Liebe überhaupt noch erkennen? Wie kann sich die Romantik gegen den digitalen Overkill behaupten?« Sie geriet immer mehr in Fahrt. »Das ziehen wir ganz groß auf. Sie interviewen Paare, wie sie das große Glück gefunden haben.« Dass ich das große Glück für ein böses Märchen hielt, verkniff ich mir lieber. »Trafen sich ihre Blicke zufällig in einer überfüllten Bar? Schlug es wie der Blitz bei ihnen ein? Haben sie sich auf YouTube blamiert?«
Ich erlaubte mir die Zwischenfrage, ob es denn überhaupt möglich sei, sich auf YouTube *nicht* zu blamieren.
Deirdre wischte meinen kleinen Scherz mit großer Geste und klirrenden Armreifen beiseite. »Cyberdate oder Seelenverwandtschaft?« Sie malte Schlagzeilen in die Luft. »Liebe auf den ersten Blick oder auf das erste Gigabyte?« Sie sah mich an. »Ich will den Artikel in drei Wochen auf meinem Tisch.«
Das war ja der reinste Sonntagsspaziergang! Normalerweise hatte ich für einen Artikel höchstens ein paar Tage Zeit. Aber das dicke Ende kam erst noch. Deirdre erwartete eine umfangreiche, gründlich recherchierte Reportage mit jeder Menge Interviews – die ich zusätzlich zu meinen sonstigen Aufgaben erledigen sollte. Wäre ich anders gestrickt, hätte ich vermutlich gedacht: *Was für eine Riesenchance!* So aber dachte ich nur: *Mist, das hört sich nach Arbeit an.*

»Na, was sagen Sie?«, wollte sie wissen.

»Was für eine Riesenchance!«

»Die Story soll rasant, witzig und ehrlich sein. Ergreifend und intim. Als wäre sie von Nora Ephron.«

Ich schnappte hörbar nach Luft. Wie ein Fisch auf dem Trockenen. Wie peinlich. »Aber ich bin nicht Nora Ephron.«

»Na und? Sie müssen ja auch nicht Abraham Lincoln sein, um sich mit dem amerikanischen Bürgerkrieg auseinanderzusetzen.«

Dazu fiel mir auf Anhieb gar nichts mehr ein. Während ich noch überlegte, erging sie sich geschlagene fünf Minuten lang in wortreichen Betrachtungen darüber, wie unmöglich es sei, die Wichtigkeit dieses Auftrags auch nur annähernd in Worte zu fassen.

Ich hatte also ausgiebig Gelegenheit, darüber nachzudenken, was für mich auf dem Spiel stand, wenn ich den Artikel in den Sand setzte: Ich würde mich als Versagerin enttarnen. Mich bis auf die Knochen blamieren. Meine Kollegen würden mich mit Verachtung und Spott strafen. Aber wenn ich den Auftrag dankend ablehnte? Würde Deirdre mir den Kopf abreißen. Ich sah meine Kreditkartenabrechnung vor mir. »Dann lassen Sie mal hören«, sagte ich.

»Die Story soll spritzig und romantisch sein. Wie ein Nora-Ephron-Film.«

»Spritzig und romantisch. Wie ein Nora-Ephron-Film. Aber klar, gar kein Problem.« Hilfe! »Und wie kommen Sie dafür ausgerechnet auf mich?«

Deirdre lachte. »Weil Sie keine falsche Scham vor persönlichen Fragen kennen.«

»Darf ich Ihnen dann gleich eine stellen?«

Sie runzelte die Stirn. Lehnte sich zurück.

»Geben Sie mir eine eigene Kolumne, wenn ich meine Sache gut mache? Sie soll *MyEye* heißen. Mehr oder weniger die gleichen Sachen, die ich jetzt auch schreibe, aber mit meinem Foto und Namen drüber.«

»Sag ich doch, Sie trauen sich was. Darum halte ich auch so große Stücke auf Sie.« Deirdre drückte auf den Knopf der Sprechanlage und raunzte: »Gavin! Kaffee!« Statt einer Antwort bekam ich nur ein Lächeln und ein Kopfnicken. Das Lächeln hieß: Sie können gehen. Und das Nicken: Aber flott.

Ich war schon halb zur Tür raus, als sie noch hinterherschob: »Warten wir erst mal ab, wie Sie sich als Nora-Ephron-Klon schlagen. Dann sehen wir weiter.«

Kaum saß ich wieder in meinem Kabäuschen, lugte auch schon Emily über die Trennwand. »Hi!« Sie tat überrascht, mich zu sehen. Dabei platzte sie fast vor Neugier, weil sie unbedingt wissen wollte, was Deirdre mit mir zu bereden gehabt hatte. Eine gemeinere Molly Hallberg hätte ihr vielleicht weisgemacht, sie wäre zur Redakteurin befördert worden und würde ihr nun als allererste Amtshandlung das Gehalt kürzen.

»Hi.« Ich ließ mir nichts anmerken.

»Na, wie ist die Besprechung gelaufen?«

»Super! Ich bin zur Redakteurin befördert worden. Und als allererste Amtshandlung kürze ich dir das Gehalt.«

»Haha, ich lach mich schlapp. Und was wollte Deirdre wirklich von dir?«

»Das Übliche. Rat in Finanz- und Liebesdingen.«

»Sie hat dir doch hoffentlich nicht den Artikel über das große Glück aufs Auge gedrückt? Davor konnte ich mich gerade noch wegducken.«

2

[34] Meinen Freund Dr. Russell Edley habe ich über einen Groupon-Gutschein kennengelernt. Doch, ich *habe* einen Freund, auch wenn es Sie überrascht und Sie nach meinen Pannenbeziehungen und dem schlechten Witz von einer Ehe vielleicht eher damit gerechnet hätten, dass ich die Flinte ins Korn schmeiße, den Männern abschwöre, ins Kloster gehe und um jedes Wesen mit einem Y-Chromosom einen großen Bogen mache. Eine Zeitlang habe ich mich tatsächlich mit solchen Gedanken getragen. Aber der Vorsatz »Hüte dich vor allem, was einen Penis hat« verwandelte sich schon bald in »Ein kleiner Drink unter Freunden kann nicht schaden«. Ich gehe nun mal gern aus, und ich stehe auf Penisse. Genau wie auf Rückenmassagen.

Russell ist Chiropraktiker, er hat große, kräftige Hände, breite, kräftige Schultern und einen Waschbrettbauch, weil er jeden Morgen fünfundvierzig Liegestütze macht. Mit seinen graumelierten Haaren würde man ihn eher für einen distinguierten Professor halten als für einen Mann, der sich mit vertebralen Subluxationen auskennt. Er führt eine florierende Praxis mit zwei Behandlungszimmern, zwischen denen er hin- und herspringt, um hier einen Halswirbel einzurenken, dort eine Massage zu verabreichen und zwischendurch noch den einen oder anderen Patienten an den Nervenstimulator zu hängen. (So ein Stimulator ist nicht nur gut für die Muskulatur des Rückenkranken, sondern auch für das Bankkonto des Chiropraktikers.) Ich war in seiner Praxis gelandet, nachdem ich mich beim Eishockeyspielen böse auf den Hintern gesetzt hatte. (Einer von Deirdres grandiosen Aufträgen.) Hätte ich keinen

Helm getragen, hätte ich jetzt womöglich einen Hirnchirurgen als Freund.

Beim ersten Termin ließ Russell mich im Zimmer auf und ab gehen, um anschließend festzustellen, dass er sich dringend um mein Becken kümmern müsse. Wenn man so einen Satz missversteht, kann er eine ziemlich anregende Wirkung haben. Nachdem wir uns noch ein bisschen über meine Knie und Schultern unterhalten hatten, diagnostizierte er auch noch eine Beinlängendifferenz: Das rechte Bein sei gut einen Zentimeter kürzer als das linke.

»Ehrlich?« Ich starrte verwundert auf meine Füße. »Bis jetzt kamen sie mir immer gleich lang vor.«

»So etwas ist nicht ungewöhnlich. Leiden Sie eher häufiger unter Rückenschmerzen?«

»Eher seltener. Nur das eine Mal, nach dem Eishockeyspielen. Aber es tut immer noch weh.«

Russell sagte, ich bräuchte eine mindestens dreimonatige Therapie, mit drei Behandlungen in den ersten sechs Wochen. Da mein Groupon-Gutschein nur zwei Sitzungen abdeckte, nahm ich beim dritten Termin seine Einladung ins Kino an. Danach musste ich nicht mehr in die Praxis. Russell kümmerte sich fortan privat um mein Becken.

Mittlerweile sind wir seit acht Monaten zusammen, und das ganz ohne das berüchtigte Halbjahresgespräch. An diese Zeitbombe wollte ich lieber nicht noch einmal rühren. Russell ist nett und normal; wir haben eine schöne Beziehung. Ich warte immer noch darauf, dass er mich eines Tages mit einem dunklen Geheimnis überrascht, dass er Frauenunterwäsche trägt oder mir ein kleines Abenteuer zu dritt mit seiner vierundsechzigjährigen Sprechstundenhilfe Vanessa vorschlägt. Aber bis auf die Tatsache, dass er leidenschaftlich gern auf dem

Handy *Words With Friends* spielt und eine einseitige Männerfreundschaft mit Nicholas Cage unterhält, sind seine allmorgendlichen fünfundvierzig Liegestütze eigentlich schon das Verrückteste an ihm. Auch wenn er 40 Grad Fieber hat und ihm vor Kopfschmerzen fast der Schädel platzt – der Frühsport wird eisern durchgezogen. Außerdem ist er ein großer Befürworter des Salzwassergurgelns. Weil bei den Edleys eine kränkliche Konstitution in der Familie liegt, segnen die meisten schon in relativ jungen Jahren das Zeitliche, ein Schicksal, das Russell dazu inspiriert hat, sich sportlich zu betätigen, sich gesund zu ernähren und eine medizinische Laufbahn einzuschlagen.

Falls Sie zu den Menschen gehören, für die ein Chiropraktiker gar kein richtiger Mediziner ist, behalten Sie es lieber für sich. Was dieses Thema angeht, ist Russell extrem dünnhäutig.

Ob er der Mann meines Lebens ist? Oder gar mein »Seelenverwandter«? Keine Ahnung. Wie soll man das auch wissen? Umso gespannter war ich auf meinen Artikel; vielleicht erfuhr ich es dann endlich. Aber dafür brauchte ich Russell jetzt erst mal als Versuchskaninchen. Ich zermarterte mir das Hirn nach einer romantischen Idee, die mir weder ein Liebesgedicht noch einen Stringtanga abverlangte. Doch mir wollte beim besten Willen nichts einfallen, was wiederum beweist, wie hoffnungslos ungeeignet ich für diesen Auftrag war. Letzten Endes rief ich Russell in der Praxis an und lud ihn zu mir zum Abendessen ein.

»Super«, sagte er. »Dann können wir uns eine DVD reinziehen.«

Dass ich ein romantisches Candle-Light-Dinner geplant hatte, behielt ich für mich. Es sollte schließlich eine Überraschung werden. Falls der Begriff nicht zu kurz gegriffen ist. Schock trifft es wahrscheinlich besser.

Als ich nach der Arbeit durch die Obst- und Gemüseabteilung des Supermarktes irrte, rief ich meine Mutter an: »Hast du zufällig ein schnelles, einfaches, unaufwändiges romantisches Kochrezept auf Lager?«
»Ja. Bestell was beim Lieferservice.« Meine Mutter kocht nicht gerne. Früher hat es ihr Spaß gemacht, aber eines Morgens wachte sie auf und verkündete, dass zwanzig Jahre Hacken, Schnippeln, Braten und Grillen für einen Ehemann und drei banausische Töchter genug seien. »Wieso interessierst du dich plötzlich für Rezepte?«
Eine Frau vor dem Obstregal beschnupperte eine Grapefruit nach der anderen. »Ich möchte Russell mit was Selbstgekochtem verwöhnen.«
»Wieso das denn?«
»Weil es romantisch ist.«
»Kochen ist nicht romantisch.«
»Ich soll einen Artikel darüber schreiben, wie man die große Liebe findet. Er soll witzig und romantisch sein, wie ein Film von Nora Ephron.«
»Was du nicht sagst. Und wieso haben sie da ausgerechnet dich gefragt?«
»Weil Amor nicht zu kriegen war.«
»Sollst du auch kochen wie Nora Ephron?«
»Nein. Ich glaube nicht.« Der Frau fiel eine Grapefruit auf den Boden. Sie hob sie auf, schmuggelte sie wieder in den Grapefruitberg und nahm sich die nächste vor. »Was gibt es bei Dad und dir heute zum Abendessen?«
»Hamburger. *Meine* große Liebe versucht seit einer geschlagenen Dreiviertelstunde den Grill anzuschmeißen.«
»Hamburger? Lecker, aber nicht romantisch.«
»Bestell Lasagne beim Italiener, zünde ein paar Kerzen an, und leg eine Scheibe von Kenny G. auf.«

Nachdem ich meiner Mutter für ihren mütterlichen Rat gedankt hatte, nahm ich aus der Backwarenabteilung eine Packung Brownies und aus der Haushaltswarenabteilung eine Schachtel Kerzen mit. Die Flasche Wein besorgte ich auf dem Nachhauseweg.
Der Wein- und Spirituosenhändler meines Vertrauens heißt Mr. Messick und sieht wie ein lieber, netter Onkel aus. Was hauptsächlich daran liegt, dass er seine Hose fast bis unter die Achselhöhlen hochgezogen trägt. Er kennt sich nicht nur mit Weinen hervorragend aus, sondern weiß sogar, wie ich heiße. Aber nicht etwa deshalb, weil ich so viel Alkohol konsumiere, sondern weil er sich meinen Namen von der Kreditkarte gemerkt hat. (Wenn es eines gibt, was ich im Leben noch erreichen möchte, dann, dass mich sämtliche Oberkellner der New Yorker Spitzengastronomie mit Namen kennen, aber von diesem Ziel bin ich leider noch ungefähr fünfhundert Restaurants entfernt.) Während er den Preis in die Kasse tippte, fragte ich ihn: »Mr. Messick, gibt es eigentlich auch eine Mrs. Messick?«
»Ja«, antwortete er.
»Wie haben Sie erkannt, dass sie die Frau fürs Leben ist?«
Er zuckte mit den Schultern. »Man heiratet und wartet dreißig Jahre. Wenn die Frau dann immer noch da ist, weiß man, dass sie fürs Leben ist.«
Ich verzichtete auf die Frage, ob ich ihn mit dieser Aussage zitieren dürfte.

Nachdem ich das Wohnzimmer aufgeräumt hatte, bestellte ich zweimal überbackenes Kalbsschnitzel mit Caesar Salad. Als Nächstes deckte ich den Tisch mit dem guten Geschirr ein – ein Überbleibsel meiner Ehe. Schon komisch, dass einen ausgerechnet das gute Geschirr an eine schlechte Ehe erinnert.

Von den dreißig Minuten, die mir danach bis zu Russells Eintreffen noch blieben, verplemperte ich gut die Hälfte ratlos vor dem Kleiderschrank. Kam von meinen Klamotten überhaupt etwas für ein romantisches Dinner in Frage? Meine Garderobe muss bequem und praktisch sein: weiße Blusen, Khakihosen für den Sommer, schwarze Hosen für den Winter, Jeans, Jeans und noch mal Jeans. Ich bin eine wandelnde GAP-Werbung. Etwas halbwegs mädchenhaft Verspieltes habe ich mir als erwachsene Frau nur ein einziges Mal gekauft: für meine Hochzeit. Und wie *das* Experiment ausging, ist ja inzwischen hinreichend bekannt. Ich entschied mich für das schwarze Beerdigungs- und Cocktailpartykleid und schlüpfte in die High Heels. Nachdem ich den iPod an den Lautsprecher angedockt hatte, wählte ich einen Film aus meiner DVD-Sammlung aus und zündete die Kerzen an. Kaum war alles erledigt, rief Russell an, um mir zu sagen, dass er sich verspäten würde.

»Aber Darling«, sagte ich im schönsten Fünfzigerjahrehausfrauenton. »Bis dahin ist ja der Braten verkohlt!«

»Es gibt Braten?« Bei Russell kann es schon mal etwas länger dauern, bis er kapiert, dass ich einen Witz gemacht habe.

»Deine Hausschuhe und die Pfeife sind auch schon halb verbrutzelt. Die gibt es als Beilage.«

»Dann bring ich eine Flasche Ketchup mit«, sagte er und legte auf.

Ich schleuderte mir gerade die High Heels von den Füßen, als es an der Tür klingelte. Das musste Angela sein.

»Wieso hörst du denn Stevie Winwood?«, wollte sie wissen, als sie mit meiner *Sturmhöhe* in der Hand hereinspaziert kam.

Angela Leffel wohnt in einem Einzimmerapartment direkt gegenüber. Wir haben uns gleich am Abend meines Einzugs angefreundet, als sie sich eine Flasche Wein borgen wollte. Sie war früher Wetterfee beim Fernsehen und ist heute Selfmade-Fachfrau für soziale Medien. Das niedliche Aussehen, das Mutter Natur ihr mitgegeben hat, empfindet sie mit ihren inzwischen vierunddreißig Jahren nur noch als lästig. Grübchen. Sommersprossen. Die Figur einer puschelschwenkenden Cheerleaderin. Ungeschminkt sieht sie aus wie zehn. Einmal hat sie sich die Haare gruftischwarz gefärbt. Und sah immer noch niedlich aus. Dann hat sie es mit dunkelroten Haaren und knalligem Lippenstift versucht. Und sah immer noch niedlich aus. Inzwischen ist sie wieder zu Braun zurückgekehrt und hat ein Snoopy-Tattoo auf der Schulter – nicht gerade der entscheidende Schlag gegen ihr Niedlichimage.

Nachdem ihre Meteorologenkarriere bei einem Präriesender im Sande verlaufen war, siedelte Angela nach New York über. Als wir uns kennenlernten, arbeitete sie als Assistentin eines Hochzeitsfotografen, bis ihr die strahlenden Bräute, fliegenden Brautsträuße und alkoholseligen Tischreden der Trauzeugen irgendwann zum Hals raushingen. »Wäre eine Blitzlichtkanone eine Waffe, hätte ich sie mir wohl schon längst an die Schläfe gesetzt«, gestand sie mir. Trotzdem hat sie fürs Fotografieren immer noch was übrig. Weil wir beide – sie immer, ich immer mal wieder – zu Hause arbeiten, sehen wir uns oft. Wenn uns der Hüttenkoller packt, ziehen wir in eines von zwei Schnellrestaurants in der Second Avenue um. Ich gehe am liebsten in das Lokal mit dem guten Chefsalat, Angela in den Laden mit dem sagenhaften Dreifachdeckerthunfischsandwich. Sie ist total verrückt nach Thunfischsandwiches. Sie fotografiert alles, was sie isst, und postet die Bilder auf Facebook. Kaum sitzt sie vor ihrem Teller, umkränzt sie das Sandwich dekorativ mit dem Krautsalat und rückt das Mayotöpfchen für die Pommes ins rechte Licht. Für den echten Thunfischsandwichfan ist ihre Facebook-Seite ein Muss. Ihre andere Leibspeise sind Twinkies, aber die fotografiert sie nicht. Bei solchen Kalorienbömbchen hört sogar für Angela die Netztransparenz auf.

»Ist wer gestorben?«, fragte sie beim Anblick meines kleinen Schwarzen.

»Das soll sexy aussehen.«

»Vielleicht würde ein Gürtel helfen.«

Ich ging im Geiste meine gesammelten Gürtel durch. In die Kategorie »sexy« fiel nicht einer davon.

»Und wieso hab ich dieses Geschirr noch nie gesehen?« Angela wanderte einmal um meinen Esstisch herum, an dem ich bequem drei, unbequem vier Personen unterbringen konnte.

»Das ist das gute Porzellan. Ich habe Russell zu einem Candle-Light-Dinner eingeladen.«

Sie blickte sich um. »Bräuchtest du dafür nicht auch Russell?«

»Er ist unterwegs. Genau wie das Essen. Ich lasse uns was liefern, von Zorzanello.«

»Wow! Da habe ich noch nie bestellt. Sag mir Bescheid, wenn was übrig bleibt.«

»Ich stell dir eine Restetüte vor die Tür.«

Ich erzählte Angela von dem Artikel über »das große Glück«, den Deirdre mir aufgebrummt hatte. Und dass dieser Abend der Versuch sein sollte, mich auf das Thema einzustimmen. Um mich in Sachen Romantik ein bisschen in Schwung zu bringen.

»Und wieso ist sie ausgerechnet auf dich gekommen?«

»Keine Ahnung.«

»Das Kleid braucht definitiv einen Gürtel.«

»Danke, du Modeexpertin.«

Wie sich andere Fachfrauen für soziale Medien kleiden, weiß ich nicht. Angela jedenfalls habe ich, seit sie sich das Buch *Social Media für Dummies* gekauft und sich mit dieser Idee selbständig gemacht hat, so gut wie noch nie in etwas anderem als Jogginghose und T-Shirt gesehen.

»Ich bring dir dein Buch zurück.« Sie hielt mir *Sturmhöhe* hin. »Das ist mir zu hoch.«

»Inwiefern?«

»Soll das etwa eine gesunde Beziehung sein?«

»Da hast du auch wieder recht. Die beiden sind komplett durchgeknallt.« Seit ein paar Jahren schreibe ich für mich selbst, Short Storys oder Essays oder so etwas in der Art. Ich weiß es selbst nicht genau. Aber im Grunde sind es Klugscheißerkommentare über Romane, die ich auf der Highschool lesen musste. »Soll ich dir *Ethan Frome* leihen?« Ich nahm das Buch aus dem Regal.

»Ist es gut?«

»Es ist kurz.«

»Das ist gut. Irgendwelche Durchgeknallten?«

»Nicht so viele.«

Die Sprechanlage klingelte. »Lieferservice«, sagte der Portier.

»Schicken Sie ihn rauf.«

»Wenn Russell nicht kommt, kannst du mich zum Essen einladen«, meinte Angela.

»Klemm dich einfach hinter deinen Türspion. Falls er in zwei Stunden immer noch nicht da ist, kannst du rüberkommen.«

Angela ging, das Essen kam. Und dann traf auch Russell ein.

»Tut mir leid, dass ich so spät dran bin, aber dafür habe ich uns einen Film mitgebracht«, sagte er, während er durch die Tür schritt. Russell geht nicht, er schreitet. Er nahm seinen

Schlips ab und küsste mich. Ich küsste zurück. Die Küsse sind mit das Beste an unserer Beziehung. Russell hörte auf zu küssen. Sah mich an. Sah sich um. Und schon trat unverkennbar der Blick in seine Augen, den man bei Männern kennt, die befürchten, etwas Wichtiges vergessen haben. »Wieso bist du so schick?«, fragte er. »Und wozu der gedeckte Tisch?«
»Ich muss einen Artikel über die große Liebe schreiben. Deshalb versuche ich es mal mit Romantik.«
»Heißt das, wir können nicht vor dem DVD-Spieler essen?«
Okay, ich gebe es zu. Russell ist ebenfalls ein Romantikmuffel. Aber immerhin: So etwas verbindet. Sein gesunder Pragmatismus und meine krankhafte Angst ergänzen sich aufs Schönste.
In der Küche goss Russell sich erst mal ein Glas Wein ein. Ich war bereits beim zweiten angekommen. »Es gibt köstliches überbackenes Kalbsschnitzel«, sagte ich, während ich die Aluschale in die Mikrowelle schob. »Es sei denn, der Käse wird beim Aufwärmen hart. Dann gibt es splitteriges überbackenes Kalbsschnitzel.« Ich klappte die Tür zu und drückte auf den Ein-Minuten-Knopf. Weil ich nie weiß, wie lange die Sachen in der Mikrowelle brauchen, drücke ich so lange immer wieder auf den Ein-Minuten-Knopf, bis das Essen fertig ist. »Und natürlich können wir uns einen Film anschauen.« Das romantische Candle-Light-Dinner war sowieso gegessen. »Ich muss ohnehin dringend *e-m@il für Dich* sehen. Das gehört zu meiner Recherche.«
»Was denn für eine Recherche?«
»Für meine nächste Enthüllungsstory über die geheime Überwachung des E-Mail-Verkehrs.«
Ich schaufelte den Salat in eine Schüssel und tröpfelte das Dressing aus den Plastiktöpfchen darüber. Russell hasst matschi-

gen Salat, also geben wir das Dressing immer erst in der allerletzten Sekunde dazu – und auch ja nicht zu viel. Russell hasst zu viel Dressing.

[44] Die Mikrowelle gab Laut. Russell nahm die Kalbsschnitzel raus, ohne genauer auf den Käse zu achten. »Aber du hast doch die Fortsetzung von *Vermächtnis der Tempelritter* noch gar nicht gesehen.«

»Doch, habe ich. Nicholas Cage muss die Unabhängigkeitserklärung stehlen.«

»Das ist der erste Teil. In der Fortsetzung muss er in den Buckingham-Palast einbrechen und sich entweder zum Präsidenten der Vereinigten Staaten wählen lassen oder den Präsidenten kidnappen.«

»Das sind die einzigen Alternativen?«

»Eine andere Wahl hat er nicht.« Ich reichte Russell die Teller, er verteilte die Schnitzel darauf. »John Wilkes Booth hat den Urgroßvater von Nicholas Cage des Mordes bezichtigt.«

»Du wirst es sicher verkraften, wenn ich mir einen Kommentar verkneife. Aber ich muss mir Liebesfilme ansehen. Mein Artikel soll sich anhören, als hätte ihn Nora Ephron geschrieben.«

»Wie fändest du *Mondsüchtig*?«

Ich nahm den Salat, Russell die Schnitzel; die Teller kamen auf den Couchtisch, wir auf die Couch. »Wieso stehst du überhaupt so auf Nicholas Cage? Außerdem ist *Mondsüchtig* gar nicht von Nora Ephron.«

»Wie soll denn das gehen, schreiben wie Nora Ephron?«

»Ist doch kinderleicht. Wenn man als Nora Ephron geboren wurde.« Ich griff nach *e-m@il für Dich*. Und Russell zog einen Flunsch, als wäre Weihnachten abgeschafft worden. »Ist ja schon gut«, sagte ich. »Dann gucken wir eben deinen Film.«

Wir mümmelten unseren Salat. Wir aßen die Schnitzel und tranken Wein dazu. Russell hatte recht. Der Uropa von Nicholas Cage wurde hinterhältig aufs Kreuz gelegt. Und wer wäre schon im Traum darauf gekommen, dass Calvin Coolidge das Präsidentendenkmal am Mount Rushmore nur deshalb errichten ließ, weil er die sagenumwobene Goldstadt verstecken wollte? Mitten im spannendsten Treiben vibrierte ab und zu Russells Handy, worauf er sich mal eben kurz um seine *Words-With-Friends*-Spiele kümmern musste. Da seine Rechtschreibung makellos ist und er über einen enormen Wortschatz verfügt, kann er mühelos mehrere Partien gleichzeitig spielen. Er ist also doch nicht so vernarrt in Nicholas Cage, wie man vielleicht glauben möchte, sonst hätte er wohl kaum viertelminütlich auf sein Handy gestarrt. Was ich wiederum zum Anlass nahm, *ihn* anzustarren. Er hat so ein nettes, neutrales Gesicht. Ohne Ecken, ohne Kanten. Ohne unverwechselbare Merkmale. Aber angenehm fürs Auge.

Als der Film zu Ende war, knetete Russell mir die Schultern – viel besser kann man einen Tag gar nicht ausklingen lassen. Im Kneten macht Russell keiner was vor.

3

Pammie Salus hat reich geheiratet und heißt seitdem Pamela Bendinger. An der Uni in Albany war sie in den letzten beiden Studienjahren meine Zimmergenossin. Damals wollte sie Souschefin werden, was von der Society-Lady, zu der sie es mittlerweile gebracht hat, nicht allzu weit entfernt ist. Zumindest orthographisch.

An Pammie war alles dran, was man braucht, um eine gute Partie zu machen. Lange Beine. Üppige Oberweite. Blonde Haare, bronzefarbener Teint. Früher kam ihre Bräune aus der Flasche, heute bringt sie sie aus dem Winterurlaub in Palm Springs mit. Sie behauptet steif und fest, nie im Leben darauf aus gewesen zu sein, sich einen zwanzig Jahre älteren, steinreichen Mann zu angeln. Es sei einfach so passiert. Wenn Sie mich fragen, hat es nicht unbedingt geschadet, im Minibikini vor den Sommervillen in den Hamptons am Strand auf und ab zu spazieren.

Und Simsalabim: Bruce Bendinger!

Pammie ist die dritte Mrs. Bruce Bendinger und kommt mit ihren beiden Vorgängerinnen überraschend gut zurecht. So handhabt man das eben unter Society-Ladys. Man freundet sich mit den Exfrauen seiner Männer an, damit man ihnen auf einer Party nicht aus dem Weg gehen muss. Und in den Hamptons, wo Bruce und Pammie jeden Sommer verbringen, lässt man sich so leicht keine Party entgehen. Das galt auch für Russell und mich. Weshalb wir selbstverständlich zusagten, als uns die Bendingers über das Memorial-Day-Wochenende in ihre Villa einluden.

Mag schon sein, dass der Sommer überall sonst am 20. Juni

beginnt – aber nicht in New York. Dort fängt er Ende Mai an, weil ab dem Memorial-Day-Wochenende die Mietverträge für die Sommerhäuser in Kraft treten. Von da an hält es die Einwohner Manhattans nicht mehr auf ihrer Insel. Jeden Freitag fährt die halbe Stadt aufs Land, um sich mit ebendieser halben Stadt an den Strand zu legen. Wer kein eigenes Sommerhaus hat, mietet sich eins, und wer sich keins mietet, lässt sich einladen.

Was erstaunlich einfach ist.

Da die Wochenendhausbesitzer genug damit zu tun haben, den Grill zu bestücken und sich am eigenen Pool in der Sonne zu aalen, kommen sie nicht viel unter die Leute. Also laden sie sich Gäste ein. Seit Pammie zu Pamela mutiert ist, kann ich spätestens in der ersten Märzwoche mit ihrer Einladung rechnen. Sie ruft an und sagt: »Du darfst dir als Allererste ein Sommerwochenende aussuchen.«

»Kann ich mich anhand der Gästelisten entscheiden?«, frage ich.

»Wer sonst noch kommt, weiß ich nicht. Du bist die Erste, die ich frage. Aber wir laden schließlich *nur* faszinierende Persönlichkeiten ein.«

Bei den meisten Gästen, die ich im Hause Bendinger im Lauf der Jahre kennengelernt habe, würde es mir nicht eben leichtfallen, sie als faszinierend zu bezeichnen. Aber ich will nicht unhöflich sein, und weil Pammie so ungefähr der netteste Mensch ist, den man sich denken kann, sage ich: »Wie wär's mit dem Memorial-Day-Wochenende?« Dann hätten wir den Stress wenigstens schnell hinter uns.

Denn es *ist* Stress, vor allem das Gefühl, mit den anderen faszinierenden Gästen um das faszinierendste Gastgeschenk wetteifern zu müssen. Was sie nicht alles anschleppen! Weinkühler, Bildbände, Handtücher, Strandtücher, Gästeseifen, Holztabletts, Salatbestecke, Bilderrahmen und getöpferte Keramiken mit Meeresmotiven. Ich wäre schon froh, wenn ich noch zusammenbekäme, mit welchem Liebhaber ich in welchem Sommer bei den Bendingers aufgekreuzt bin. Da kann ich mich nicht auch noch daran erinnern, ob ich das Make-up-Täschchen wirklich Pammie geschenkt habe oder nicht vielleicht doch meiner Freundin Nathalynne – damals, als ich noch mit Evan verheiratet und Nathalynne noch meine Freundin war. Apropos Evan: Er hätte sich einen Sommerpalast leisten können, aber er wollte nicht. Dieser Mann war der geborene Schmarotzer.

Natürlich wird jeglicher Erholungswert, den man sich von ein paar Tagen am Meer verspricht, durch die Hin- und Rückfahrt zunichtegemacht. Wer noch nie an einem sommerlichen Freitagabend auf dem Long Island Expressway im Stau gestanden hat, weiß nicht, wie eine Blechlawine aussieht.

»Schicke Hütte«, sagte Russell, als wir die Auffahrt der Bendingers hinaufrollten. Er parkte zwischen einem Mercedes und einem Lexus. Vor der Villa spielte Bruce mit Victor und Mooney, den zwei glücklichsten Schnauzern der Welt. Er winkte uns weiter nach links. Also ließ Russell den Motor wieder an und stellte den Wagen neben dem Haus ab.

»Wahrscheinlich will er nicht, dass wir ihm mit unserem Carsharing-Aufkleber die Auffahrt verschandeln«, sagte ich.

In den Hamptons geht es streng hierarchisch zu. Ob Südküste oder Nordküste, South Fork oder North Fork – subtilste Abstufungen bestimmen den Status. Irgendwie spielt wohl auch die relative Lage zum Montauk Highway mit hinein, aber solche Feinheiten übersteigen nicht nur mein Begriffsvermögen, sondern auch mein Interesse. Pamela geb. Pammie wohnt in East Hampton, dem *richtigen* Hampton.

Ich machte Russell mit Bruce und Bruce mit Russell bekannt. Während die Männer sich die Hand gaben, hob Mooney das Beinchen und pinkelte auf die Hortensien. Victor kackte auf den Rasen.
Mit dem erzürnten Ruf »Jungs! Was fällt euch ein?!« kam Pamela aus dem Haus gelaufen, um uns zu begrüßen – nachdem sie sich die Hände an ihrem Tennisdress abgewischt hatte. Ich nahm stark an, dass mit den *Jungs* nicht Russell und Bruce gemeint waren. »Habt ihr denn gar keinen Respekt vor meiner harten Arbeit?« Sie lachte. Pamela ist eine begeisterte Gärtnerin. Wäre ich auch, wenn mein Landschaftsarchitekt zweimal in der Woche mit seinem Team vorbeikäme.
Bruce ging ein Plastiktütchen holen. Mit seiner untersetzten Figur, dem Kürbisgesicht und der Glatze ist er nicht gerade ein Adonis, aber dafür äußerst penibel. Pamela hat mir einmal anvertraut, dass er sich sogar den Rücken enthaaren lässt. Eine Information, die mir zu meinem Lebensglück nicht unbedingt gefehlt hat. Pamela dagegen konnte darüber regelrecht ins Schwärmen geraten. Genauso wie über die Tatsache, dass sich die Hälfte sämtlicher Tankstellen an der Ostküste im Bendinger'schen Familienbesitz befindet.
»Höchste Zeit, dass wir uns auch mal kennenlernen!«, sagte sie zu Russell. Sie umarmte ihn und nickte mir über seine Schulter hinweg zu. Ihr Blick sagte: *Ist doch ganz passabel, dein Neuer.* »Ihr bekommt das Gänseblümchenzimmer. Das mag Molly am liebsten.« Nachdem sie für Russell noch schnell eine Besichtigungstour durch ihr Zwanzigzimmerdomizil veranstaltet hatte, beruhigte sie uns, wir hätten noch reichlich Zeit, um uns für das Dinner aufzuhübschen. Abendgarderobe mitzunehmen, war mir leider nicht in den Sinn gekommen, aber immerhin hatte ich ein Paar Sandalen zum Wechseln dabei.

Unser Zimmer glich einem Gänseblümchenmeer. Tapete, Vorhänge, Möbel – alles war im gleichen Muster gehalten, einem Muster, das einen vor lauter Fröhlichkeit schier um den Verstand brachte. Wie die Titelseite von *Architectural Design*, bloß im Drogenrausch. Nachdem wir uns »etabliert« hatten – was im Hampton-Slang so viel wie »auspacken« bedeutet –, begaben wir uns nach unten in den Lanai. So nennen Pammie und Bruce ihre überdachte Veranda, eingerichtet mit drei Dreisitzersofas und einem langen Tisch, der fast bis nach Westhampton reicht. Wer ein Haus mit mehr als zehn Zimmern sein Eigen nennt, muss sich für die überzähligen Räumlichkeiten zwangsläufig eigene Namen ausdenken.

Kaum hatten wir uns im Lanai-Outdoorwohnzimmer eingefunden, begann auch schon die Schwelgerei. Es wurden Cocktails gereicht, Snacks angeboten, Schüsseln mit dampfenden Nudeln und schwere Platten mit gegrilltem Gemüse angeschleppt. Womit auch schon die wichtigste Beschäftigung während einer Wochenendfreizeit bei Bruce und Pammie genannt wäre: Essen. Und Gespräche über das Essen. Ich könnte Ihnen beim besten Willen nicht sagen, wer im Tulpen-, Lilien- oder Rosa Nelkenzimmer nächtigte. Vor lauter Futtern blieb für Smalltalk keine Zeit.

Am Sonntagmorgen drehte ich mich unter dem Gänseblümchensteppbett zu Russell um. »Bist du schon wach?« Seine Antwort rangierte irgendwo zwischen Knurren und Schnarchen. Von seiner Raus-aus-den-Federn-und-ran-an-den-Speck-Alltagspersönlichkeit ist am Wochenende nicht das Geringste zu spüren. Mit den zerstrubbelten Haaren und der verrutschten Schlafmaske sah er zum Fürchten aus.

Ich freute mich für Pammie, der es als Pamela so glänzend ging. Meine Freundin war nett. Mein Freund war nett. Es war nett, mit meinem Freund auf dem edlen Baumwolllaken meiner Freundin zu liegen. Obwohl ich theoretisch mit meinem netten Leben rundum zufrieden hätte sein können, war ich es nicht. Nicht immer. Aber öfter, als ich es wahrhaben wollte.

Manchmal beschlich mich eine quälende Traurigkeit, eine wehmütige Sehnsucht. Andere Leute starben an Krebs, waren blind, taub, krank, am Verhungern. Und ich? Nahm mir das Recht heraus, unglücklich zu sein? *Schäm dich, Molly!*, rief ich mich zur Räson. *Stell dich nicht so an. Du bist mit einem wunderbaren Mann zusammen, der dich sehr gern hat. Sei nicht so undankbar, Molly.*

Russell lüpfte die Schlafmaske. Als er richtig wach war, zog er mich an sich und brachte mich im Handumdrehen auf andere Gedanken.

Der Höhepunkt des Wochenendes war, von Sex und Völlegefühl einmal abgesehen, der Sonntagslunch, zu dem die Bendingers vierzig ihrer liebsten Nachbarn eingeladen hatten. Soll ich Ihnen das Geheimnis der Hamptons verraten? Den Grund dafür, warum gutbetuchte Mitmenschen einen hübschen Haufen Scheine hinblättern, um in einer Gegend, die früher nichts weiter als ein endloser Kartoffelacker war, ein Haus zu bauen, das selbst sie sich eigentlich kaum leisten können? Das Geheimnis ist die Luft. Es ist nicht die übliche Feld-Wald-und-Wiesen-Luft, die man sonst ein- und ausatmet. Es ist nicht einmal stinknormale Seeluft. Die Luft in den Hamptons ist leichter und frischer, sie hat einen verzaubernd silbrigen Schimmer. Die Strände glitzern, die sattgrünen Rasenflächen leuchten, und bei den Gesprächen über das Essen sprühen die Menschen nur so von Witz und Esprit. Und weil man eine solche

Luft einfach feiern muss, wird immer irgendwo eine Party veranstaltet. Besonders gern bei den Bendingers.

»Kann ich dir irgendwie helfen?«, fragte ich Pamela, bevor die Lunchgäste eintrafen. »Den Pool abfischen? Aus den Servietten Schwäne falten?« Vielleicht hätte ich mich als Einparkhilfe anbieten sollen. Mir gingen nämlich die Augen über, als ich sah, wie viele Leute mit dem Auto ankutschiert kamen, obwohl sie nur ein paar hundert Meter entfernt wohnten.

Cocktails und Hors d'œuvres wurden auf der Terrasse serviert, begleitet von Harry Connick Jr., dessen eingängige Melodien aus den Deckenlautsprechern rieselten. Russell kostete das Wochenende in vollen Zügen aus. Er hatte am Vormittag schon Federball und Krocket gespielt, sich gesonnt, einige Bahnen im Pool gedreht und sich bei den anderen Gästen angelegentlich danach erkundigt, wie sie geschlafen hatten. Erwähnte jemand etwas von Rückenschmerzen, zückte er sofort seine Visitenkarte. Mir imponierte sein zupackender Opportunismus, auch wenn ich mich dafür fremdschämte. Während wir neben dem Rohkostbuffet standen, Russell einen Gin Tonic, ich einen Wodka Tonic in der Hand, raunte er mir zu: »Hier ist alles so nobel.«

»Ja? Ich kannte Mrs. Nobel schon, als sie noch jeden Samstagabend über der Kloschüssel hing.« Ich winkte fröhlich zu Pammie hinüber. Sie plauderte mit einem Mann, der eine dubiose rosa Hose samt Polohemd trug. »Komm, wir mischen uns unter die Leute«, sagte ich zu Russell. »Wir sind schließlich auf einer Party. Da sucht man zwanglos das Gespräch und die Geselligkeit. Und vielleicht kann ich sogar ein paar Zitate für meinen Artikel aufschnappen.«

Keine vier Schritte später stolperten wir über ein Ehepaar, das seine knusprige Sonnenbräune im Partnerlook spazierentrug.

»Darrin Aschbacher.« Der Mann gab mir die Hand. »Unternehmer.«
»Molly Hallberg.« Ich schlug ein. »Angestellte.«
»Ich bin Marya«, stellte die Frau sich vor. »Mit y.«
»Y? Wo?«, fragte ich begriffsstutzig.
»Alle glauben immer, mein Name würde mit i geschrieben, dabei ist es ein y.« Ihr Ton verriet, wie ihr dabei zumute war: *So hat eben jeder sein Päckchen zu tragen.*
»Dr. Russell Edley, Mediziner.« Russell schüttelte Darrin Aschbachers Unternehmerhand.
»Welches Fachgebiet?«, fragte Marya.
»Chiropraktik«, antwortete Russell.
»Ach, *so* eine Art von Mediziner.« Ihr Blick hätte kaum verächtlicher ausfallen können, wenn er ihr gestanden hätte, als Pizzaausfahrer zu jobben.
»Das halbe New York City Ballet lässt sich von Russell behandeln«, sprang ich ihm zur Seite.
»Das behauptet mein Chiropraktiker auch«, sagte Marya.
»Das behaupten sie alle«, sagte Darrin.
Als Nächstes spielten wir eine Runde Und-woher-kennen-Sie-die-Bendingers? *Ach nein. Tatsächlich? Und woher kennen* Sie *unsere Gastgeber?* Die Gelegenheit schien mir günstig, ein bisschen Recherche zu betreiben. Ich wandte mich an Marya: »Sie machen so einen glücklich verheirateten Eindruck. Woran haben Sie gemerkt, dass Darrin der Richtige ist?«
»Der Richtige wofür?«
»Der richtige Mann für Sie.«
»Sie wollen wissen, warum ich ihn geheiratet habe?«
»Äh, ja, so könnte man es wohl auch ausdrücken.«
»Das ist jetzt fünfunddreißig Jahre her«, sagte Darrin.
»Siebenunddreißig«, korrigierte ihn Marya.

»Man kann sich schließlich nicht an alles erinnern«, meinte Darrin achselzuckend.

Während Russell und die Aschbachers sich in das Thema Rückenschmerzen vertieften, fielen mir zwei neu eingetroffene Gäste auf, die über den Rasen zum Haus geschlendert kamen. Heike Vogel kannte ich aus der Zeitung; sie ist eine der einflussreichsten Produzentinnen Hollywoods – einer Spezies, die aus höchstens fünf Vertreterinnen besteht. Vor zwei Jahren hatte sie einen Megaflop hingelegt, eine Liebesgeschichte zwischen Justin Bieber und Diane Keaton, die gar nicht erst in die Kinos kam, sondern sofort auf DVD verramscht wurde. Während man noch munkelte, sie sei ruiniert, meldete sie sich auch schon mit einem Jennifer-Aniston-Blockbuster zurück. Der Streifen bekam zwar in der *EyeSpy*-Rezension nur einen halben Stern, war aber beim Publikum ein echter Renner – und für Heike Vogels Karriere die Rettung.

Mit ihren knallpinken Haaren und der überdimensionalen, schwarz geränderten Brille ist Heike leicht zu erkennen. Sie ist berühmt dafür, mit allen großen Studiobossen und Hollywoodlegenden geschlafen zu haben, doch inzwischen ist sie Ende sechzig, und die meisten Legenden sind tot. Ihr Begleiter trug eine Baseballkappe mit dem Logo der Cincinnati Reds, mit der er noch stärker auffiel als Heike mit ihren Bonbonhaaren. Eine Baseballkappe sieht man in den Hamptons selten, eine Cincinnati-Reds-Kappe nie. Zwei Frauen gesellten sich zu dem Pärchen und begrüßten den Mann mit einem Küsschen. Heike zog weiter, in Richtung Bar. Der Mann nahm die Kappe ab und steckte sie in die Gesäßtasche. Er musste mindestens zwanzig Jahre jünger sein als Heike. War er ihr Sohn? Ihr Liebhaber? Ihr Baseball-Coach? Schon wanzte sich die nächste Frau an ihn ran.

»Ah! Wissen Sie schon, wer heute auch hier ist?«, fragte Marya.
»Nein.«
Ohne sich lange mit einem *Man sieht sich* oder von mir aus auch *Aus dem Weg, bevor ich Sie umrenne* aufzuhalten, steuerte sie schnurstracks den Reds-Fan an.
Da Russell und Darrin inzwischen die Gewinnmargen bei Halskrausen ausloteten, machte ich mich auf die Suche nach einem neuen Drink. Mit ein bisschen Glück würde an der Bar sogar ein Interview mit Heike Vogel für mich abfallen. Ein Zitat von ihr wäre ein echtes Highlight für meinen Wahre-Liebe-Artikel. Und tatsächlich: Sie stand mutterseelenallein neben einer Phalanx aus Schnaps- und Weinflaschen. Das Handy auf Armeslänge von sich gestreckt, tippte sie mit beiden Daumen eine SMS. Ich war beeindruckt. Den Doppeldaumentrick hab ich noch nie gekonnt. Ich trat neben sie und gab mich möglichst cool und journalistisch.
»Verdammtes Funkloch.« Schimpfend versenkte sie das Telefon in ihrer großen Strohtasche. »Und wer sind Sie?« Sie bewaffnete sich mit einem Glas Rotwein und musterte mich über den Rand ihres riesigen Brillengestells von oben bis unten. Aber nur eine Sekunde lang, bis sie über meine Schulter hinweg einen Bekannten erspähte. »Oliver! Darling!«, trällerte sie.
Ich drehte mich um. Oliver West ist der Liebling der Kunstwelt – zumindest bei Kunstliebhabern mit einer besonderen Vorliebe für teure Gemälde, die gesichtslose Frauen darstellen. Nachdem Oliver und Heike sich mit dem obligatorischen Wangenküsschen rechts-links begrüßt hatten, sagte ich: »Tag, Oliver. So sieht man sich wieder.«
»Kennen wir uns denn?«, fragte er.

»Könnte man sagen.«

Seine Verwunderung schlug in blanke Ratlosigkeit um. »Aber
ja, jetzt fällt es mir wieder ein. Sie haben *Weiblicher Akt auf*
 dem Fenstersims erworben, nicht wahr?«

»Eher weniger.«

»Sagen Sie, Oliver, wie geht es eigentlich Ihrer Exfrau?«, mischte Heike sich dazwischen.

Ich trat den Rückzug an. Bruce gab Mr. Cincinnati Reds die Hand, Russell dem Unternehmer seine Visitenkarte und Pamela einem Kellner Saures. Als sie damit fertig war, nahm ich sie kurz beiseite.

»Na, amüsierst du dich?«

»Zu Tode. Sag mal, wer ist denn der Mann, der sich da drüben mit Bruce und Marya unterhält?«

»Sie schreibt sich übrigens mit y. Komisch was?«

»Zum Kranklachen. Verrätst du mir, wer er ist?«

»Cameron Duncan. Heike Vogel hat ihn mitgebracht«, antwortete Pammie. »Sie hat sich die Filmrechte an seinen letzten beiden Büchern gesichert. Schund. Krimis für Frauen. Würde unsereins nie lesen.«

»Aber wir sind doch Frauen.«

»Sein Detektiv, Mike Bing, ist wahnsinnig sensibel und zartbesaitet. Vor lauter Menschenfreundlichkeit tut er den bösen Buben nichts zuleide und sorgt nur dafür, dass sie ins Gefängnis wandern.«

»Schund«, sagte ich.

»In jedem Buch ist Mike Bing unsterblich verliebt, und in jedem Buch muss seine Freundin am Ende dran glauben. Die eine stirbt auf dem Kühlturm eines Atomkraftwerks. Eine andere erwischt es auf dem Washington Monument. Die Frauen sind immer irgendwo ganz weit oben, wo er sie nicht retten kann.«

»Du liest ihn also doch, gib's zu.«
»Jetzt hast du mich ertappt.« Pammie grinste. »Aber was ich dich noch fragen wollte … Wozu brauchte Russell heute Morgen eigentlich das Salz?«
»Er ist ein Gurgler.« Bevor ich mich beherrschen konnte, fing ich auch schon an, ihn mit blubbernden Rachengeräuschen nachzuäffen. Aber nur ganz kurz. Es gehört sich nicht, sich vor anderen Leuten über seinen eigenen Freund lustig zu machen. »Pammie, woher wusstest du, dass Bruce der Richtige für dich ist?«
Sie ließ den Blick über die feudale Villa und den prächtigen Garten schweifen. »Ich wusste es einfach.«
Ich legte ihr den Arm um die Schultern. »Du warst schon immer ein helles Köpfchen.«
Pammie starrte empört zum anderen Ende des Rasens. »Ich fasse es nicht!« Marya Aschbacher und eine andere Frau ordneten die Tischkärtchen neu. »So etwas kann ich auf den Tod nicht ausstehen!« Sie wandte sich wieder zu mir um. »Unterhalte dich doch mal mit Cameron. Du bist schließlich auch von der schreibenden Zunft. Und jetzt: Essen fassen!« Schon zog sie los und machte die Runde, um ihre Gäste zu bitten, sich in Richtung Tisch in Bewegung zu setzen.
Als ich Russell wiederfand, unterhielt er sich gerade mit einem Mann, der karierte Bermudashorts mit Hosenträgern trug – aber nicht das Opa-Modell, sondern schnieke Wall-Street-Hosenträger. Russell überreichte ihm seine Visitenkarte. »Darf ich vorstellen? Meine Partnerin Molly«, sagte er. »Molly, Thatcher Kamin.«
»Fusionen und Akquisitionen«, ergänzte Thatcher und gab mir die Hand.
»Super!«, sagte ich. »Könnte ich vielleicht gleich Ihre Aufmerksamkeit akquirieren? Pamela bittet nämlich zu Tisch.«

»Oh«, sagte Thatcher. »Dann gehe ich mal lieber meine Frau suchen.«

Nachdem ich mich bei Russell untergehakt hatte, schlossen

wir uns der Prozession in die unendlichen Weiten des Gartens an. »Das da ist Oliver West«, sagte ich, mit dem Kopf in Richtung des berühmten Malers nickend. Er wurde von Heike flankiert, die ihm mit dem ausgestreckten Zeigefinger vor dem Gesicht rumfuchtelte. »Ich habe über zwei Jahre nackt für ihn Modell gesessen, aber meinst du, er erkennt mich?«

»Vielleicht, weil du angezogen bist«, antwortete Russell.

»Soll ich ihm erst meine Möpse zeigen?«

Ausgerechnet in dieser Sekunde kam Cameron Duncan an uns vorbei, begleitet von der weiblichen Hälfte des Pärchens aus dem Tulpenzimmer. Er musste mit einem Überschallgehör ausgestattet sein, denn er grinste mich vielsagend von der Seite an. Obwohl ihn die Frauen umschwirrten wie die Borkenkäfer eine Pheromonfalle, sah er nicht einmal richtig gut aus, trotz seiner hohen Stirn und der kurzen, dunklen Locken. Schwer zu sagen, ob er die hohe Stirn von Natur aus besaß oder ob nur sein Haaransatz ein Stück weit zurückgewichen war. Eine seiner Augenbrauen verlief schräg nach oben, als ob er sich ständig über etwas amüsierte. Sein rechter Mundwinkel war ebenfalls leicht verrutscht. Es war dieses schiefe, schelmische Lächeln, das ihn bei aller mangelnden Attraktivität unwiderstehlich wirken ließ.

Ich hängte mich fester an Russell und beschleunigte ein bisschen das Tempo.

Eine weiß eingedeckte Tafel erstreckte sich über die gesamte Breite des Rasens. Als hätte man uns in ein Bühnenbild aus dem *Paten* versetzt. Während wir nach unseren Tischkärtchen Ausschau hielten, versuchte Pamela noch hektisch, sie an ihre ursprünglichen Plätze zu stellen. »Ich hatte euch Männlein-Weiblein, Männlein-Weiblein gesetzt!«, sagte sie. Doch sie konnte die Kärtchen gar nicht so schnell zurücktauschen, wie zwei Frauen Reise nach Jerusalem spielten und zwei Stühle kaperten, während sich eine Dritte mit der Handtasche ihren Wunschplatz sicherte. Nachdem Pamela mit einem letzten verzweifelten Kärtchentausch zwei enttäuschte Seufzer und mehrere Klagen ausgelöst hatte, gab sie sich geschlagen.

Mich hatte sie bei sich am Kopfende des Tisches platziert, gleich neben Cameron Duncan. Bruce hielt am unteren Ende Hof. Im Zuge des fröhlichen Kärtchen-wechsel-dich-Getümmels hatte es Russell zwei Plätze weiter nach schräg gegenüber verschlagen, neben eine Schönheit mit Südstaatenakzent, die sich als Lindy Sue Michaels vorstellte, Innenarchitektin. Zur Rechten von Lindy Sue und mir direkt gegenüber hatte Rachel Starr Platz genommen, ihres Zeichens Gartenbauarchitektin.

Die Frau auf meiner von Cameron abgewandten Seite beugte sich an mir vorbei, drückte ihm die Hand – für meinen Geschmack eine Spur zu lange und zu fest – und sagte: »Ich bin Blair Kamin.« Offenbar hatte Thatcher Kamin seine Gattin nicht mehr rechtzeitig gefunden, um den Tausch der Tischkarten verhindern zu können. Er war am Fußende neben Bruce gelandet. »Wahnsinn, Sie sind es leibhaftig«, sagte Blair, während sie mir den Ellenbogen fast ins Gesicht rammte. Cameron war von einem Meer aus weiblichen Fans umgeben: auf seiner anderen Seite Heike Vogel, Marya Aschbacher gegenüber. Und nicht zu vergessen Pamela, das heimliche Cameron-Groupie.

Bruce stand auf, um eine kleine Ansprache zu halten. Erst hieß er seine Nachbarn willkommen, dann den Sommer. Anschließend erhob auch Pamela ihr Glas, und alles prostete sich zu.

Cameron Duncan lächelte, als er mit mir anstieß. Er lächelte, als er mit Rachel Starr anstieß. Er lächelte für Heike, Marya und Pamela. Zuletzt umkurvte er mit dem Weinglas geschickt den Brotkorb und stieß auch noch mit Lindy Sue an. Er verteilte seine Gunst gerecht nach allen Seiten.

Lindy Sue zwinkerte ihm zu und wandte sich dann an Russell: »Ist das Ihr Wasserglas oder mein Wasserglas?«

»Ihres«, antwortete er.

Auch er bekam ein Zwinkern ab. Sie trug eine Weste und einen Fransenschal, den sie sich über die Schultern drapiert hatte. Sonst nichts. Nur Schal und Weste.

Thatcher Kamin brachte ebenfalls einen Toast aus und dankte Pamela und Bruce für ihre Gastfreundschaft. Unter erneutem fröhlichem Gläserklirren lächelte Cameron mich ein zweites Mal an. »Ich freue mich, Sie kennenzulernen.« Die schmachtenden Weiber reichten ihm offenbar nicht; jetzt musste er auch noch mich bezirzen. »Was machen Sie so beruflich?«

»Ich schreibe für *EyeSpy*. Bin fürs Vermischte zuständig.«

»Ein weites Feld.«

»Man ackert, was man kann.«

Kaum waren die Trinksprüche abgeebbt, brach die Essenslawine los: Platten mit luftgetrockneter spanischer Wurst und über Apfelbaumholz geräuchertem Schinken, frischer Gänseleberpastete und portugiesischem Käse, Tabletts mit schottischem Wildlachs und Ziegenkäse im Feigenblatt. Fruchtiger Cabernet und vollmundiger Merlot flossen in Strömen.

Während Rachel mir den Lachs reichte, sagte sie: »Ich fasse es nicht, dass Sie noch nie einen Mike-Bing-Krimi gelesen haben. Am Ende des Buchs steht er immer mit gebrochenem Herzen da, weil jedes Mal seine Freundin getötet wird.«

»Dann scheint er aber als Detektiv nicht viel zu taugen«, murmelte ich.

»Er ist einfach wunderbar«, seufzte Lindy Sue und zwinkerte Cameron zu.
»Pamela, die Wurst ist fantastisch«, sagte Marya.
»Danke«, antwortete Pamela. »Übrigens, deine Ohrringe sind umwerfend.«
Lindy Sue nahm mich ins Visier. »Mike Bing hat ein Drogenkartell auffliegen lassen, einen Atombombenangriff verhindert und im dritten Buch die Goldreserve des Schatzamtes in Fort Knox gerettet. Aber in Wahrheit sind die Romane tragische Liebesgeschichten.«
Russell spitzte die Ohren. »Kennen Sie *Das Vermächtnis der Tempelritter*?«, wollte er von Cameron wissen.
»Nicholas Cage ist mein Held«, antwortete der.
»Wie heißt denn Ihr Buch?«, fragte Russell.
Heike unterbrach sich kurz beim Simsen. »Bücher«, korrigierte sie und rammte ihre Gabel in ein Putenbällchen.
»Ihre Bücher«, wiederholte Russell brav. Er hatte wohl keine Lust, sich ebenfalls aufspießen zu lassen.
»Geht es in Ihrem nächsten Roman wieder um die Liebe?«, fragte Rachel, die Gartenbauarchitektin.
»Und seine Freundinnen überleben nie?«, drängte ich mich dazwischen. »Nicht eine einzige? Welche Frau würde sich denn mit so einem Typen einlassen wollen?«
Rachel warf mir einen finsteren Blick zu.
»Ich würde mich mit ihm einlassen!«, sagte Blair. »Was habe ich geweint, als er Monique im zweiten Buch erst jeden Montag eine weiße Rose geschickt und sie am Ende mit weißen Rosen zu Grabe getragen hat. Sie wissen wirklich, was Frauen wollen.«
Aber sicher, dachte ich. *Schöne Blumen zur Beerdigung.* Ehrlich gesagt, war ich neidisch auf diesen Cameron. Über meine

Texte geriet nie jemand ins Schwelgen. Noch nicht mal ins Schwärmen. »Wie kommt es, dass Sie ein solcher Frauenversteher sind?«, fragte ich.

[62] »Ich habe vier Schwestern. Alle älter als ich.«

»Keine Brüder?«, fragte Lindy Sue mit dem obligatorischen Augenzwinkern. Sie hatte echt den Dreh raus. Wenn ich zwinkere, sieht es immer nach einem nervösen Tick aus.

»Nein, ich war der einzige Junge«, antwortete Cameron. »Das Nesthäkchen in unserer Familie.«

Hatte er sich eben wirklich als Nesthäkchen bezeichnet?

»Wie süß«, sagte Marya.

»Hinreißend«, sagte Rachel.

»Kein Wunder, dass Sie so sensibel sind«, sagte Blair. »Und Mike Bing so romantisch.«

Cameron spielte das schüchterne, bescheidene Kerlchen, verlegenes Schulterzucken und scheues Lächeln inbegriffen. »Ich glaube, dass wir Männer sehr viel romantischer sind, als ihr Frauen es uns zutraut«, sagte er. »Oder können Sie mir einen Mann nennen, der *Schlaflos in Seattle* nicht mag?«

Die Frauen gurrten; die Männer schauten verdattert aus der Wäsche.

»Gibt es irgendwo noch Mais?«, fragte ich in die Runde.

Nach einem kurzen Loblied auf die erntefrischen Zucchini, gefolgt von einem angeregten Erfahrungsaustausch über Lyme-Borreliose sagte Rachel: »Es war so furchtbar, dass Mike Bing seine Sasha oben auf dem Atomkraftwerk nicht retten konnte. Verdammte Arachnophobie.«

»Akrophobie«, verbesserte Cameron sie mit einem Lächeln. »Angst vor Höhen, nicht vor Spinnen.«

»Ich bin schon wahnsinnig gespannt auf den Film«, sagte Blair über meinen Kopf hinweg. Genauso gut hätte ich unsichtbar sein können.

»Und ich erst«, sagte Cameron. »Wenn ich mir vorstelle, dass ich in der ersten Reihe sitze … Als ob man mittendrin wäre.« Er sah mich an. »Sylvester Stallone dreht meinen Film.« Und wieder das verlegene Schulterzucken. Wieder das schüchterne Lächeln.

»Wirklich?«, sagte ich.

»Wirklich?«, sagte Russell.

»Und wer spielt Sasha?«, fragte Rachel.

»Das entscheidet Sylvester«, sagte Heike. »Wir hoffen, er nimmt Angelina.«

Pamela blieb fast die Feige im Hals stecken. »Die beiden würden ein Traumpaar abgeben. Slygelina!«

»Gwyneth Paltrow wäre auch nicht übel«, kicherte Blair. »Slytrow!«

»Gwyneth ist zu jung«, sagte Rachel, während sie in der Messerschneide ihren Lippenstift überprüfte. »Ich hasse Acht-Stunden-Lippenstifte. Die halten höchstens acht Minuten.«

»Ob man Liebespaaren früher auch solche Kombinamen verpasst hat?«, warf ich ein. »Romeo und Julia: Julio. Catherine und Heathcliff: CathCliff. Oder Heatherine?«

»Sie lesen Liebesromane?«, fragte Cameron.

»Ich wollte das nur zur Debatte gestellt haben.« Doch anscheinend hatte niemand Lust, das Thema zu vertiefen.

»Mike Bings Freundinnen sind keine Sexpüppchen«, sagte Lindy Sue. Wieso sah sie *mich* dabei an? »Sie passen altersmäßig zu ihm.«

»Apropos, kennt irgendwer diese unsägliche DVD mit Diane Keaton und Justin Bieber?«, fragte Russell.

Allgemeines *Nie-gesehen*-Gemurmel, unterbrochen nur von Heike, die nach einem geblafften »Kann ich was dafür, dass Justin Bieber so ein hundsmiserabler Schauspieler ist?« sogleich wieder ihr Handy traktierte.

Ich überlegte, mich ans Bruce-Ende des Tischs umzusetzen. Aber dafür war es wohl zu spät.

»Wie alt ist denn Ihr Mike Bing?«, fragte ich Cameron.

[64] »Zweiundvierzig«, antwortete er.

»Und wie alt sind Sie?«

»Zweiundvierzig.«

»Dann kommen Mike und Sie bestimmt prima miteinander aus. Stehen Sie auch auf gleichaltrige Frauen?«

»Ich stehe auf alle Frauen.«

»Ach ja? Das ist sicher ganz schön zeitaufwändig.«

Das Essen wurde ab-, das Dessert aufgetragen – Käsekuchen mit Zitrone, Schokoladengugelhupf mit Englischer Creme, pochierte Birnen in Aprikosensauce, frische Wassermelonenscheiben. Die Konversation zerfiel in Einzelgespräche. Pamela unterhielt sich mit Marya und der beiddäumig simsenden Heike, Rachel mit Lindy Sue. Russell gab Blair seine Visitenkarte. Am unteren Tischende maßen Thatcher und Darrin sich neben einem Teller mit pastellfarbenen Makronen im Armdrücken. Während ich der Wassermelone zu Leibe rückte, blieb als Gesprächspartner nur Cameron übrig. In meinen Augen ist die kernlose Wassermelone die größte Errungenschaft der Menschheit. Gleich nach der Haftnotiz.

»Wenn Ihr Mike Bing sich so gut auf die Liebe versteht, kann er sie doch bestimmt erkennen, wenn sie ihm über den Weg läuft.« Ich verzehrte meine Melonenscheibe mit Messer und Gabel; zu Hause hätte ich das Fruchtfleisch einfach aus der Schale geknabbert. »Was würden Sie sagen? Woher weiß er, ob er die wahre Liebe gefunden hat?«

»Dafür genügt ihm ein Blick in seine Kristallkugel.«

»War das eine ernst gemeinte Antwort?«

»War das eine ernst gemeinte Frage?«

»Schon möglich«, sagte ich.
»Wenn Sie die Melone salzen, kommt der Geschmack noch besser zur Geltung. Dadurch wird sie besonders lecker.«
»Sie hat schon Geschmack. Ich kann ihn schmecken.« Ich aß salzlos weiter.
»Bei uns in der Prärie, wo ich herkomme, schwört man auf Melone mit Salz.« Cameron sah mir und meiner Melone aufmerksam zu. Als Aktmodell hatte ich mich weniger gehemmt gefühlt.
Ich sagte: »Ihr Detektiv muss ja ein unwiderstehliches Kerlchen sein, wenn er in jedem Buch eine neue Freundin findet.«
»Er glaubt an die Liebe, er kämpft um sie. Mike Bing ist ein Romantiker.«
»Und frei erfunden.«
»Aber doch aus dem Leben gegriffen.«
Meine kernlose Melone überraschte mich mit einem Kern. Hinter damenhaft vorgehaltener Hand versuchte ich, mich des kleinen Störenfrieds möglichst unauffällig zu entledigen. Pamela wäre sicher nicht entzückt gewesen, wenn ich ihn einfach auf den Rasen gespuckt hätte.
»Haben Mike Bings Freundinnen eigentlich irgendwelche Gemeinsamkeiten? Mal abgesehen davon, dass sie am Ende alle das Zeitliche segnen?«
»Ja. Sie salzen ihre Wassermelonen.«
»Zu schade, dann passe ich ja gar nicht in sein Beuteschema.«
»Da wäre er wohl anderer Meinung.«
Bevor ich ein verächtliches *Ha!* ausstoßen, genervt die Augen verdrehen und mit der Bemerkung kontern konnte, seine Prosa sei hoffentlich etwas weniger plump als seine Anmache, sagte er: »Sie haben Melonensaft im Gesicht.« Er deutete auf mei-

ne Serviette. »Darf ich?« Ich warf einen Blick auf Russell. Der unterhielt sich mit Lindy Sue und aß einen Blini.

»Das kann ich schon alleine.« Ich wischte mir den Saft ab.

 »Sie haben nicht alles erwischt.«

»Hab ich wohl.«

»Glauben Sie mir.«

Cameron beugte sich vor, nahm mir die Serviette aus der Hand und tupfte mir behutsam, ja fast liebevoll das Kinn ab. Obwohl die Reinigungsaktion keine zwei Sekunden gedauert hatte, glaubte ich, den sanften Druck seiner Finger noch immer auf meiner Haut zu spüren. Ein warmes, verwirrendes Gefühl.

Er lächelte mir verschwörerisch zu, als teilten wir plötzlich ein kleines Geheimnis.

Während meine innere Molly sich noch darüber wunderte, was zum Henker das nun wieder zu bedeuten hatte, legte Pammie die Hände megafonförmig an den Mund und rief: »Wer hat Lust auf Touch Football?«

Bei dem Stimmengewirr, das daraufhin losbrach, hätte man meinen können, die Gäste hätten auf ihren Vorschlag nur gewartet, doch vermutlich trugen auch all die geleerten Weinflaschen ihren Teil zur allgemeinen Begeisterung bei. Einzig Heike ließ sich davon nicht anstecken. »Das soll ein Witz sein, oder? Du meinst das doch nicht ernst?«

Mit Russells Reaktion hätte ich nie im Leben gerechnet. Er ließ sofort den Blini fallen. »Touch Football? Super! Los, Leute, alle Mann ran an den Ball.«

Ich traute meinen Ohren nicht. Andererseits konnte sich für ihn jeder verrenkte Rücken in bare Münze verwandeln.

Pammie rief ihrem Mann zu: »Bruce, Darling, stellst du ein Team zusammen? Ich spiele bei der anderen Mannschaft den

Kapitän.« Damit war das Mittagessen offiziell beendet. Unter lautem Stühlerücken erhob sich die gesamte Gesellschaft, einschließlich Heike, vom Tisch. Während man sich freundschaftlich kabbelte, wer in welcher Mannschaft antreten sollte, oder laut überlegte, ob man nicht vielleicht doch lieber als Cheerleader für Stimmung sorgen sollte, gab ich Russell wortlos zu verstehen, dass er *ohne mich* auskommen musste.

Blair entschwand mit einer an Cameron gerichteten, neckischen Warnung: »Wehe, Sie fahren nach Hause, ohne mir ein Autogramm zu geben!«

»Ja, genau. Unterstehen Sie sich!«, rief auch Rachel, bevor sie sich umdrehte und entfleuchte. »Ich will in Bruce' Team!«

»Viel Spaß«, sagte ich zu Cameron.

Er blieb sitzen. Ich blieb sitzen. Nach ein, zwei Minuten stummen Nebeneinanderhockens sagte ich: »Mike Bing ist nicht sportlich?«

Cameron schüttelte den Kopf.

Ich bat ihn, mir noch eine Melonenscheibe rüberzureichen.

Er legte sie mir auf den Teller. Rechts und links von uns wurde das Geschirr abgeräumt, und die Stühle wurden zusammengeklappt.

»Sind Sie wirklich ein Fan von Nicholas Cage?«, fragte ich.

Cameron grinste. Und machte wenigstens ein zerknirschtes Gesicht dazu.

»Und warum haben Sie es dann behauptet?«

»Weil ich einen Buchverkauf gewittert habe.«

»Und dafür würden Sie alles sagen?«

Cameron sagte gar nichts.

»Dann mögen Sie *Schlaflos in Seattle* bestimmt auch nicht.« Ich ließ den Blick über den leeren Tisch schweifen. »Ihr Publikum ist weg. Sie können es ruhig zugeben.«

»*Schlaflos in Seattle* ist grandios! Es gibt wohl kaum etwas Romantischeres als die letzte Szene auf dem Empire State Building. Einfach perfekt.«

 Ich konzentrierte mich auf meine Melone. »Das sagen Sie auch nur, weil Sie glauben, dass die Frauen es hören wollen.«

»So schätzen Sie mich ein? Sie sind wohl eine besonders eingefleischte Zynikerin.«

»Zynikerin bin ich erst seit fünf Jahren, seit meiner Scheidung von einem Scheidungsanwalt.« Was sollte ich sagen? Dass ich nach der Scheidung wütender auf mich selbst gewesen war als auf Evan, weil ich mich nicht mehr auf mein Urteilsvermögen verlassen konnte? Der Tag, an dem ich in der *New York Times* seine Hochzeitsanzeige las, war der schwärzeste meines Lebens.

»Fünf Jahre sind eine lange Zeit. Und das Leben ist kurz.«

»Vor allem für die Gespielinnen Ihres Detektivs.« Ich legte Gabel und Messer über Kreuz auf den Teller. »Entschuldigen Sie, aber mein Freund wartet auf mich.« Ich suchte den Rasen nach Russell ab. Doch der steckte mitten im Kampfgetümmel.

Dafür kam Oliver West zu uns an den Tisch geschlendert. Er blieb stehen, schnippte mit den Fingern und zeigte auf meinen Busen. »Aber natürlich erinnere ich mich! Eine Augenweide!«

Stoßstange an Stoßstange, Gehupe um Gehupe quälten wir uns am Abend im Schneckentempo nach Hause. Während wir abwechselnd die Klimaanlage rauf- und wieder runterdrehten und im Autoradio mal Russells, mal meinen Lieblingssender einstellten, sagte ich: »Was ist dieser Cameron Duncan doch für ein arroganter Affe.«

Russell trommelte mit den Fingern aufs Lenkrad. »Ist mir gar nicht aufgefallen.«
Spöttisch schlug ich einen tieferen Tonfall an: »Sylvester Stallone dreht meinen Film.«
»Ich finde das nicht arrogant«, sagte Russell. »*Ben Affleck dreht meinen Film*, das wäre arrogant. Aber doch nicht Sylvester Stallone.«
»Also, für mich klang das angeberisch.«
»Mir kam er wie ein anständiger Kerl vor.«
»Ich hab mich mehr mit ihm unterhalten als du. Er ist nicht ganz koscher. Mit solchen Typen kenne ich mich aus.«

4

[70] Russell gab mir einen Abschiedskuss und fuhr mit dem Carsharing-Auto davon. Fünf Minuten später trat ich auf meiner Etage aus dem Aufzug. Tracy und Kevin Gallo, meine frischvermählten Nachbarn, standen eng umschlungen und knutschend vor dem Raum mit dem Müllschlucker. Ob die Abfallentsorgung sie anmachte? Man konnte sich des Eindrucks kaum erwehren.

Die Gallos sehen wie Zwillinge aus – nichts als Arme, Beine, Lippen und Zungen. Das gleiche zerstrubbelte Haar, die gleiche käsige Haut – sicher, weil sie es nie aus dem Bett schafften. Obwohl sie schon seit sieben Monaten neben mir wohnten, hatte ich nicht den leisesten Schimmer, was sie beruflich machten oder wo sie herkamen. Sie sprachen nie ein Wort, vermutlich noch nicht mal miteinander. Sie spielten immer nur Mandelhockey und kicherten.

»Na, schönes Wochenende gehabt?«, sagte ich, ohne stehenzubleiben.

Zurück in meinen eigenen vier Wänden, wollte ich gerade meinen Koffer auspacken, als es klingelte. Ohne durch den Spion zu spionieren, machte ich auf.

Angela hielt mir ein angebissenes Twinkies hin. »Möchtest du was abhaben?«

»Danke. Aber danke nein.«

»Wie war's in den Hamptons?«

»Wie war's in New Jersey?«

Sie trug Yogahose und T-Shirt und hatte die Haare zum Pferdeschwanz nach hinten gebunden – niedlich wie immer. Sie trabte mir ins Schlafzimmer hinterher, setzte sich in meinen blau-weiß gestreiften, von väterlicher Hand perfekt gepolsterten Lesesessel und sah mir beim Auspacken zu. »Und? Irgendwelche tollen Leute getroffen?«

»Toll? Inwiefern?«

»Na, berühmt.«

Bei Angela muss man aufpassen, was man sagt. Alles, was man von sich gibt, wird getwittert. Bei der kleinsten, auch nur annähernd witzigen Bemerkung zückt sie sofort ihr Handy. Ihr wichtigster Auftraggeber ist ein Feinkostgroßhandel, Iazzanelli's. Unter dem falschen Namen eines erfundenen Kunden bewertet sie angebliche Käufe und gibt Produkttipps ab. *Liken Sie uns auf Facebook, und lernen Sie, den Reifegrad einer Melone am Geruch zu erkennen!* Es macht Angela wahnsinnig, dass der Name des Großhandels die Hälfte ihrer Anschläge auffrisst. Ihr Falschname lautet Flo, weil Flo nur drei Buchstaben hat. Darüber hinaus twittert sie aber auch als Angela.

Ich nahm das Nachthemd, die Sonnencreme und die Spirale aus dem Koffer. »Richtige Promis haben wir keine gesichtet. Bloß eine halbberühmte Filmproduzentin und einen Schriftsteller. Aber der zählt nicht, weil ich überhaupt nicht wusste, dass er berühmt ist. Cameron Duncan.«

»*Den* hast du kennengelernt?«

»Ich musste neben ihm sitzen. Ein furchtbarer Schleimer.«

»Also, von dem würde ich mich gern mal ein bisschen einschleimen lassen.«

»Dann hast du schon mal was von ihm gelesen?«

»Ich habe die Duncans meiner Mutter geliehen, und jetzt rückt sie sie nicht wieder raus. Es heißt, er wäre der Dashiell Hammett seiner Generation.«

»Ist denn nicht James Patterson der Dashiell Hammett seiner Generation?«

Angela überlegte kurz, holte ihr Handy raus und twitterte los.
»Er streut Salz auf die Wassermelone«, sagte ich.
»Das ist ja interessant. Darf ich dich damit zitieren?«
»Meinst du nicht eher plagiieren?«
»Bis du deinen eigenen Account hast, sind deine Bemerkungen Gemeingut.«
»Darauf kannst du lange warten, dass ich mir so einen Account zulege. Die reinste Zeitverschwendung. Diese Leute klingen alle, als wären sie einem Glückskeks entsprungen.«
»Also ich finde Cameron Duncan heiß. Ich habe seinen Account abonniert.«
»Er twittert?«
»Die ganze Welt twittert.« Sie tippte munter vor sich hin. Während ich hin und her überlegte, ob ich meine Shorts in die Wäsche geben sollte, machte sie plötzlich ein Hoppla-Gesicht.
»Was gibt's?«
Angela hielt mir das Handy hin. Ich warf die Shorts auf den Wäschehaufen, beugte mich über's Bett und las: *Zyniker werden nicht geboren, sondern gemacht. Seit 5 Jahren geschieden und immer noch nicht drüber weg? Wo gibt's denn so was?* Ich las den Tweet ein zweites Mal.
»Der meint wohl dich«, konstatierte Angela.
»Wer kriegt das zu sehen?« Ich las den Tweet ein drittes Mal.
»Nur seine zehntausend Follower. Hauptsächlich Frauen.«
»Im Ernst? Das kriegt er zurück. Schreib, dass sie Cameron Duncan nicht auf den Leim gehen sollen.«
»Leg dir einen Account zu, und schreib deine eigenen Beleidigungstweets.«
Ich war so aufgebracht, dass ich tatsächlich eine Sekunde mit dem Gedanken spielte, den Widerstand gegen die verhasste Twitterei aufzugeben. »Ach, vergiss es. Ich hab zu arbeiten.«

»Konntest du in den Hamptons wenigstens ein paar gute Zitate ergattern?«

»Nichts Zündendes.«

»Du hättest Cameron Duncan interviewen sollen. Er ist Fachmann in Sachen Liebe!«

Nachdem Angela gegangen war, nahm ich meinen Laptop und googelte Cameron Duncan. Anscheinend brauchte er sich bloß die Zähne zu putzen, um in die Medien zu kommen. Die Gesellschaftsseiten waren voll von ihm, und auf jedem Foto hing eine andere schöne Frau an seinem Arm. Wie kam der Kerl überhaupt noch zum Schreiben? Als Nächstes nahm ich mir seinen Wikipedia-Eintrag vor. Geboren in Hamilton, Ohio. Studium an der Ohio State. Kolumnist beim *Ellery-Queen*-Magazin. Drei Bestseller in den letzten drei Jahren. Nominiert für den Edgar Award. Kein Wort darüber, ob er verheiratet war, aber Wikipedia kann man nicht trauen. Möglicherweise hatte er ein Dutzend Exfrauen. Und alle tot. Seine fiesen Tweets wurden nirgendwo erwähnt.

NOTIZEN CENTRAL-PARK-INTERVIEWS, DIENSTAG, 31. MAI

Schafwiese

ICH: Woran erkennen Sie die große Liebe?

MANN IM ROTEN HEMD: Man will niemals auseinandergehen.

FRAU IM PARTNERLOOK-HEMD: Niemals. Man will kein Lebwohl und kein Adieu. Und – igitt! – schon gar kein leises Servus.

ICH: Könnten Sie das noch ein bisschen genauer beschreiben?

FRAU: Keine Zeit. Wir müssen gehen.

MANN (leise): Ciao.

Bethesda-Brunnen

ICH: Haben Sie schon mal geglaubt, die perfekte Frau gefunden zu haben, nur um später festzustellen, dass Sie sich geirrt hatten?

TYP MIT HOT DOG: Klar. Dauernd.

ICH: Warum ist es so schwer, die wahre Liebe zu finden?

TYP: Hä? Liebe? Ich dachte, hier geht's um Sex.

Bootshaus

ICH: Erinnern Sie sich noch, wie Sie einander das erste Mal tief in die Augen geblickt haben?

JUNGE FRAU: Das war vor ungefähr zwanzig Minuten. Wir haben gerade unser erstes Date.

ICH: Oh, Entschuldigung. Und wie lässt es sich an?

MANN MIT GLATZE: Super! Sie ist hübscher als auf ihrem Foto.

JUNGE FRAU (achselzuckend): Er ist älter als auf seinem Foto.

ICH: Na dann, viel Glück!

Great Lawn

ICH: Hi, könnte ich Sie vielleicht kurz zum Thema Liebe interviewen?

KERL IM DURCHGESCHWITZTEN T-SHIRT: Ich spiele gerade Frisbee.

ICH: Ja, aber …

KERL: Kopf runter!

Am Mittwochabend musste ich Joel Mooy vertreten, den Restaurantkritiker bei *EyeSpy*. Mein Auftrag: ein trendiges neues Esslokal auf der Lower East Side testen. Ich rief meine Freundin Kristine an, die immer mitwill, wenn ich auf Spesen ausgehe.

Kristine Marshall ist eine meiner besten Freundinnen, bloß darf ich das nicht laut sagen. Sie meint, »beste Freundin« sei eine Schublade, in die sich nur Siebtklässlerinnen stecken. Ich mag sie sehr, auch wenn sie mir dauernd mit solchen Regeln und Edikten kommt, von denen noch nie ein Mensch etwas gehört hat. Kristine ist zweiundvierzig, drei Jahre älter als ich, und nach einer achtmonatigen Trennung auf Probe frisch geschieden. Während ihr Mann, Zach, sich anderweitig vergnügte, saß sie brav zu Hause und wartete darauf, dass er wieder zur Besinnung kam. Mittlerweile ist er mit einer Kindergärtnerin verlobt.

Kristine hat ihren Kopf zur Zach-freien Zone erklärt. Sie will keinesfalls in die gleiche Falle tappen, in der schon so viele Frauen nach der Scheidung gelandet sind: nicht loslassen zu können und den alten Beziehungskohl immer wieder aufwärmen zu müssen, bis an den Rand der seelischen Erschöpfung. Ich diene ihr dafür als abschreckendes Beispiel. Sie hat sich zur Königin des Neubeginns gemausert und datet nun ihrerseits alles, was ihr im Cyberspace über den Weg läuft. Sie ist eine hartgesottene Optimistin. Und Ansprüche hat sie auch. Ein Bewerber wurde abserviert, weil er zu einer Verabredung mit umgegurteter Bauchtasche erschien; ein anderer handelte sich einen Korb ein, als er statt Myanmar »Burma« sagte.

Kristine und ich kennen uns, seit ich damals im Vorweihnachtsgeschäft bei Bloomingsdale's in der Haushaltswarenabteilung gejobbt habe. Sie kaufte bei mir einen Entsafter für Zachs Mutter – mit Mitarbeiterrabatt. Kristine arbeitet bei Bloomingdale's in der Möbelabteilung, wobei sie sich selbst als Einrichtungsberaterin bezeichnet, während ihr offizieller Titel Sales

Associate lautet. Wenn sie mich besucht, stellt sie als Erstes meine Sessel um und schiebt die Couch durch die Gegend. Aber mir macht das nichts aus. Sie hat einen ausgezeichneten
 Geschmack.

Kristine hat große Augen, dünne Lippen und eine Brille mit dauerverschmierten Gläsern. Ungelogen. Als ob sie ihr allmorgendlich ein Bad in einer Schlammpfütze verabreicht. Sie trägt Schuhe mit hohen Absätzen, damit sie nicht nur größer, sondern auch imposanter wirkt, und kann, ohne ein Gramm zuzunehmen, mehr Essen vertilgen als eine ganze Division. Ihr Wahnsinnsstoffwechsel macht sie zur perfekten Begleitung, wenn Joel mal wieder mit einer Lebensmittelvergiftung im Bett liegt und ich für ihn als Restauranttesterin einspringen muss.

»Interessanter Schuppen«, sagte Kristine, während sie den Blick über die spiegelnden Wände, die Milchglaspaneele, die Lampen mit den Leinenschirmen und die lange, geschwungene Bar gleiten ließ. Wir saßen auf einer elfenbeinfarbenen Lederbank mit goldenen Paspeln. »Ich habe das Gefühl, wir sind in einer Wellness-Oase.«

Die Bedienung trug ein Outfit mit Schürze und weißem Rüschenhäubchen, das aussah wie von Armani – falls Armani je auf die Idee verfallen wäre, eine solche Kluft zu entwerfen. Ich bestellte sechs Vorspeisen und vier Zwischengerichte. Man musste schon mit Dummheit geschlagen sein, um nicht zu merken, in welcher Mission ich unterwegs war.

»Wäre das alles?«, fragte das Haubentäubchen und setzte warnend hinzu, dass die Portionen recht groß ausfielen. »Irgendwelche Allergien?«

»Penizillin«, antwortete ich.

»Okay«, sagte sie, bereits im Abdrehen. »Dann lassen Sie besser die Finger von der Hühnersuppe.«

Während wir warteten, unterhielten wir uns, als wären wir völlig harmlose Gäste und keine Undercover-Esserinnen. »Wie kommst du eigentlich mit deinen Nora-Ephron-artigen Interviews voran?«, fragte Kristine.
»Danke, dass du mir den Appetit verdirbst.«
»So schlecht?«
»So langsam. Soll ich dich mal eben interviewen?«
»Ist das nicht geschummelt?«
»Ich würde es eher als zeiteffektiv bezeichnen.«
»Na schön. Dann leg los.«
Ich schlug den gekünstelten Ton einer Radiosprecherin an: »Ms. Marshall, woran erkennen Sie, dass ein Mann der Richtige für Sie ist?«
»Abgesehen davon, dass er zum Niederknien gut aussieht, ein Sexgott ist und über ein Treuhandvermögen verfügt?«
»Abgesehen davon.«
»Er muss bereit sein, für mich zu sterben. Und es dann auch beweisen.«
»Ich danke Ihnen. Ende des Interviews.«
»Hast du dir Noras Filme angesehen?«, fragte Kristine. »Nicht *Silkwood*, der ist deprimierend. Die Liebeskomödien?«
»Ja. Ich habe sogar das Buch über ihren Hals gelesen und das Buch übers Sich-nichts-mehr-merken-Können. Aber ich kann trotzdem nicht so schreiben wie sie.«
»Das ist der blödsinnigste Auftrag aller Zeiten. Als Jennifer Love Hewitt die *Audrey Hepburn Story* gedreht hat, wurde sie in der Presse niedergemacht, weil sie nicht wie Audrey Hepburn aussieht.«
»Dazu fällt mir die Geschichte von dem alten Senator ein, der zu irgendeinem Vizepräsidenten gesagt hat: ›Und Sie, junger Mann, sind kein John F. Kennedy.‹ Der Satz verfolgt mich nachts im Albtraum.«

»Lloyd Bentsen zu Dan Quayle«, sagte Kristine.

»Ist ja klar, dass du das weißt.«

Kristine zuckte mit den Schultern. »Es geht eben nichts über eine gesunde Halbbildung.«

In Wahrheit ist sie ein echtes Universalgenie. Eine wandelnde Enzyklopädie des unnützen Wissens. Als Jugendliche hat sie sogar mal im Fernsehen an einem Schulstreberquiz teilgenommen.

Ein Sortiment Teller auf dem Arm balancierend, kam unsere Kellnerin zurück. »Reichen Ihnen die Vorspeisen so weit?«, fragte sie, nachdem sie die erste Runde vor uns abgestellt hatte. Wir nickten, und sie zog wieder ab.

Ich probierte die Quinoa-Warnischkes und schrieb heimlich eine Bewertung in das Notizbuch, das ich auf dem Schoß liegen hatte. Wahrscheinlich sah es so aus, als ob ich während des gesamten Essens masturbierte. »Wie findest du den Salat mit dem Brustfilet vom freilaufenden Hähnchen?«

Kristine drehte die Hand hin und her: so lala. »Ich darf nur nicht darüber nachdenken. Eben noch trippelt das glückliche Hähnchen frei übers Land, und schon liegt es – schwuppdiwupp! – zerstückelt im Salat.«

»Mich überkommt's immer bei Forelle blau. Ich stelle mir einen armen Fisch vor, mit Schnaps abgefüllt bis an die Kiemen.«

Wir legten eine Schweigeminute ein und teilten uns anschließend eine Lachsmousse mit Frischkäse.

Beim gefilte Fisch – Wildfangheilbutt – erzählte Kristine, dass ihr die ständigen Rendezvous allmählich zum Hals raushingen. »Was ist der Unterschied zwischen einem ersten Date und einem Vorstellungsgespräch?« Sie beantwortete sich die Frage gleich selbst: »Zwei Gläser Wein.«

»Darum bin ich ja so dankbar, dass ich Russell gefunden habe.«

Kristine stöhnte. »Was ist der Unterschied zwischen Russell und einem Herzinfarkt?«

»Was?«

»Beim Infarkt kriegt man Herzklopfen.«

Kristine ist nicht gerade Russells größter Fan. Sie nimmt ihn zwar in Kauf, kann sich aber nicht für ihn begeistern. Ich sage ihr immer, dass sie ihn einfach nicht gut genug kennt. »Bei Russell kriege ich auch Herzklopfen.«

»Nenn mir ein Beispiel.«

Ich überlegte kurz. »Jedenfalls fühlen wir uns wohl miteinander.«

Kristine schüttelte den Kopf. »Müsstest du für so eine Wohlfühlbeziehung nicht mindestens dreißig Jahre älter sein?«

»Herzklopfen kommt mir nicht mehr in die Tüte. Einmal und nie wieder. Eine Wohlfühlbeziehung hat viel mehr Langzeitpotenzial.«

»Aber du könntest doch auch beides haben.« Kristine warf einen kritischen Blick auf ihren Teller. »Irgendwas stimmt nicht mit dieser Meerrettich-Aioli.«

»Putz deine Brille. Mit der Aioli ist alles in Butter.«

Über einem Bruststück vom Kobe-Rind ließ sie mich wissen, dass für sie selbst die Liebe noch lange nicht gestorben war – ein nicht gerade subtiler Wink mit dem Zaunpfahl. Sie rümpfte die Nase, runzelte die Stirn und ließ das Bruststück Bruststück sein. »Ich habe diese Woche vier Dates. Ein Musiker, ein Schriftsteller, ein Comedian und ein Apotheker. Hoffentlich ist wenigstens einer von ihnen gut genug, dass man mit ihm ins Bett gehen möchte.«

»Ich setze auf den Apotheker.« Ich kritzelte *Kobe – unter aller*

Kanone in mein Notizbuch. »Und wenn das Date in die Hose geht, kann er dir wenigstens Drogen verschreiben.«

»Vielleicht lege ich mir einen Hund zu. Angeblich lernt man doch beim Gassigehen dauernd Leute kennen.«

»Hundefreunde lernen beim Gassigehen Hundefreunde kennen. Du magst Hunde ja noch nicht mal.«

Kristine kostete den Bio-Eiersalat. Ich kostete den Bio-Eiersalat. Und salzte nach.

»Die heißesten Typen gehen alle klettern«, sagte sie. »Da müsste sich doch in einer Kletterhalle was abschleppen lassen.«

Ich grinste. Ihr Optimismus war unerschütterlich. »Erst angelst du dir einen Kletterer und anschließend einen Sanitäter.«

Ich blätterte in meinem Notizbuch ein paar Seiten zurück. »Was meinst du, wie klingt das als Einstieg? ›Wer die wahre Liebe sucht, sollte sich immer erst die Ausweispapiere zeigen lassen. Man weiß schließlich nie, was einem blüht. Liebeskummer? Untreue? Eine tödliche Blamage auf YouTube?‹«

»Und das soll witzig sein?«

»Das wird schon noch witzig.«

»Wann?«

»Bald.«

»Dann beeil dich besser. Unwitziger kann es nämlich nicht mehr werden.«

»Immerhin ist es ehrlich. Und ehrlich ist gut.«

»Du sollst dir Nora Ephron als Vorbild nehmen. Nicht Charles Dickens. Dein Artikel hört sich so an, als wäre er von jemandem geschrieben worden, der mit der Liebe nichts am Hut hat.«

»Na und?«

»Mensch, Molly. Wie kannst du dir die ganzen *Harry-&-Sally*-Storys reinziehen und *nicht* an die Liebe glauben?«

»Das sind *Schauspieler*«, sagte ich. »Außerdem ist kaum etwas schwerer zu ergründen als das Glück von Liebespaaren. Meine Eltern kommen mir glücklich vor, Pammie und ihr reicher Mann kommen mir glücklich vor, sogar Evan und mich hättest du zu unserer Zeit für glücklich gehalten. Es sei denn, du hättest ihn in einer Bar kennengelernt. Weil er dir bestimmt einen Drink spendiert und dich angebaggert hätte. Dann hättest du dich vielleicht doch gefragt, wie weit es mit unserem Glück wirklich her ist.«

Kristine rückte ihre Brille zurecht. »Und was, wenn wir, ohne es zu merken, dem Mann fürs Leben längst begegnet sind? Mit dem wir eines Tages in trauter ehelicher Zweisamkeit auf einem roten Plüschsofa die Liebe unseres Lebens Revue passieren lassen?« Leider war in dem Restaurant von diesen geheimnisvollen Fremden keine Spur zu sehen. Kristine legte die Hände wie zum Fernrohr zusammen und nahm mich ins Visier. »*Mister X und Molly.* Vielleicht kennst du ihn schon.«

»Vielleicht ist ja auch Russell mein Mister X.«

Kristine schnaubte. »Ganz bestimmt.«

Kristine, die im Village illegal zur Untermiete wohnt, fuhr mit dem Taxi nach Hause. Ich nahm die U-Bahn. Zu meinen Mitreisenden gehörten Schlafende, Lesende, vor sich hin Starrende. Mir gegenüber saß ein Liebespärchen. Der Junge hatte den Schriftzug WHALE BELLY auf den Unterarm tätowiert. Vermutlich handelte es sich dabei um den Namen einer Band und nicht etwa um sein Leibgericht – Walbauch. Das Mädchen hatte in der einen Augenbraue eine Sicherheitsnadel stecken. Die andere Augenbraue konnte ich nicht sehen, weil sie ihr Gesicht an Walbauchs Schulter presste.

»Entschuldigung«, sagte ich laut, um das Geratter der U-Bahn zu übertönen. »Ich arbeite für *EyeSpy*, ein Online-Magazin, das so ähnlich wie *Gawker* ist, aber doch ganz anders, und ich schreibe gerade einen Artikel über die Liebe.«

[82] »Liebe?«, sagte er.

»Werden unsere Namen genannt?«, fragte sie.

»Ich habe den Eindruck, dass Sie in einer sehr engen Beziehung zueinander stehen.«

»Haben Sie?«, sagte er.

»Er ist mein Freund. Nicht mein Verwandter«, sagte sie.

»Wie haben Sie sich kennengelernt?«

»Auf einem Konzert«, sagte er.

»Wie spannend! Was waren die ersten Worte, die Sie miteinander gewechselt haben?«

»Weiß ich nicht mehr. Ich war high«, sagte sie.

»Ich auch«, sagte er.

»Das wird bestimmt ein ätzender Artikel«, sagte sie.

5

NOTIZEN TIFFANY-INTERVIEWS, FIFTH AVENUE, 1. STOCK, DONNERSTAG, 9. JUNI

13.45 Uhr

ICH: Dürfte ich Sie etwas fragen?

JUNGER MANN: Ich bin kein Verkäufer.

ICH: Mir ist aufgefallen, dass Sie sich Verlobungsringe ansehen.

JUNGER MANN: Sind Sie Verkäuferin?

ICH: Nein. Ich bin bei *EyeSpy*.

JUNGER MANN: Ei, ei!

13.52 Uhr

ICH: Sie sehen aus wie frisch verlobt.

FRAU MIT LOCKEN: Wir kaufen gerade den Ring.

ICH: Woher wissen Sie, dass es für immer ist? Dass Sie nicht in zwei Jahren versuchen werden, den Ring auf eBay wieder zu verkaufen?

MANN MIT KOTELETTEN: Wer hat Sie hergeschickt?

FRAU MIT LOCKEN: Seine Mutter?

ICH: Ich bin Reporterin.

FRAU MIT LOCKEN (Tränen in den Augen): Aber sie hat recht! Wer sagt denn, dass es für immer ist?

13.58 Uhr

ICH: Wie haben Sie die große Liebe gefunden? Wo haben Sie sich kennengelernt?

MÄDCHEN MIT PFERDESCHWANZ: Beim Squaredance.

ICH: Wie bitte?

JUNGE MIT ROSIGEN WANGEN: Wir kommen aus Nebraska.

[84] MÄDCHEN MIT PFERDESCHWANZ: Wir sind in New York, weil es wohl nichts Romantischeres gibt, als den Verlobungsring bei Tiffany's zu kaufen.

ICH: Doch. Wenn Sie den gleichen Ring in der Zweiundvierzigsten Straße um die Hälfte billiger kriegen.

14.03 Uhr

WACHMANN: Entschuldigen Sie, Ma'am. Aber ich muss Sie auffordern, die Geschäftsräume zu verlassen.

Am Freitag warf Deirdre mir eine Pressemappe und ein Plastiktütchen auf den Schreibtisch. »Neuer Auftrag. Probieren Sie mal aus, ob's was bringt.« Unter fröhlichem Armreifengeklirr eilte sie davon.

»Ob was was bringt?«, tönte Emily von nebenan.

»Geschenkgutscheine von Bergdorf's«, rief ich zurück.

Ich öffnete den Beutel und entnahm ihm einen Slip mit in den Zwickel eingenähtem Gummistöpsel, der ungefähr so groß war wie der Sauger eines Babyfläschchens. Mir wurde umgehend klar, warum Deirdre sich mit einem solchen Affenzahn aus dem Staub gemacht hatte. Laut Gebrauchsanweisung sollte der vaginal eingeführte Silikonkegel beim Training der Beckenbodenmuskulatur als Konzentrationspunkt dienen. In mehreren Abschnitten ließ sich das Infoblatt über die Vorteile einer möglichst hohen Passgenauigkeit aus: je strammer der Sitz, desto besser die Wirkung. Außerdem hieß es, der Slip eigne sich im Alltag ganz hervorragend zum Stressabbau. Da konnte ich aber froh sein. Allein der Anblick des Höschens reichte nämlich aus, um mich maßlos zu stressen.

Am Samstagmorgen war ich mit Angela und Kristine im Metropolitan Museum verabredet. Die Idee kam von Angela, die sich von dem Besuch irgendwelche Impulse für einen ihrer Auftraggeber – ein griechisches Restaurant – versprach. Kristine und ich warteten schon oben am Eingang, als Angela atemlos die Treppe heraufhetzte. »Sorry!« Sie kam von einer Besprechung bei Mr. Iazzannelli, mit dem sie sich über eine Werbekampagne für Lammkoteletts beraten hatte.

»Null Problemo«, sagte ich. »Ich konnte die Wartezeit gut überbrücken.«

»Dann trägst du das Teil tatsächlich?«, fragte Angela.

»So stramm es geht!«

An der Kasse standen zwei deutsche Touristen vor uns in der Schlange. Nichts gegen die Deutschen! Man erkennt sie nur gleich an ihren Socken und Sandalen. Außerdem sprachen sie Deutsch. Während Kristine ihre Brieftasche rauskramte, schickte Angela schnell einen Tweet los. Sie wollte das deutsche Wort für *slowpoke* – Lahmarsch – wissen.

Während wir an dem uniformierten Wachmann vorbeischlenderten, erzählte Angela uns von ihrem grandiosen Plan, die griechische Geschichte für ihren Kunden auszuschlachten. »Auch wenn die Moussaka noch so gut ist, irgendwann stößt damit selbst der beste Twitterer an seine Grenzen.«

Das Metropolitan war gerammelt voll. Die Besucher schwärmten durch die Gänge, warfen ratlos einen Blick in die Vitrinen mit den antiken Tellern, Schüsseln und Figürchen und gingen achselzuckend weiter. Es deprimierte mich, dass diese Banausen so gleichgültig an den Meisterwerken der antiken Künstler vorbeirauschten. Noch deprimierender sind für mich in einem Museum nur die Aufseher, die, während sie sich die Beine in den Bauch stehen, bestimmt darauf hoffen – oder sogar darum beten –, dass bitte jemand irgendetwas anfassen, anhauchen oder, ein schier unerfüllbarer Wunsch, etwas stehlen möge, nur um ein bisschen Abwechslung in den wohl ödesten Langweilerjob der Welt zu bringen. Ich spreche aus Erfahrung. Ich habe mal einen ganzen Sommer lang als Rettungsschwimmerin gejobbt und vergeblich darauf gewartet, dass endlich jemand ertrinkt.

»Ein Glück, dass wir hier nicht Staub wischen müssen, was?«, sagte Kristine, während wir die griechische Abteilung ansteuerten.

Die griechischen und römischen Sammlungen des Metropolitan Museum sind beeindruckend. So beeindruckend, dass man ihren Saal für Millionen von Dollar ausgebaut und renoviert hat, samt Glaskuppel, Brunnen, in den man Münzen werfen kann, und griechischen Säulen. Oder sind es römische Säulen? Säulen konnte ich noch nie auseinanderhalten. Der geflieste Fußboden sieht aus wie mit Teppichen ausgelegt, dabei bestehen die Teppiche ebenfalls aus Fliesen.

Glanzstücke der Ausstellung sind die weißen Marmorskulpturen auf grauen Sockeln, die überall im Saal verteilt sind, manchmal nur körperlose Köpfe, manchmal nur kopflose Körper. Das Met könnte einiges an Platz sparen, wenn man den einen oder anderen Kopf auf einen Körper pflanzen würde. Außerdem stehen hier Urnen, Vasen und ein paar Särge.

Wir blieben vor der Skulptur eines Jünglings stehen, der – man kann es nicht anders sagen – wie ein griechischer Gott aussah. Schnell schob ich ein, zwei Beckenbodenübungen ein.

Angela fragte: »Wieso fehlen eigentlich bei den Männerstatuen immer die Penisse? Ob die hinter den Kulissen eine große Schublade haben, in der sie die abgebrochenen Schniedel sammeln?«

»Garantiert«, meinte Kristine. »Direkt neben der Schublade mit den Frauenarmen.«
»Bingo!« Angela haute sofort einen Tweet in die Tasten.
»Bei Penislosigkeit ist für mich von vornherein der Ofen aus«, sagte ich.
Während die anderen Kunstliebhaber sich über griechisches Dies und römisches Das austauschten, fingen wir an, eine Männermängelliste aufzustellen – auch wenn ein fehlender Penis kaum noch zu toppen ist.
»Schwarze Fingernägel«, sagte Kristine.
»Schweißausbrüche«, sagte Angela.
»Ein extrem ausgeprägter Adamsapfel«, sagte Kristine.
»Wenn einer Brüste als Melonen oder dicke Dinger bezeichnet!«, platzte ich heraus.
»Pst!«, mahnte uns der Aufseher.
»Nicholas-Cage-Filme«, murmelte ich und hatte sofort ein schlechtes Gewissen. Ich musste daran denken, dass Cameron Duncan behauptet hatte, *Schlaflos in Seattle* sei sein Lieblingsfilm. »Verlogenheit. Wenn ein Typ die Romantik nur benutzt, um Frauen abzuschleppen.«
Wir sahen uns einen Fries oder ein Fresko an; die konnte ich auch noch nie auseinanderhalten.
»Was macht dein Nora-Artikel?«, fragte Angela.
»Redaktionsschluss ist in einer Woche. Am liebsten würde ich ihn Deirdre sonstwo hinschieben.« Wir prusteten los. Der Aufseher ermahnte uns schon wieder. Ich spannte meine Beckenbodenmuskeln an. »Es kommt mir vor, als hätte ich die halbe Stadt interviewt. Ich würde auch noch einen Feuerhydranten interviewen, wenn ich ihm ein gutes Zitat abpressen könnte. Sogar die Droschkenkutscher vor dem Plaza hab ich schon ausgequetscht. Einer von ihnen hat mal einen Heiratsantrag in der fahrenden Kutsche miterlebt.«

»Wie romantisch«, sagte Angela.

»Einer Frau hinter einem gewindelten Pferdehintern einen Antrag zu machen, findest du romantisch?«, fragte ich.

 »Erklärst du mir noch mal, wieso ausgerechnet *du* für diesen Artikel ausgesucht worden bist?«, sagte Kristine.

Wir zogen weiter in den Flügel mit den amerikanischen Möbeln, der wesentlich weniger überfüllt war als der mit den griechischen Göttern. Vielleicht, weil es dort zwar Stühle in rauen Mengen, aber keine Sitzgelegenheiten gab. Vor einem sogenannten Tête-à-Tête blieben wir stehen: zwei an den Armlehnen miteinander verbundene Stühle in einem, aber mit entgegengesetzten Sitzflächen. Anscheinend hielt man so etwas im 19. Jahrhundert für eine grandiose Idee.

»Ein Platz für Seelenverwandte«, bemerkte Angela.

»Woran erkennst *du* eigentlich, dass ein Mann der Richtige für dich ist?«, fragte ich.

»Ich weiß es spätestens nach dem dritten Martini. Davon zwei auf nüchternen Magen.«

»Das sollte ich auch mal probieren«, seufzte Kristine.

»Wie war dein Date mit dem Apotheker?«, fragte ich sie.

»Öde.«

»Und mit dem Comedian?«

»Blöde. Aber vielleicht gebe ich ihm eine zweite Chance. Bei Meg Ryan hat es schließlich auch zwölf Jahre gedauert, bis sie gemerkt hat, dass sie Billy Crystal liebt.« Für die noch nie in einer Strebershow aufgetretene Mehrheit unter uns fügte sie erläuternd hinzu: »In *Harry & Sally*.« Angela und ich nickten, das wussten sogar wir.

»Hat Nora das Drehbuch nicht zusammen mit ihrer Schwester geschrieben?«, fragte Angela.

»Mit welcher Schwester?«, fragte ich zurück.

»Bei *e-m@il für Dich* hat sie mit Delia zusammengearbeitet«, sagte Kristine. Wir wandelten durch die Nachbildung eines Wohnzimmers aus dem siebzehnten Jahrhundert. »Ich finde die Möbel, die wir bei Bloomingdale's verkaufen, wesentlich schöner als diesen Krempel.«
»Mit meiner Schwester könnte ich mir so etwas nicht vorstellen«, sagte ich.
»Weil deine Schwester Polsterin ist. Das kann sich keine von uns vorstellen«, meinte Kristine.
Wir blieben vor einem Samuel-McIntire-Stuhl stehen, der dringendst einer Aufarbeitung durch die Hallberg'sche Polsterei bedurft hätte, so zerschlissen war der Seidenstoff des Sitzbezugs.
»Wisst ihr was?«, sagte Angela. »Russell erinnert mich total an Meg Ryans Freund in *e-m@il für Dich*.«
»Greg Kinnear«, sagte Kristine. »Ich muss bei ihm eher an Bill Pullman in *Schlaflos in Seattle* denken. Auch wenn die beiden austauschbare Langweiler sind.«
»Russell ist kein Langweiler«, widersprach ich. »Außerdem mag ich Bill Pullman, und ich mag auch Greg Kinnear.«
»Das glaubst du doch selber nicht«, sagte Kristine. »Wir wollen alle nur Tom Hanks.«

Weil Kristine zu ihrem Date mit dem Musiker entschwand und Angela noch ein bisschen im Museumsshop stöbern wollte, zog ich allein weiter. Ich musste mir ein neues Laptopkabel besorgen.
Der Apple Store in der Fifth Avenue ist ein echter Touristenmagnet. Er wird sogar von PC-Usern angesteuert. Der imposante zweistöckige Glaswürfel lockt die Kunden unter die Erde. Über eine gläserne Treppe, die sich um einen gläsernen

Aufzug windet, geht es in die Tiefe. Als ich, nachdem ich das
Kabel gefunden hatte, zufrieden mit mir selbst, meinem Tag
und meiner Tüchtigkeit die Treppe wieder hinaufstieg, schweb-
[90] te kein Geringerer als Mr. Cameron Duncan höchstselbst im
Aufzug an mir vorbei nach unten, begleitet von einer rotge-
lockten Schönheit im wallenden roten Kleid. Ich konnte mich
nicht schnell genug wegdrehen, er hatte mich bereits erspäht
und gönnte mir ein eingebildetes, charmantes Lächeln. Er wink-
te, als wollte er nie wieder damit aufhören. In mir verkrampf-
te sich alles, aber ich zwang mich zurückzulächeln. Winke,
winke. Beckenbodenübung. Winke, winke. Was für ein Voll-
idiot.

Am Abend gab es Hamburger und Salat; ich kochte selbst. Russell half mir, den Tisch abzuräumen. Er kratzte die Teller sauber, ich belud die Spülmaschine. Er schrubbte den Grillrost. Jetzt denken Sie bestimmt gleich: *Heirate ihn!* Wie einem Werbespot entsprungen, hielt ich prüfend ein Glas ins Licht. »Können wir uns nachher *Schlaflos in Seattle* ansehen? Ich bin erst halb durch mit meinen Notizen.«

Er sah mich an, als hätte ich ihn gebeten, zum krönenden Abschluss auch noch den Boden zu wischen. »Muss das unbedingt heute sein? Es nervt, wenn du dauernd die DVD anhältst, weil du dir was aufschreiben willst. Dadurch dauert der Film doppelt so lange.«

Das fleckige Glas landete in der Maschine.

»Außerdem bin ich ziemlich müde«, sagte er.

»Hast du deine Heuschnupfenpillen genommen?«

»Bevor ich zu Hause losgefahren bin.« Russell wischte die Spüle aus, ich wischte die Arbeitsplatte ab. »Können wir heute früher ins Bett gehen?« Er bückte sich und schob den Rost in den Backofen.

»Aber gern.« Ich lächelte und tätschelte ihm den Hintern.
»Und noch ein bisschen was lesen?«
»Lesen?« Ich ließ die Hand sinken.
Zu unserem sechsten Date schenkte Russell mir ein spezielles Schaumstoffkissen mit Nackenstützmulden. Zum zehnten Date brachte er sein eigenes mit, zusammen mit einer Schlafanzughose, einer elektrischen Zahnbürste, Wäsche zum Wechseln und einer Schlafmaske, die er in der Nachttischschublade aufbewahrt. Russell schläft am liebsten auf der Seite mit dem Radiowecker. Ich schlafe am liebsten auf der Seite, die näher am Klo ist. Es ist toll, wie gut wir uns in vielen Dingen ergänzen.
Von der Radioweckerseite aus fragte er mich, was ich gerade las. Auf der Kloseite hielt ich *Vom Winde verweht* hoch. »Recherche?«
Ich nickte und fragte ihn nach seinem Buch. Er zeigte es mir: *Verrat unter Freunden.*
»Wieso das?«
»Weil es gut ist. Mir gefällt es.« Fünf Minuten später fielen ihm die Augen zu, und der Kopf sank ihm auf die Brust.
»Muss ja ein wahnsinnig spannendes Buch sein«, murmelte ich.
»Das kommt vom Heuschnupfenmittel.« Und weg war er.
Theoretisch war Russell der perfekte Freund. Nett. Zuverlässig. In der Praxis allerdings war er – zwar nicht immer, aber immer öfter – einfach nur Russell. Ich deckte ihn zu. Die Maske band ich ihm nicht um. Als ich sein Buch neben den Radiowecker legte, grinste mir vom Umschlag Cameron Duncan entgegen. Ich drehte es schnell um und blätterte in meiner Lektüre bis zu der Stelle, wo Rhett die sich sträubende Scarlett in seinen starken Armen die Treppe mit dem roten Teppich hinaufträgt – während mein Freund neben mir schnarchte.

6

[92] Dienstagmorgen gab ich den Beckenbodenartikel ab. Prompt verabschiedete Deirdre sich zu einem »dringenden Termin« und ließ sich erst drei Stunden später wieder in der Redaktion blicken, mit frisch manikürten Nägeln und nagelneuen Strähnchen. Während ich auf ihr Feedback wartete, streckte Keith Kretchmer den Kopf zu mir rein. »Hey, nicht weitersagen, aber Stacey aus der Rechtsabteilung hat sich die Nase machen lassen.« Während ich noch überlegte, wer Stacey war und wie ihre Nase aussah, schob er schnell hinterher: »Das bleibt unter uns. Ja, Molly?«

»Ich schweige wie ein Grab, Keith.«

Keine Sekunde später tuschelte es nebenan: »Hey, Emily, nicht weitersagen, aber …«

Ich setzte die Kopfhörer auf, hörte Lady Gaga und nahm meine männlichen Redaktionskollegen in Sachen Beziehungstauglichkeit unter die Lupe. Die Bilanz fiel mager aus. Dafür bekam ich die Antwort auf eine Frage mitgeliefert, die mich schon lange brennend interessierte: *Wieso kenne ich so viele tolle ungebundene Frauen und keine ungebundenen Männer?* Irgendwann hatten all die verliebten, verlobten, verheirateten, verpartnerten oder sonst wie vergebenen Kerle, denen man ständig über den Weg lief, doch auch mal ein Single-Dasein geführt. Irgendwann *mussten* sie doch zu haben gewesen sein, wenigstens zeitweise. Wenn auch nur für eine Woche oder für ein paar Stündchen zwischen Trennung und Verlobung, zwischen Eheaus und Neuvermählung. Doch dann fiel mir ein, dass die dritte Mrs. Naboshek bereits Hochzeitsgeschenke ausgesucht hatte, als sich die zweite Mrs. Naboshek – das dumme Huhn – noch in einer intakten Ehe wähnte.

Keith war der Erste auf meiner Liste: Mit-den-Fingerknöcheln-Knacker. Kaugummiblasen-im-Mund-Zerplatzer. Klatschtante der Redaktion. Und verheiratet.

Dann kam Wolfie, unser Art Director. Er leidet an einer Bazillenphobie und hat eine große Pumpflasche mit Handreiniger auf dem Schreibtisch stehen. Einmal war ich mit ihm Pizza essen. Er wischte die Fingerabdrücke, die die Kellnerin auf unseren Wassergläsern hinterlassen hatte, mit der Serviette ab. Wolfie ist mit einer Schwesternschülerin verheiratet.

Brady – der Cloud Administrator. Er ist a) ein baumlanger Kerl und b) ein bisschen versponnen. Beides gute Gründe, darüber zu ulken, dass er den Kopf wohl in ebenjener Cloud trägt. Verheiratet.

Joel Mooy – Restaurantkritiker. Ehefrau Nummer vier.

Ronald Miller – Klatschreporter. Wenn er mal nichts zu tun hat, sitzt er in seinem Kabuff, futtert Cannoli und lernt im Internet Italienisch. Verlobt mit einer Stylistin namens Gina.

Gavin – Deirdres Assistent. Hat einen festen Partner.

Wyatt aus der Textredaktion hetzte an meinem Büro vorbei. Wie es um seinen Anbandelstatus bestellt ist, weiß ich nicht. Er ist Praktikant.

Ich hatte gerade Lady Gaga ausgeschaltet, als Emily über unsere gemeinsame Wand lugte. »Willst du die neuesten Fotos von Rory sehen?«

»Ein andermal«, sagte ich, was so viel wie *nie* bedeutet.

Rory ist Emilys Freund. Ihre Fernbeziehung. Ein Skilehrer, den sie in Idaho kennengelernt hat. Die Fotos, die sie von ihm rumzeigt, sind von seiner Facebook-Seite. Rory ist Emilys imaginärer Lover.

Das Geklapper und Geklirre von Armreifen und Halsketten kam näher, und Emily ging schnell auf Tauchstation. Für den

Fall, dass Deirdre womöglich bei ihr vorbeischaut, spielt sie gern die Fleißige.

Aber Deirdre wollte zu mir. »Ich habe Ihren Höschenartikel gelesen; er ist gut geworden.«

Ich lächelte nonchalant und zuckte lässig mit den Schultern. Am liebsten hätte ich Luftsprünge vollführt wie ein Cockerspaniel, der vor Freude ganz aus dem Häuschen ist. *Wirklich? Du findest ihn gut? Er gefällt dir? Du willst mich loben?* »Das hört man gern«, sagte ich.

»Und der Nora-Artikel?«

»Ende der Woche.« Schon war er aus, der Traum, mich eine Weile auf meinen Lorbeeren ausruhen zu können.

»Und wenn dich nun wirklich einer gut findet?«, fragte Angela. »Stell dir vor, jemand glaubt, du wärst seine große Liebe.«

Wir standen vor der Anschlagtafel im Foyer des Hotels Pennsylvania, das seinen Namen tatsächlich seiner Lage verdankt – allerdings nicht in Pennsylvania, sondern gegenüber dem – damals noch – malerischen Bahnhof gleichen Namens.

»Da!« Ich tippte auf SpeedLove. »Erster Stock.« Wir nahmen die Treppe.

»Müssen Hotels eigentlich immer so grässliche Teppichböden haben?«, fragte Angela. »Gibt es irgendein Gesetz, das einem Beherbergungsbetrieb vorschreibt, ausschließlich schauerliche Auslegeware zu verwenden?« Zwei Frauen im Minirock stöckelten aufgekratzt vor uns her. So etwas gehörte von Rechts wegen in einen Fahrstuhl und nicht auf eine Treppe.

»In mich verguckt sich schon keiner«, sagte ich zu Angela. »Ich bin beruflich hier, nicht zum Flirten.« Aus diesem Grund hatte ich mich auch wie eine Klosterschülerin angezogen: lange Ärmel, langer Rock, flache Absätze. Obwohl Angelas Outfit auch nicht gerade sexy war und über ihren üblichen »Jogginghose mit T-Shirt«-Schick nicht wesentlich hinausging, sah sie wie immer hervorragend aus. »Aber du brauchst dir natürlich keine Zügel anzulegen.«

»Ich bin auch nicht hier, um einen Mann kennenzulernen. Wenn ich einen finden wollte, wäre es mir viel zu peinlich, mein Glück bei so einem Event zu suchen.«

Im ersten Stock angekommen, traten wir in einen langen Korridor hinaus, wo es von unverheirateten Männern und Frauen zwischen vierunddreißig und fünfundvierzig nur so wimmelte. Ich konnte sie deshalb so genau nach Alter und Ehestand einordnen, weil die Veranstaltung für Singles zwischen vierunddreißig und fünfundvierzig gedacht war. Was diese Bedingungen anging, nahm es die Website sehr genau: Wer nicht in die angegebene Alterskategorie falle, werde sich an diesem Abend ausgesprochen *fehl am Platz* fühlen. Das Geschlechterverhältnis der Teilnehmer schien ausgewogen zu sein, ganz wie auf der SpeedLove-Website versprochen. Ich für meinen Teil hatte Angela einen ganzen Monatsvorrat an Twinkies und Thunfisch-Sandwiches versprochen, wenn sie mich zu meiner Nora-Recherche begleitete.

In der Schlange vor der Anmeldung klebten sich die Liebeskandidaten Nummern aufs perfekt sitzende Jackett und tief ausgeschnittene Cocktailkleid. Angela und ich kamen uns vor wie ein Putzfrauengeschwader. Stirnrunzelnd musterte sie die anderen Teilnehmer. »War als Dresscode nicht *gehobene Freizeitkleidung* angegeben? Das hier erinnert mich eher an *große Filmpremiere in Hollywood*.«

»Die Männer sehen alle aus wie sechzig.«

»Kein Wunder, dass es SpeedLove heißt. Viel Zeit haben die alten Knacker nicht mehr zu verlieren.«

Eine Frau, die mit Strassschmuck behängt und mit einem Klemmbrett bewaffnet war, sprach uns an: »Zur Bar geht es da hinten lang.«

 »Guter Tipp«, sagte Angela.

Ich zerrte sie am Kragen zurück. »Erst anmelden.«

Wir stellten uns hinter die beiden Miniröcke in die Schlange. Die eine tuschte sich noch schnell die Wimpern, die andere nahm ihren Kaugummi aus dem Mund und wickelte ihn in ein Stück Folienpapier.

Als wir an der Reihe waren, wurden wir von einer Frau begrüßt, die meine Großmutter als »abgetakelte Fregatte« bezeichnet hätte. Wettergegerbt mit viel zu viel Make-up. Ihr Anblick machte mich traurig. Ob sie SpeedLove wohl gegründet hatte, um sich die Rosinen unter den Teilnehmern rauspicken zu können? Oder hatte sie den Glauben an das große Glück unwiederbringlich verloren? Ging es ihr nur noch darum, den Liebessuchenden das Geld aus der Tasche zu ziehen? Und wieso kam ich erst gar nicht auf die Idee, dass ein knackiger fünfundzwanzigjähriger Lover in der Hotelsuite auf sie warten könnte?

»Herzlich willkommen«, sagte sie mit einem reizenden Lächeln. Ihr Namensschild verriet, dass sie Fern hieß. Wie hatte ich nur so gemeine Gedanken über ihre mangelnde Hautpflege haben können! »Hoffentlich finden Sie bei uns, was Sie suchen.«

»Ich suche mein Namensschild«, sagte Angela. »Angela Leffel.«

»Jeri Jacobs«, stellte ich mich vor.

Angela sah mich an. Ich sah Angela an. Ihre Mundwinkel verzogen sich zu Grübchen. »Können meine Freundin Jeri Jacobs und ich nebeneinandersitzen?«

»Davon würden wir abraten«, sagte Fern. »Man wird leicht zur Rivalin.« Sie sah in ihre Liste. »Im Voraus bezahlt. Sehr schön. Die Nummern zweiundzwanzig und zwölf. Die kleben Sie sich an die Bluse.« Sie musterte Angela. »Ans T-Shirt.« Sie händigte uns die Punktekarten und Kugelschreiber mit dem SpeedLove-Logo aus. »Gehen Sie noch auf einen Sprung an die Bar, wir erklären dann gleich alles Nötige.«

Ich steckte den Souvenir-Kuli ein und räumte den Platz für einen Mann, der tatsächlich in die Alterskategorie vierunddreißig bis fünfundvierzig passte. Schnuckeliger Typ, ziemlich verlegen. Blue Jeans und T-Shirt, rasierter Schädel. Sonnenbrand. Er lächelte Angela an, sie lächelte zurück.

»Ich sollte mich wohl ein bisschen locker machen«, sagte sie, während wir die Tür ansteuerten, hinter der ein Wodka Tonic auf mich wartete. Ich hatte Angela das Twittern an diesem Abend streng untersagt, ganz gleich, was kommen mochte. Sonst würde unser Twinkies-und-Thunfisch-Deal platzen. Genauso gut hätte man einem Kettenraucher verbieten können, sich eine anzustecken. Angela drängte sich mit ausgefahrenen Ellenbogen bis zur Theke durch. »Einen Doppelten, bitte. Egal wovon.« Sie ließ den Blick über die Menge schweifen. »Wenn du den süßen Kahlkopf entdeckst, gib mir einen Rippenstoß.«

Jetzt weiß ich, womit die Speed-Dating-Agenturen ihr Geld verdienen: mit Hochprozentigem. Man nehme zweiundfünfzig Nervenbündel und einen Barkeeper – schon steigt das Bruttoinlandsprodukt. Es war wie auf einem Kindergeburtstag – mit Alkohol. Auch die unwirtliche Kulisse trug zu der unwirklichen Atmosphäre bei – ein fensterloser Konferenzraum, trostlos auf französisches Café getrimmt, drei Reihen kleiner Tischchen mit je zwei Stühlen. Angela unterhielt sich mit dem Barmann. Ich machte mir derweil in meiner großen Handtasche Notizen. Hoffentlich sah es so aus, als ob ich nach meinem Portemonnaie kramte. *Eine Mischung aus Hoffnung, Vorfreude, nervöser Spannung und Einsamkeit.* Gerade wollte ich Angela und ihre Tresenbekanntschaft rüde unterbrechen, um mir einen Drink zu bestellen, als unter schrillem Pfeifen ein Mikrofon losjaulte, gefolgt von einem Klopf-klopf-klopf-Test. »Kann man mich hören? Kann man mich hören?«, quietschte Fern durch den Raum. Wahrscheinlich drang ihre Stimme bis in den gegenüberliegenden Bahnhof. Sie klopfte und testete, bis alle Gespräche verstummt waren, dann sagte sie glucksend: »Ich fühle es: Heute Abend liegt Liebe in der Luft.« Worauf ich nur noch eins fühlte: Angst. Fern hielt eine silberne Kuhglocke hoch.

Und hier die Spielregeln: Vor dem ersten Gespräch sollten wir uns an den Tisch setzen, der mit unserem aufgeklebten Nummernschild übereinstimmte. Wenn die Zeit abgelaufen war, bimmelte Fern mit der Kuhglocke. Die Frauen blieben sitzen, die Männer zogen einen Tisch weiter. Sie erinnerte uns daran, die Namen unseres jeweiligen Gegenübers aufzuschreiben und diejenigen Kandidaten anzukreuzen, die wir gern wiedersehen wollten. Jedes Date dauerte vier Minuten. Ungefähr so lange, wie man braucht, um ein weiches Ei zu kochen. Laut Fern war die Vier eine magische Zahl. Vier Minuten wären mehr als genug, um herauszufinden, ob der Funke übersprang. Jeder Mann und jede Frau würden einmal miteinander sprechen. Nach der Hälfte der Zeit gab es eine zwanzigminütige Pinkelpause. Wir durften unter gar keinen Umständen Telefonnummern oder Visitenkarten austauschen. Wenn wir wieder zu Hause waren, sollten wir die Dates unserer Wahl auf der SpeedLove-Webseite eingeben, um dann ein, zwei Tage später per E-Mail die Namen und Kontaktdaten derjenigen zu erfahren, die uns ebenfalls ausgewählt hatten. Ich kam mir vor wie beim Aufnahmegespräch einer Studentinnenverbindung.

»Noch Fragen?«

»Weshalb die schummrige Beleuchtung?«, wollte jemand wissen.

»Und wer hat die lahmarschige Musik von Bono ausgesucht?«,
fragte jemand anderer.

»Viel Spaß!« Fern bimmelte und trat ab.

An Tisch 22 erwartete mich ein nett aussehender Mann, dessen roter Schlips perfekt mit dem roten Einstecktuch harmonierte. Der erste Eindruck? Ein Pedant. Das graue Haar ordentlich gekämmt und akkurat gescheitelt. Das aus der Brusttasche lugende Tüchlein perfekt zum Dreieck gefaltet. Ein Blick genügte, und ich wusste, dass er Schuhspanner benutzte und seine Sockenschublade nach Farben geordnet war.

»Hallo.« Er beugte sich vor und schaute mir tief in die Pupille. »Hallo, schönes Rehauge.«

Aber hallo! Was antwortet man auf so was? *Hallo, Bifokalbrille?* Ich warf einen Blick auf sein Schild. »Hallo, Howard Mandel.« Während ich so tat, als schriebe ich mir seinen Namen auf, notierte ich *blöder Anmachspruch*.

Fern hatte recht. Vier Minuten können sehr lang sein. Ich erfuhr, dass Howard ein pensionierter Papierwarenvertreter war und seit seiner Scheidung vor fünfzehn Jahren nach der Richtigen Ausschau hielt. Außerdem war er bis zu einer Rückenverletzung ein toller Golfspieler gewesen.

»Da kann ich Ihnen Dr. Russell Edley empfehlen«, sagte ich. »Einen der angesehensten Chiropraktiker der Stadt. Auf der Upper East Side. Ich gebe Ihnen seine Nummer.«

»Aber wir dürfen doch keine Telefonnummern austauschen!«

Ein Rebell war Howard also nicht. Fern schwenkte die Kuhglocke, und er zog einen Tisch weiter.

Ich redete mit Douglas, dem pensionierten Geschäftsstellen-

leiter, gefolgt von Eugene, dem pensionierten Werbetexter, Wayne, dem pensionierten Labortechniker, und Myron, dem pensionierten Reiseverkehrskaufmann. Ich lernte James Ward
 Leonard kennen, einen Rentner mit drei Vornamen. Die Männer waren nett. Höflich. Langweilig. Sechzigjährige Bill Pullmans und Greg Kinnears.

Ich stellte Fragen. Reporterfragen. Warum haben Sie sich fürs Speed-Dating entschieden? Hoffen Sie, an diesem Abend das große Glück zu finden? Die wahre Liebe?

Und wenn einer sagte: »Nun erzählen Sie doch auch mal was von sich«, sog ich mir irgendwas aus den Fingern. Ich bin Physikerin. Zirkusclownin. Leuchtturmwärterin. Ballerina. Aktmodell.

»Ach was«, sagte Myron, der pensionierte Reiseverkehrskaufmann. »Aktmodell? *Sie?* Und was für einen Beruf haben Sie wirklich?«

Die Zirkusclownin und die Leuchtturmwärterin kauften sie mir alle ab.

Ich warf unauffällig einen Blick zu Tisch 12. Angela sah zu Tode gelangweilt aus. Und niedlich. Es bimmelte, und dann saß mir plötzlich der süße Mr. Kahlkopf gegenüber.

»Hallo, Jeri«, sagte er, mein Namensschild ins Auge fassend.

»Hallo, Charlie Niebank.« Ich konnte schließlich auch lesen. Er war Schwimmlehrer an einer Highschool, sechsunddreißig Jahre alt, freundschaftlich geschieden, kinderlos. Außerdem schrieb er einen Blog für den Fachbereich Sport an seiner Schule.

»Haben Sie einen Twitter-Account?«, fragte ich.

»Wie bitte?«

»Dann müssen Sie unbedingt Angela kennenlernen. Da drüben, an Tisch 12. Sie ist Fachfrau für soziale Medien und steht auf Blogger.«

Charlie sah zu Angelas Tisch hinüber, wandte sich wieder mir zu und machte ein verwirrtes Gesicht.

»Und sie schwimmt gern«, sagte ich. »Sie ist eine richtige Wasserratte. Sie sieht süß aus. Ist lieb. Und treu.« Ich klang, als würde ich einen jungen Hund anpreisen. »Ihr würdet gut zueinanderpassen.«

Es bimmelte. Zwanzig Minuten Pinkelpause. Charlie stand auf, schüttelte mir die Hand. »Es war nett, Sie kennengelernt zu haben, Angelas Freundin.«

Bis auf das Rauschen der Klospülung und das Plätschern der Wasserhähne war es auf der Damentoilette unheimlich still. Ich musste an Ferns Worte denken: »Man wird leicht zur Rivalin.«

»Den Niedlichen hatte ich noch nicht«, flüsterte Angela. Sie legte Lipgloss auf und zupfte sich die Haare zurecht.

»Er heißt Charlie«, flüsterte ich zurück.

»Charlie! Was für ein wunderbarer Name.«

»Er ist Schwimmlehrer.«

»Schwimmlehrer sind ein Traum!«

»Wie viele Schwimmlehrer kennst du denn?«

»Keinen. Möglicherweise habe ich deshalb noch nicht den Mann meines Lebens gefunden.«

Am Ende des Abends war sie verliebt. »Hoffentlich wählt Charlie mich auch aus«, seufzte sie, während wir mit dem Taxi nach Hause fuhren.

»Garantiert. Schließlich war er der einzige Nicht-Rentner.«

»Wäre vielleicht doch besser gewesen, wir hätten uns ein bisschen in Schale geworfen.«

»Dadurch wären die Kerle aber auch nicht jünger geworden. SpeedLove müsste die Angaben der Teilnehmer wirklich besser überprüfen.«

»Dann, meine liebe Jeri Jacobs, hätten sie als Erstes Jeri Jacobs vor die Tür gesetzt. Hast du was Brauchbares für deinen Artikel zusammenbekommen?«

 »Nichts, was nicht deprimierend wäre.«

»Du hast dir doch keinen ausgesucht, oder?«

»Spinnst du? Am heutigen Abend ist mir erst so richtig klargeworden, was ich an Russell eigentlich habe.«

Vor unserer Haustür sagte Angela: »Bei Charlie und mir hat es mächtig geknistert.«

Im Fahrstuhl sagte sie: »Die Chemie zwischen zwei Menschen ist das Einzige, was man nicht türken kann. Entweder sie stimmt, oder sie stimmt nicht.«

Oben stand unser Nachbar Kevin ausgesperrt im Flur und hämmerte an seine Wohnungstür. Er trug Boxershorts und sah noch ein bisschen käsiger aus als sonst. »Bitte, Lacey!«, rief er. »Nun sei doch nicht so. Ich entschuldige mich ja auch.«

7

Ein Chiropraktiker als Freund ist wie eine Eintrittskarte in die Welt der Schönen und Reichen. Das hätten Sie nicht vermutet, oder? Die Patienten sind Russell dankbar. Er lindert ihre Rückenschmerzen, renkt ihnen den Nacken ein und justiert die Wirbelsäule. Dafür laden sie ihn auf ihre Partys ein.

Sarah Greers Krimi-Erstling hatte eine glänzende Rezension in *Publishers Weekly* eingeheimst und war sogar im *People* Magazin, dieser »Bibel« der Verlagsbranche, besprochen worden. Die *Post* hatte sie auf Seite sechs im Bikini abgebildet. Ein lobendes Zitat von John Grisham prangte in fetten goldenen Lettern auf dem Cover. Die Buchpräsentation fand in der Wohnung von Sarahs Schwester statt, Central Park South, zwölfter Stock. Ich kannte weder Autorin noch Gastgeberin. Kaum hatte Russell mich Sarah vorgestellt, schleppte sie ihn auch schon zu ihrer Pressefrau, die an einem L4-Syndrom litt. Derweil bewaffnete ich mich mit einem Wodka Tonic. Rings um mich her wurde munter geplaudert. Mir war eher nicht nach Smalltalk zumute. Am Nachmittag hatte SpeedLove per E-Mail bei mir angefragt, weshalb ich meine Auswahl noch nicht eingeschickt hätte. Allerdings hätte sich – leider – ohnehin keiner der Männer für mich entschieden. Fern bot mir für einen zweiten Versuch zwanzig Prozent Preisnachlass an und gab mir im PS noch einen persönlichen Ratschlag mit auf den Weg, angeregt durch Kommentare wie »die Frau hat eine destruktive Einstellung« oder »dagegen ist die spanische Inquisition das reinste Zuckerschlecken«. *Vielleicht gehen Sie beim nächsten Mal nicht ganz so verbissen an die Sache heran,* schrieb sie. *Und sexy Kleidung wäre auch nicht verkehrt.*

Verbissen? Ich ja wohl nicht! Schon gar nicht auf dieser Party, wo ich herumstand wie bestellt und nicht abgeholt, während mein Freund sich vom Ehrengast des Abends wie eine Trophäe herumreichen ließ. Ich nippte an meinem Drink und setzte eine »Tief in Gedanken versunken«-Miene auf, damit keiner merkte, wie ich mich wirklich fühlte: extrem unbeliebt. *Was hast du hier verloren? Warum fährst du nicht nach Hause und schreibst den Nora-Artikel zu Ende? Der ist schließlich in einer Woche fällig!* Ich grummelte leise in mich hinein, als ich plötzlich Veeva Penney erspähte. Veeva Penney, die legendäre Literaturagentin, wie sie leibte und lebte – ihr herzhaftes Lachen, ihre weit ausholenden Gesten, ihre jeden Raum sprengende Stimme, die ich so gut aus Fernsehinterviews kannte. Zwischen dem Tisch mit den Appetithäppchen und dem Tisch, der sich unter Sarah Greers Büchern bog, hielt sie Hof.

Veeva machte sich in der Buchbranche Anfang der Neunzigerjahre einen Namen, als sie sich wegen eines Theaterstücks für Al Pacino mit dem Superagenten Swifty Lazar einen Kampf bis aufs Messer lieferte – und gewann. Als Swifty eine Woche später an Nierenversagen starb, war sie auf einen Schlag zehnmal so mächtig wie zuvor. Die Leute tuschelten: »Veeva Penney? Ein ganz harter Knochen. Die geht über Leichen!«

Sie war die Beste der Besten. Es ging nicht anders, ich musste sie ansprechen. Ich war Autorin. Und ein Autor braucht einen Agenten. Ich hatte meine Essays in der Schublade. Beziehungsweise Short Storys. Oder wie auch immer ich die Dinger nennen wollte. Wir würden einen Gesprächstermin ausmachen. Sie brächte meine Geschichten bei einem Verlag unter. Ich bekäme meine Kolumne. Meine Schwestern würden eine Buchpräsentationsparty für mich schmeißen. Ich musste bloß zu den Würstchen im Schlafrock rüberspazieren und Veeva die Hand schütteln.

Allerdings musste ich auch aufs Klo. Und das war mindestens genauso dringend. Mit voller Blase kann ich nicht zur Höchstform auflaufen. Ich wagte mich nicht an Veeva heran, da kam mir jede Ausrede gelegen. Ich habe mich schon einiges getraut, ohne groß darüber nachzudenken – wovon sich so manches hinterher als Riesendummheit erwiesen hat –, aber wenn ich mich Veeva Penney vorstellen sollte, bedurfte es einer Extraportion Coolness. Und vielleicht noch eines zweiten Wodka Tonics. Schließlich konnte ich nicht mal zu ihr sagen: »Guten Abend, ich bin eine Freundin von Sarah.« Und die Wahrheit – »Guten Abend, ich bin die Freundin von Sarahs Chiropraktiker« – kam schon gar nicht in die Tüte.

Ich stellte mein Glas ab und machte mich auf die Suche nach dem Gästeklo, das von einem Flur zwischen Küche und Eingangstür abging. Die WC-Peilung ist eines meiner größten Talente. Leider hatte ich mich diesmal ein klein wenig verpeilt, denn vor der verriegelten Tür stieß ich ausgerechnet auf Cameron Duncan.

»Molly!«

»Cameron.«

»Hallo.«

»Sind Sie der Toilettenmann?«, fragte ich. Eigentlich sollte es witzig klingen, aber wahrscheinlich hörte ich mich eher an wie ein Gast, der sich auf einem Hochzeitsempfang im Hotel verirrt hat.

»Ich warte auf jemanden. Schön, Sie wiederzusehen, Molly.« Er schien das ernst zu meinen. Was mich ganz und gar aus dem Konzept brachte.

»Tolle Party«, sagte ich. »Vielleicht können Sie darüber twittern. Es heißt ja, tolle Partys werden nicht geboren, sondern gemacht.«

Ob er überhaupt begriff, dass ich auf den Tweet anspielte, den er sich nach dem Wochenende in den Hamptons geleistet hatte? Er sah tatsächlich etwas betreten aus der Wäsche, allerdings nur kurz und auf seine spitzbübisch charmante Art, sodass seine Zerknirschtheit alles andere als glaubhaft rüberkam. »Ich konnte ja nicht ahnen, dass Sie mir folgen.«

»Ich folge Ihnen nicht, ich bin über Sie gestolpert.«
»Ich muss mich für den Tweet entschuldigen. Aber wie kommen Sie überhaupt drauf, dass Sie damit gemeint waren?«
»Weil Sie sich gerade bei mir entschuldigt haben.«
Da war es wieder, das schiefe, schelmische Lächeln mit leisen Anklängen an ein selbstgefälliges Schmunzeln und ein unverschämtes Grinsen. Angesichts der Lässigkeit, die er ausstrahlte, verkrampfte sich alles in mir. Eine kaum verschorfte kleine Wunde auf seiner Wange verriet, dass er sich beim Rasieren geschnitten hatte, und seine Lockenpracht hätte einen Haarschnitt vertragen können. Im grauen Maßanzug und weißen Hemd ohne Krawatte machte er trotzdem eine gute Figur. Sein Look rangierte irgendwo zwischen adrett und zerknittert.
»Woher kennen Sie Sarah?«, fragte er.
»Und Sie?«
»Wir haben dieselbe Agentin.«
»Veeva Penney?«
»Sie kennen Veeva?«
»War das nicht gerade die Spülung? Haben Sie es nicht auch rauschen hören?«
»Ich habe nicht auf die Spülung geachtet.«
»Ach. Damit sind Sie in einer Kloschlange die große Ausnahme.« Was war bloß los mit mir? Wieso redete ich mit ihm über sanitäre Anlagen? Stumm betrachteten wir eine Zeitlang die

Wände. Sie waren in einem cremigen Goldton gestrichen und mit weißen Zierleisten von einem Sockelpaneel abgesetzt. Hier und da hing ein Audubon-Druck. Es waren die Wände reicher Leute.

»Und warum ausgerechnet Krimis?«, fragte ich schließlich, ein kläglicher Versuch, Konversation zu betreiben. »Warum keine politischen Bücher oder historischen Romane oder Haikus?«

Cameron zuckte mit den Schultern. »Weil ich nicht vorher wissen möchte, wie es ausgeht.«

»Ich schon.«

»Das fasziniert mich an Ihnen. Dass ich nie weiß, was Sie als Nächstes sagen. Ich hätte ja vermutet, dass Sie eine Frau sind, die sich gern überraschen lässt.«

»Tatsächlich?« Zu schade, dass ich seine Einschätzung nicht teilen konnte. Aber was nicht war, konnte ja noch werden.

»Wo bleibt denn die Spannung, wenn man das Ende schon kennt?«

»In *Schlaflos in Seattle*, Ihrem *angeblichen* Lieblingsfilm, ist von vornherein klar, dass Meg und Tom sich kriegen. Aber wir sehen uns den Film trotzdem gebannt bis zum Ende an, weil es nicht so sehr auf das Ziel ankommt, sondern auf den Weg dorthin.«

Cameron schien sich meine Bemerkung gründlich durch den Kopf gehen zu lassen. »Vielleicht sollte es uns nicht unbedingt nur darauf ankommen, wer am Ende wen kriegt«, sagte er. »Ein viel größeres Rätsel sind doch die Gründe, die uns daran hindern, den Menschen zu erkennen, für den wir bestimmt sind.«

Damit musste ich mich fürs Erste bescheiden. Wir verfielen wieder in Schweigen. Direkt über der Fußleiste hatte die Wand eine Macke. Dort waren drei Steckdosen nebeneinander. Ich deutete mit dem Kopf zur Tür. »Meinen Sie, Ihre Freundin lebt noch? Vielleicht braucht sie einen Arzt.«

[108] Eine Frau kam im Flur auf uns zugeschwebt. Als sie Cameron erkannte, lächelte sie. Sie hatte bemerkenswerte Augenbrauen, akkurat gezupft und sanft geschwungen. Sonst kann ich Ihnen nichts über sie erzählen, ich hatte nur Augen für ihre Brauen. Sie drückte Cameron ein Küsschen auf die Wange und sagte: »Und der arme Mike Bing kann nicht raus auf den Balkon? Dabei ist die Aussicht so himmlisch.« Mit einem huldvoll angedeuteten Winken schwebte sie weiter, zurück zur Party.

»Hat Ihr Detektiv Balkonverbot?«, fragte ich.

»Er hat eine Phobie.«

»Wie Mister Monk?«

»Ja.«

»Dann ist die Idee ›Detektiv mit Phobie‹ geklaut?«

»Eine Hommage ist kein Diebstahl.«

»*Schlaflos in Seattle* ist eine Hommage an *Die große Liebe meines Lebens*. Sie halten es nicht für Diebstahl, Ihrem Detektiv eine Phobie zu verpassen, nur weil ein Fernsehdetektiv ebenfalls eine – oder mehrere – hat?«

»Wenn, dann habe ich die Idee höchstens bei mir selbst gestohlen.« Duncan Cameron wurde rot, bei einem Mann eine Seltenheit. »Ich leide nämlich an Höhenangst.«

»Wie das? Hat Ihre Mutter Sie als Baby mal fallen gelassen?«

»Wollen Sie sich im Ernst über meine Phobie lustig machen?«

»Entschuldigung. Aber eine Phobie trifft man eben nicht alle Tage.«

»Ich *bin* keine Phobie, ich *habe* eine.«

»Was würde passieren, wenn Sie im Wohnzimmer aus dem Fenster sehen würden?«

»Das wollen Sie wirklich nicht hören.«
»Und ob. Das interessiert mich sehr.«
»Natürlich. Sie wollen ja immer schon vorher wissen, wie es ausgeht.«
Ein Mann mit Martiniglas in der Hand kam um die Ecke gebogen. »Sind Sie die Schlange?«
»Seine Freundin ist da drin«, antwortete ich. »Sie liest *Krieg und Frieden*.«
Der Mann machte auf dem Absatz kehrt. Cameron erzählte mir von seiner Furcht vor Dachterrassen, Balkonen und Fensterplätzen im Flugzeug. »Aber ich bin fest entschlossen, diese Angst in den Griff zu bekommen«, sagte er. »Ich habe mir dafür eine Frist bis zum Labor Day gegeben.«
»Und wie viele Therapeuten arbeiten schon daran?«
»Das mache ich in Eigenarbeit. Ich höre schlagartig auf, Angst zu haben. Ich gehe auf kalten Entzug. Wie ein Raucher.«
»Und wie wollen Sie das anstellen? Indem Sie mit dem Aufzug in eine Penthousewohnung fahren? Aber wenn Ihr Stichtag erst Anfang September ist, können Sie natürlich auch die Treppe nehmen. Dann haben Sie mehr Zeit, sich zu akklimatisieren.«
»Sie wollen mich provozieren?«, sagte er. »Bitte schön. Mich kann nichts erschüttern.«
»Höchstens ein Balkon, was?«
»Nur zu. Sie können es gern versuchen.«
»Ihr Haus brennt.«
»Ich besitze kein Haus. Ich wohne in einer Erdgeschosswohnung in Brooklyn.«
»Sie haben hundert Verwandte zum Essen eingeladen, und der Partyservice sagt Ihnen in letzter Sekunde wegen einer Grippewelle ab.«

»Dann bestelle ich uns etwas beim Chinesen.«

»Die heute Abend hier vertretenen Medienleute ignorieren Sie.«

[110] »Inwiefern? Sie reden doch mit mir.«

»Ich meinte Ihnen *wohlgesinnte* Medienleute.«

»Ach so. Schade.«

»Ich bin vierzehn und bekomme ein Baby von Ihnen.«

Die WC-Tür ging auf, eine Frau kam heraus. Nicht die Rothaarige aus dem Apple-Store-Fahrstuhl. Eine andere. Ein neues Klasseweib. Perfekt geschminkt, perfekt frisiert. Ob sie wohl im Klo noch schnell letzte Hand an ihre Toilette gelegt hatte?

»Baby?«, sagte sie.

Ich war mir nicht sicher, ob sie Cameron oder meine uneheliche Brut meinte, aber da ich sowieso am liebsten im Boden versunken wäre, konnte mich das auch nicht mehr groß in Aufregung versetzen. »Na, dann will ich mal«, sagte ich und verzog mich aufs Klo. Was hatte ich bloß mit Cameron Duncan? Er brachte meine dunkelste Seite zum Vorschein. Ich brauchte nur in seiner Nähe zu sein, um auf die Palme zu gehen. Er war zu glatt, zu charmant. Das reinste Nervengift. Durch die Tür drang Applaus zu mir herein, jemand rief: »Herzlichen Glückwunsch, Sarah!« Es war ein bildhübsches Klo. Sanfte Goldtöne, noch mehr Audubon-Drucke. Während ich mir die Hände wusch, führte ich mit meinem Spiegel-Gegenüber ein Selbstgespräch: *Wieso bittest du Cameron nicht, dich seiner Agentin vorzustellen? Wovor hast du Angst?* Ich antwortete: *Diesem Twitterer darfst du nicht trauen. Auf seine Hilfe kannst du verzichten. Du baust dich einfach vor Veeva auf und sagst ihr guten Abend.* Ich tätschelte mir das Kinn, klopfte mir – rein metaphorisch gesprochen – auf die Schulter und begab mich wieder ins Wohnzimmer.

Veeva Penney stand neben Sarahs Büchertisch und versuchte, einem Mann ein zweites Exemplar aufzuschwatzen. *Gönnen Sie sich noch eins! Sie können es sich leisten!* Ein Traum von einer Agentin. Nur noch anderthalb Meter, dann würde ich ihr die Hand geben und mich vorstellen*: Molly Hallberg,* Eye-Spy-*Reporterin, aber nicht nur. Zufälligerweise habe ich auch noch fast zwei Dutzend brillante Essays geschrieben.* Doch bevor es dazu kam, hatte sich Russell von hinten an mich herangepirscht. Er schlang seinen Arm um mich und sagte: »Komm mit, ich möchte dich Sarahs Mutter vorstellen. Sie ist ebenfalls bei mir in Behandlung.«

Also lernte ich Sarahs Mutter kennen. Eine entzückende Frau. Die es im Rücken hatte. Deren Rücken es aber dank meines Freundes schon sehr viel besser ging. Es dauerte seine Zeit, bis ich mich ihr wieder entwinden konnte. Vorher galt es nämlich, die verschiedensten Gesprächsthemen abzuhaken: ihr neues Kniegelenk, die Wohnung von Sarahs Schwester, Sarahs tolles Buch und wie traurig es doch war, dass die Enkelkinder von Sarahs Mutter nicht auch eingeladen waren. Als ich mich endlich von ihr frei gemacht hatte, war Veeva schon auf dem Weg zur Tür, zusammen mit Cameron und dessen WC-Freundin.

»Ein einmalig großherziger, bezaubernder Mann«, dröhnte Veeva mit ihrem unüberhörbaren Veeva-Organ. Ich sah noch, wie sie Cameron den Hintern tätschelte, dann waren die drei verschwunden.

8

[112] In meiner Familie begnügen wir uns nicht mit nur *einem* Vatertag, wir veranschlagen dafür gleich ein ganzes Wochenende. Der Muttertag dauert bei uns zirka drei Wochen und wird wie eine Staatsfeierlichkeit begangen, wobei am ausgiebigsten meine Mutter selbst feiert. Nett, wie sie nun einmal ist, achtet sie allerdings penibel darauf, dass ihr Ehemann nicht zu kurz kommt. Uns Töchtern macht sie schon lange vor seinem Ehrentag die Hölle heiß, dass wir uns auch ja den Termin freischaufeln und vollzählig auf Long Island antreten.

Bevor ich ins Vatertagswochenende aufbrach, mailte ich Deirdre noch schnell meine Reportage. Aus dem Betreff *Nora-Ephron-Liebesartikel* löschte ich *Nora Ephron* gleich wieder heraus und ließ nur *Liebesartikel* stehen. Wovon letztendlich *Artikel* übrig blieb. Ich klickte auf Senden und machte mich schleunigst aus dem Staub, ohne Emilys weithin vernehmbare Frage »Gehst du etwa schon, Molly?« einer Antwort zu würdigen.

Möchte ich an die Stätte meiner Kindheit und Jugend pilgern, muss ich mit dem Zug fahren und am Bahnhof Jamaica Station umsteigen. Meine siebenunddreißigjährige Schwester Jocelyn, die BWLerin, braucht sich dafür nur in ihren Prius zu setzen und ist sieben Minuten später am Ziel. Dagegen muss Lisa – nicht nur die Jüngste von uns dreien, sondern, weil sie unseren Eltern Enkelkinder geschenkt hat, auch die Beliebteste – eine halbe Weltreise per Taxi, Flugzeug und Mietwagen auf sich nehmen. Sie wohnt nämlich in Atlanta. Der Grund dafür, warum sie sich 868 Meilen entfernt von uns in diesem, wie mein Vater zu sagen pflegt, »Südstaatenkaff« niedergelassen hat, ist ihr Mann, Tate Underwood III., der in der Regel zu beschäftigt ist, um an den Hallberg'schen Familienfeiern teilzunehmen. Tate III. hat eine Firma für Poolreinigungsbedarf. Er reist nach Asien – *nicht* nach Long Island. Aber natürlich bringt Lisa die Zwillinge mit, Travis und Tate IV. Und das ist das Einzige, was zählt. Sie sind sechs Jahre alt, zwei ganz besondere kleine Menschen – mit Südstaatenakzent. Ich bin für sie »Taaante Maaally«.

Wenn die Familie in diesem doch recht überschaubaren Kreis zusammenkommt, werden wir Hallbergtöchter in unseren ehemaligen Kinderzimmern untergebracht. Allerdings wurde Jocelyns Zimmer zum Fernsehraum umfunktioniert, Lisas zum väterlichen Büro und meins zur mütterlichen Bastelstube. Ich habe mich also wegen der tödlichen Dämpfe aus den giftigen Klebern bei jeder Übernachtung in Lebensgefahr zu begeben. Die Jungs schlafen auf Luftmatratzen in Lisas Zimmer. Sie haben immerhin die Chance, ihre Volljährigkeit noch zu erleben.

Das Jahr, in dem Bitsy den Rührlöffel abgab – so beschreibt mein Vater das Jahr, in dem meine Mutter mit dem Kochen aufhörte –, war noch aus einem zweiten Grund bemerkenswert. Nur wenige Tage nach ihrem »Mir reicht's!« verschenkte sie ihre Warmhalteplatten, rangierte die Kochbücher aus, verabschiedete sich von der Küchenmaschine und fing an, Illustriertenbildchen auszuschneiden. Sie etikettierte die Tupperdosen um und sammelte darin ihre alphabetisch geordneten Funde: Blumen, Welpen, Schmetterlinge, Regenschirme. Und alles für ihr neues Hobby: Decoupage – so was Ähnliches wie Serviettentechnik, bloß ohne Servietten. Sie hielt sich nicht damit auf, irgendwelchen Nippes zu verzieren, nein, sie ging aufs Ganze: Brottrommel, Lampenschirme, Tischplatten, Bilderrahmen, Schmuckkästchen, Toilettendeckel, die Rückseite

des väterlichen Aquariums – jeder noch so kleine Inneneinrichtungsgegenstand, der eine halbwegs glatte Oberfläche hatte, musste dran glauben. Bei uns zu Hause roch es nicht mehr
 nach Schmorbraten und Kartoffeln, sondern nach Kleister und Schellack. Mein Vater führt ihre unglückselige Verwandlung von der Köchin zur Klebekönigin darauf zurück, dass sie einmal bei Michaels, dem Heimwerkerhimmel Vorstadtamerikas, zwischen die falschen Regale geraten ist. Wäre sie nach den Pfeifenreinigern nicht nach links, sondern nach rechts abgebogen, würde sie uns heute vielleicht mit selbstgehäkelten Wolldecken beglücken, statt niedliche Früchtchen auf den Werkzeugkasten meines Vaters zu pappen.

Manchmal versuche ich mir vorzustellen, wie meine Eltern sich 1970 im Greenwich Village kennengelernt haben, zwei Fremde im überfüllten Cafe Wha? – der eine mit einem Wirtschaftsdiplom in der Tasche, die andere Alleinerbin von Ziggy und Shirley Grossmans Polstereidynastie. Drei Monate später waren sie verheiratet, und mein Vater durfte sich mit dem Titel des Generaldirektors schmücken. Vermutlich war die Polsterei Grossman die einzige im Universum, die sich jemals einen Geschäftsführer mit einem solchen Titel geleistet hat, aber Ziggy und Shirley fanden, ein Generaldirektor sei für ihre Tochter gerade gut genug.

Nachdem die Heirat unter Dach und Fach war, kauften sich meine Großeltern eine Wohnung in Boca Raton, wo sie anfangs nur jeden Winter, dann jeden Winter und Herbst und zuletzt jeden Frühling, Winter und Herbst verbrachten. Nur den mörderisch heißen Sommer in Florida taten sie sich nicht an. Das ging so lange, bis Grandpa Ziggy eines Tages im Pool der Eigentumswohnanlage auf einem aufblasbaren Floß einem schweren Herzanfall erlag, was nicht nur eine Tragödie, sondern wohl auch ein ziemlich befremdlicher Anblick gewesen war. Grandma Shirley bemühte sich redlich, sich in ihr Dasein als Florida-Witwe zu fügen, aber weil sie kein Canasta spielte, die Shoppingausflüge ins Zentrum von Boca Raton bald satthatte und ihr die anderen Witwen, die um die Gunst der wenigen verfügbaren Witwer rangelten, auf die Nerven gingen, verkaufte sie die Wohnung mit Gewinn, packte ihre Hummelfiguren ein und kam zurück nach Roslyn, um meinem Vater – seit nun bereits fünfundzwanzig Jahren – vorzuwerfen, er hätte keinen blassen Schimmer vom Polstereigewerbe. Dabei weiß sie, dass sie ihm damit Unrecht tut. Eigentlich ist sie nur neidisch. Sie bereut es, dass sie damals nicht emanzipiert genug war, den Laden allein zu schmeißen.

Mein Vater hat nicht nur seinen drei Töchtern das Studium finanziert und seiner Frau einen gediegenen Long-Island-Lebensstil ermöglicht, sondern auch das Unternehmen zu einem Imperium ausgebaut, das sich Urgroßvater Grossman, der noch mit dem Handkarren umherzog, in seinen wildesten Träumen nicht hätte vorstellen können. Generaldirektor Hallberg lag das Verkaufen im Blut. Als Erstes lud er sämtliche Innenarchitekten im Umkreis von dreißig Meilen schick und teuer zum Essen ein und polsterte ihre Sofas, Sessel und Ottomanen, dann streckte er seine Fühler bis ins New York Design Center in der Lexington Avenue aus, wobei ihm die Referenzen der inzwischen dick mit ihm befreundeten Innenarchitekten sehr zugutekamen, und krönte seinen Erfolg schließlich mit Geschäftsbeziehungen zu den großen Möbelherstellern. Ich habe meine Mutter einmal gefragt, wie sie sich nach nur drei Monaten so sicher war, dass sie ihn heiraten wollte. »Du machst wohl Witze«, sagte sie. »Der Mann kann einem alles verkaufen.«

Ich war zwei Jahre alt und meine Mutter mit Jocelyn schwanger, als wir in das große neue Haus nach Roslyn zogen. Meine Eltern traten dem Country Club bei, obwohl meine Mutter kein Bridge spielen konnte und mein Vater für Golf nichts übrig hatte. Aber er wusste, dass eine Mitgliedschaft im Country Club gut fürs Geschäft war. Und was gut fürs Geschäft war, wurde gemacht. Sie tanzten auf Country-Club-Bällen, schlemmten am Country-Club-Buffet und badeten im Country-Club-Pool. Vater schaffte sich ein Aquarium an und baute im Keller eine Tischtennisplatte auf. Er war ein wahrer Meister mit der »Kelle« und hatte sich das halbe Studium mit einem Pingpongstipendium finanziert. Sein gequälter Stoßseufzer »Verflixt noch mal, Bitsy! Wie soll man denn hier Tischtennis spielen, wenn die Platte unter lauter Wäschestapeln begraben ist!« wurde schnell zu einem stehenden Witz in unserer Familie. Aber seit keine fünf Meilen entfernt ein Costco-Großmarkt aufgemacht hat, türmen sich auf dem Tischtennistisch zudem ganze Batterien von Weichspüler- und Ketchup-Flaschen, gigantische Packen Küchenrollen und Kosmetiktücher, Cornflakes-Schachteln von der Größe eines Einzimmerapartments. Was keinen Platz mehr findet, landet in der Doppelgarage, neben den Eimern mit der eingetrockneten Wandfarbe, dem Rechen, dem Besen, dem Schneebläser, dem Rasenmäher und den beiden Autos. Als ich meinen Vater das letzte Mal Tischtennis spielen sah, trug ich noch eine Aufbissschiene.

Früher habe ich mich oft gefragt, was meine Eltern – außer den gemeinsamen Kindern – eigentlich verband, welcher Kitt ihre Ehe zusammenhalten würde, wenn wir drei Töchter irgendwann erwachsen wären und von zu Hause auszögen. Ich war aber wohl einfach noch zu jung, um die feinen Mechanismen ihrer Beziehung zu erkennen. Meine Eltern sind glücklich. Sie sind vernarrt in ihre kleinen Ticks und Spleens. Ich beneide Paare wie sie, die von Anfang an alles richtig machen. Woher wusste meine Mutter, dass der junge Mann aus der Musikkneipe im Greenwich Village sie ihr Leben lang auf Händen tragen würde? Welches gewisse Etwas hatte Ziggy Grossman besessen, dass meine Großmutter ihm bis über das Grab hinaus so verbissen die Treue hielt? War es das große Glück – oder nur Massel?

Als Evan den wahren Evan rausließ, schloss meine Familie die Reihen und legte mit quietschenden Bremsen eine Hundertachtziggradwende hin. Er sei ein Scharlatan. Schon immer verlogen gewesen. Hätte nie etwas getaugt. Vom Traumschwiegersohn verwandelte er sich in (mit gedämpfter Stimme) *Mollys Fehlgriff.* Obwohl sie sich sehr freuen würden, wenn ich wieder einen Mann fände, haben sie nie wieder einen meiner Freunde so vorbehaltlos aufgenommen wie damals meinen Ex.

Russell fährt nicht gern mit nach Long Island. Angeblich verschlimmern die vielen Bäume und Wiesen seinen Heuschnupfen. Er musste am Samstag arbeiten und drückte sich davor, am Sonntag mit dem Zug nachzukommen. Er wollte zu Hause bleiben, um seinen Vater anzurufen. Als könnte man von Roslyn aus keine Ferngespräche nach St. Louis führen!

Als ich Russell das erste Mal mit nach Hause brachte, fielen die Kritiken eher gemischt aus. Und das, obwohl man sich für mich mit meinen neununddreißig Jahren ohnehin nicht mehr besonders viel erwartete.

»Ist er ein Knicks-Fan?«, fragte mein Vater.

»Kriegt man bei ihm Familienermäßigung?«, fragte Jocelyn.

Lisa hat Russell noch nicht kennengelernt, deshalb zählt ihre Meinung nicht.

»Sieht nicht schlecht aus«, sagte meine Mutter. »Er erinnert mich an einen Filmschauspieler. Auch wenn ich nicht mehr genau weiß, an welchen.« Dafür erzählt sie jedem, der es hö-
 ren will: »Mollys neuer Freund ist Arzt.«
»Ach was«, widerspricht ihr dann Grandma Shirley. »Ihr neuer Freund ist Chiropraktiker.«
Meine Großmutter hat noch nie Rückenprobleme gehabt, und selbst wenn sie welche hätte … Sie traut keinem Chiropraktiker über den Weg. Chiropraktiker sind für sie Hochstapler und Quacksalber. Und damit wissen Sie jetzt auch den wahren Grund, warum Russell nicht mit uns Vatertag feiern wollte.

Am Samstagnachmittag saßen die Erwachsenen auf der Terrasse, während Vater Hamburger grillte. Am Samstagabend saßen die Erwachsenen auf der Terrasse, während Vater Spareribs grillte. Am Sonntagnachmittag saßen die Erwachsenen auf der Terrasse, während der Geehrte zur Feier des Vatertags Steaks grillte. Die Jungs planschten im Pool. Alle paar Minuten ließ Lisa ihre Cola mit Rum sinken und rief ihnen zu: »Passt auf, dass ihr mir nicht ertrinkt!«
In unserem Pool konnte man beim besten Willen nicht ertrinken. Vom Umfang her nicht viel größer als ein Fahrradschlauch, hat er trotzdem ein ziemliches Stück Rasen ruiniert. Vater kann sich den ganzen Herbst und Frühwinter darüber aufregen, bis zum ersten Schnee. Er hätte den Pool schon vor zwanzig Jahren abgebaut, aber Mutter will ihn behalten, für die Enkel.
»Wie möchtet ihr euer Steak?«, fragte Vater.
»Blutig!«, sagte Großmutter und verdrehte die Augen.
Man kann sein Steak bestellen, wie man will: Wenn es auf dem Teller landet, ist es verkohlt.

Jocelyn und ich hatten den Tisch auf der Terrasse schon mit sommerlich buntem Geschirr und Plastikbechern eingedeckt, die – selbstverständlich perfekt gepolsterten – Sitzkissen aufgeschüttelt und die Costco-Eimer mit Kraut- und Kartoffelsalat nach draußen geschleppt. Sie waren größer als der Pool. Lisa packt nie mit an. Sie nutzt ihre Position als jüngste Tochter schamlos aus und wird wahrscheinlich bis an ihr Lebensende das Prinzesschen spielen. Seit Kurzem beschäftigt sie sich mit Pinterest, einer Webseite, auf der man Stunden damit verplempern kann, Fotos von Kerzenständern, Cremetorten oder aufklebbaren Fingernagelmustern zu sammeln. Jocelyn dagegen will sich unbedingt als BWLerin beweisen und hat deshalb keine Zeit für einen Freund oder fürs Kinderkriegen. Als Daddys stellvertretende Generaldirektorin hat sie sich die Aufgabe übertragen, ins Franchisegeschäft einzusteigen. Sie hat bereits ein Franchise nach Teaneck, New Jersey, vergeben und steht zurzeit in Verhandlungen über ein zweites in Stamford, Connecticut. Den Geschäftssinn hat sie von unserem Vater geerbt. Wo sie ihr knallhartes Durchsetzungsvermögen herhat, wissen wir nicht.

Ich habe meine Schwestern sehr, sehr gern; ich kann bloß nicht glauben, dass wir alle Töchter derselben Mutter sind.

Vater sägte sich ein Stück Steak ab und probierte den ersten Bissen. Die Jungs kämpften um die Ketchup-Flasche. Mutter schenkte Limonade ein. Jocelyn sah auf ihre Uhr. Sie sieht immer auf die Uhr, auch wenn sie nichts vorhat. »Perfekt!«, sagte Vater.

»Zu durch«, sagte Grandma Shirley. »Du hast genauso viel Geschmack wie ein Toter.«

»Das beste Steak, das ich je gegrillt habe«, sagte er. Bei seiner Schwiegermutter hat er auch ein Gehör wie ein Toter.

Großmutter wohnte seit sechs Monaten in einer betreuten Einrichtung. Das Gebäude liegt direkt am Wasser und sieht mit seinen weißen Säulen wie eine Südstaatenplantage vor dem Bürgerkrieg aus. Was Lisa ganz besonders entzückt. Grandma Shirley hätte diesen Schritt wahrscheinlich niemals in Erwägung gezogen, hätte sie sich nicht wegen eines neuen Treppenhausteppichs mit dem Rest ihrer Eigentümergemeinschaft überworfen. Da hat sie ihnen einfach eine lange Nase gedreht und ist ausgezogen. An dem Essen in der Seniorenresidenz hat sie ebenfalls etwas auszusetzen. »Gestern trockener Lachs und heute das hier.« Sie nahm Tate IV. den Ketchup aus der Hand. Die Jungs stopften Würstchen in sich rein. Travis kleckerte mit dem Kartoffelsalat rum, Tate IV. verschüttete seine Limonade. Ich war in Gedanken bei Deirdre. Ob sie wohl übers Wochenende meinen Artikel las? Ob ich wohl nach dem Wochenende noch einen Job haben würde?

»Und jetzt schwimmen«, rief Travis.

Tate IV. schob seinen Teller weg, meine Mutter wischte die Limonade auf.

»Kommst du mit, Tante Molly?«, fragte Travis.

»Nein, danke. Der Pool ist ein bisschen zu klein für drei.«

»Ihr könnt doch die Vatertagskarten für Grandpa fertig machen«, sagte Lisa.

»Lass sie planschen«, sagte Mutter.

»Müssten sie nicht nach dem Essen eine Stunde warten, bevor sie ins Wasser gehen?« Lisa trug das Haar zur Banane hochgesteckt, einer Frisur, die sie sich erst nach ihrem Umzug zugelegt hatte. Ihr Tank Top war rosa, ihre Shorts limettengrün; sie kleidet sich nur noch in Pastellfarben. Das Leben als Südstaatenlady sagt ihr zu.

»Das ist ein Ammenmärchen«, antwortete Mutter.

»Bestimmt?«
»Ganz bestimmt! Oder meinst du etwa, ich würde meine eigenen Enkel in den Tod schicken?«
»Also gut.« Sofort sprangen Travis und Tate IV. in Richtung Pool davon, gefolgt vom Warnruf ihrer Mutter: »Aber passt auf, dass ihr mir nicht ertrinkt!«
»Wunderbare Jungs«, sagte meine Mutter.
»Echte Wonneproppen«, sagte ich.
»Wilde Indianer«, sagte meine Großmutter.
»Und, Grandma? Hast du dich in deinem neuen Zuhause schon eingelebt?«, fragte Lisa, das Wort *Heim* geflissentlich umschiffend.
»Da kämpft jeder gegen jeden. Das reinste Haifischbecken. Mit ihren morschen Gliedern stürzen sich die Weiber auf jeden Mann, der noch halbwegs krauchen kann.«
»Vielleicht findest du ja trotzdem einen Verehrer«, sagte ich.
»Das kannst du vergessen. Auf diese alten Klappergreise bin ich wirklich nicht scharf. Außerdem will ich mich nicht binden.«
»Aber dann hättest du Gesellschaft«, sagte Mutter.
Grandma Shirley schnaubte. »Wenn ich Gesellschaft haben will, kaufe ich mir einen Hund.«
»An einer reifen Beziehung unter Erwachsenen, die einander respektieren und gern zusammen sind, ist nichts auszusetzen«, sagte ich. »Beständigkeit kann man nicht hoch genug einschätzen.«
»Ich bin vierundachtzig Jahre alt. Da pfeif ich auf Beständigkeit. Hopp oder topp, das ist meine Devise. Sonst kann mir der Typ im Mondschein begegnen.«
»Da kann ich dir nur beipflichten«, warf Jocelyn ein. Sie trug Hosenanzug und Perlenkette. Womit über sie eigentlich auch schon alles gesagt wäre.

»Du sollst mir nicht beipflichten«, raunzte Grandma Shirley. »Du sollst lieber mal wieder bei*schlafen*.«

»Mutter!«, rief Mutter.

»Großmutter!«, rief Jocelyn.

»Du musst bloß aufpassen, dass die Romantik nicht zu kurz kommt«, fuhr Grandma ungerührt fort. »Für alles andere brauchst du keine Beziehung.«

»Tate ist sehr romantisch«, sagte Lisa. »Er hat mir erst kürzlich den Nacken massiert.«

»Du lässt dir von einem Sechsjährigen den Nacken massieren?«, fragte Großmutter.

»Von meinem Mann«, antwortete Lisa. »Tate III.«

»Diese Südstaatennamen sind ein Witz.«

»Möchte noch jemand ein Steak?«, fragte Vater.

»Jedenfalls habe ich nicht vor, irgendetwas zu überstürzen.« Jocelyn sah auf ihre Uhr. »Ich will einen Mann, der mich zu schätzen weiß.«

»Dann guckst du dich wohl besser im Internet um«, sagte Lisa. »Auf Long Island findest du bestimmt keinen.«

»Auf Long Island gibt es jede Menge Männer«, gab Jocelyn zurück.

»*Verheiratete* Männer«, sagte ich.

»Ich würde zu gern wissen, ob sie uns bei so einer Partnerbörse auch füreinander bestimmt hätten«, sagte Mutter, stupste Vater mit dem Ellenbogen an und grinste wie ein Schulmädchen.

»Auf jeden Fall«, antwortete er. »Vor allem, wenn ich geschrieben hätte, ›suche Frau mit Decoupage-Kenntnissen‹.«

»Ziggy Grossman war der romantischste Mann, den ich je gekannt habe«, sagte Großmutter. »Von Anfang an hat er mir jeden Morgen das Frühstück gemacht. Zwei Spiegeleier und Buttertoast.«

»Das ist wirklich romantisch«, sagte Lisa. »Hat er dich bis zu seinem Tod so verwöhnt?«

»Nur, bis mein Cholesterinspiegel durch die Decke gegangen ist.«

»Sid hat mich vor ein paar Tagen in einen romantischen Film eingeladen«, sagte Mutter. »*Brautalarm.*« Dad schmunzelte in sich hinein. Mum nicht. Jeder – außer Vater – hatte verstanden, dass ihre Bemerkung sarkastisch gemeint war.

»Der soll echt witzig sein«, sagte Jocelyn.

»Den will ich auch sehen«, sagte ich.

»Er ist absolut nicht jugendfrei«, sagte Lisa.

Mutter legte sich die Hand aufs Herz. Es wäre eine anrührende Geste gewesen, hätte sie keinen Kartoffelsalat am Zeigefinger gehabt. »Kein Mensch dreht heute noch hinreißende Liebeskomödien«, sagte sie. »So wie Nora Ephron. Letzte Woche lief im Fernsehen *Eine Frau, die alles kennt.* Wusstet ihr, dass Nora Ephrons Eltern das Drehbuch dafür geschrieben haben?«

»Von dem Film hab ich noch nie was gehört«, sagte Lisa. »Travis, nicht spritzen!«

»Er ist einfach wunderbar. Mit Katherine Hepburn und Spencer Tracy.«

Großmutter wedelte abwehrend mit der Hand, als wollte sie irgendein lästiges Ungeziefer erschlagen. »In dem Streifen sind die beiden doch schon steinalt. Um nicht zu sagen scheintot.«

»Katherine trägt wahnsinnig schicke Kleider«, sagte Mutter. »Würde mich mal interessieren, wie sich jemand, der in der Hausbibliothek eines Unternehmens arbeitet, solche Kleider leisten kann. Oder eine Wohnung in New York mit offenem Kamin.«

»Vergiss nicht, es ist nur ein Film, Mum«, sagte ich. »Alles frei erfunden.«

»Alle sind glücklich. Es gibt keine Obszönitäten. Keine Ge-

schmacklosigkeiten. Gig Young und Katherine Hepburn sind seit sieben Jahren ein Paar, ohne dass sie Sex haben.«

»Sagt wer?«, warf Grandma Shirley ein.

»Das Ganze spielt in den Fünfzigerjahren. Da durfte es im Film keinen Sex geben.«

»Durfte man in den Fünfzigern schwul sein?«, fragte Jocelyn.

»Katherine schenkt Gig Young einen Bademantel zu Weihnachten«, sagte Großmutter. »Einen Bademantel schenkt man nur jemandem, mit dem man auch Sex hat.«

»Grandma, du schenkst mir dauernd Bademäntel«, sagte Lisa.

Mutter drückte energisch den Deckel auf den Krautsalateimer. »Jedenfalls sind Judd Apatows Filme derb und abgeschmackt, nicht romantisch wie die von Nora.«

»In *Julie & Julia* kommt Sex zwischen alten Leuten vor«, sagte Vater.

»Nora deutet das nur dezent an, sie zeigt es nicht.«

»Stanley Tucci könnte ich mir schon nackt vorstellen«, sagte Grandma Shirley. »Aber Spencer Tracy? Nie im Leben.«

Nachdem wir den Tisch abgeräumt hatten, holte meine Mutter den Dekokuchen von Stop & Shop aus der Küche; die Jungs kletterten aus dem Pool, sangen »Happy Vatertag, lieber Grandpa« und überreichten ihrem Opa die halbfertigen Karten. Dad packte die gleichen Geschenke aus wie in jedem Jahr: Rasierwasser, das er nie benutzt, Golfpullover, die er nicht braucht. Und dazu zwei Dutzend Tischtennisbälle, die später im Keller landen, bei den Cornflakes- und Ketchup-Vorräten. Gerührt hielt er eine kleine Rede: Es gebe im Leben eines Mannes nichts Schöneres als die Familie. Er stand auf, erhob den Plastikbecher mit der Limonade und brachte einen Trinkspruch aus: »Auf die Mutter meiner Kinder, ohne die wir heute nichts zu feiern hätten«, sagte er, der Mutter seiner Kinder tief in die Augen blickend. Sie sah zärtlich zu ihm auf. »Bitsy, du heißer Feger«, sagte er. »Ich habe dich vom ersten Augenblick an geliebt. Ich brauche keine Liebesschnulzen. Du bist der Star im Film meines Lebens.« Er beugte sich zu ihr hinunter und küsste sie. Travis drückte seinem Bruder eine Handvoll Kuchen ins Gesicht.

Im Zug zurück nach Manhattan waren alle Passagiere mit Tuppertöpfchen, Alupäckchen und prallvollen Plastiktüten beladen. Ich hatte auf den Krautsalat verzichtet, den meine Mutter mir mitgeben wollte, und nur meine Tasche und den *Großen Gatsby* dabei. Nachdem ich an der Jamaica Station umgestiegen war, blieb mir nichts anderes übrig, als mich auf den langen, schwankenden Marsch durch die ruckelnden Waggons zu begeben. Beim Sturm auf die Sitzplätze hatte ich jämmerlich versagt.

»Ist da noch frei?« Ich deutete auf die Sporttasche eines Mannes, der mit verstöpselten Ohren daneben saß und zur Musik aus dem iPod mit dem Kopf ruckte. Er tat so, als fielen ihm die Augen zu. Ich stolperte weiter. Irgendwann werde ich mir über solche Leute mal gehörig in einem Artikel Luft machen.

Zu Hause war es schön gewesen. Bei all ihren Macken ist meine Familie doch mein emotionaler Heimathafen, die einzige Konstante auf den Meeren des Lebens. Ich dachte an meine Eltern und an Vaters Trinkspruch. Was für ein Gefühl es wohl sein mochte, die Hauptrolle im Leben eines anderen zu spielen? Sich so geliebt, so angenommen zu wissen? Im vorderen Teil des Waggons erspähte ich zwei freie Plätze. Über dem einen hing eine Reklame für das Cholesterinmittel Lipitor, das angeblich so gut fürs Herz ist, über dem anderen ein Werbeposter für Cameron Duncans neuen Krimi samt Porträt von ihm, mit schiefem Lächeln. Obwohl es nur ein Foto war, kam es mir vor, als könnte er direkt durch mich hindurchsehen. Ich schüttelte mich und nahm schnell unter dem Blutfettsenker Platz.

9

Das Gebäude, in dem sich die Redaktionsräume von *EyeSpy* befinden, stammt noch aus einer Zeit, als die Nachrichtenreporter Karten spielten, während sie auf den Fernschreiber warteten. Heutzutage spielen wir Angry Birds und warten auf die Kaffeepause. Außer uns gibt es im Haus nur noch Ärzte, Psychologen, Anwälte und Steuerberater. Wenn ein Besucher in Jeans hereinkommt, kann man davon ausgehen, dass er zu *EyeSpy* will. Wir sind die einzigen Mieter aus der Kreativbranche. Womit nicht gesagt sein soll, dass bei der Erstellung von Steuererklärungen nicht auch Kreativität gefragt wäre. Trotz der Marmorwände, hohen Decken und goldenen Lüster wirkt die Eingangshalle irgendwie schmuddelig. Vielleicht, weil sie so schlecht beleuchtet ist. Das einzige richtige Licht kommt von dem kleinen Zeitungskiosk gegenüber den Fahrstühlen, wo ich einmal die Woche Tic tacs kaufe.

»Es muss Montag sein!«, begrüßte mich Mr. Pupko, ein bärbeißiger alter Knabe mit breitem Brustkasten. Wir sind gute Kumpel. Wenn er nicht kassieren muss, löst er hinter der Theke Kreuzworträtsel der *New York Post* und stellt zweideutige Fragen à la: »Fluss in Italien mit zwei Buchstaben?«

»Wie war Ihr Vatertag?«, fragte ich.

»Gut.«

»Wie geht es Ihrer Frau?«

»Gut.«

»Wie geht es Ihrem Knie?«

»Schlecht.«

Ich war gerade dabei, die Tic-tac-Box zu bezahlen, als ich aus den Augenwinkeln mitbekam, dass Cameron Duncan dem

Fahrstuhl entstieg. Die Augen fest aufs Handy geheftet, hielt er zügig auf den Kiosk zu. Ich wollte mich verstecken – bloß wo? Etwa hinter Mr. Pupko? Das wäre nun wirklich zu weit gegan-
 gen. *Verdammt.* Womöglich hatte Cameron bei uns im Haus einen Seelenklempnertermin gehabt, und es wäre ihm furchtbar peinlich, mir über den Weg zu laufen.

»Molly!«, rief er, als er hochsah und mich entdeckte. »Ich hatte gehofft, Ihnen über den Weg zu laufen.«

»Tatsächlich?« Dann kam er vielleicht vom Anwalt. »Hier, vor den Süßwaren?«

Er griff sich eine *Daily News* von der Theke und blätterte vor bis zum Sportteil. »Hab gestern Abend das Spiel verpasst.«

»Zu viel zu tun?«

»Das können Sie sich gar nicht vorstellen.«

Wenn er wüsste: Ich hatte gleich drei Bilder vor Augen – von einer Blonden, einer Brünetten und einer Rothaarigen.

Er knickte die Zeitung, überflog die Seite und reckte die Faust.

»*Jawoll!* Danke, Miguel Cairo.«

Mr. Pupko riss sich von seinem Kreuzworträtsel los. »Sind Sie ein Reds-Fan?«

»Worauf Sie wetten können«, sagte Cameron.

Mr. Pupko knurrte.

»Ist Miguel Cairo Ihr Lieblingsbaseballer?«, fragte ich Cameron.

»Heute auf jeden Fall. Schließlich war er gestern der Matchwinner.«

»Und wenn er mal nicht der Matchwinner ist?« Ich senkte den Blick. Cameron trug Loafer ohne Socken. Ich mag Loafer ohne Socken. Loafer ohne Socken sind sexy.

»Dann bin ich auch ein Fan von ihm.«

Mr. Pupko verkaufte einem anderen Kunden eine *Forbes* und ein Päckchen Juicy Fruit.

»Ich habe Ihre Restaurantkritik gelesen«, sagte Cameron.

»Und wie fanden Sie sie?«

»Ziemlich bissig, was das Bruststück anging.«

»Berufen Sie sich besser nicht auf mich, wenn Sie da mal einen Tisch reservieren wollen.«

Brady, unser Cloud Administrator, kam an den Kiosk gestürzt. Er wollte nur schnell eine Schachtel Marlboro kaufen. »Hi, Molly«, sagte er.

»Hi, Brady. Wusstest du, dass Zigaretten das Wachstum hemmen?«

Brady ist ein Zweimetermann.

Schon war er wieder davongestürzt. »Wir sehen uns oben«, rief er mir noch, über die Schulter gewandt, vom Fahrstuhl aus zu.

Cameron sah auf seine Uhr. »Ich muss auch los. Nachdem ich die Zeitung so verunstaltet habe, sollte ich sie auch kaufen. Was wollten Sie besorgen? Ich lade Sie ein.«

»Das ist nicht nötig.«

»Ich bestehe darauf. Was darf ich Ihnen spendieren?«

»Tic tacs.« Peinlicher hätten wohl nur noch Kondome sein können. »Ich kaufe sie nur, weil sie so gut schmecken.«

»Ach ja? Ich kaufe sie immer gegen Mundgeruch. Zweimal Tic tacs, bitte!«, sagte er zu Mr. Pupko. Er gab mir das Döschen. »So, jetzt sind wir beide wieder küssbar.«

»Bye, Cameron.«

»Bye, Molly.«

Nachdem er gegangen war, fragte Mr. Pupko: »Slangausdruck für *gut* mit vier Buchstaben?«

Wie ein Blitz aus heiterem Himmel schlug Deirdre in meinem Kämmerlein ein. Während der Computer hochfuhr, hing ich mit verstöpselten Ohren halb unterm Schreibtisch, um meine
 Tasche zu verstauen, als ich plötzlich ihre superhohen Keilabsätze vor mir sah.

»Deirdre! Hi! Sorry!« Ich fuhr hoch und riss mir die Stöpsel raus. In der Hand einen Stapel Papier, musterte sie mich, ohne zu lächeln. Was auch immer sie von mir wollte, um eine Gehaltserhöhung, eine Beförderung oder eine eigene Kolumne würde es dabei mit Sicherheit nicht gehen. »Schönes Wochenende gehabt?«

Super, Molly. Das war der Gipfel des Schwachsinns. Schließlich hatte sie sich nicht herbemüht, um ein gemütliches Schwätzchen mit mir zu halten. Dann hätte sie sich nämlich hingesetzt. Aber sie stand noch, und das war alles andere als angenehm. Ich hatte ihren Busen ungefähr auf Nasenhöhe. Wie eine enttäuschte Mutter blickte sie auf mich herab.

»Molly, ich weiß nicht, was ich sagen soll.«

»Worüber?« Ich konnte es mir denken.

»Ich hatte mir so viel von Ihnen versprochen. Ich dachte, Sie würden diese Aufgabe souverän meistern und *EyeSpy* eine neue Dimension eröffnen.«

»Und das habe ich nicht?« Dabei war ich wirklich überzeugt, gute Arbeit abgeliefert zu haben.

»Der Artikel sprüht nicht.« Deirdre fuchtelte wild mit dem Papierstapel herum.

»Sprüht nicht?«

»Er hat keinen Pfiff.«

»Keinen Pfiff?«

»Und keine Magie. Er lässt dem Leser nicht das kleinste Fünkchen Hoffnung.«

»Kein Fünkchen?«
Sie las mir einen Abschnitt vor: »›Männern, denen ein *Ich liebe dich* leicht über die Lippen kommt, kann man nicht unbedingt trauen. *Schatz* ist ein Euphemismus für *Wie heißt du noch gleich?*. Gibt es das große Glück? Das ist eine Frage, die man besser nicht stellt, wenn man in einer Bar sitzt und die Sperrstunde bedenklich näher rückt.‹ Molly, ich sehe mich zum ersten Mal gezwungen, einen Ihrer Artikel noch einmal neu zu vergeben.« Sie las weiter: »›Manche Menschen finden die wahre Liebe nie. Sie müssen sich mit einer Abfolge kleiner Liebeleien begnügen.‹« Deirdre stieß einen langen, traurigen Seufzer aus.
»Ich kann ihn doch überarbeiten. Vielleicht ist er nur nicht gut strukturiert. Ich interviewe noch mehr Paare.«
»Nein, an der Struktur liegt es nicht. Sie haben einfach keinen Sinn für Romantik. Sie sind zu abgebrüht.«
Wie ein großes Mondgesicht tauchte Emilys Kopf aus den Tiefen ihres Kabuffs auf. »Deirdre? Ach.« Sie spielte die Überraschte. »Kann ich vielleicht irgendwie helfen?«

10

BH-los in einem Baumwollfähnchen, Netzstrümpfen und High Heels, die Haare mit Klammern hochgesteckt, hatte ich mich, so gut es ging, als Eva Mendes in der Rolle einer Prostituierten verkleidet. Ich hatte auch diesmal das gute Geschirr aus der Versenkung geholt, Kerzen angezündet und den gesamten Soundtrack von *Bad Lieutenant: Cop ohne Gewissen* runtergeladen. Aber Russell kapierte trotzdem nicht, dass es ein romantisches Dinner wie für Eva Mendes und Nicholas Cage sein sollte – falls denn ein Bulle und eine Nutte im abgesoffenen New Orleans jemals auf die Idee verfallen sollten, sich bei Kerzenschein ein Stelldichein zu geben. Zu einem Abendessen im Stil von *Vermächtnis des geheimen Buchs* wäre mir höchstens eingefallen, das Wohnzimmer mit Geldscheinen zu dekorieren. Nicht sehr prickelnd. Davon abgesehen, hatte ich mir große Mühe gegeben, die romantische Fantasie meines Freundes anzuregen. Und mir selbst zu beweisen, dass Deirdre falschlag. Ich war nicht abgebrüht. Ich hatte sehr wohl Sinn für Romantik.

Nach dem Gumbo widmeten wir uns den Krabbenpuffern und dem Cajun-Hähnchen, die ich bei Citarella's besorgt hatte. »Gefällt dir die Musik?«, fragte ich.

»Doch, die ist klasse.«

»Schmeckt dir das Hähnchen?«

»Doch, das ist lecker.«

»Nach Cajun-Art. Wie man es in New Orleans zubereitet.«

»Eben. Lecker Hähnchen.« Er hatte sich den Schlips ins Hemd gestopft.

Ich ließ die Gabel mit dem letzten Bissen Krabbenpuffer wieder sinken. »Sag mal, Russell. Findest du mich romantisch?«

Er hörte auf zu kauen. »In welcher Hinsicht?«
»In romantischer.«
»Doch, klar. Wieso?«
»Weil ich wie eine Prostituierte aufgestylt bin und du das noch nicht mal bemerkt hast.«
Er beugte sich vor. »Dachte ich's mir doch, dass du irgendwas mit deinen Haaren gemacht hast.«
»Isst du gerne bei Kerzenlicht?«
»Es stört mich nicht weiter. Hauptsache, du bist glücklich.«
»Aber es soll *uns* glücklich machen.«
»Kerzen sind was für Frauen.«
»Für Frauen?«
»Frauen stellen sich brennende Kerzen ins Schlafzimmer. Frauen stellen sich brennende Kerzen ins Badezimmer. So was würde ein Mann nie machen.«
»Hattest du schon mal eine Freundin, die bei Kerzenschein gebadet hat?«
»Kein Kommentar.«
»Hast du mit ihr zusammen gebadet?«
»Ich dachte, es geht hier um Kerzen.«
»Es geht um Romantik. Bei mir sprüht nichts! Ich habe keine Magie! Das will ich ändern.«
»Aber das verlangt doch keiner von dir. Sei einfach ein bisschen lockerer, dann können wir unser nettes, gemütliches Essen auch genießen.«
Wir aßen weiter. Das nette, gemütliche Schweigen hielt ungefähr zwei Minuten.
»Badest du gern bei Kerzenschein?«
Russell biss in seinen Krabbenpuffer und ließ sich mit dem Kauen Zeit. »Jede Beziehung ist anders. Mit manchen Frauen badet man, mit manchen nicht.«

»Und mit mir badest du nicht?«

»Das passt einfach nicht zu dir. Wie würdest du denn reagieren, wenn ich dir mit dem Vorschlag käme, mit mir in die
 Wanne zu steigen?«

Ich antwortete nicht.

»Siehst du? Du bist keine Frau, mit der man badet.« Er sah auf seinen Teller. »Remouladensauce würde gut dazu passen.«

»Du willst also sagen, mit einer anderen Frau könntest du dir sehr wohl vorstellen, bei Kerzenschein zu baden?«

»Ich will sagen, dass man in unterschiedlichen Paarbeziehungen unterschiedliche Seiten an sich selbst entdeckt. Dass man eine romantische Ader hat, merkt man vielleicht erst, wenn man mit jemandem zusammen ist, der die Romantik in einem wachkitzelt.«

Ich pustete die Kerzen aus. Stand auf, schaltete die Deckenlampe an und setzte mich wieder.

»Hallöchen!«, sagte Russell. »Schön, dich zu sehen.«

»Ich hab mir mit diesem Essen wirklich Mühe gegeben. Kerzen anzünden. Krabbenpuffer und Gumbo einkaufen. Ich wollte sogar noch Eva Mendes' Kokainmonolog auswendig lernen, aber dazu hat die Zeit nicht mehr gereicht.«

»*Bad Lieutenant*?«

»*Cop ohne Gewissen*.«

»Was für eine nette Idee, Molly.«

»Was für ein Scheißfilm, Russell.«

»Würde es dir guttun, mit mir zu baden?«

»Nein. Ich habe keinen Bock, hinterher die Wanne auszuschrubben.«

Er schob den Teller mit dem Hähnchen beiseite und küsste mich.

An dieser Stelle muss ich kurz innehalten, um Ihnen zu gestehen, dass ich leider kein Händchen für Sexszenen habe. Andere Autoren kriegen so was wunderbar hin, das ganze Gestöhne und Geseufze, Gehoppel und Gerammel. Und wenn es einen Satz gibt, der ein für alle Mal beweist, dass ich über dieses Thema nicht schreiben kann, dann der letzte. Wie soll man sich neue Adjektive und überraschende Adverbien für einen schweißtreibenden Zeitvertreib einfallen lassen, den jedes Goldhamsterpärchen beherrscht? Würde man nichts über Sex wissen und zum ersten Mal in einer Gebrauchsanweisung darüber stolpern, wäre die erste Reaktion wohl: »Wer? Was? *Wohin?*« Die Frage ist doch, wozu man Sexszenen überhaupt braucht. Damit der Leser sich den Akt bildlich besser vorstellen kann? Wollen Sie tatsächlich sehen, wie Humphrey Bogart und Ingrid Bergman es miteinander treiben? Wäre *Casablanca* dadurch ein heißerer Streifen geworden? War *Titanic* nicht auch perfekt, ohne dass Kate und Leo vor unseren Augen in die Kiste springen? Bitte heben Sie die Hand, wenn Sie dafür gestimmt hätten, dass man zeigt, wie Clint Eastwood sich in den *Brücken am Fluss* an der nackten Meryl Streep abarbeitet oder wie Susi von Strolch bestiegen wird.

Und eins kann ich Ihnen garantieren: Kein Mensch, nicht ein einziger, hat bei *e-@mail für Dich* gedacht *So, und jetzt eine scharfe, geile Sexszene.* Wir wollen nicht sehen, wie Tom es Meg besorgt. Und bitte verzeihen Sie mir diesen hässlichen Ausdruck.

Russell und ich hatten Sex. Schönen, befriedigenden Sex. Und mehr dazu werden Sie von mir nicht erfahren.

Als ich am Donnerstagmorgen in die Redaktion kam, lehnte Keith Kretchmer an der Tür zu meinem Kabuff. »Hi, Molly.«

»Hi, Keith.«

Er trug eine Strickjacke. Für einen Flash-Entwickler kleidet er sich erstaunlich weichgespült. »Tut mir echt leid, dass Deirdre deinen Artikel in die Tonne gekloppt hat.«

 »Woher weißt du das?« Ich umkurvte ihn und setzte mich an den Schreibtisch.

Keith knackte mit den Fingerknöcheln. »Ich hab gerade ein bisschen mit Emily gequatscht.« Sofort kam hinter der Trennwand eine Hand hochgeschossen, winkte kurz und verschwand wieder. »Ob du jetzt gefeuert wirst? Emily hält das durchaus für möglich.«

»Emily spinnt ja auch!«, sagte ich laut.

»Ich finde, du hast eine tolle Schreibe. Hoffentlich setzt Deirdre dich nicht vor die Tür.«

»Danke, Keith. Für deine aufbauenden Worte.«

Er zog weiter.

»Morgen, Emily!«, rief ich.

»Morgen«, tönte es zurück.

Ich machte mir Sorgen. Und nicht zu knapp. Seit der Artikel am Montag in der besagten Tonne gelandet war, saß ich ohne neuen Auftrag da. Das kann schon mal vorkommen. Ein, zwei Saure-Gurken-Tage sind immer drin. Die Frage war bloß, *gab* es nichts zu erledigen, oder war *ich* erledigt? *Nein, nicht so hastig. Keith hat recht. Ich* habe *eine gute Schreibe.* Und *die richtige Einstellung.* Wer sonst würde im Kajak den Hudson runterpaddeln, mit acht Hunden gleichzeitig Gassi gehen oder sich den Nachmittag auf einem veganen Grillfest um die Ohren schlagen? Keith vielleicht? Oder Emily? Na gut, vielleicht die hundert Bewerber, die Tag für Tag in Deirdres Postfach landeten. Aber ich war jetzt schon seit vier Jahren dabei und hatte noch nie einen Termin verpasst. Bis auf das eine Mal, als es um eine schwitzfeste Seidenstrumpfhose ging, und das war höhere Gewalt gewesen – da waren sich alle einig.

Ich las meine E-Mails. Räumte den Schreibtisch auf. Sah noch mal in die Mails. Rief Russell an. Der hatte einen Patienten. Rief meine Mutter an. Kriegte nur den Anrufbeantworter. Ich fing an, *Rebecca* zu lesen. Daphne du Maurier erschien mir als perfekte Zielscheibe für einen meiner Essays. Aber schon nach ein paar Seiten legte ich das Buch wieder weg. Es sollte nicht so aussehen, als ob ich meine Zeit vertrödelte. Dieses Privileg genoss allein Emily.

»Hey, Emily«, rief ich zu ihr rüber.

»Ja?«

Ich ging nach nebenan. Sie musterte mich ungläubig, als könnte sie es nicht fassen, dass ich mich ihrem Büro auf weniger als zehn Meilen näherte. Auf dem Fußboden türmten sich riesige Bücherstapel. Über dem Aktenschrank hingen drei Fotos von Rory, dem imaginären Skilehrer. Emily rollte mit dem Stuhl vor ihren Computer.

»Emily, du weißt doch immer alles.« Wir maßen uns mit Stinkeblicken. »Hast du zufälligerweise läuten hören, wer jetzt an dem Liebesartikel sitzt?«

Sie warf einen Blick über ihre Schulter, ob der Bildschirm von der Tür aus auch ja nicht zu sehen war. »Wahrscheinlich hat Deirdre den Auftrag außer Haus vergeben.«

»Glaubst du? Oder weißt du?«

»Ich glaube, das weiß ich.«

Ich sah mir ihre Rory-Sammlung an. »Was macht so ein Skilehrer eigentlich im Juni?«

»Er ist nicht nur Skilehrer. Er managt auch noch andere Sachen.«

»Aha. Und was managt so ein Skimanager im Juni?«

»Die Wanderer.«

»Und du bist sein Wanderpokal?«

»Das reicht, Molly. Schieb ab.«

»Und wenn nicht? Rufst du dann deinen imaginären Lover?«

Ich drehte mich um – und hätte um ein Haar Gavin über den Haufen gerannt, der mir bestellte, dass Deirdre mich sehen wollte, aber fix.

Zuerst stellte Deirdre mir die vollkommen harmlose Frage, ob ich am Wochenende Zeit hätte. Im ersten Augenblick dachte ich: *Wenn das die grausame Einleitung ist für: »Ab nächster Woche haben Sie immer ganz viel Zeit«, dann hat sie einen krankhaften Sinn für Humor, den ich ihr im Leben nicht zugetraut hätte.* Stattdessen erzählte sie mir etwas von städtischen Leihfahrrädern in Paris und Kopenhagen. Nun hätte der Bürgermeister ein solches Programm auch für New York ins Auge gefasst. Es wäre doch interessant, herauszufinden, ob sich unsere Stadt tatsächlich dafür eignete. Der Groschen fiel bei mir erst nach ein paar Sekunden. Sie wollte mich *nicht* nach Paris schicken, sondern in einen Fahrradverleih. Fünf Tage lang sollte ich auf jedes andere Beförderungsmittel verzichten. »Sie machen alles, was Sie sonst auch machen – bloß mit dem Fahrrad.« Ein Glück, dass ich nicht vorgehabt hatte, an diesem Wochenende meinen Eltern auf Long Island einen Besuch abzustatten.

»Ich lege gleich los, Deirdre! Ich trete sofort in die Pedale!«, blubberte ich wie eine Schwachsinnige. Ich war einfach so dankbar, dass ich keine Angst mehr um meinen Job haben musste, sondern mich voll darauf konzentrieren konnte, nicht plattgefahren zu werden. Dass der letzte Drahtesel, auf dem ich gesessen hatte, ein Bonanza-Rad mit Wimpeln gewesen war, behielt ich lieber für mich.

Am Freitagmorgen googelte ich nach Fahrradverleihen in der Nachbarschaft und wurde gleich um die Ecke fündig. Ich musste schon hunderte Male daran vorbeigekommen sein, ohne ihn zu bemerken. Was nicht verwunderlich war, weil mich Leihräder im Allgemeinen kein bisschen interessierten. Ich mietete ein wunderhübsches Schwinn mit einer putzigen Klingel und einer Lenkerschaltung, mit der ich bis zum letzten Tag nicht zurande kam. Es war das stabilste, klobigste Rad im ganzen Laden. Das einzige Modell mit Zweibeinständer. Ich mietete einen Helm. Ich mietete Ellenbogenschützer. Die nette Frau, die mich bediente, behauptete steif und fest, ich könnte auf dem Schwinn keinesfalls so schnell strampeln, dass sich Knieschoner auch noch rentieren würden. Ich mietete sie trotzdem.

Obwohl es ein heißer Tag war, zog ich Jeans an, um mich vor Schrammen und Schürfwunden zu schützen. Ich lieh mir von Angela einen Rucksack und radelte los. Ich musste in die Neunundfünfzigste Straße, zu einem Termin, den ich nicht mehr absagen konnte – und wollte. Schließlich wartete ich schon seit Monaten auf die allererste Mammographie meines Lebens. Der Tag konnte nur noch besser werden. Einen Vorteil hatte die Sache allerdings jetzt schon: Wenn mich jemand über den Haufen fuhr, war ich bereits auf dem Weg ins Krankenhaus.

Ich brach zeitig auf, um mich nicht abhetzen zu müssen. Meine Durchschnittsgeschwindigkeit betrug ungefähr einen Stundenkilometer. Frische Luft. Warme Brise. Schlaglöcher. Am Anfang war ich übervorsichtig und hielt schon an, wenn ich befürchten musste, dass die Ampel fünf Minuten später auf Rot umspringen würde. Ich wurde von allen überholt. Und damit meine ich *alle*. Babys im Buggy. Greise mit Rollator.

Es ist schon erstaunlich, wie schnell eine sanfte Steigung zum Berg ausartet, wenn man auf einem Fahrrad sitzt. Als ich endlich im Krankenhaus ankam und die Frau an der Aufnah-
[140] me »Welche Abteilung?« fragte, keuchte ich: »Lungenkrankheiten.«

Normalerweise kriege ich schlechte Laune, wenn ich, nur mit einem Krankenhaushemdchen bekleidet, im Wartezimmer rumsitzen muss. Diesmal störte es mich nicht im Geringsten. Im Gegenteil, ich hätte liebend gern die nächsten fünf Tage dort verbracht. Doch irgendwann kam ich tatsächlich an die Reihe. Leider konnte die Laborantin über meine Witzchen nicht lachen – dass so eine Maschine ja wohl nur von einem Mann erfunden worden sein könne und dass es im Untersuchungsraum kälter sei als in einem Kühlhaus. Aber das nahm ich ihr nicht übel. Es kann wohl kaum einen schlimmeren Job geben, als den ganzen Tag lang Brüste zu Pfannkuchen zusammenzuquetschen. Höchstens noch als Busfahrer auf dem Flughafen, wenn man ununterbrochen zwischen Terminal und Parkplatz im Kreis fahren muss. Oder natürlich als Museumsaufsicht.

Draußen brauchte ich anschließend nur schlappe drei, vier Stunden, um das Schloss aufzukriegen, mit dem ich das Schwinn an ein Parkverbotsschild gekettet hatte. Nach weiteren vierzig Minuten, die für das Anlegen von Helm und Ellenbogenschützern draufgingen, erwartete mich eine Belohnung. Ich entdeckte nämlich, dass es sehr viel mehr Spaß macht, bergab zu fahren als bergauf. Solange man nicht genau in der Sekunde an einem haltenden Lastwagen vorbeifährt, in der der Fahrer die Tür aufmacht (die Einzelheiten erspare ich Ihnen lieber), und gegenüber größeren Verkehrsmitteln, wie zum Beispiel Bussen, nicht auf seinem Recht beharrt (und auch hier möchte ich nicht ins Detail gehen). Als ich wieder in Midtown war und die freie Fahrt durch den stockenden Verkehr auf der Lexington genoss – ein Genuss, der nur dadurch zustande kam, dass ich mich (verbotenerweise) zwischen den stehenden Autos hindurchschlängelte und (nicht weniger verbotenerweise) die roten Ampeln überfuhr –, war das Leben magisch, es sprühte, und Romantik lag in der Luft. *Allez, Tour de France!* Ich sauste gerade entgegen der Fahrtrichtung die Sechsundachtzigste rauf (nicht verboten, aber auch nicht besonders gesund), da blieb mein Blick am Hamptons-Bus hängen, der auf der anderen Straßenseite stand. In der langen Schlange der zwischen ihrem Gepäck auf dem Bürgersteig wartenden Passagiere entdeckte ich Cameron Duncan, der gerade einer – natürlich umwerfend gut aussehenden – Frau beim Einsteigen den Vortritt ließ. Um ein Haar wäre ich mit einem Taxi zusammengekracht. Aufgebracht brüllte mir der Fahrer einen undurchführbaren Vorschlag hinterher.

Wie mein Vater immer sagt: Wenn man sich einen Subaru gekauft hat, sieht man auf einmal überall Subarus. Er meint das natürlich im übertragenen Sinn, es gilt genauso für Honda und Toyota. Aber wieso machte mir Cameron Duncan den Subaru? Wollte mir das Universum mit dem Zaunpfahl winken? So nach dem Motto *Sei auf der Hut*?

Konnte sein, konnte aber auch nicht sein.

Am Unabhängigkeitstag wurden Russell und ich von meinen Eltern zum großen Barbecue in den Country Club eingeladen. Mir war dieses Fest allerdings schon als Kind ein Gräuel. Der Grill, der die Ausmaße eines Buick hat, wird mit traumwandlerischer Sicherheit Jahr für Jahr so aufgebaut, dass einem der Wind die Hitze mitten ins Gesicht knallt, während man sich,

selbst halb geröstet und gebraten, für einen Cheeseburger die Beine in den Bauch steht. Wenn ich mir eine Vorstellung davon machen will, wie heiß es wohl in der Hölle ist, brauche
[142] ich bloß an das Barbecue im Country Club zu denken.

Pammie reagierte leicht verschnupft, als ich ihre Einladung zum Wochenende in den Hamptons ebenfalls ausschlug. Es sei schließlich das begehrteste Wochenende überhaupt, andere Leute würden sich nach dem Gänseblümchenzimmer alle zehn Finger abschlecken. Vielleicht steckte doch mehr von einer Pamela in ihr, als ich dachte.

Nachdem ich fünf Tage durch Manhattan geradelt war, bis ich Muskelkater im Hintern hatte und meine Waden auf die doppelte Dicke angeschwollen waren, empfand ich den Gedanken an ein Feiertagswochenende in der Stadt, ohne irgendwelchen Autos, Zügen, Bussen oder sonstigen Fahrzeugen mit Rädern ausgeliefert zu sein, als ungeahnt reizvoll. Im Übrigen war die Idee, zu Hause zu bleiben, auf Russells Mist gewachsen. Man hatte ihn gebeten, einen Beitrag für die Fachzeitschrift *American Chiropractor* zu verfassen, was einen Normalsterblichen wohl nicht weiter gejuckt hätte, für einen amerikanischen Chiropraktiker aber das Höchste der Gefühle und eine riesengroße Ehre war. Russell wollte sich sofort ans Werk machen, um sich dieser Ehre auch würdig zu erweisen, und bat mich, ihm bei der Schlussredaktion ein wenig zur Hand zu gehen. Ich fühlte mich geschmeichelt. Beim Nackeneinrenken durfte ich ihm nie helfen.

Leider hielt unsere Begeisterung für Russells Idee nur bis zum ersten Juli an, dem Freitag, an dem der große Exodus begann. Augenblicklich glich New York einer Stadt aus einem alten japanischen Science-Fiction-Film – menschenleer wie nach einem Atomschlag. Angela war übers Wochenende verreist.

Kristine ebenso. Emily verkündete, sie habe das ganze Wochenende zu arbeiten, und nachdem sie sich zum geschätzt hundertsten Mal über unsere Trennwand gehängt und mich gelöchert hatte: »Willst du denn gar nicht wissen, warum?«, tat ich ihr schließlich den Gefallen, sie zu fragen. Worauf sie antwortete: »Das ist ein Geheimnis.«

Am Freitagabend arbeitete Russell an seinem Artikel. Ich las Daphne du Maurier. Wir verköstigten Joyce und Irwin. Wir verköstigten uns selber. Wir ließen uns eine Pizza kommen und freuten uns beim Anblick des Pizzaboten wie die Schneekönige. Offenbar waren wir also doch nicht die letzten lebenden Menschen in Manhattan. Russell und ich gingen früh ins Bett. Um zu schlafen. Am Samstagmorgen spielte ich mit dem Gedanken, Pammie anzurufen und sie zu fragen, ob das Gänseblümchenzimmer nicht vielleicht doch wieder frei geworden war. Am späten Nachmittag machten sich die ersten Anzeichen eines Hüttenkollers bemerkbar, und ich schlug vor, eine Runde um den Block zu drehen, um mit der Natur – und dem Beton – Zwiesprache zu halten. Gesagt, getan. Während des Spaziergangs stellten wir zu meiner unendlichen Freude fest, dass Manhattan doch nicht völlig ausgestorben war.

Sobald es in New York Sommer wird, tun sich die hiesigen Straßenhändler mit Kollegen aus anderen Orten wie Sarasota, Florida, oder Lansing, Michigan, zusammen und veranstalten Straßenmärkte. Halbe Stadtviertel werden für den Verkehr gesperrt, die Sperren von Polizisten bewacht. Auf den offenen Ladeflächen parkender Lastwagen sorgen schlecht ausgesteuerte Bands aus der Nachbarschaft jaulend für die musikalische Untermalung. Die Märkte sind ein kleines Trostpflaster für die Leute, die vergessen haben, in die Berkshires, Hamptons oder nach Fire Island zu fahren. Außerdem können sich

die New Yorker dann vorgaukeln, dass eine Acht-Millionen-Metropole genauso gemütlich und heimelig sein kann wie eine Kleinstadt, mit dem einzigen Unterschied, dass man bei
 uns statt Zuckerwatte und Popcorn Satespieße und Chorizos isst.

»Guck mal, Schatz«, sagte ich zu Russell. »Da vorn gibt es Strohhüte, die man zusammenrollen und in den Koffer stecken kann. Echt praktisch, wenn man verreisen wollen würde.«

Er interessierte sich mehr für einen Stand mit Pinzetten und anderen Werkzeugen.

»Mit diesem Schätzchen kriegst du jedes Nasenhaar raus.« Ich schwenkte eine Zange.

Russell fand das gar nicht witzig. Er kaufte ein paar Zahnbürsten und knielange Herrensocken. »Hast du schon mal irgendwo so billige Socken gesehen?«, fragte er. »Der Wahnsinn!«

Unter einem Schild mit der Aufschrift GÖNNEN SIE SICH EINE ENTSPANNENDE RÜCKENMASSAGE hockte eine Marktbesucherin falschrum auf einem Stuhl, das Gesicht in ein Loch gepresst. Unter »entspannend« stelle ich mir, ehrlich gesagt, etwas anderes vor. Neben dem Würstchenstand verteilten eifrige Jungspunde Flugblätter gegen Tierquälerei. Russell erstand bergeweise Unterhemden. »Zwei Drittel günstiger als bei Bloomingdale's«, sagte er. »Der Wahnsinn!« Er kaufte eine LED-Minitaschenlampe. »Der Wahnsinn!«

Wir gingen zurück in seine Wohnung. Er spielte *Words With Friends*. Wo auch immer diese Freunde sein mochten, es war mit Sicherheit nicht Manhattan. Wir ließen uns etwas vom Chinesen kommen und sahen uns zusammen mit Joyce und Irwin *Windtalkers* an. Ich habe mich so lange wie möglich davor gedrückt, die beiden zu erwähnen, aber jetzt lässt es sich nicht mehr vermeiden: Joyce und Irwin sind Russells Mitbewohner, zwei Schildkröten, deren Habitat die Arbeitsplatte in der Küche ist, gleich neben Russells Vitamintabletten. Außer wenn Russell sie aus dem Terrarium nimmt. Dann krabbeln sie im Wohnzimmer auf dem Fußboden rum und gucken mit uns DVDs.

»Na, hat dir der Film gefallen, Joyce?«, fragte Russell mit seiner tiefen, ernsten Irwin-Stimme.

Worauf ich mit meiner hohen, piepsigen Joyce-Stimme antwortete: »Und wie, Irwin! Ich hab doch gleich gewusst, dass Nicholas Cage die Navajos retten würde!«

»Aber natürlich, Joyce. Er ist ja auch ein hoch dekorierter Marinesoldat!«

Fragen Sie mich lieber nicht, wie lange dieses neckische Geplänkel dauerte. Jedenfalls gingen wir irgendwann ins Bett.

Am Sonntagmorgen blieben wir etwas länger liegen (hier bei Bedarf eine Sexszene einfügen). Nach dem Aufstehen briet Russell uns ein Omelett. Das kann er ganz toll. Gehackte Zwiebel, Tomate, rote Paprikaschote – alles kommt rein. Nach dem Omelett lasen wir die *New York Times*. Eine Viertelstunde später hatten wir sie durch. Früher brauchte man einen ganzen Tag dafür, mittlerweile ist die Zeitung nur noch ein jämmerliches Heftchen, an einem Feiertagswochenende kaum dicker als ein Flyer. Nach der *Times*-Lektüre gingen wir runter in den Riverside Park und setzten uns auf eine Bank, wo Russell, um sich inspirieren zu lassen, in alten Ausgaben des *American Chiropractor* schmökerte, während ich mich erneut in *Rebecca* vertiefte. Mrs. Danvers brannte Manderley bis auf die Grundmauern nieder.

Am Montagabend schlichen wir uns bei Russell aufs Dach, um uns das Feuerwerk anzusehen. Viele New Yorker Wohnhäuser haben eine Dachterrasse oder einen Dachgarten. Russells Haus hat ein Vorhängeschloss und eine dicke Eisenkette. Aber der Hausmeister war nicht ins Wochenende gefahren, und er hat drei Kinder. Außerdem hat er den Schlüssel für das Schloss. Nach und nach fanden sich sämtliche nichtverreisten Mieter auf dem Dach ein. Die Sonne war untergegangen. Die Kinder klatschten aufgeregt in die Hände. Auf dem Hudson River herrschte Hochbetrieb, es sah aus wie zur Rushhour. Schaukelnd zauberten Segelschiffe und Motorboote glänzende Lichterspuren in das schwarze Wasser. Auf dem für Autos gesperrten West Side Highway drängten sich die Schaulustigen am Ufer. Und wir Glückspilze auf dem Dach hatten die Logenplätze. Hier oben genossen wir eine Aussicht, die sich wie ein schwebendes Mosaik aus verzierten Mauerbrüstungen und Satellitenschüsseln, Wasserbehältern und Klimaanlagen zusammensetzte. Unter uns breitete sich die Stadtlandschaft aus, über uns funkelte die Skyline. Die Luft war mild und klar. Es herrschte eine fast unwirkliche Stille. Als hielte die Welt kurz den Atem an. Ich dachte an Cameron Duncan, und auf einmal tat er mir leid. Es musste schrecklich sein, an Höhenangst zu leiden. Nie würde er das köstliche Gefühl erleben, dem Feuerwerk und dem Himmel so nah zu sein. Die Effekte waren magisch schön, farbenprächtige Bilder, sprühende Kaskaden, jede sich öffnende Lichtblüte bestaunt und bejubelt. Russells Gesicht leuchtete auf. Ich hakte mich bei ihm unter und lehnte mich an seine Schulter. Er unterhielt sich mit dem Hausmeister über den Zustand der elektrischen Leitungen im Gebäude. Ich konnte das Feuerwerk sehen. Aber ich konnte es nicht fühlen.

11

»Wie war's in Jersey?«, fragte ich Keith am Dienstagmorgen.
»Wie war's in den Catskills?«, fragte ich Brady. »Nicht, dass es mich interessieren würde, aber wie war dein geheimnisvolles Wochenende?«, fragte ich Emily.
Natürlich würdigte man mich keiner Antwort. Alle hatten einen Sonnenbrand, alle hatten miese Laune. Alle hatten an der Umstellung von Freizeit auf Büroalltag zu knabbern. Musste die Realität sie aber auch so schnell wieder einholen?
Meine Stimmung war ebenfalls nicht die beste. Ich checkte meine E-Mails. Las *Yahoo! News*. Warf einen Blick in den *Gawker*, um zu sehen, ob mir die Konkurrenz vom Vermischten irgendwelche coolen Ideen weggeschnappt hatte. Mich in Adeles Schmerz hineinfühlend, hörte ich mir auf dem iPod versunken ihre rotzig-trotzigen Songs an, als mir jemand von hinten auf die Schulter tippte.
Ich drehte mich um. Es war Deirdre. »Hi! Wie war's in den Hamptons?«
»Haben Sie Emily gesehen?«, fragte sie, ohne sich lange mit dem Austausch von Höflichkeiten – oder Unhöflichkeiten – aufzuhalten.
»Nein. Ist sie denn nicht an ihrem Platz?« *Ach, Molly, Molly, Molly.*
»Nein! Okay, dann müssen *Sie* das Kind eben schaukeln.«
»Aber gerne doch. Was für ein Kind ist es denn?«
»Ich hatte einen Anruf von Theresa Flynn, der Programmchefin im 92Y. Sie veranstalten eine Podiumsdiskussion mit Autoren. Hauptsächlich Romanschriftsteller.«
»Und ich soll darüber berichten?«

»Nein. Theresa braucht kurzfristig noch jemanden, der sich aufs Podium setzt. Gap Eiffert fällt aus, der Kolumnist der *Post*. Er hängt mit Dünnpfiff in Mexiko fest.«

 Ich nickte, um mein Mitgefühl anzudeuten.

»Das ist *die* Gelegenheit, uns einem intelligenten Publikum zu präsentieren. Leider sieht Theresa einfach nicht ein, dass ich der ideale Podiumsgast wäre. Ich habe alles versucht und ihr sogar vorgeschlagen, es mit meiner Pressefrau zu bekakeln, aber sie will unbedingt jemanden haben, der selber schreibt.«

Deirdres Miene verriet deutlich, was sie von Theresa Flynns Entscheidung hielt. »Emily wäre mit ihrer Literaturkolumne genau die Richtige, aber ich kann sie nirgends finden. Wenn Sie nichts Besseres vorhaben, gebe ich Theresa Bescheid, dass ich Sie hinschicke. Sie schreiben immerhin Artikel. Also gehen Sie halbwegs als Autorin durch.« Bei ihr klang »halbwegs« eher nach »keineswegs«. »Ich will Theresa nicht absagen, sonst rennt sie womöglich noch zum *Gawker*.«

Ich? Auf einem Podium? Im 92Y? Bei der Mutter aller Podiumsdiskussionen? Die für New-Yorker Verhältnisse ungefähr so groß ist wie Oscar, Grammys, Emmys und Nobelpreis zusammen genommen? Meine innere Molly schrie: *Bist du von allen guten Geistern verlassen, dich freiwillig den Wölfen zum Fraß vorzuwerfen? Du willst dich vor ein Publikum setzen, das mit geistigen Tieffliegern kurzen Prozess macht, obwohl du keinen Schimmer hast, was du überhaupt zu der Diskussion beitragen sollst?* Das war die Stimme der mütterlichen Molly, die mich mit Zähnen und Klauen davor bewahren wollte, mich in Gefahr zu begeben. Doch die andere Molly, die beckenbodengestählte, fahrradsattelfeste, kolumnengeile Molly, sagte: »Aber gern, Deirdre. Wann soll die Sache denn steigen?«

Sie drückte mir einen Zettel mit der Adresse und einer Kontaktnummer in dic Hand. »Heute Abend um sieben.« Und weg war sie.

Panik. Angst. Und Schrecken. Ich befand mich in einem Aufruhr der Gefühle. Es mischte sich aber auch Aufregung mit hinein. Und Nervenflattern. Und eine Prise *Nach mir die Sintflut*! Im 92Y geben sich Filmstars und Staatsoberhäupter die Klinke in die Hand – Wissenschaftler und Wirtschaftsbosse, religiöse Leitfiguren und musikalische Genies. Bill Gates. YoYo Ma. Martha Graham. PR-Leute kriegen eine Prämie, wenn es ihnen gelingt, einen ihrer Klienten dort unterzubringen. Promis gehen über Leichen, um einen Platz auf dem Podium zu ergattern. Sogar für einen Platz auf der Warteliste werden die Messer gewetzt. Wenn ich Unsinn verzapfte – großer Gott, um welches Thema ging es eigentlich? – oder womöglich gar keinen Pieps herausbrachte und nur stumm wie ein Fisch vor mich hin glotzte – wäre es keine »Schwamm drüber«-Pleite, sondern ein »Bestell schon mal den Möbelwagen, wir verlassen im Morgengrauen die Stadt«-Desaster. Adios, Glaubwürdigkeit. Adios, Selbstachtung. Adios, Leben. Die mütterliche Molly fragte: *Kannst du mir einen guten Grund nennen, warum du dich auf so was Hirnrissiges einlässt?* Und auf einmal wusste ich die Antwort.

Emilys Stimme tönte um die Ecke: »Wieso ist auf dem Frauenklo immer das Papier alle?«

»Ausverkauft«, verkündete Theresa Flynn, als ich ihr am Telefon auch noch persönlich zusagte. »Bis auf den letzten Platz.«

»Dann kann ich keinen Gast mitbringen? Zur moralischen Unterstützung.«

Sie verriet mir die Namen der anderen Teilnehmer. Ich schluckte. Sie verriet mir das Thema. Ich schluckte. Sie versprach mir, sich darum zu kümmern, ob sich wegen einer Gästekarte etwas machen ließe. Manchmal kämen Tickets wieder zurück.

Den ganzen Nachmittag durchwühlte und durchforstete ich meinen Kleiderschrank, unterstützt von Angela, bei der das Interesse für Mode neu entflammt war, seit sie mit Charlie, dem Schwimmlehrer, zusammen war, den sie bei SpeedLove kennengelernt hatte. Ihre Kommentare lauteten: »Geht.« – »Geht eher weniger.« – »Geht gar nicht.« Wir entschieden uns für einen grauen Rock, eine weiße Bluse und flache Schuhe. So, wie ich mir ein Schriftstellerinnenoutfit vorstellte. Als Mann hätte ich ein Hahnentrittsakko mit Ellenbogenflicken angezogen und eine Pfeife mitgenommen.

»Du haust sie alle um«, sagte Angela. Große Ohrringe – Kopfschütteln. Kleine Ohrstecker – Kopfnicken. »Du wirst sehen. Ab morgen werden sich die Diskussionsrunden um dich reißen.«

»Höchstens, wenn ich heute Abend nicht in der Luft zerpflückt werde.«

»Bei meinem ersten Live-Wetterbericht habe ich am ganzen Leib geschlottert. Es war so schlimm, dass ich immer auf Hammond statt auf Valparaiso gezeigt habe.« Angela trat einen Schritt zurück, um meine Gesamterscheinung zu begutachten. »Du musst noch irgendwas mit deinen Haaren machen.« Ich verlegte den Scheitel nach links. Ich verlegte ihn wieder nach rechts. »Und immer schön tief durchatmen.«

»Atmen. Guter Tipp. Atmen. Das kann ich mir merken.«

»Ich ruf noch mal da an, ob nicht doch ein Restticket zu haben ist. Vielleicht holt Russell seins ja nicht ab.«

»Das will ich ihm nicht geraten haben. Ich musste um seine Karte regelrecht betteln.«

»Ich schreibe einen Tweet, dass du auf dem Podium bist.«

»Für die Großmarktkunden oder für die Restaurantgäste?«
»Für alle! Und wenn du irgendwas Zitierfähiges von dir gibst, musst du es dir unbedingt merken, damit ich dich damit zitieren kann.« Angela betrachtete mich noch ein letztes Mal prüfend vom Scheitel bis zur Sohle. »Okay. So kannst du dich überall sehen lassen.«

Das 92Y ist kein repräsentatives Gebäude. Prestigeträchtig, ja. Ansprechend? Weniger. Die Eingangshalle ist grau. Viel mehr fällt mir dazu nicht ein. Höchstens noch gediegen. Ja, als gediegen könnte man sie auch beschreiben. Aber vor allem ist sie grau. Wenn man hereinkommt, muss man entweder rechts durch eine Sicherheitsschleuse oder links an einem Wachmann vorbei. Ich habe eine schwer nachprüfbare, aber deshalb bestimmt nicht weniger zutreffende Theorie: Wer hier etwas Verfängliches einschmuggeln möchte, meidet die Schleuse.
Der Bekanntheitsgrad eines Redners oder die Zugkraft eines Themas lässt sich daran ablesen, in welchem der zahlreichen 92Y-Säle das Event abgehalten wird. Die Podiumsdiskussion mit den berühmten Schriftstellern und mir fand in der Kaufmann Concert Hall statt. Dem größten Saal für die wichtigsten Veranstaltungen. Er hat über neunhundert Sitzplätze und einen Balkon. Die Wände sind holzvertäfelt. Die Bühne hat ebenfalls eine Holzvertäfelung und einen Parkettboden. Der Teppichboden ist grün. Die Stühle sind grün. Der Saal wirkt so gemütlich wie ein Wohnzimmer, nur eben in Konzertsaalgröße. Zwischen der grauen Eingangshalle und dem Holz-mit-Grün-Saal liegt ein ganz in Marmor gehaltener Wandelgang. So etwas hat keiner der anderen Säle zu bieten. Wer den Marmorgang bekommt, gilt als Publikumsmagnet.
Hinter der Schleuse wurde ich von Theresa Flynn in Empfang

genommen. Außer mir sei bis jetzt noch kein Podiumsgast eingetroffen. Sie führte mich durch den Marmorgang in den Kaufmann-Saal. Ich war die Ruhe selbst, bis sie mir ein paar
[152] Mal sagte, ich bräuchte kein Lampenfieber zu haben. Der Saal sah um einiges größer aus, als ich ihn in Erinnerung hatte.

»Nachdem ich das Publikum begrüßt habe, stelle ich Gordon Fenton vor, der dann seinerseits das Podium vorstellt«, erklärte sie. »Die Diskussion dauert ungefähr vierzig Minuten, dann hängen wir noch zwanzig Minuten für Zuschauerfragen dran. So bleibt Ihnen beziehungsweise den anderen Gesprächsteilnehmern genug Zeit fürs Signieren.«

»Hätte Gap Eiffert auch ein Buch mitgebracht?«

»Ja. Eine Sammlung seiner *Post*-Kolumnen.«

»Dann könnte ich die vielleicht signieren.«

Theresa verzog keine Miene. Dass mein kleiner Scherz so wirkungslos an ihr abprallte, machte mich noch nervöser, als ich es ohnehin schon war.

Während ich allein hinter der Bühne saß und auf meine Mitstreiter wartete, spähte ich wie ein kleines Kind hin und wieder in den Zuschauersaal, wo sich die Reihen allmählich füllten. Als Erster gesellte sich unser Gesprächsleiter Gordon Fenton zu mir. Seiner Stimme nach hatte ich ihn mir ganz anders vorgestellt. Aber Radiomoderatoren sehen nie so aus wie ihre Stimme. Ich erwartete John Legend. Und kriegte den Weihnachtsmann im braunen Anzug.

»Dann sind Sie also die Ersatzfrau?« Er gab mir seine Pranke.

»Persönlich.«

»Haben Sie so was schon mal gemacht?«

»Persönlich nicht.«

»Sie sind nicht auf den Mund gefallen? Sie haben eine eigene

Meinung?« Ich nickte, zweimal. »Prima. Hauptsache, Sie unterbrechen mich nicht.«
Als Nächster erschien Joseph Gillen, der wohl größte Promi unter uns Podiumsteilnehmern, bekannt aus allen möglichen Sonntagmorgen-Talkshows, in denen er sich über ernste Themen ereifert. Er schreibt über Staatsstreiche in Ländern, von denen ich noch nie etwas gehört habe.
»Ich verstehe Theresa nicht. Ein Gast weniger hätte es doch auch getan«, sagte er, als wir einander vorgestellt wurden. »Ich lasse schon keine Gesprächspausen aufkommen. Was ist Ihr Ressort? Aktuelles? Politik?«
»Vermischtes.«
Er wandte sich ab.
Durchatmen, Molly! Vielleicht wäre Abhauen die bessere Alternative gewesen.
Theresa führte Julia Hollingsworth herein. Julia musste mindestens neunzig sein, sah aber keinen Tag älter aus als achtzig. Zart wie ein Vögelchen, ultrafeminin, das Gesicht perfekt geliftet. In rosa Kleid und Rüschenschal, die wie Dessous aussahen. Obwohl sie unter drei, vier verschiedenen Pseudonymen Liebesromane verfasst hatte, überstrahlte der Name Julia Hollingsworth alle anderen. Theresa bot ihr einen Regiesessel an. Ich ging zu ihr und stellte mich vor. Sie musterte meine weiße Bluse und den grauen Rock. »Sie scheinen mir ja eine sehr ernsthafte junge Frau zu sein.«
Theresas Blick hing fast ununterbrochen an der Wanduhr. »Er ist immer spät dran«, sagte sie in nachsichtigem Ton, als spräche sie von ihrem Lieblingssohn. Drei Minuten vor sieben fand er sich schließlich ein – Cameron Duncan, der umgehend nach allen Seiten hin Charme und Entschuldigungen versprühte. Theresa bekam ein Küsschen, Julia bekam ein Küsschen. Er

hielt inne. Sah mich an. Gab auch mir ein Küsschen. Er stand vor Gordon stramm und knuffte Joseph Gillen in die Schulter.

[154] Während die Männer ihre Männerfreundschaften pflegten und Julia mit einem goldenen Taschenspiegel ihr Make-up überprüfte, lugte ich auf die Bühne. Theresa stand am Rednerpult und bedankte sich beim Publikum für das zahlreiche Erscheinen. Gordon löste sich aus dem Kumpelknäuel und wartete auf sein Stichwort. »Begrüßen Sie mit mir den Gastgeber des heutigen Abends – Gordon Fenton!« Das Publikum applaudierte Theresa, Theresa applaudierte Gordon. Sie ging ab, und Gordon übernahm das Kommando.

Cameron pirschte sich an mich ran. »Sind Sie öfter hier?«

»Nur heute, als journalistischer Lückenbüßer.«

»Schön, Sie zu sehen, Sie Lückenbüßer. Gap Eiffert ist nicht halb so hübsch wie Sie. Keine Bange, das schaffen Sie mit links.«

»Meinen Sie wirklich?« Ich konnte jede moralische Unterstützung gebrauchen.

»Ich hab's doch selbst schon erlebt, dass Sie sich bei einer Diskussion nicht so leicht die Butter vom Brot nehmen lassen.«

»Danke.« Ich überlegte kurz. »Das sollte doch ein Kompliment sein, oder?«

Er lächelte. »Ja.«

Atmen, Molly. Atmen.

Gordon beschrieb Cameron Duncan als sehr einseitigen Autor, als einen Mann, der ausschließlich Bestseller im Programm habe. Das Publikum lachte. Gordon wünschte Hollywood viel Glück bei dem Versuch, eine derart beliebte Figur wie Mike Bing auf die Leinwand zu bringen; man könne nur hoffen, dass es damit nicht baden gehe. Das Publikum lachte,

nickte verständnisinnig. Gordon erzählte, dass Julias Bücher in sechsunddreißig Sprachen übersetzt seien und sie eine höhere Auflage habe als Danielle Steel und Barbara Cartland. Das Publikum klatschte. Es bestand fast nur aus Frauen. Im Zuschauerraum sah es aus wie auf einem Migränekongress.
»Treten Sie bitte einen Schritt zurück«, flüsterte Theresa mir zu. *Auf die Bühne lugen verboten.*
»Entschuldigung!«, sagte ich.
»Pst«, sagte Joseph Gillen.
Seine Einführung hatte gerade begonnen. Gordon beschrieb die Staatsstreiche, über die er berichtet, den Pulitzer-Preis, den er gewonnen hatte. Applaus für Joseph. Theresa ließ uns in einer Reihe antreten. Cameron als Erster, Arm in Arm mit Julia. Dann Joseph Gillen. Ich war die Letzte.
»Gap Eiffert, der zurzeit in Mexiko recherchiert, ist heute Abend leider verhindert«, verkündete Gordon. »Aber wir freuen uns sehr, an seiner Stelle …« Er warf einen Blick auf seinen Spickzettel. »… Molly Hallberg begrüßen zu dürfen. Molly schreibt für das Online-Magazin *EyeSpy.* Ihr letzter Artikel handelte vom Fahrradfahren.« Hier und da ein vereinzeltes Klatschen. Vermutlich von Russell und ein paar Gestalten, die nichts mehr erschüttern konnte. Unter freundlichem Applaus begaben wir uns im Gänsemarsch zu unseren Plätzen. Cameron winkte. Julia winkte. Also winkte ich auch. Joseph Gillen nickte. Wir setzten uns. Der Tisch war mit einer blauen Decke verhängt. Ich war froh darüber, dann brauchte ich nicht die ganze Zeit daran zu denken, die Knie zusammenzupressen. Wir hatten alle unser eigenes Tischmikro. Im Zuschauerraum war es dunkel, die Scheinwerfer blendeten – zum Glück. Es redet sich doch gleich viel leichter vor tausend Leuten, wenn man die tausend Leute nicht sehen kann.

»Beginnen wir mit Ihnen, Julia«, sagte Gordon, ohne lange zu fackeln. »Reden wir über Recherche. Über Inspirationen. Betreiben Sie Recherche für Ihre Romane?«

Julia neigte den Kopf, klimperte mit ihren falschen Wimpern und lächelte Gordon mit mädchenhaft-keckem Augenaufschlag an. »Ganz so viele Liebesaffären wie meine Heldinnen habe ich natürlich nicht, Darling. Auch wenn man tut, was man kann.« Das weibliche Publikum lachte, applaudierte. Was sollte ich antworten? Dass ich ein Fahrrad gemietet hatte? Julia drückte die Schultern durch. Obwohl sie nicht viel größer war als ein Kolibri, flößte sie mit ihrer Haltung Respekt ein. »Ich bin mit den großen Liebesromanen aufgewachsen. Im Grunde habe ich mein Thema also schon recherchiert, als ich noch gar nicht wusste, dass ich einmal Schriftstellerin werden würde.«

»Ich habe gerade Daphne du Maurier gelesen«, sagte ich, ohne zu überlegen, ob ich mich überhaupt zu Wort melden durfte. »Und davor den *Großen Gatsby*.« Ich hörte mich an, als wollte ich ein Highschool-Referat halten.

»Ich habe so viel daraus gelernt«, sagte Julia, allerdings nicht zu mir, sondern an die Zuschauer gewandt. »Für mich bestimmt nicht der Charakter eines Menschen sein Schicksal, sondern die Liebe. Davon bin ich überzeugt.«

»Ich recherchiere überhaupt nicht!«, mischte Joseph Gillen sich ein. Er fuhr die Ellenbogen aus und beugte sich so raumgreifend über den Tisch, dass ich mich ganz klein machen musste. »Ich lebe meine Bücher!« Er war nicht mehr zu bremsen: Aufruhr folgte auf Aufstand, Kumpanei mit Rebellen auf Klüngelei mit Revolutionären. Nicht gerade der ideale Zeitpunkt, um einen Satz wie »Ich könnte Ihnen was über Beckenbodenmuskulaturtrainingsslips erzählen« in die Runde zu werfen.

Ein, zwei Staatsstreiche später schnitt Gordon ihm einfach das Wort ab. »Cameron, welche Einflüsse haben Sie geprägt? Was haben Sie als angehender Jungautor gelesen?«

Camerons hohe Stirn glänzte im grellen Scheinwerferlicht, seine Augen blitzten. Sie waren grün. Wieso war mir seine Augenfarbe bis jetzt nie aufgefallen? Er sagte: »Ich bin meinen literarischen Vorbildern von damals treu geblieben. Es sind die *Hardy-Boys*-Romane von Franklin Dixon.« Ein Raunen ging durchs Publikum. Es war aber auch zu goldig. Ein erfolgsverwöhnter Kriminalschriftsteller, der den Helden seiner Jugend bis heute die Stange hielt. Dabei wäre ich jede Wette eingegangen, dass er in seinem ganzen Leben noch kein *Hardy-Boys*-Buch gelesen hatte. »Mein Vater hat mir seine Originalausgaben vererbt. Die einzigen Bände, die mir in der Sammlung fehlen, sind *The Short-Wave Mystery* und *The Secret of Wildcat Swamp*.«

Immerhin hatte er sie schon einmal in der Hand gehabt.

»Lassen Sie sich bei Ihren Romanen von den Hardy Boys inspirieren?«, fragte Gordon. Das Publikum kicherte.

»Aber natürlich! Allerdings nicht bei meinem aktuellen Projekt. Frank und Joe haben sich vermutlich nie bei einer Dating-Website angemeldet.« Lautes Gelächter.

Joseph Gillen kam mir mit seinen Pulitzerpreisträgerellenbogen immer mehr in die Quere. Ich hielt unauffällig dagegen. Wir waren wie zwei Flugzeugpassiere, die um die Armlehne kämpften.

»Erzählen Sie uns von Ihrem neuen Buch, Cameron«, sagte Gordon mit seiner Radiomoderatorenstimme.

Cameron setzte ein schüchternes, leicht verlegenes Gesicht auf. Den Ausdruck kannte ich. Wahrscheinlich übte er ihn vor dem Badezimmerspiegel. »Es handelt von einem Frauenmörder, der sich seine Opfer im Internet sucht. Er tötet, um sich an seiner Mutter zu rächen, weil sie ihn zum Heiraten gezwungen hat.« Das Publikum lachte. Die Story klang grauenvoll. Aber Cameron Duncan konnte sich natürlich alles erlauben. »Mike Bing ermittelt *undercover* und verabredet sich online mit Frauen.«

»Haben Sie für das Buch Recherche betrieben?«, fragte ich. Ich musste mich sehr weit vorbeugen, um Cameron an seinem Tischende ins Auge zu fassen.

»Leider, ja.« Er sah mit seinem schiefen, schelmischen Lächeln in den dunklen Zuschauerraum. »Hiermit entschuldige ich mich bei all den wunderbaren Frauen, denen ich im Netz begegnet bin.« Glucksen und Gurren aus dem Publikum. Die Frauen hätten dem Kerl lieber Sahnetorten ins Gesicht schmeißen sollen, statt ihn anzuschmachten.

»Sie haben unter falschem Namen gedatet?«, fragte ich. »Sie haben den Frauen etwas vorgemacht?«

»Wer hat das nicht?«, sagte Joseph Gillen.

»Und? Hat die eine oder andere vor Ihrem prüfenden Blick Gnade gefunden?«, fragte ich.

»Alle und jede«, sagte Cameron. Wie dankbar er sich anhörte, wie aufrichtig. »Ich bedauere es sehr, dass ich vor lauter Termindruck nicht die Zeit gefunden habe, die Beziehungen weiter zu vertiefen.« *Ooooh.* Und noch ein verständnisvolles Ooooh.

»Ich bin mit Julia ganz einer Meinung. Die Liebe bestimmt das Schicksal eines Menschen. Wenn man zum ersten Mal die Hand des anderen hält, weiß man es einfach.« Die gesamte holde Weiblichkeit stieß einen Seufzer aus.

»Himmlisch«, sagte Julia.

»Weiß man was?«, fragte ich.

»Was die Zukunft bringt«, sagte Cameron.

»Dann muss das allgemeine Shakehands bei einem Empfang ja ganz schön anstrengend für Sie sein.«

Camerons Antwort klang feierlich, inbrünstig, hoffnungsschwanger. »Ich suche nach meiner Seelenverwandten. Nach der Frau, die mich versteht.« Genauso gut hätte er eine Papptafel mit der Aufschrift SEUFZ ins Publikum halten können.
»Waren Sie überhaupt schon mal verliebt?«, fragte ich. Auf der Bühne eines Vortragssaals führten wir ein Privatgespräch.
»Hundert Mal am Tag.« Das Publikum lachte. Seine grünen Augen leuchteten.
»Aber das ist nicht dasselbe wie die Liebe zu einer Frau«, konterte ich. »Sie sind doch nur verliebt in die Liebe.«
»Vielleicht sollten *Sie* das auch mal versuchen«, sagte Joseph Gillen.
»Waren Sie mal verheiratet, oder haben Sie wenigstens mit einer Frau zusammengelebt?«, fragte ich Cameron.
»Könnten wir bitte wieder auf unser Thema zurückkommen?«, ermahnte uns Gordon.
»Ich erzähle Ihnen gern noch etwas über meine Zeit in Niger, während des ersten Tuaregaufstands«, ergriff Joseph die Gelegenheit.
»Nicht auf *das* Thema.«
»Ungebunden zu sein und sich nicht binden zu wollen sind zwei Paar Stiefel«, sagte Cameron zu mir.
Applaus brandete auf. Für einen Scheidungsanwalt wäre es der ideale Moment gewesen, seine Visitenkarten an die Frau zu bringen.
Julia Hollingsworth räusperte sich. »Liebe ist Austausch. Liebe ist Geben und Nehmen. Liebe ist gegenseitige Wertschätzung.« Sie wandte sich Joseph zu. »Wie würden Sie, ein Kerl von einem Mann, die ideale Liebe beschreiben?«
»Liebe ist stummes Verstehen«, sagte Joseph Gillen. »Man spricht mit den Augen. Man spricht mit dem Herzen. Man

spricht mit der Seele.« Er lachte. »Mein Ideal ist eine Frau, die schweigt.«

Das Publikum buhte.

 »Ganz im Gegenteil«, sagte Cameron. »Ich liebe es, wenn eine Frau mir Kontra gibt und sich nicht unterordnet. Wenn ich mich so richtig schön mit ihr fetzen und kabbeln kann. Das ist doch das Geheimnis aller großen Liebespaare. Nick und Nora. Harry und Sally.«

»Bogie und Bacall«, sagte Julia.

»Kermit und Miss Piggy«, sagte ich. Das Publikum lachte. Angela würde sich freuen. Endlich hatte ich etwas Zitierfähiges von mir gegeben.

»Fay Wray und King Kong«, sagte Joseph. Das Publikum buhte.

»Kommen wir nun zu den Publikumsfragen«, sagte Gordon. »Das Saallicht, bitte.«

Wer eine Frage hatte, reihte sich in die Warteschlange vor den Standmikros ein. Ich bin schon bei so vielen Autorengesprächen dabei gewesen, dass ich weiß, welche beiden Fragen immer kommen, ganz egal, um welches Thema es geht: *Wie sieht Ihr Schreibprozess aus?* und *Wie findet man einen Agenten?*. Weil ich weder einen Prozess noch einen Agenten habe, war ich einigermaßen aus dem Schneider. Falls tatsächlich jemand etwas von mir wissen wollte – was ich mir eigentlich nicht vorstellen konnte –, würde ich die Frage einfach an Julia oder Cameron weitergeben. Aber nicht an den Großmeister des Ellenbogenausfahrens. Joseph Gillen war mir nicht geheuer.

Eine Frau mit einer grauen Pudelfrisur trat unsicher vor: »Ich hätte eine Frage an Julia.« Julia nickte und legte die langen, dünnen Finger um ihr Mikro. »Wie sieht Ihr Schreibprozess aus?«

Eine andere Frau wollte von Cameron wissen, wie man einen Agenten findet. Eine dritte fragte ihn nach seinem Schreibprozess. Cameron grinste. »Ich setze mich an den Computer, schalte ihn ein und lege los. Wenn das nicht funktioniert, lese ich die *Hardy Boys*.«
Ach, wie er das Publikum bezauberte! Es war mir schleierhaft, wie ein Mann, der gar nicht mal so besonders gut aussah, eine derart große Anziehungskraft auf Frauen ausüben konnte. Dann wurde mir zu meinem großen Schreck klar, dass sie ihre Wirkung auf mich ebenfalls nicht völlig verfehlte.
Cameron beugte sich vor und sah mich an. »Molly Hallberg schreibt meine Lieblingsartikel auf *EyeSpy*. Wenn ich mit Joe und Frank Hardy nicht weiterkomme, lese ich Molly Hallberg.« Er lächelte mich an.
Ich lehnte mich schnell zurück.
Und schon wieder stand eine Frau am Mikro, jung, blond, mit hochgesteckter Lockenfrisur. »Brauchen Sie noch Freiwillige, die sich mit Mike Bing verabreden?«
»Hätte er Sie doch nur früher kennengelernt«, lächelte Cameron. »Aber inzwischen hat Mike Bing den Fall leider schon gelöst.« Gelächter und Applaus.
Gordon Fenton dankte der Podiumsrunde und verwies auf den Büchertisch am Eingang, wo man sich ein Exemplar vom Autor persönlich signieren lassen könne. Theresa Flynn kam auf die Bühne, trat klatschend ans Rednerpult und verabschiedete uns wie eine ungeduldige Gastgeberin, die ihrem Besuch mit dem Zaunpfahl zu verstehen gab, dass er allmählich mal ans Aufbrechen denken könnte. Wir erhoben uns. Gordon schüttelte den Männern die Hand.
»Kommen Sie, Sie Schwerenöter, helfen Sie mir die Treppe hinunter«, sagte Julia zu Joseph und krallte sich auch schon in sei-

nen Arm. Gordon verschwand mit Theresa hinter der Bühne, Cameron und ich folgten.

»Danke«, sagte ich. »Dafür, dass Sie meine Artikel gelobt haben. Ohne Sie wäre ich mir auf dem Podium vollkommen unsichtbar vorgekommen.«

»Sie sind echt nicht ohne, Molly Hallberg.« Und wieder dieses Lächeln. »Wir müssen unser kleines Geplänkel unbedingt ein andermal fortsetzen.«

»Cameron!«, sagte Theresa. »Wir brauchen Sie am Signiertisch.«

Russell stürzte auf mich zu und gratulierte mir mit einem Kuss. »Gut gemacht«, sagte er. »Du hast es überstanden.«

Cameron war bereits mit Gordon und Theresa weitergezogen.

12

Wer über seine Träume schreibt, leidet an maßloser Selbstüberschätzung. Er (oder sie) erwartet vom Leser, dass er sich a) dafür interessiert und b) seine kostbare Zeit damit zubringt, anderer Leute Träume zu analysieren, als ob er sich dafür interessiert (womit wir wieder bei a wären). Sei's drum: Ich habe mir gerade bei Saks in der Fifth Avenue ein Paar Socken gekauft, als Nora Ephron und die jugendliche Krimiheldin Nancy Drew in Nancys blauem Cabrio vorgefahren kommen. Nancy sitzt am Steuer, Nora hat einen Schmorbraten und selbstgebackene Plätzchen auf dem Schoß. »Steig ein!«, sagt sie. Wir fahren los. Vorbei an einer geheimnisvollen alten Uhr und einer bröckelnden Mauer geht es zu einer Bar in der Second Avenue. Wir treten ein. Was aus Nancys Cabrio geworden ist, weiß ich nicht; vielleicht hat sie es von einem Parkdiener wegbringen lassen, als ich gerade nicht hingesehen habe. In der Bar esse ich Noras Plätzchen, und sie gibt mir das Rezept dafür. Der Laden brummt, machomäßig geht mächtig die Post ab. Und im Hintergrund läuft Schmusemusik von Harry Connick Jr.! Aber das Seltsamste sind die beiden Fernseher über der Theke – nicht, dass sie da hängen, das ist ja an sich nicht weiter ungewöhnlich, nein, das Merkwürdige ist, dass keine Sportübertragungen laufen, sondern *Harry & Sally* und *e-@mail für Dich*. Nancy Drew bestellt sich einen Gin Tonic und leuchtet mit ihrer Taschenlampe zwei Männer an. Die Bar ist so verqualmt, dass ich ihre Gesichter nicht ausmachen kann. Einer der beiden, in Oberhemd und Krawatte, hockt ganz allein an einem Tisch und starrt auf sein Handy. Der andere ist von ausgelassen lachenden Frauen umringt. Und obwohl ich sein Gesicht nur verschwommen erkennen kann, sehe ich, dass er nur Augen für mich hat – und mir eine Rose hinhält. Nancy Drew fragt: »Welchen möchtest du?« Und ich will gerade zu dem netten, ruhigen Mann mit dem Schlips gehen, als Nicholas Cage hereinkommt und sich zu ihm setzt. Nora Ephron ruft: »Du hast wohl nicht alle Tassen im Schrank!« und reißt mir das Plätzchen aus der Hand.

Keine Ahnung, was das zu bedeuten hat.

Eine halbe Stunde bevor ich im vierten Stock bei Bloomingdale's mit Russell verabredet war, traf ich mich mit Kristine im sechsten. Russell brauchte eine neue Matratze. Kristine und ich brauchten Frozen Yoghurt. Aber nicht irgendeinen, es musste der Fro-Yo aus dem Forty-Carrots-Restaurant bei Bloomingdale's sein. Wenn ich nur daran denke, würde ich am liebsten die Seite abschlecken. Er ist so üppig und sahnig, so cremig und sämig, so voller Geschmack und dabei auch noch – Achtung, jetzt kommt's! – *fettfrei.*

Ich kann nicht glauben, dass er tatsächlich fettfrei sein soll. Genauso wenig kann ich mir allerdings vorstellen, dass Bloomingdale's bei so etwas lügen würde.

Auf der Speisekarte des Forty Carrots stehen auch andere Sachen. Salate. Suppen. Thunfischsandwiches. Aber die bestellt kein Mensch. Man muss eine geschlagene halbe Stunde auf einen Tisch warten, und an der Fro-Yo-To-Go-Theke bilden sich nicht enden wollende Schlangen. Und ja, Sie haben es erfasst: Die Klientel ist weiblich. Ein schwesterlicheres Zusammengehörigkeitsgefühl als unter Frozen Yoghurt schlemmenden Frauen im Forty Carrots findet man in ganz Manhattan nicht. Gott sei Dank arbeitet Kristine bei Bloomingdale's und ist mit der Restaurantleiterin gut befreundet. Ein verstohlenes

Handzeichen hier, ein unauffälliges Kopfnicken da – schon hatten wir einen Katzentisch in der hintersten Ecke an Land gezogen. Was ein Glück war. Weil Kristine nämlich nur eine halbe Stunde Mittagspause hat.

Sie bestellte einen Erdnussbutter-Joghurt, medium. Ich bestellte einen Schoko-Mokka-Joghurt, medium. Die Medium-Portionen sind riesig. In jedem anderen Café gingen sie als XL durch.

»Probieren?«, fragte Kristine.

Ich löffelte aus ihrer Schale, sie aus meiner.

Sie lehnte sich zurück und schloss die Augen, ließ sich Schoko und Mokka genießerisch auf der Zunge zergehen, machte die Augen wieder auf und rückte ihre Brille zurecht. »Perfekt.«

»Perfekt«, sagte ich.

Kristine und ich sind Puristinnen. Auf unseren Frozen Yoghurts haben Toppings nichts zu suchen, weder bunte Streusel noch gehackte Nüsse oder sonst was.

»Meinst du, die laden dich noch mal ins 92Y ein?«, fragte sie.

»Nur wenn ich mir ein Ticket kaufe und gelobe, mich in die hinterste Reihe zu setzen. Ich habe mich nicht ans Thema gehalten, musste keine einzige Zuschauerfrage beantworten und habe mich mit einem Idioten von Pulitzerpreisträger im Ellenbogendrücken gemessen. Wir waren ein tolles Podium. Mr. Charmebolzen. Mr. Superego. Miss Lustgreisin. Und Miss Nobody.«

»Hat sich irgendwer das Eintrittsgeld zurückerstatten lassen?«

»Ich hab's versucht, wurde aber mit dem Hinweis abgeschmettert, dass ich ja umsonst reingekommen bin.«

»Hoffentlich wurde die Diskussion aufgezeichnet.«

»Hoffentlich nicht!«

Andächtiges Schweigen machte sich breit, gefolgt von einem schwelgerischen *Mmmm*. Von allen Tischen um uns herum stiegen hingerissene Seufzer auf.

»Ist schon irre, dass du mit einem meiner Online-Dates auf dem Podium warst.«

»Wie bitte?« Vor lauter Verblüffung legte ich den Joghurtlöffel aus der Hand.

»Dein Cameron Duncan. Mein Frank Hardy. Mein Schriftsteller! Ich hätte gleich wissen müssen, dass der Name erfunden war.«

»Du bist mit Cameron ausgegangen?« Ich hörte mich an wie eine Zeichentrickfigur, so piepsig klang auf einmal meine Stimme.

»Nein.« Kristine lächelte. »Mit Frank.«

»Und wann hast du gemerkt, wer er wirklich ist?«

»Auf dem Nachhauseweg. Als ich sein Foto in der U-Bahn gesehen habe. Total verrückt.« Ich musste mich in Geduld fassen, während Kristine innehielt, und ich musste mich in Geduld fassen, während sie sich versunken ein Löffelchen Erdnussbutter-Fro-Yo auf der Zunge zergehen ließ. »Das ganze Date war merkwürdig. Eher wie ein Interview. Er hat mich dauernd nach meinen Online-Dating-Abenteuern ausgefragt. Als ob er für ein Buch recherchiert.«

Am Nebentisch bekam eine Frau einen Joghurt serviert, der so groß war, dass ihr Gesicht komplett dahinter verschwand.

»Wo habt ihr euch getroffen?«, fragte ich. *Was interessiert mich das?*

»Ich hatte das Marriott Hotel am Times Square vorgeschlagen, die View Bar mit der fantastischen Aussicht. Aber er wollte lieber ins Flute, die Kellerbar in der Vierundfünfzigsten, wo es den guten Champagner gibt. Ich glaube, er ist da öfter. Jedenfalls wurde er behandelt wie ein Stammgast. Sehr gemütlicher Laden, erinnert irgendwie an eine Flüsterkneipe.«

»Er leidet an Höhenangst.«

»Ach was? Er hat Akrophobie? Ich hatte mal einen Freund mit Coulrophobie.«

»Und das ist …?«

»Die Angst vor Clowns. Manchmal befürchte ich fast, ich habe Anuptaphobie.«

»Ich warte.«

»Die Angst, ledig zu bleiben.«

»Danke, Miss Enzyklopädie.«

Kristine sah auf ihren Joghurt. »Das schaff ich im Leben nicht.«

Ich sah auf meinen Joghurt. »Das schaff ich im Leben nicht.«

»Aber wir wollen es wenigstens versuchen.« Wir quälten uns noch einen Löffel runter, dann tupfte Kristine sich mit der Serviette den Mund ab. »Cameron ist eigentlich ganz schnuckelig, wenn man auf den Typ Mann steht, der im Grunde nichts Attraktives an sich hat, bei dem aber komischerweise trotzdem alles zusammenpasst.«

»Hat dir sein Online-Foto nicht gefallen?«

»Nein, nicht besonders.«

»Warum hast du dich dann mit ihm verabredet?«

»Ach, du kennst mich doch«, sagte sie. »Ich nehme mit, was ich kriegen kann! Aber nach einem Drink war alles klar. Zum Abschied hat er mich auf die Wange geküsst. Ich hasse diese Wangenküsschen. Man kommt sich vor, als würde man von seiner Großmutter abgebusselt.« Die Bedienung schenkte uns Wasser nach und klatschte die Rechnung auf den Tisch. »Das ist die größte Schwäche des Online-Datens. Ob die Chemie stimmt, weiß man erst, wenn man den Knaben leibhaftig vor

sich hat. Und dann dauert es keine vier Minuten, bis man es weiß. Aber da ist es bereits zu spät. Und man muss anstandshalber noch eine Dreiviertelstunde mit ihm aushalten.« Sie
 nahm ihre Brille ab und putzte sie mit der benutzten Serviette. »Der falsche Frank Hardy kam mir ernsthaft, klug und witzig vor. Er war bloß nicht mein Typ.«

»Na klar. Du wartest lieber auf einen miesen Schuft.«

Sie setzte die Brille wieder auf. Die Gläser waren immer noch verschmiert. »Vielleicht ist ja DickeHose500 der Richtige für mich. Der steht als Nächster auf meiner Liste.«

»Ob der Name vielleicht auch erfunden sein könnte?«

»Hauptsache, die Chemie stimmt. Das ist mein Rezept. Ich verstehe nicht, wieso du es damit nicht auch mal probierst.«

»Das hab ich doch schon. Einmal und nie wieder. Für mich müssen keine Funken sprühen. Ein bisschen Wärme reicht mir voll und ganz.«

Kristine tat so, als ob sie mich bei den Schultern packen und kräftig durchschütteln wollte. »Pantoffeln sind warm! Kakao ist warm! Ein Weihnachtslied von Bing Crosby ist warm. Aber deswegen willst du doch noch lange nicht mit Bing Crosby schlafen, oder?«

»Mit Russell läuft es ganz okay im Bett.«

»Aber ist es auch spannend?«

Ich überlegte. »Höchstens, wenn er beim Sex so tut, als wäre er Irwin und ich Joyce.«

»Ich sagte spannend, nicht abartig. Und worüber reden Schildkröten so beim Sex?«

»Nichts Besonderes.«

»Und das war's, ja? Mit sporadischem Schildkrötengeplauder gibst du dich zufrieden? Du sehnst dich nicht nach Schmetterlingen im Bauch? Nach Aufregung und Abenteuer?«

»So etwas ist nie von Dauer.«
»Aber man kann darauf aufbauen. Es ist wie ein elektrischer Schlag, der dich wachrüttelt. Du musst dir unbedingt mal wieder *Schlaflos in Seattle* ansehen.«
»Den habe ich öfter gesehen als jeder andere. Öfter als Meg Ryan. Wenn sie in die Maschine nach Seattle steigt, wird mir jedes Mal klar, dass ich mich so etwas nie trauen würde.«
»Und deshalb würdest du auch Tom Hanks nicht kriegen.«
»Wer weiß denn überhaupt, ob sie glücklich geworden sind? Es gab ja keinen zweiten Teil.«
»Aber du hast die Botschaft doch verstanden. Du weißt, was der Film dir sagen will.«
»Ich will nicht darüber reden.«
Kristine griff nach der Rechnung. »Lass mich zahlen. Ich bekomme doch Mitarbeiterrabatt.«
Sie leerte den Inhalt ihrer Handtasche auf den Tisch. Benutzte Taschentücher. Zerknitterte Quittungen. Eine Bürste, in der so viele Haare hingen, dass man daraus eine Perücke hätte knüpfen können. Eine verschmierte Ersatzbrille (ohne Etui). Zwei Kondomtütchen. Eine zusammengerollte angebrochene Tüte Chips. Ein Lipglossstift ohne Hülse.
»Kein besonders appetitlicher Anblick«, bemerkte ich.
»Ich hab's gleich. Kennst du den Essay von Nora Ephron, in dem sie darüber schreibt, dass sie ihre Handtasche hasst? In dem Buch, das davon handelt, dass sie ihren Hals hasst? Damit hat sie mich gemeint.«
»Und wenn ich die Rechnung übernehme? Ich verzichte auch gern auf den Rabatt, Hauptsache, du gräbst nicht noch einen angeschmuddelten Tampon aus.«
»Ah, da haben wir's!« Kristine reckte ihre Brieftasche in die Höhe. »Ich lade dich ein!«

Das Einzige, was schlimmer ist als ein Matratzenkauf ist ein BH-Kauf. Was den bedauernswerten Zustand der meisten meiner BHs erklärt. Aber auch Matratzen sind eine einzige Zumutung. Wo man früher nur die Qual der Wahl zwischen weich, fest und hart hatte, muss man sich heute mit Kaltschaumtoppern, Rosshaarauflagen, Latex, Taschenfederkernen, Atmungsaktivität, Bewegungsübertragung, antibakteriellen Bezügen und viskoelastischem Schaumstoff herumschlagen. Ich muss wohl der murmeltierartigste Schläfer aller Zeiten sein. Mich interessiert beim Kauf einer neuen Matratze nur ein einziges Kriterium: Passt das Ding durch meine Schlafzimmertür?

Russell, der schon auf mich wartete, nahm mich an der Rolltreppe der Matratzenabteilung ungeduldig in Empfang. Oh, Pardon. Bei Bloomingdale's heißt es natürlich Matratzen*galerie*. Kann sein, dass sie sich mit dem Museum of Modern Art verwechseln, schließlich liegt es nur sechs Straßen weiter südlich. Russell warf einen Blick auf seine Uhr, er warf einen Blick auf sein Blackberry. Er sah aus wie Russell: graue Hose, weißes Hemd, rot-blau gestreifte Krawatte, ordentlich zurückgekämmtes Haar. »Du bist zu spät dran.«

»Fünf Minuten.«

»Ich habe in einer Stunde meinen nächsten Patienten.«

»Dann auf zum Probehopsen!«

Er gab mir ein Küsschen auf die Wange. Wie eine Großmutter. Öffentliche Liebesbekundungen sind nicht sein Stil.

Die Matratzengalerie bei Bloomingdale's hat eine bläulich-gräuliche Beleuchtung. Schön schummerig, damit den Kunden mehr nach Schlafen zumute ist. Nur die Matratzen sind hell angestrahlt; jede einzelne liegt in ihrem eigenen Scheinwerferkegel. Man kommt sich vor wie in einem Landedock für große, weiße Weltraumkapseln. Ich bin mir sicher, dass die Verkäufer auf Provisionsbasis arbeiten. Man braucht sich einer Matratze nur bis auf Steinwurfweite zu nähern, da kommen sie auch schon aus allen Himmelsrichtungen herbeigestürzt. *Kann ich Ihnen behilflich sein? Haben Sie irgendwelche Fragen? Möchten Sie das Modell ausprobieren?* Bei uns machte eine gewisse Mina das Rennen. Weiter als bis zur ersten Matratze waren wir da noch gar nicht gekommen. Mina war eine hochgewachsene, attraktive Erscheinung, ihr ärmelloses marineblaues Kleid adrett und schlicht. Ihr Auftreten erinnerte mich an eine Professorin. Sie hatte große Ähnlichkeit mit Russell, nur eben in Gestalt einer Bloomingdale's-Verkäuferin. »Haben Sie irgendwelche Fragen?« Alle anderen Kunden zogen ebenfalls paarweise von Matratze zu Matratze. Vielleicht hatte Russell mich deshalb mitgenommen, weil er sich ohne eine Frau an seiner Seite nackt vorgekommen wäre. »Probieren Sie sie ruhig mal aus«, sagte Mina.

Ich drehte das Preisschild um. »Du heilige Scheiße!«

Mina lächelte. Sie war weise, geduldig. »Das ist unser hochwertigstes Stück der Firma Kluft. Joma-Wolle. Talalay-Latex. chintzbespannte Boxspringuntermatratze.«

»Die muss ich unbedingt probeliegen«, sagte ich zu Russell. »Ich will wissen, wie sich eine Sechsunddreißigtausenddollarmatratze anfühlt.«

»Ist sie für Sie beide gedacht?«, fragte Mina.

»Für ihn«, sagte ich.

»Für mich«, sagte Russell.

Wir streckten uns nebeneinander auf der Kluft aus, wippten ein bisschen mit den Schultern, starrten an die Decke.

»Hervorragend«, sagte Russell.

»Hervorragend«, sagte ich.

»Hätten Sie auch etwas Günstigeres da?«, fragte Russell.

Als wir uns auf der Joma-Wolle-Talalay-Latex-Kluft wieder aufrichteten, stand plötzlich Kristine neben uns. »Hi!«, sagte sie. »Bei uns ist nicht viel los. Deshalb dachte ich mir, ich schau mal vorbei. Wie ist die Matratze?«
»Toll«, sagte ich. »Für den Preis legen sie sogar noch eine Dreizimmerwohnung mit drauf.«
Russell stand auf und flüsterte Kristine etwas ins Ohr. »Leider nein«, sagte sie. »Nicht für Matratzen. Aber ein Rabatt für einen Schlips müsste drin sein.«
»Könnten Sie uns die Matratze aus der Werbung zeigen? Die, auf der man rumhüpfen kann, ohne dass das Glas Rotwein umkippt?«, fragte ich Mina. »Die würde ich gern mal testen.«
»Nein«, sagte Russell. »Die Tempur-Pedic kann man nicht wenden.« Russell ist ein überzeugter Matratzenwender. Hat was mit abgestorbenen Hautpartikeln und Hausstaub zu tun. »Die Hälfte aller Patienten, die bei mir in Behandlung sind, haben versucht, eine Tempur-Pedic zu wenden.«
Ich sagte: »Vielleicht, weil ihnen der viele Rotwein zu Kopf gestiegen ist.«
Russell und Mina marschierten voraus, Kristine und ich schlappten hinterdrein.
»Ein Chiropraktiker!«, flötete Mina. »Dann wissen Sie ja um den Wert einer guten Matratze.«
»Aber keine sechsunddreißigtausend Dollar«, sagte ich zu Kristine.
»Bin gleich wieder da. Die muss ich ausprobieren.« Während sie schnell noch mal zur Kluft zurücklief, schloss ich zu Mina und Russell auf, die vor einer handgenähten Shifman Luxury Plush Pillowtop in Kingsize-Größe stehengeblieben waren. Bis man den Namen dieser Matratze ausgesprochen hat, ist man eingeschlafen. »Und was kostet die?«, fragte ich.

»Von Hand getuftet«, sagte Mina gerade.
»Siebentausend«, antwortete Russell.
»Wie aufregend. Jetzt hast du schon neunundzwanzigtausend Dollar gespart«, sagte ich.
Wir testeten die Shifman.
»Nicht übel«, sagte Russell.
»Fühlt sich genauso an wie die andere.«
»Die andere hat mir besser gefallen«, sagte Russell.
»Dann lasse ich Sie kurz allein, damit Sie sich ungestört beraten können.« Mina zog sich zurück, um unsere Privatsphäre zu wahren, was zwar nett, aber angesichts der anderen halblaut debattierenden Pärchen rings um uns her auch einigermaßen sinnlos war.
»Du willst doch nicht im Ernst sechsunddreißigtausend Dollar für eine Matratze hinblättern?«, sagte ich.
»Wenn man die Summe über fünfzehn Jahre amortisiert, macht das pro Jahr nur …« Er biss sich auf die Zunge.
»Sag bloß, du hast es schon ausgerechnet?«
»Meine Exfreundin hatte eine Stearns and Foster, die sehr komfortabel war. Und die Freundin davor hatte eine Sealy, die wahrscheinlich nicht besonders teuer, aber trotzdem bequem war.«
»Danke, so genau wollte ich das gar nicht wissen. Und wie war der Sex?«
»Sagt bloß, ihr hattet gerade Sex?«, fragte Kristine, die sich wieder bei uns eingefunden hatte. Russell stand auf, machte sich winkend bei Mina bemerkbar und ging zu ihr in die Sealy-Abteilung hinüber. Kristine streckte sich neben mir auf der Shifman aus. Es war sehr gemütlich, fast so, als lägen wir am Strand und starrten in den Himmel.
»Wieso fangen Matratzennamen immer mit S an?«, fragte ich.

»Wieso gibt es bei Matratzen immer Sonderangebote?«, fragte sie.
»Russell hat mir gerade die Matratzenmarken seiner Exfreun-
 dinnen verraten.«
»Herzlichen Glückwunsch. Was für ein Unsensibelchen.«
»Er ist nicht unsensibel, nur ehrlich.«
Wir sahen uns an. Kristine machte einen genervten Eindruck. »Ehrlich ist nicht dasselbe wie ungehobelt. Manchmal krieg ich echt die Krise mit dir, Molly.«
»Jetzt übertreib nicht.«
»Ich habe mal gelesen, dass man, wenn man neben einem Schnarcher liegt und nicht schlafen kann, direkt über seinem Gesicht in die Hände klatschen soll. Angeblich dreht er sich dann, ohne aufzuwachen, auf die andere Seite, und das Schnarchen hört auf.«
»Du hast bei diesem Schülerstreberquiz damals den ersten Preis gewonnen, ja? Gib's zu.«
»Jedenfalls habe ich mal bei einem Typen übernachtet. Er schlief tief und fest und hat geschnorchelt wie ein Belugawal. Also habe ich das mit dem Klatschen ausprobiert.«
»Und dann?«
»Hat er die Augen aufgemacht und mir vorgeworfen, ich wäre unsensibel.« Kristine setzte sich auf. Ich setzte mich auf. Russell war in ein Gespräch mit Mina vertieft. Großer Gott! Er flirtete doch nicht etwa mit der Matratzenfrau? Ob er womöglich auf ihren Bloomingdale's-Mitarbeiterrabatt spekulierte? Kristine war das Techtelmechtel offenbar auch nicht entgangen, sie spießte ihn regelrecht auf mit ihrem Blick. »Es tut mir leid, Molly, aber keine Frau will wissen, auf welche Matratzen ihre Vorgängerinnen abgefahren sind.« Sie schwang sich aus dem Bett. Sie musste zurück in ihre Abteilung, Sofas

verkaufen. »Vielleicht sollte sich dein Freund eine Bill-Pullman-Schlafcouch zulegen.«
Nachdem sie gegangen war, unterbrach ich Russells kleinen Wirbelsäulenplausch mit Mina, die vor lauter Begeisterung über seinen chiropraktischen Sachverstand kaum an sich halten konnte.
Während ich mit ihm auf der Sealy lag, sagte ich ihm meine Meinung: dass er ein ungehobelter, unsensibler Klotz sei und dass keine Frau wissen wolle, auf welche Matratzen ihre Vorgängerinnen abgefahren seien.
Wütend fuhr ich zurück in die Redaktion. Wütend fuhr er zurück in die Praxis. Sein nächster Patient zum Nackeneinrenken konnte einem leidtun. Ich hatte keine Erklärung dafür, wie das Ganze so eskaliert war oder warum ich mich so aufregte. Aber eins stand fest: Ich war im Recht und Russell im Unrecht, also hatte gefälligst *er* anzurufen und sich zu entschuldigen. Bestimmt wusste er noch nicht mal, auf welcher Matratze ich schlief. Ich hätte es ja selbst nicht sagen können. Ich wusste bloß, dass die Marke mit S anfing.
Ich machte schon mal innere Inventur: Welche Sachen hatte ich in Russells Wohnung? Konnte ich sie mir irgendwie holen beziehungsweise auch ohne sie leben? Ich besaß einen Schlüssel. Während er an irgendwelchen Wirbeln zwirbelte, könnte ich mich reinschleichen, mein Zeug in ein paar Plastiktüten stopfen und mich heimlich, still und leise wieder aus dem Staub machen. Oder ich könnte Russell bitten, meine Sachen bei seinem Portier zwischenzulagern, bis es mich das nächste Mal auf die West Side verschlug. Also möglicherweise nie. Oder er schaffte *meine* Sachen zu mir nach Hause und holte bei der Gelegenheit gleich *seine* bei meinem Portier ab …
Ich schwor mir, nie wieder irgendwelche persönlichen Gegenstände bei einem Mann liegenzulassen.

Als er am Abend nicht anrief, wunderte ich mich. Russell ist konfliktscheu. Er neigt von Natur aus dazu, Probleme glattzubügeln, reinen Tisch zu machen, Fragen auszudiskutieren
 oder wenigstens zu verdrängen.

Ich klingelte bei Angela, aber sie hatte keine Zeit für mich, weil sie ihren Schwimmlehrer erwartete. Sie öffnete die Tür mit einer entkorkten Weinflasche in der Hand. Ärmelloses Kleid in Pink, Sandalen in Pink – so mädchenhaft hatte ich sie noch nie gesehen. »Ich glaube, heute Nacht bringt er mir das Kraulen bei.« Sie klang pink und glücklich. »Wenn du Schreie hörst, ruf bitte nicht die Polizei.«

Also sah ich mir zum zigsten Mal *Schlaflos in Seattle* an, und wie immer kamen mir am Ende die Tränen. Aber verstand ich auch wirklich, was Nora mir sagen wollte?

13

Einen Tag vor dem Krach bei Bloomingdale's war ich von Deirdre in ihr Büro zitiert worden. Was die Tiefe ihres Dekolletés anging, hatte sie sich selbst übertroffen. Ich konnte nur beten, dass sie nicht husten oder niesen musste, sonst wäre mir ihr Busen entgegengehüpft. Abgesehen von den üblichen wohlgeordneten Utensilien wie Notizbüchern, Stiften und ihrem Laptop, lagen noch drei weitere Gegenstände auf der gläsernen Schreibtischplatte: ein Lippenstift in schwarzer Hülse, ein schwarzes Zigarrenetui und eine kurzstielige Flaschenbürste. »Dreimal dürfen Sie raten, was das ist«, sagte Deirdre. Bevor ich mich mit »Lippenstift, Zigarrenetui und Flaschenbürste« aus der Deckung wagen konnte, kam sie mir mit der Antwort zuvor: »Vibratoren.«

Und wie ihre Äuglein dabei aufblitzten, wie teuflisch sie grinste! Sie schraubte die Hülse auf, und zum Vorschein kam die Gumminachbildung eines roten Lippenstifts. Sie schaltete ihn ein. Unter unseren gebannten Blicken fing er an zu vibrieren. Deirdre drückte ein zweites und ein drittes Mal aufs Knöpfchen, und der kleine Freudenspender legte erst einen, dann noch einen Zahn zu. Wäre das Ding ein echter Lippenstift gewesen, hätte ihn nur ein Clown auftragen können.

»Hat Emily entdeckt.« Deirdre öffnete das Zigarrenetui. Es enthielt ein Maskarabürstchen aus Gummi, etwas größer als ein normales und mit Borsten versehen, mit denen ich mir nur ungern zu nahe gekommen wäre. Auch dieser Luststängel konnte auf drei Geschwindigkeitsstufen vibrieren. Ich hätte zu gern gewusst, wo genau Emily die als Kosmetikartikel verkleideten Vibratoren aufgestöbert hatte. Am unheimlichsten

war mir die Flaschenbürste, die eine Puderquaste darstellen sollte. »Wissen Sie, was Sinn und Zweck dieser Geräte ist?«
Na, wenn das keine unangenehme Frage war. »Ich kann es mir

ungefähr vorstellen.«
»Vor allem geht es um Diskretion. Frau kann sie einfach in die Handtasche stecken und überallhin mitnehmen. Oder auf dem Nachttisch liegen lassen, ohne sich darum kümmern zu müssen, was sich wohl die Putzfrau dabei denken mag.« Das war mal ein guter Tipp. Sollte ich mir eines Tages eine Putzfrau leisten können, würde ich mir als Allererstes einen vibrierenden Kosmetikartikel zulegen. »Aber das Beste kommt erst noch.« Es ging noch besser? »Man kann sie mit ins Flugzeug nehmen.«
Ins Flugzeug? Wozu das denn?, hätte ich um ein Haar gefragt. *Um sich im Handbetrieb auf Wolke sieben zu fiedeln?*
»Als Emily mich darauf aufmerksam gemacht hat, meinte sie, das wäre das ideale Thema für Sie.« Ob ich sprachlos war? Sprachlos ist gar kein Ausdruck. Dabei hätte es mich wirklich nicht zu wundern brauchen, dass Emily sich für meine Karriere derartig ins Zeug legte, nachdem ich ihre vor Wut schäumende Nachricht auf meinem Schreibtischstuhl gefunden hatte: *Du hast mir das 92Y-Podium geklaut. Vielen herzlichen Dank!*
Deirdre schob mir die drei Vibratoren hin. »Ich möchte, dass Sie ausprobieren, ob man damit durch eine Sicherheitsschleuse kommt. Die Frauen sollen wissen, ob sie mit so einem Lippenstift tatsächlich ins Flugzeug steigen können.« Deirdre war hin und weg von ihrem Einfall. Sie lächelte belustigt. Ich lächelte gekünstelt.
»Wohin soll ich denn fliegen?« Vielleicht durfte ich mir wenigstens das Ziel aussuchen.
»Sie bleiben hübsch am Boden. Sie gehen nur durch eine Si-

cherheitsschleuse. In den Gerichtsgebäuden gibt es ganz ähnliche Systeme, durch die Sie die Dinger schmuggeln können. Das kommt billiger als ein Flugticket.«

»Klar, und wenn ich verhaftet werde, können sie mich gleich dabehalten.«

Deirdre lehnte sich zurück und schmunzelte in sich hinein. »Ich freue mich immer, wenn meine Angestellten füreinander mitdenken. Es geht doch nichts über ein kollegiales Arbeitsklima.«

Ich griff mir die Vibratoren und stand auf. »Dann schlage ich demnächst mal ein Buch vor, das Emily rezensieren kann. Proust soll ja ziemlich flott sein.«

»Abgabe Dienstag?«

»Spätestens.«

Als ich mich wieder an meinen Schreibtisch setzte, ersparte ich mir den Blick nach nebenan. Dass Emily auf ihrem Platz saß und mit einem Ohr lauschend an der Trennwand klebte, konnte ich mir denken. »Wenn du die Dinger benutzt hast, bring ich dich um!«, sagte ich.

Ich machte mir die Wahl für ein Gerichtsgebäude nicht leicht, sondern überlegte lange und gründlich, wo ich den Feldversuch starten sollte. Im Familiengericht? Nein, viel zu peinlich, wenn ich gestoppt würde. Womöglich liefen da Kinder rum. Im Kriminalgericht? Auch nicht sehr einladend. Womöglich liefen da Kriminelle rum. Nachdem ich den Obersten Gerichtshof und das Berufungsgericht verworfen hatte – das wäre dann doch zu weit gegangen –, entschied ich mich für das Zivilgericht. Vermieter gegen Mieter, Versicherungsgesellschaften gegen den Rest der Welt. Harmlose juristische Plänkeleien.

Ich fackelte nicht lange und zog gleich am nächsten Morgen los, weil ich davon ausging, dass an einem Freitag bei Gericht nicht allzu viel los sein würde. Sicher beraumten die Richter
[180] weniger Verhandlungen an, damit sie sich so früh wie möglich ins Wochenende davonmachen konnten. Die Schlange vor der Schleuse sollte einerseits nicht so kurz sein, dass die Wachleute mich und meine Handtasche vor lauter Langeweile besonders gründlich unter die Lupe nahmen, andererseits aber auch keinesfalls zu lang. Nicht auszudenken, wenn sie mich, die Puderquaste schwenkend, aus einer größeren Menschenmenge herauswinkten und mich anbrüllten: »Hey, Sie da! Wollten Sie etwa einen Vibrator ins Gericht schmuggeln?« Diese Schmach würde ich nicht überleben. Wahrscheinlich würde ich mich nicht vom Fleck rühren und vorwurfsvoll in die Runde blicken, nach dem Motto: *Wie konnten Sie nur? Und so etwas in einem öffentlichen Gerichtsgebäude!* Fast noch schlimmer war der Gedanke, dass ich mit meinen brummenden Handtaschenbegleitern tatsächlich unbehelligt durch die Schleuse gelangen könnte. Was, wenn ich ihnen damit erst zum Durchbruch verhalf? Ich durfte gar nicht daran denken, was für Szenen sich dann in Zukunft in den Damentoiletten abspielen würden.

Das alles ging mir im Kopf herum, während ich in der Schlange wartete. Ein Mann im afrikanischen Hemd legte Schlüssel und Armbanduhr in das Plastikkörbchen. Eine Frau, der man die Anwältin auf den ersten Blick ansah, weil sie nicht nur ein Kostüm, sondern auch noch Seidenstrümpfe trug – und das im Hochsommer! –, stellte einen ledernen Aktenkoffer auf den Tisch. Vielleicht hatte sie ja auch einen Vibrator darin, irgendein Ungetüm von einem alten Rabbit. Mein eigenes Ungetüm von einem alten Rabbit lag in seinem Täschchen unter dem Bett, neben seinen entfernten Verwandten, den Wollmäusen. Ich benutzte ihn nur, wenn ich keinen Freund hatte, und ein Freund war mir allemal lieber.

Vor dem Krach bei Bloomingdale's hatten Russell und ich Witzchen darüber gerissen, wie wir seine Matratze einweihen würden. Es war ihm wichtig, dass ich sie mit ihm zusammen aussuchte, er wollte, dass auch ich es bequem hatte. Schon wahr, dass Russell es sich lieber zu Hause gemütlich machte, wenn mir nach einem Zug durch die Gemeinde zumute war. Schon wahr, dass ich mich kaum noch daran erinnern konnte, warum wir jemals etwas miteinander angefangen hatten, und mich manchmal das Gefühl beschlich, dass er einfach irgendjemanden brauchte, wenn auch nicht unbedingt mich. Trotzdem war er lieb. Rücksichtsvoll. Verlässlich. Und ich ging stramm auf die vierzig zu. Grund genug, an Russell und dem Rabbit unterm Bett festzuhalten.

Die Schlange rückte vor. Ich stellte meine Tasche auf das Rollenband und sah ihr beklommen nach. Hinter einem Rucksack und vor einer langen Leinentasche mit Reißverschluss, die verdächtig nach einer Gewehrtasche aussah, schaukelte sie gemächlich auf das Röntgengerät zu. Einer der Wachmänner erklärte uns, dass wir die Schuhe anbehalten dürften. Eine gute Nachricht! Sollte mir der Kerl, dem damals die Lunte aus dem Schuh hing, irgendwann mal über den Weg laufen, muss er sich warm anziehen.

Ich ging durch die Schleuse. Der Wachmann nickte, er schien sich zu Tode zu langweilen. Meine Handtasche mit dem vibrierenden Innenleben kam herausgeschaukelt. Stoppte. Schaukelte wieder zurück. Das Rollenband blieb stehen. Mein Herz blieb stehen. Die Rollen rollten weiter, meine Tasche ebenfalls. Keine Sirenen schrillten los. Ich wurde nicht abgeführt und zu

Prostituierten in eine Zelle gesteckt. Ich schnappte mir die Tasche, winkte den Wachen zu und machte mich schleunigst vom Acker.

Als ich die Sonne wiedersah, kramte ich als Erstes mein Handy raus und rief bei Russell in der Praxis an. Die Sprechstundenhilfe wollte mich abwimmeln, er hätte einen Patienten, aber keine zehn Sekunden später war er am Apparat. Ich entschuldigte mich. Er entschuldigte sich. Er sagte, er würde eine DVD mitbringen und wir könnten uns was beim Chinesen bestellen.

Eine Woche später saß ich im Wartezimmer von Dr. med. dent. David Lewis und wartete auf die übliche Halbjahresprophylaxe. An der gegenüberliegenden Wand hing ein Plakat mit den Three Stooges. Die Komiker, die als Zahnärzte verkleidet waren, hantierten mit Hämmern und Schraubenschlüsseln. Dr. Lewis hat eben Sinn für Humor. Auf der anderen Seite eines offenen Schiebefensters hockte eine junge Frau im weißen Kittel leise fluchend vor ihrem Computer. Ich sah mir die Zeitschriften auf dem Ecktischchen an. *Cycle World. Golf Digest. Field & Stream.* Fast hätte ich auch geflucht, aber laut. Die einzige andere Patientin im Wartezimmer, eine Frau mit kurz geschorenen Haaren und der dazu passenden Schädelform, las auf ihrem iPad. »Eine grauenvolle Auswahl.« Naserümpfend deutete sie auf die Illustrierten. »Ich bringe mir immer meine eigene Lektüre mit.«
»Alle Achtung, dass Sie da jedes Mal wieder dran denken.«
Sie zuckte mit den Schultern. »Schlechte Zähne.« Sie beugte sich wieder über das iPad, kicherte, seufzte und hob den Kopf. »Kennen Sie *EyeSpy*?«
»Na klar!« Ob vielleicht ein Lob für mich abfallen würde?

»Manche von den Texten sind echt aberwitzig. Was die eine Autorin sich traut, würde ich nie machen, auch nicht für Geld. Aber dieser Artikel hier ist zum Niederknien. Ganz was anderes als der übliche *EyeSpy*-Brei, einfach hinreißend.«
Das klang mir nicht nach Vibratoren. »Worum geht es denn?« Ich versuchte, einen Blick auf ihr Display zu erhaschen.
»›Liebe. Romantik. Die Suche nach dem großen Glück‹«, las sie vor. »›Die wahre Liebe und wie man sie findet – Krimiautor Cameron Duncans spannendster Fall‹.«
Wäre Dr. Lewis in diesem Augenblick ins Wartezimmer gekommen, hätte er mir einen Vortrag über die Auswirkungen des Zähneknirschens halten können. »Dürfte ich ganz kurz einen Blick darauf werfen?«
Die Frau kniff misstrauisch die Augen zusammen. Sie klammerte sich an ihr iPad, als wollte ich es ihr im nächsten Augenblick mit Gewalt entreißen und mich damit aus dem Staub machen.
»Nur ein Sekündchen? Sie kriegen es auch gleich wieder. Ehrenwort!«
»Na gut, eine Sekunde.« Widerwillig rückte sie es raus.
Die ersten Zeilen überflog ich nur, doch dann las ich mich an Camerons Worten fest. *Die Liebe ist ein Katalog emotionaler Bedürfnisse, aus dem jeder Mensch nach dem Prioritätsprinzip auswählen muss. Für den einen mögen Sex und Erotik die wichtigsten Komponenten sein, für den anderen ist es vielleicht Kameradschaft oder Sicherheit. Erst wenn man im Katalog der Liebe seine Wahl getroffen hat, weiß man, worauf es einem wirklich ankommt.* Die Paare, mit denen er Gespräche über ihre Beziehung führte, schwärmten wortgewandt und geradezu lyrisch von New York als einer lebendigen, anregenden Stadt für Verliebte. Gammelige U-Bahn-Spinner, wie ich sie interviewt

hatte, waren keine dabei. Er stellte die romantischsten Orte in New York vor – genau wie ich, bloß, dass mir meine Liste besser gefiel. Er beschrieb, dass ihm der »magische Moment« noch nicht beschieden worden sei, der Augenblick des wahren Erkennens in der ersten Berührung, im ersten unvergesslichen Kuss. Wie gern hätte ich den Artikel in der Luft zerfetzt. Aber er war zu bewegend, zu romantisch. *Wir geben unser Bestes. Wir schenken Vertrauen. Wir gehen auf Nummer sicher oder setzen alles auf eine Karte, wir treffen falsche oder verquere Entscheidungen. Wir werden aus dem Sattel geworfen, aber wir steigen immer wieder auf.*

Er schrieb überhaupt nicht wie Nora Ephron. Das kriegte also noch nicht mal dieser Wunderknabe hin. Doch wie in einem Nora-Ephron-Film klang auch bei ihm die Liebe wie ein romantisches Märchenidyll, in dem alles möglich war.

Die iPad-Besitzerin hüstelte und beugte sich vor. »Entschuldigung, könnten Sie mir wohl die *Field & Stream* rüberreichen?«, fragte sie. Das war schon kein Wink mit dem Zaunpfahl mehr, sondern einer mit Angelrute und Jagdflinte. Die Frau war stinksauer.

Bei entsprechender Weitsichtigkeit kann man durchaus noch weiterlesen, nachdem man ein iPad wieder aus der Hand gegeben hat. Während ich heimlich mitschmökerte, sprang mir plötzlich ein Absatz ins Auge: *In* Schlaflos in Seattle *ist uns von vornherein klar, dass Meg Ryan und Tom Hanks sich kriegen. Genauso wie wir wissen, dass Meg Ryan sich in* Harry & Sally *für Billy Crystal entscheiden wird. Aber wir sehen uns die Filme trotzdem bis zum Ende an. Was uns daran fasziniert, ist nicht das Ziel, sondern der Weg.*

Das war meine Idee! Die Idee von der Buchpräsentation! Cameron hatte sie mir geklaut. Trug der Mann eine Wanze am Leib? Schreckte er vor überhaupt nichts zurück?

»iPad-Schnorrer«, motzte die Frau mich an und stopfte das Tablet in ihre Tasche.
Die Zahnarzthelferin am Empfang sah mit einem entspannten Lächeln zu uns herein. Offenbar hatte sie sich mit ihrem Computer wieder versöhnt. »Sie können jetzt durchgehen, Miss Brichta«, sagte sie. Mit einem letzten finsteren Blick stapfte Miss Brichta hinaus.
Als ich endlich wie hingegossen im Behandlungsstuhl lag, eine grüne Papierserviette um den Hals, während Lynn, die Prophylaxefrau, mit Gesichtsschutz und Handschuhen an mir herumfuhrwerkte, kam mir der Gedanke, dass ich mich eigentlich mehr als geschmeichelt fühlen durfte, von dem großen Bestsellerautor Cameron Duncan plagiiert worden zu sein. Was für ein Kompliment! Was für eine Anerkennung! Was für eine Frechheit. Wahrscheinlich hatte er sich den halben Artikel irgendwo zusammengeklaut, vor allem das Gesülze über den magischen Moment und den unvergesslichen Kuss. Während ich Lynns Gestocher über mich ergehen ließ, bilanzierte (und benotete) ich die unvergesslichen Küsse meines Lebens:
Johnny Zwierzko. Fünfte Klasse. Kaugummi im Mund. Juicy Fruit. Ich kann Juicy Fruit nicht ausstehen. Note: 3–.
Pablo Mullen. Highschool. Zehnte Klasse. Hatte eine Laktoseintoleranz. Ließ in der Eisdiele einen fahren, als wir uns küssten. Note: 4+.
Bradley Bernett. Highschool. Elfte Klasse. Leidenschaftliches Gefummel samt Abschiedskuss vor dem Haus meiner Eltern. Plötzlich reißt mein Vater die Tür auf, zieht mich in die Diele und drückt Richie mit den Worten: »Da hast du was zum Anbeißen!« ein Corned-Beef-Sandwich in die Hand. Note: 1–.
Sidney Hallberg: 6.
Namenloser Kappa-Sigma-Verbindungsstudent. Uni. Erstes Se-

mester. Kino in Albany, wo Namenloser seinen Penis von unten durch die Popcornschachtel schob und mir dann das Popcorn anbot. Notengebung: nicht möglich.

 Evan Naboshek. 1+. Leider.

Richie Rossier. Fünf Wochen nach meiner Scheidung. Hat mir mit der Zunge die Mandeln poliert. 4–.

Russell Edley. Eine gute 2.

»Hat's wehgetan?«, fragte Lynn, die Prophylaktikerin, und trat einen Schritt zurück. Bevor ich antworten konnte, sagte sie: »Bitte spülen und ausspucken.«

Am Nachmittag gab Emily sich große Mühe, so zu tun, als läse sie Camerons Artikel gerade zum ersten Mal. Und natürlich musste sie ihn für mich laut kommentieren. »Wow, Cameron Duncan hat die Story über die wahre Liebe ja wahnsinnig gut hinbekommen. Wobei das so schwer nun auch wieder nicht gewesen sein kann. Zu dem Thema hätte jeder Depp was schreiben können. Trotzdem, alle Achtung!«

Am liebsten hätte ich ihr unter die Nase gerieben, dass die beste und tiefgründigste Beobachtung des ganzen Artikels von mir stammte. Dass er sie mir während einer harmlosen Konversation in der Klowarteschlange gestohlen und sich wie ein Dieb damit davongemacht hatte, um sie als seine eigene auszugeben.

Aber weil ich mit Emily am allerliebsten überhaupt nicht rede, behielt ich es für mich.

Ich setzte den Kopfhörer auf und recherchierte Bio-Restaurants. Das war nämlich mein nächster Auftrag. Einen Artikel über Essen zu schreiben, das ich nicht aß. Mir tat der Mund weh. Ich war mit den Gedanken nicht bei der Sache. Lynn, die

Prophylaktikerin, hatte wirklich ganze Arbeit geleistet. Wenn man *Bio-Restaurant* googelt, bekommt man fast 82 Millionen Treffer. Das war immerhin ein Anfang. Ich kam einfach nicht darüber hinweg, dass diese Frau mich als iPad-Schnorrer bezeichnet hatte. Zugegeben, ich hatte es ein paar Sekündchen länger behalten als die versprochene eine, aber musste man deswegen gleich kindisch werden? Wenn ich ein iPad besäße, das sich jemand kurz ausleihen wollte, würde ich sagen: *Lassen Sie sich ruhig Zeit, das hat überhaupt keine Eile.* Und wieso regte ich mich über die Tussi aus dem Wartezimmer auf und nicht über Cameron Duncan? Ich wollte es doch. Ich versuchte es ja. Schätzungen gingen davon aus, dass die Zahl der Bio-Restaurants im kommenden Jahr um 14 Prozent steigen würde. Ich redete mir ein, Cameron hätte nur vergessen, dass ich es war, die gesagt hatte, bei einem Film komme es nicht auf das Ende an, sondern auf den Weg dorthin. Außerdem sah er nicht halb so gut aus wie Russell. Ich durfte gar nicht daran denken, wie viele Frauen gerade über seinen Romantikartikel in Verzückung gerieten. Russells neue Matratze war zu weich. *Ach Molly, reiß dich zusammen.*

Nach der Arbeit ging ich auf einen Sprung zu Barnes & Noble in der Sechsundachtzigsten – froh, dass die Buchhandlung noch nicht in einen Textildiscounter umgewandelt worden war, wie der Barnes & Noble in der Sechsundsechzigsten. Wie immer erging ich mich erst einmal fünf Minuten lang in einem Tagtraum über das Werk, das ich eines Tages zu veröffentlichen gedachte. Meine bissigen Betrachtungen zum *Großen Gatsby*. Meine Klugscheißerkommentare zu *Stolz und Vorurteil*. Meine messerscharfen Anmerkungen zu *Washington Square*. Molly Hallberg, Literaturketzerin, von Fans wie Kritikern gefeiert.

Ein paar Lesereisen und Autogrammstunden durften in dem Traum natürlich nicht fehlen.

Nachdem ich mir genug Unsinn zusammenfantasiert hatte, begab ich mich in die Krimiabteilung. Camerons Romane hatten ein ganzes Regalfach für sich alleine; alle drei Titel waren in mehreren Exemplaren ausgestellt. War das ein gutes Zeichen, weil es bedeutete, dass die Buchhandlung jede Menge auf Vorrat bestellte, oder war es ein schlechtes, weil sie auf den Büchern sitzenblieb? Ich wusste es nicht. Auf jedem Umschlag war Mike Bing mit einer anderen Frau abgebildet. Wahrscheinlich die Freundinnen, die zum Schluss alle dran glauben mussten. Ich wollte mir den Erstling zulegen, weil es mich interessierte, wie Mr. Duncan aus den Startlöchern gekommen war. Russell besaß ihn bereits, aber ich würde mir niemals ein Buch von ihm leihen. Er zerfleddert sie, knickt Eselsohren um, unterstreicht sich Textstellen mit einem schwarzen Stift, der auf die andere Seite durchfärbt, lässt sie ins Klo fallen oder im Bus liegen. Russells Bücher würde ich noch nicht mal mit der Kneifzange anfassen.

Ich könnte mir im Café von Barnes & Noble natürlich auch ein Eiersalat-Sandwich gönnen und beim Essen schon mal ein bisschen in Camerons Krimi reinlesen. Wenn ich schnell genug wäre, bräuchte ich ihn noch nicht mal zu kaufen. Solange ich ihn pfleglich behandelte. Ich fände es moralisch zutiefst verwerflich, ein Buch ins Regal zurückzustellen, dessen Seiten mit Eiersalat bekleckert sind. Aber mir mal eben ein paar hundert Seiten für lau reinziehen? Damit habe ich keine Probleme.

Während ich durch die Belletristik in Richtung Café wanderte, erspähte ich plötzlich Russells Kopf zwischen den Regalen. Ich lugte neugierig um die Ecke, um zu sehen, in welcher Ab-

teilung er sich befand. Lyrik. Er stand vor den Gedichtbänden. Was zum Henker trieb Russell in der Lyrikabteilung? Jede normale Frau hätte sich über die zufällige Begegnung gefreut, wäre zu ihrem Freund hinüberspaziert und hätte ihn beiläufig
gefragt: »Was zum Henker treibst du denn in der Lyrikabteilung?« Wie gesagt – jede *normale* Frau. Ich entschied mich für ein anderes Vorgehen. Ich spionierte ihm nach. Warum, kann ich selbst nicht genau sagen. Es erschien mir einfach als gute Idee und lag bestimmt nicht daran, dass ich so etwas wie ein Schnüffelgen besitze. Es ist nämlich spannend, jemanden zu beobachten, der sich völlig unbeobachtet fühlt. Man weiß nie, was für Überraschungen einen erwarten. So wie mich Russell jetzt damit überraschte, dass er einen Gedichtband kaufte. Dafür gab es nur eine mögliche Erklärung: Er wollte ihn mir schenken. Jetzt musste ich mich vor ihm verstecken, bis er die Buchhandlung wieder verließ. Wenn ich mich blicken ließe, würde ich ihm die ganze Überraschung verderben. Ich verzog mich in die Abteilung mit den Frauenthemen. Da würde er mich niemals finden.

14

[190] Hinterher behauptete Russell, die Idee sei auf meinem Mist gewachsen. Ich behauptete das Gegenteil, obwohl tatsächlich ich auf den Gedanken verfallen war, Kristine und Angela mit ihren neuen Freunden zum Essen einzuladen. Aber der Vorschlag, sie bei ihm statt bei mir zu bekochen, weil er den größeren Esstisch besitzt, stammte von ihm.

»Da müssen wir ja ein Taxi nehmen«, jammerte Angela, als ich ihr sagte, wo das Dinner stattfinden sollte.

»Fahrt mit dem Bus.«

Sie saß, die Beine nach vorn gestreckt, bei mir auf dem Fußboden und machte Dehnübungen. Ich lümmelte entspannt auf der Couch. Die Black Eyed Peas sangen »Rock That Body«. »Was ist denn an deiner Wohnung auszusetzen?«, fragte sie. »Du hast sogar gutes Geschirr.«

»Geh erstens lieber nicht davon aus, dass es etwas zu essen gibt, wofür man gutes Geschirr brauchen würde. Und überleg dir zweitens, wie mir zumute wäre, wenn ihr nach dem Essen zu dir rübergeht, um eine private Sexorgie zu veranstalten, während ich mit Russell in der Küche stehe und die Töpfe schrubbe. Das Problem bleibt mir erspart, wenn ihr in ein Taxi steigt.«

Angela reckte die Hände in die Höhe, beugte sich vor und berührte ihre Zehenspitzen. »Wenn du mit uns ins Taxi steigst, hat nur noch Russell das Problem.« Sie sprudelte regelrecht über vor Begeisterung über ihren Schwimmlehrer. Anfangs hatte ich fast befürchtet, sie würde sich nach dem Sex mal eben auf die andere Seite drehen und twittern: »Es war schön für mich.« Stattdessen hatte Angelas Beziehung zu ihrem Handy unter ihrer Beziehung zu einem Mann schwer zu leiden. Sie kostete die Ferientage ihres Freundes nach Kräften aus. »Ich hätte Lehrerin werden sollen«, sagte sie. »Es ist toll, den ganzen Sommer frei zu haben und zu Hause rumhängen zu können.«

»Du hängst doch das ganze Jahr zu Hause rum.«

»Was soll ich anziehen?«, fragte sie, Arme in die Höhe, Fingerspitzen an die Zehen. Sie war wie verwandelt. Zwar trug sie immer noch ihre Joggingkollektion, aber nur so lange, bis Charlie im Anmarsch war. Dann hüllte sie sich blitzschnell in Rüschen und Spitze.

Ich lächelte. »Egal, Hauptsache, du fühlst dich wohl.«

»Ich fühle mich sauwohl.« Sie legte sich auf den Rücken, streckte alle viere von sich und machte auf meinem Teppich ein paar Schneeengel.

Sowohl Kristine als auch Angela schienen überzeugt, die große Liebe gefunden zu haben. Doch wie konnten sie sich so schnell so sicher sein? Ich dagegen überlege ewig hin und her, führe Pro-und-kontra-Listen und lasse mich nur dann auf ein zweites Date ein, wenn die Pros die Kontras eindeutig überwiegen.

Als ich mich nach der Scheidung auf Long Island verkrochen hatte, in meinem zur Bastelstube umfunktionierten ehemaligen Kinderzimmer, brachte meine Mutter mir eines Abends eine Tasse Tee ans Bett. Sie hockte sich auf einen Kleistereimer und sagte: »Molly, wenn es mit der Liebe so einfach wäre, gäbe es auch keinen magischen Funken, wenn man den Richtigen endlich findet.«

Der magische Funke. Den wollte ich auch. Fragte sich bloß, *wie* man den Richtigen findet.

»Du brauchst nicht in großer Abendgarderobe einzulaufen«,

sagte ich. »Wir schmeißen ein paar Hähnchen in den Grill, und fertig.«

»Soll ich was mitbringen?«

 »Gern. Wie wäre es mit Salat, Beilagen, ein paar Flaschen Wein, Dessert und zwei Hähnchen?«

Hoffentlich würden wir uns alle gut verstehen. Russell war ein netter Kerl. Und nach allem, woran ich mich von unserem Speed-Dating-Abend noch erinnerte, hatte Charlie ebenfalls einen netten Eindruck gemacht. Wir könnten vielleicht in Zukunft öfter mal zu viert etwas unternehmen. Womöglich wurden Russell und Charlie sogar Freunde. Aber was, wenn Angela und Charlie oder Russell und ich uns trennten? Konnten Russell und Charlie dann überhaupt noch miteinander verkehren, wenn Angela und ich befreundet blieben? Evan und ich haben unsere Freunde nach der Scheidung aufgeteilt. Du kriegst die Auflaufform und Judy Linklater; ich behalte die Suppenterrine und die Seratores. Letzten Endes blieben mir dann aber doch nur die Freunde erhalten, die ich schon mit in die Ehe gebracht hatte, ganz egal, wie gut ich mich mit Evans Freunden verstand. Dasselbe kann man auch bei Paaren erleben, die sich erst nach zwanzig Ehejahren trennen. Die Frau bekommt ihre ehemalige Zimmergenossin aus dem Studentenheim, der Mann seinen ehemaligen Zimmergenossen aus dem Studentenheim. Nur in einem Fall, den ich kenne, war es anders. Da ist der Mann mit der ehemaligen Zimmergenossin seiner Frau durchgebrannt.

Und mal angenommen, Charlie und ich kämen nicht miteinander aus. Dann könnte Angela mir wohl kaum noch (wie bisher) von seinem Dirty Sex Talk im Bett, seiner flinken Zungenakrobatik oder dem gekonnten Geknabber an ihrem Hinterteil etwas vorschwärmen. Ich erzähle nie Sexgeschichten über Russell. Er hat noch nie an meinem Hintern geknabbert. Wir haben uns auch noch nie die Kleider vom Leib gerissen und es wild auf seinem Esstisch getrieben. Was unsere Samstagabendgäste sicherlich nicht ungern gehört hätten.

Am Nachmittag vor dem Essen kauften Gastgeberin und Gastgeber bei Fairway ein. Für den Fall, dass Sie diesen Supermarkt nicht kennen, denken Sie einfach an ein endloses überfülltes Labyrinth aus Quiches, Suppen, Sardellen, Bio-Dies und Bio-Das, Edelfischsalaten, exotischen Nüssen, handverlesenen Chilischoten, Importkäse aus der Dritten Welt, einer eigenen Abteilung für Olivenöl (nicht nur ein mickriges Regal), Gänseschmalz, Löwenzahnsalat. Und mit ganz viel Glück findet man in diesem Irrgarten sogar einen Karton Milch und ein halbes Dutzend Eier.

In den engen, verwinkelten Gängen kann man sich hoffnungslos verlaufen. Zwischen den Keksregalen beispielsweise muss man zweimal scharf rechts abbiegen. Inmitten rücksichtslos mit ihren Einkaufswagen rempelnder New Yorker kommt man sich vor wie im Autoscooter. Aber die Qualität! Leute wie Russell, die auf der West Side wohnen, haben sich jahrelang damit wichtig gemacht, dass sie unter gar keinen Umständen auf die East Side ziehen könnten, weil es dort kein Fairway gäbe. Seit nun doch eine Filiale auf der Upper East Side aufgemacht hat, behaupten sie stattdessen, sie könnten wegen des Lincoln Center nicht wegziehen.

»Wie im Schlaraffenland«, sagte Russell. »Probier mal die Peppadews aus Südafrika.«

»Die sind nicht zum Probieren gedacht. Wir können uns doch nicht einfach an den Peppadews vergreifen.«

»Eine mehr oder weniger, das tut Fairway nicht weh. Und es

ist ja nicht so, dass ich keine kaufen würde.« Er löffelte die knallroten Paprikaschötchen in ein Plastiktöpfchen. »Und jetzt muss ich noch wissen, ob die Weintrauben auch schön süß
 sind.«

»Dann können wir uns auch gleich einen Hummer in den Topf schmeißen lassen, weil wir wissen wollen, wie er schmeckt.«

Mit ausgefahrenen Ellenbogen kämpften wir uns um die Kaffeebohnenabteilung herum, durch die Fladenbrotabteilung hindurch und zwischen den Regalen mit den getrockneten Aprikosen vor bis zu den Senfregalen, wo Russell die Etiketten studierte und ich mir eine erbitterte Auseinandersetzung zwischen zwei Frauen um den Platz in der Warteschlange vor der Expresskasse ansah. Nachdem Russell sich für einen Mango-Curry-Senf entschieden hatte, zogen wir weiter. In unserem Wagen türmten sich bereits Feta-Käse, Walnüsse, Toilettenpapier, Blumenkohl, Kopfsalat, Kartoffeln und ein riesiger Laib Sauerteigbrot. Eine Einkaufswagenkarambolage hatte zu einem Stau in der Zufahrt zum Aufzug geführt. Das Fairway-Fressparadies ist nämlich nicht nur auf eine Etage beschränkt. In der zweiten erwarten den Kunden noch mehr Suppen und Olivenöle, noch mehr exotische Nüsse und Quiches und dazu ein ganzes Reformhaussortiment aus Vitamintabletten und Bio-Zahnpasten. Den Drogerieartikeln direkt gegenüber liegt das Fairway- Restaurant. »Vielleicht lassen wir uns heute Abend lieber eine Pizza kommen«, sagte ich. »Ich glaube nicht, dass wir es bis zum Geflügel schaffen.« Unter Aufbietung all unserer Kräfte quetschten, schoben und schlängelten wir uns durch das Gedränge vor einer Fischtheke mit den Ausmaßen eines kleinen U-Boots. Als wir uns bis zum Geflügel durchgeschlagen hatten, musste ich wegsehen. Ich kann den Anblick frischer Hähnchen nicht ertragen. Sie sehen so verletzlich aus.

»Dann bräuchten wir jetzt nur noch das Dessert«, sagte Russell. In seinen Augen blitzte das Jagdfieber auf, ich bekam Beklemmungen. Zwischen uns und der Kuchentheke auf der gegenüberliegenden Seite des Supermarkts wogte ein Menschenmeer.

»Das kannst du dir abschminken«, sagte ich. »Die kriegen Eis und basta.« Eis war machbar. Die Truhen standen gleich um die Ecke von den Hähnchen.

Als wir endlich wieder bei Russell in der Wohnung standen, waren wir fix und fertig.

Ich deckte den Tisch. Russell machte den Salat an. Ich wusch die Kartoffeln. Russell deckte den Tisch neu. Er war mit meiner Platzdeckchenwahl nicht einverstanden. Von allen Männern, mit denen ich je eine Beziehung hatte, ist Russell der einzige, der Tischsets in drei verschiedenen Designs besitzt. Geschenke seiner Exfreundinnen. Er entfernte das orangegraue Würfelmuster und legte Segelboote-mit-Wolken auf. Ich hätte ihm auch gern neue Platzdeckchen geschenkt, aber dann hätte er sich zwischen vier Freundinnen-Designs entscheiden müssen. Von mir hätte er Plastiksets mit den Bundesstaaten und ihren Hauptstädten bekommen.

»Was weißt du eigentlich über DickeHose500?«, fragte Russell. Damit war Kristines neuer Freund gemeint.

»Nicht viel. Sie kennen sich erst seit einer Woche.«

»Und da laden wir sie schon zusammen ein?«

»Es war eine sehr intensive Woche.«

»Kennt irgendjemand seinen richtigen Namen?« Russell legte die Grillpfanne mit Alufolie aus und würzte das Hähnchen mit Knoblauchsalz und Pfeffer. Ich räumte das Gefrierfach um, um Platz für das Rocky-Road-Eis zu schaffen.

»Kristine nennt ihn nur DickeHose. Vielleicht heißt er wirklich so. Unter welchem Namen würdest du dich bei einer Partnerbörse im Internet anmelden?«

Nachdenklich hielt Russell beim Hähnchenwürzen inne. »Der Hammer. Ich wollte schon immer Hammer heißen.«

Das war ja mal was ganz Neues – wenn auch nicht unbedingt was Positives. »Ein ziemlicher Hammer von einem Nickname. Und für jemanden in deinem Gewerbe wohl auch nicht der klügste. Aber wenn du möchtest, sage ich Hammer zu dir.«

Der Hammer beugte sich wieder über seine Hähnchen, deckte sie mit Folie ab und stellte sie zum Salat in den Kühlschrank.

Angela und Kristine waren noch nie in Russells Wohnung gewesen. Die Einrichtung verrät viel über den Charakter eines Menschen, obwohl ja die Wohnungen der meisten alleinlebenden Männer wie vom Fließband aussehen. Die meines Freundes bildete in dieser Hinsicht keine Ausnahme. Dunkles Holz. Eine schwere Ledercouch mit wuchtigen Armlehnen. Ein Flachbildschirm, der größer war als die Couch. Ein Esstisch, der auch als Schreibtisch diente, an den auf den Längsseiten genau drei Stühle passten – natürlich in schwarzem Leder. Leider war er so schmal, dass man mit dem Teller an den seines Gegenübers stieß, weshalb an Dekoschnickschnack wie Kerzenhalter, Blumengestecke oder Servierschüsseln nicht zu denken war.

Ich hatte bereits ein ernstes Wörtchen mit Kristine geredet, dass sie unter keinen Umständen anfangen dürfte, Russells Möbel umzustellen. Oder seinen Kunstgeschmack zu kritisieren. Die Schwarz-Weiß-Aufnahme über der Couch, die er bei der *New York Times* bestellt hatte. Bauarbeiter während der Weltwirtschaftskrise, die auf einem Stahlträger des Empire

State Building Mittagspause machen. In der Küche hing ein Foto von der Explosion der *Hindenburg*.

Um sieben Uhr klingelte es. Der Salat war angemacht, die Hähnchen brutzelten. Mir hat es schon immer imponiert, wenn ein Gast auf die Minute genau eintrifft. Geht er erst eine halbe Stunde um den Block, um auch ja nicht um 18.59 Uhr oder um 19.01 Uhr, sondern präzise um 19.00 Uhr aufs Knöpfchen zu drücken? So eine Art von Gast bin ich nie gewesen, aber ich bewundere alle, denen diese Punktlandung gelingt.

»Schicken Sie sie rauf«, sagte Russell in den Hörer der Gegensprechanlage, ohne den Portier zu fragen, *wen* er sich da raufschicken ließ.

»Woher weißt du, dass es keine Mörder sind?«, fragte ich, während wir die wie auch immer gearteten zwielichtigen Gestalten in der offenen Tür erwarteten. DickeHose500 konnte natürlich ebenfalls ein Mörder sein. Kristine kannte ihn kaum, und sie hatte ihn aus dem Internet. Gott sei Dank lagen keine Steakmesser auf dem Tisch.

DickeHose und Kristine traten aus dem Fahrstuhl. Er war hochgewachsen, genau wie sie, und hatte – ebenfalls genau wie sie – eine extrem gute Körperhaltung. Seine Figur rangierte irgendwo zwischen dürr und skelettartig, und sein Adamsapfel sprang genauso weit vor wie seine Nase. Die Jeans, die von einem Gürtel gehalten wurde, sah aus, als wäre sie zwei Nummern zu groß für ihn. Dazu trug er ein kurzärmeliges Hemd, das seine knochig-spitzen Ellenbogen wunderbar zur Geltung brachte. DickeHose hatte eine Flasche Wein im Arm. Kristine hatte DickeHose im Arm. Sie sah glücklich aus. Sie leuchtete von innen heraus, als hätte sie gerade Sex gehabt.

»Das ist DickeHose«, sagte sie. Die Männer begrüßten sich mit Handschlag.

»Sollen wir Sie auch so nennen?«, fragte Russell.
»Oder lieber Mr. 500?«, fragte ich.
»Wenn Kristine nichts dagegen hat … Mir soll DickeHose
 recht sein«, antwortete er mit einem zufriedenen Grinsen.
»Dann soll es Hammer und mir auch recht sein«, sagte ich.
»Vielen Dank für die nette Einladung«, sagte DickeHose. Er gab Russell den Wein. Russell sagte, er liebe Rosé. (Russell hasst Rosé.) Kaum waren die Gäste eingetreten, ließ Kristine den Blick prüfend durchs Wohnzimmer schweifen. Mit einem gezwungenen Lächeln sagte sie zu Russell: »Die Wohnung sieht genau so aus, wie ich sie mir vorgestellt habe.«
Russell bedankte sich.
»Das scheint mir eine besonders bequeme Couch zu sein.« DickeHose knuffte Kristine vielsagend in die Rippen.
»Das kannst du laut sagen.« Sie knuffte ihn zurück. »Aber ich würde sie zehn Zentimeter weiter nach links schieben.«
»Wein?«, fragte ich sie.
»Käse?«, fragte Russell ihn.
Es klingelte. Russell nahm den Hörer ab. »Schicken Sie sie rauf.«
Während wir in der Tür auf Angela und Charlie warteten, knutschten Kristine und DickeHose auf der Couch. Als die Fahrstuhltür aufging, lösten sich Angela und Charlie kichernd aus einer engen Umschlingung. Angela strich sich die Haare glatt, rückte ihr getupftes Sommerkleid zurecht. Man hätte meinen können, Russell und ich wären die Eltern zweier ungeratener Teenager.
»Schön, Sie wiederzusehen«, sagte Charlie zu mir. Er war noch genauso knackig braun wie bei unserer Speed-Dating-Begegnung, Gesicht und Schädel glattrasiert.
»Ist das eine Zwei- oder eine Dreizimmerwohnung?«, fragte

Angela als Allererstes. Als Nächstes wollte sie wahrscheinlich wissen, ob Russell ein Gästebett besaß.
Russell knipste eine Tischlampe an. Ich schenkte Wein ein.
»Du siehst in diesem Licht wunderschön aus, Kristine«, sagte DickeHose.
»Du auch, Angela«, sagte Charlie.
Ich wandte mich Russell zu und wartete darauf, dass er mir sagte, wie fantastisch ich mich im grellen Schein seiner dreistufigen Glühlampe machte. Er fragte: »Peppadew?«
Beim Essen saß ich neben Kristine und DickeHose, Russell gegenüber, der sich seine Tischseite mit Charlie und Angela teilte. Unter dem Tisch rieben DickeHose und Kristine ihre Knie aneinander, Charlie und Angela füßelten. Es waren mehr Hände unter als auf dem Tisch. Ein Glück, dass es keine Maiskolben gab.
Was war mit meinen Freundinnen passiert? Diese fremden Frauen sahen zwar wie Kristine und Angela aus und hörten sich wie Kristine und Angela an, doch sie benahmen sich wie brünstige Sexhäschen. Unter dem schmalen Tisch ging es zur Sache – Charlie knetete Angelas Hand, Kristine streichelte DickeHoses Bein. Fehlte nur noch, dass ihre Brille beschlug. Aber anscheinend war ich die Einzige, der das auffiel und auch noch etwas ausmachte. Unsere Dinnerparty hatte sich in ein Rummelgeknutsche verwandelt.
»Und, Schatz? Wie war dein Tag heute?«, fragte ich Russell.
Vielleicht wollte er mich morgen früh mit dem Lyrikband überraschen und mir das eine oder andere Gedicht vorlesen. Anschließend würden wir uns die politische Sonntagmorgentalkshow ansehen und Omeletts im Bett frühstücken.
Russell und ich aßen das Hähnchen, räumten die Teller ab, verteilten die Schüsselchen mit dem Eis. Charlie fütterte An-

gela mit dem Löffel. DickeHose leckte Kristine etwas Eis von den Lippen. Mir war der Appetit vergangen.

»Oh, schon viertel nach neun!«, sagte Angela. Die Gäste hatten nicht die Absicht, bei uns Wurzeln zu schlagen.

»Samstagnacht quer durch die Stadt zu fahren ist ein Albtraum«, sagte Charlie.

»Wir müssen morgen früh raus«, sagte Kristine und sah auf ihre Uhr.

»Wieso? Wollt ihr in die Kirche?«, fragte ich.

»Dann lasst euch nicht aufhalten«, sagte Russell.

Nachdem sie gegangen waren – Angela mit einem getuschelten »Wusste ich's doch, dass ihr euch verstehen würdet« und Kristine mit einem geraunten »Dachte ich's mir doch, dass er dir gefällt« –, schloss ich die Wohnungstür und entschuldigte mich bei Russell. »Ich hatte keine Ahnung, dass meine Freundinnen so spätpubertär sind. Da habe ich mir einen intellektuell anregenden Abend erwartet, einen gepflegten Meinungsaustausch. Dass wir uns alle besser kennenlernen. Und was habe ich bekommen? Die letzte Reihe im Kino – in einem Film ab sechzehn.«

Ich ging in die Küche, um die Grillpfanne zu schrubben. Russell brachte die Eisschälchen. »Ich bin ja *so* froh, dass wir eine reife Beziehung führen«, sagte ich, während ich auf den Boden der Ajax-Dose einhieb und einen Scheuerpulverschneesturm auslöste, als ob ich eine ganze Kaserne zu putzen hätte. So gründlich war die Grillpfanne in ihrem ganzen Leben noch nicht geschrubbt worden. »Diese blinde Verliebtheit. Diese dumpfen Triebe. Wir sollten die Fenster aufreißen, um die Endorphine rauszulassen. So was Lächerliches.«

Ich kaufte mir meine Empörung selbst nicht ab. Und Russell? Schwieg.

15

Am Sonntag übernachtete ich bei Russell. Montagmorgen absolvierte er seine fünfundvierzig Liegestütze, gurgelte mit Salzwasser und fütterte die Schildkröten. Dann fütterte ich ihn. Ich machte ihm einen Marmeladentoast. Er fuhr in seine Praxis, ich ging ins Café Lalo in der Dreiundachtzigsten.

Wenn ich ein Café besäße, würde ich allen Schriftstellern Hausverbot erteilen. Sie bauen ihre Computer auf, halten sich sechs Stunden an einem kleinen Kaffee für zwei Dollar fest und tun so, als wären sie Ernest Hemingway im Café de Flore. Ich gehöre selbst zu dieser Zunft und weiß genau, wie nervtötend wir sein können.

Das Lalo ist wunderhübsch – kleine Lämpchen in den Bäumen, efeuumrankte Blumenkästen, hohe zweiflügelige Fenster. Das Flair ist pariserisch, die Bedienungen sind genauso schön anzusehen wie die Kuchentheke. Das muss eine Grundvoraussetzung für den Job sein: *blendendes Aussehen.* Sich merken zu können, wer Kaffee nachbestellt hat oder zahlen möchte? Zweitrangig.

Das Lalo ist aber nicht nur wunderhübsch, es ist auch einschlägig bekannt. Die Szene aus *e-m@il für Dich*, in der Meg Ryan auf ihren Chatroomfreund wartet, wurde im Café Lalo gefilmt. Ich möchte jedes Mal losbrüllen: *Meg! Bist du blind? Merkst du nicht, dass Tom dein NY152 ist, deine große Liebe?* Aber gerade das ist ja das Spannende, Meg dabei zuzusehen, wie sie im Café Lalo herumrätselt und nichts kapiert.

Ich schaltete meinen Laptop an, bestellte einen kleinen Kaffee und fing an zu tippen, erst mal nur die Überschrift und ein paar Notizen für meinen neuen Auftrag: »Bio-Restaurants –

die neue Landplage?« Vor lauter Langeweile klickte ich einen meiner Essays an. Wie es das Verhängnis wollte, fiel mir eine Karteikarte auf den Boden, und als ich mich danach bückte,
[202] entdeckte ich am Tisch hinter mir Cameron Duncan, die Cincinnati-Reds-Kappe auf dem Kopf, Rücken an Rücken mit mir. Blitzschnell schoss ich wieder hoch und beugte mich tief über meinen Computer. Wieso frühstückte der Kerl nicht in seinem eigenen Viertel, wo er hingehörte? Unsere Stühle berührten sich nicht, aber ich konnte ihn fühlen, wie ein Hund, der spürt, dass ein Sturm im Anzug ist. Wieso aß er nicht auf und ging? Wie sollte sich ein Mensch so konzentrieren können?

Während ich noch mit mir rang, ob es nicht vielleicht besser wäre, ihn zu begrüßen – *was für ein Zufall, wir zwei im selben Café* –, um die peinliche Begegnung möglichst schnell hinter mich zu bringen und in Ruhe weiterarbeiten zu können, sagte er: »Guten Morgen!« und rückte seinen Stuhl ein Stück zu mir herum. »Was für ein Zufall! Wir zwei im selben Café!«

»Tja, wer hätte das gedacht?«, sagte ich. »Sie wohnen ja noch nicht mal in der Gegend.«

»Sie doch auch nicht. Zwei Fremde unter Fremden.«

Er stand auf und zog ungebeten an meinen Tisch um, in der einen Hand seine Kaffeetasse, in der anderen einen Teller mit Rührei.

»Ich arbeite hier.« Das mittlere Wort betonte ich so stark, dass jeder normale, sensible Mensch den Wink verstanden hätte. »Und Sie?«

»Ich habe um zehn Uhr einen Termin. Aber ich bin extra ein bisschen früher aus dem Haus gegangen, weil ich so gern ins Café Lalo gehe.« Um was für einen Termin es sich handelte, behielt er für sich. Womöglich musste er zu einer Prostatauntersuchung. Oder zu einem Gespräch mit seinem Bewährungshelfer. »Das Rührei ist köstlich. Möchten Sie mal probieren?«, fragte er. »Könnten Sie nicht den Computer zuklappen? So kann ich ihr reizendes Lächeln gar nicht sehen.«

»Ich lächle nicht. Und danke, nein, kein Rührei.«

»Wirklich nicht? Es ist ausgezeichnet.« Mit der einen Hand klappte er meinen Computer zu, mit der anderen hielt er mir auch schon eine Gabel Rührei hin.

Ich gab nach und kostete. Vielleicht würde er mich dann in Frieden lassen. Das Rührei war wirklich nicht übel. »Zufrieden? Ich habe Ihr Frühstück probiert. Dürfte ich jetzt weiterarbeiten?« Ich klappte den Deckel wieder auf. Er klappte ihn wieder zu.

»Nun geben Sie schon zu, dass Sie mich mögen, Molly Hallberg.«

»Sagt wer? Sie sind nicht halb so unwiderstehlich, wie Sie sich einbilden.«

»Dafür sind Sie bezaubernder, als Sie denken.«

»Tatsächlich?« Ich muss wohl ein erfreutes Gesicht gemacht haben. Ein etwas zu erfreutes.

Er grinste. »Sehen Sie, wie unwiderstehlich ich bin?«

»Ich habe zu arbeiten.«

»Darf ich Sie zum Lunch einladen?«

Ich blickte mich um. »Hier? Jetzt? Wollen Sie sich die Lunch-Karte bringen lassen? Oder sollen wir woanders hingehen und so tun, als ob wir lunchen? Es ist neun Uhr morgens.«

»Das dürfen Sie entscheiden.«

»Ich habe einen Freund.«

»Der ist nicht Ihr Typ.«

»Woher wollen Sie wissen, wer mein Typ ist?«

Cameron zeigte auf sich selbst. »Den kenne ich ganz genau.«

»Denken Sie sich solche Aufreißersprüche aus, wenn Sie nachts nicht schlafen können?«

»Ich meine jedes Wort ernst, Molly Hallberg.«
»Danke, aber ich bin zum Lunch mit meiner Redakteurin verabredet.«

»Der lieben Deirdre.«
»Ach ja, ich vergaß. Sie kennen sich ja. Sie haben ihr meinen Artikel abgeluchst. Der Artikel über die Liebe war nämlich ursprünglich meiner, wussten Sie das?«
Er machte ein zerknirschtes Gesicht. »Ich hatte ja keine Ahnung, für wen ich einspringen sollte«, sagte er reumütig.
»Besonders gut hat mir der Abschnitt gefallen, in dem es um den Weg und das Ziel geht. Ausgesprochen tiefgründig.«
»Ich wusste wirklich nicht, dass es Ihr Auftrag war.«
»Wieso haben Sie sich überhaupt dazu breitschlagen lassen? Sie sind ein berühmter Schriftsteller; wir sind ein Online-Magazin.«
»Ich mag *EyeSpy*. Nicht zu klein, nicht zu groß. Ich habe früher selbst für Magazine geschrieben.«
»Bevor Sie Bestseller-Autor wurden?«
»Mich hat das Thema angesprochen. Liebe und Romantik lassen keinen kalt.«
Ich starrte ihn an. Er starrte zurück.
»Noch ein bisschen Rührei?«, fragte er.
Ich schüttelte den Kopf. Er aß einen Happen, tupfte sich mit der Serviette den Mund ab und nippte an seinem Kaffee. Ich betrachtete ihn etwas genauer. Es war ungemein verstörend, wie sexy sich seine Lippen sogar beim Rühreiessen kräuselten, einer Beschäftigung, bei der man in der Regel alles andere als vorteilhaft zur Geltung kommt. Die Baseballkappe stand ihm gut, und sie kaschierte auch noch seine Geheimratsecken.
Was, wenn er es tatsächlich ernst meinte?
Er lehnte sich zurück und musterte mich nachdenklich. »Sie sind wie ein stilles Wasser, Molly.«

»Ist das gut oder schlecht?«
Er rief einer imaginären Kellnerin zu: »Ein Wasser, bitte.«
Die reale Kellnerin ignorierte ihn ebenfalls.
Er benahm sich, als ob er mich mochte, und das behagte mir gar nicht. Es konnte nur schiefgehen. Andererseits hätte ich ihm aber auch zu gern geglaubt. Denn darauf kommt es doch an, nicht wahr? Dass man das Bild mag, das der andere sich von einem macht.
»Ich habe jede Menge Fehler.« Er sah mich schweigend an, bis mir nichts anderes übrig blieb, als sie ihm an den Fingern abzuzählen. »Ich klaue in der Redaktion Haftnotizen. Ich kaufe mir eine Eintrittskarte fürs Kino und schleiche mich dann heimlich in einen zweiten Film, um Geld zu sparen. Ich diskutiere über Politik, obwohl ich nicht den blassesten Schimmer davon habe. Ich schenke Geschenke weiter. Ich esse ungewaschene Blaubeeren. Und ich bin nicht zur Beerdigung meiner Cousine Frieda nach West Palm geflogen. Ich habe gelogen und mich mit einer Grippe rausgeredet, dabei war ich kerngesund. Das dürfen Sie keinem verraten.«
»Es bleibt unter uns.« Er beugte sich vor. »Sehen Sie? Jetzt vertrauen wir uns sogar schon Geheimnisse an. Das ist ein gutes Omen.«
»Dann müssen Sie mir aber auch eins erzählen.«
»Ich leide an Höhenangst.«
»Das weiß ich bereits. Ich will Ihre Fehler hören.«
»Ich verzehre mich nach einer unerreichbaren Frau.«
»Weil sie verheiratet ist?«
»Das weiß ich nicht. Aber ich kann sie fragen. Sind Sie mit Ihrem Freund verheiratet?«
Und so ging es weiter. Rührei und Geplänkel. Angriff. Finte. Rückzug.

Cameron nahm meine unbenutzte Serviette vom Tisch, schlug sie auseinander und nestelte daran herum. Er faltete den Rand um, drehte sie auf die andere Seite. Irgendwann war eine kleine Raute zu erkennen. »Was für ein Ziel haben Sie im Leben?«, fragte er, in seine Origami-Figur vertieft. »Was ist Ihr größter Herzenswunsch?«

Man sollte meinen, eine solche Frage wäre leicht zu beantworten. Genauso, wie man hoffen sollte, dass die Antwort ein bisschen origineller ausfiele als meine. Ich erzählte ihm nämlich von meiner Kolumne. Wie sehr ich sie mir wünschte. Um kein namenloser Schreiberling mehr zu sein, sondern Molly Hallberg, Autorin.

»Ihr Herzenswunsch ist eine Kolumne?«

»Um den Staatshaushalt auszugleichen, fehlt mir die Qualifikation.« Dann erzählte ich ihm von meinen Essays. Das ist die Sache mit uns Autoren: Oft handelt es sich bei uns um Menschen, die gern mit anderen Menschen reden. Was mir bei meiner Arbeit zugutekommt. Andererseits sind wir aber die Letzten, denen man etwas anvertrauen sollte. Ich gestand Cameron, dass ich an einem Essay über *Sturmhöhe* arbeitete, in dem es darum ging, dass die Leute zu Catherines und Heathcliffs Zeiten keine Zahnpflege betrieben – der wahre Grund dafür, dass die beiden nie Sex haben.

Cameron konzentrierte sich auf die innen liegenden Kniffe der Serviette. »Darf ich einen Ihrer literaturkritischen Aufsätze lesen?« Ich sagte nein. Er sagte bitte. Ich weigerte mich. Er bekniete mich. Schließlich überreichte er mir mit schwungvoller Geste eine Papierrose. Ich tat, als ob ich daran schnupperte. Wie viele Servietten hatten für Cameron Duncans Rosen wohl schon ihr Leben lassen müssen? Er drehte meinen Laptop zu sich um. Tippte etwas ein und drehte ihn wieder zu mir. »E-Mail für mich. Hängen Sie mir fünf Essays an. Sonst können Sie was erleben.«

»Was denn?« Noch nie hatte ein Mensch meine Essays lesen wollen. Meine Eltern nicht. Und Russell auch nicht.

»Etwas ganz Schlimmes. Da fällt mir garantiert was ein.«

»Mir schlottern schon die Knie.« Ich hängte ihm die Essays über *Washington Square*, *Vom Winde verweht* und *Stolz und Vorurteil* an. Sieben an der Zahl. Was, wenn er sie grauenvoll fand? Was, wenn er begeistert war und sie mir klaute? Oder noch schlimmer: wenn er überhaupt nicht reagierte? Er rückte mit seinem Stuhl noch ein Stückchen näher und legte seinen Zeigefinger auf meinen. Zusammen klickten wir auf »Senden«.

Wer kennt das nicht: *Mein Herz schlug schneller.* Oder: *Mein Puls raste.* Oder: *Es war, als hätte ich einen elektrischen Schlag bekommen.* Auch wenn ich so etwas üblicherweise als Kitsch oder Quatsch abtue, ging es mir in diesem Augenblick genau so. Es durchfuhr mich wie ein Schock. Nie im Leben hätte ich es für möglich gehalten, dass mich das Mailen meiner Essays so mitnehmen könnte.

»In den Medien kommen Sie als großer Frauenheld rüber«, sagte ich.

»Gut. Meine PR-Frau findet, der wahre Cameron Duncan sei zu langweilig.«

»Wieso waren Sie nie verheiratet?«

Er nahm seinen Rühreiteller von meinem Tisch, stellte ihn wieder auf seinen Tisch und sah mich an. Jetzt hatte er mir etwas an den Fingern abzuzählen. »Zu hohe Erwartungen. Ich bin Idealist. Vor meinem dreißigsten Geburtstag wollte ich nicht heiraten. Und danach wollten ein paar Frauen mich nicht heiraten. Die Schreiberei. Abgabetermine vertragen sich nicht mit Beziehungen. Ach ja, und noch etwas.« Er beugte sich vor.

»Ich habe einen schweren Charakterfehler, den kaum eine Frau toleriert.« Er lehnte sich zurück und lächelte mit dem Selbstvertrauen eines Mannes, der sich der umwerfenden Wirkung seines Lächelns gewiss sein kann. »Ich esse ungewaschene Blaubeeren.«

Ich klappte meinen Computer zu und stopfte die Papierrose in meine Handtasche. »Ich darf nicht zu spät zu meinem Lunch-Meeting kommen.«

»Das ist doch erst in drei Stunden.«

»Ich habe einen Freund.«

16

Emily war verreist, da regten sich auch bei mir Urlaubsgefühle. Ende Juli fängt bei uns in der Redaktion die Saure-Gurken-Zeit an, und sie dauert bis Ende August. Die Leserzahl sinkt, die Werbeeinnahmen schrumpfen. Die Hälfte der Mitarbeiter fährt in die Ferien. Der traurige Rest der Mannschaft verabschiedete sich freitags früh in den Feierabend und kreuzte montags erst spät wieder auf. Genau genommen hatten wir nur noch eine Drei-Tage-Woche.

Das Lunch-Meeting mit Deirdre war meine Idee gewesen. Ich wollte ihr meine Bitte möglichst ungestört vortragen, Auge in Auge, von Frau zu Frau. Sie musste sich endlich überzeugen lassen, dass meine Kolumne für *EyeSpy* eine gute Sache wäre – als Instrument zur Kundenbindung und Neuleserwerbung, für die Verbesserung des Markenwerts und als Alleinstellungsmerkmal auf dem Magazin-Markt.

Die letzten beiden Argumente verdankte ich meiner Schwester Jocelyn und ihrem vierjährigen BWL-Studium.

Weil Gavin ebenfalls im Urlaub war, musste ich mich allein in die Höhle der Löwin wagen. Punkt 12.30 Uhr stand ich vor ihrem Büro und machte mich mit einem zaghaften Klopfen bemerkbar. Die vorsichtige Frage, ob ich auch nicht ungelegen komme, beantwortete sich von selbst. Hinter dem Schreibtisch, auf dem sich ein Chaos aus Geschenk- und Seidenpapier, Bändern und Schleifen türmte, schimpfte Deirdre wütend auf eine Schere ein. Was die Schere verbrochen hatte, erschloss sich mir nicht. Klar war nur, dass meine Chefin völlig neben sich stand. Sie brauchte dringend einen Assistenten. Warum sie sich für die Zeit, die Gavin nicht da war, keinen Ersatz zu-

legte, war mir ein Rätsel. Wahrscheinlich findet sie es aufwändiger, eine Aushilfe anzulernen, als sich allein durchzuschlagen. Vielleicht sollte es aber auch ein trotziges Statement sein:
[210] *Siehst du? Ich komme auch ohne dich klar!* Damit ihre Assistenten sie nie um eine Gehaltserhöhung bitten. Dabei verschleißt sie die jungen Kerle schneller, als die an eine Gehaltserhöhung auch nur denken können.

»Kann ich helfen?«, fragte ich.

Sie musterte mich mit finsterer Miene. »Haben wir eine Besprechung?«

»Ja.« Ich schob mich zwei Schritte weit in ihr Büro.

»Was für eine Zumutung! Dieses Papier lässt sich überhaupt nicht schneiden. Noch dazu ist es das vollkommen falsche Geschenk. Wieso mache ich mir überhaupt die Mühe, diesen Schrott einzupacken?« Anscheinend war das Geschenk ebenfalls in Ungnade gefallen. Deirdre förderte aus dem Papierwust eine kleine Schachtel zutage. Sie enthielt eine goldene Geldscheinklammer, die ihr ein böser Bergdorf's-Verkäufer aufgeschwatzt hatte. »Was hat sich dieser Blindgänger bloß dabei gedacht? Stephen benutzt doch überhaupt keine Geldscheinklammern!« Ich erfuhr, dass sie und Stephen – Mr. Stephen Dolson, der im chromgerahmten Foto ihren Schreibtisch schmückte – am heutigen Abend ihren zwanzigsten Hochzeitstag begehen wollten. Sie brauche unbedingt ein angemessenes Geschenk für ihn, sonst könne sie sich einsargen lassen.

»Worüber wollten Sie noch mal mit mir reden?«, knurrte sie mich an.

Dieser Anfang verhieß nichts Gutes. Geistesgegenwärtig schlug ich vor: »Wie wär's, wenn wir schnell zu Tiffany's fahren und es unterwegs besprechen?« Mit ein bisschen Glück hatten mich die Wachleute inzwischen vergessen. »Eine edle Armbanduhr? Oder eine brillantenbesetzte Krawattennadel? Eine lederne Schreibtischgarnitur?«

»Gibt es bei Tiffany's lederne Schreibtischgarnituren?«

»Das weiß ich auch nicht.«

»Und wer benutzt heutzutage überhaupt noch Schreibtischgarnituren? Kein Mensch!«

»Also keine Schreibtischgarnitur.«

Sie schnappte sich ihre Handtasche. »Wir kaufen ihm eine Uhr.«

Kaum saßen wir im Taxi, rief Deirdre ihre PR-Frau an. Apropos Taxi: Es gibt Dinge, die man sich mit einer schwer parfümierten Frau lieber teilt. Ich beneidete unseren Fahrer, der hinter der Trennscheibe vor ihren Ausdünstungen geschützt war. Während ich das Fenster einen Spaltbreit öffnete, fragte Deirdre die PR-Frau, ob man den Hochzeitstag nicht irgendwie für PR-Zwecke ausschlachten könne. Rührend. Nachdem sie aufgelegt hatte, fragte ich sie, warum sie sich das ursprüngliche Geschenk nicht bei Bergdorf's hatte einpacken lassen. Deirdre, wieder ganz die Alte, lachte kehlig. »Ich wollte schließlich kein Geld in die Klammer stecken.«

Ich wollte gar nicht wissen, welche Gutscheine für fleischliche Genüsse und erotische Dienste Deirdre ihrem Mann eingepackt hatte. Aber was den Spaßfaktor anging, stachen sie eine Armbanduhr allemal aus. »Mit der berühmten blauen Schachtel von Tiffany's liegen Sie immer richtig«, sagte ich. Unser Taxi fuhr sich im Stau fest: links ein Laster, rechts ein Bus, vor uns zwei weitere Taxis und eine rote Ampel. Deirdre hämmerte gegen die Trennscheibe. Wahrscheinlich verwechselte sie den Fahrer mit einem ihrer Assistenten. »Zwanzig Ehejahre«, sagte ich anerkennend. »Das ist eine lange Zeit. Haben Sie ein Erfolgsgeheimnis?« Ich musste Deirdre unbedingt bei Laune halten, bevor ich zum entscheidenden Schlag ausholte. Ein geduldigerer, klügerer Mensch als ich hätte sich vielleicht gesagt: *Muss es denn ausgerechnet heute sein, Molly? Du brauchst doch nichts übers Knie zu brechen. Wenn du dir keine Abfuhr einhandeln willst, suchst du dir für das Gespräch vielleicht lieber einen anderen Tag aus.* Aber die Geduld und ich sind leider kein gutes Gespann.

»Unser Geheimnis?«, sagte Deirdre. »Geduld. Mit ein Grund, warum ich gehofft hatte, dass Sie den Artikel über die Liebe so beschwingt wie Nora Ephron hinkriegen, sind die Ehepaare in *Harry & Sally.* Nicht Harry oder Sally oder Carrie Fischer, sondern die anderen, die alten Paare. In dem Jahr, als der Film rauskam, habe ich Stephen kennengelernt. Nachdem ich *Harry & Sally* gesehen hatte, habe ich mir auch so eine Partnerschaft gewünscht, in der man sich zusammen ein Leben aufbaut und auch nach Jahren noch miteinander glücklich ist.«

So kannte ich Deirdre gar nicht – von ihrer gefühligen Seite. »Eine der Frauen erzählt, dass ihr Mann und sie sich als Betreuer in einem Sommercamp kennengelernt haben; und sie hätte sofort gewusst, dass er der Richtige ist. So wie man eine reife Melone erkennt.« Deirdre hatte einen wehmütig nostalgischen Ton angeschlagen, der mir völlig fremd war. Aber sonst hörte ich sie ja auch nur mit ihren Angestellten sprechen. Sie lächelte. Ein für ihre Verhältnisse liebevolles Lächeln. »Meine Melone ist Stephen.«

Ich versuchte, mir den Mann vom Schreibtischfoto mit einem runderen, melonigeren Gesicht vorzustellen. »Was für eine schöne Geschichte«, sagte ich.

Deirdre sah auf ihre Armbanduhr, öffnete die Trennscheibe und raunzte den Fahrer an: »Können Sie, verflucht noch mal, keine bessere Route finden?« Er schob das Fensterchen wortlos wieder zu. Der Verkehr quälte sich weiter. »Stephen ist mein Schatz, meine Perle, mein Goldstück.« Für eine so kostbare Liebe kam tatsächlich nur Tiffany's in Betracht. »Ich war damals in einer anderen Beziehung, aber als ich Stephen kennenlernte, sah ich uns gleich als eines dieser alten Ehepaare.«

In der Herrenuhrenabteilung im zweiten Stock verwandelte Deirdre sich wieder in die taffe Geschäftsfrau. Sie rauschte an den Vitrinen entlang und gab dabei Kurzkommentare über die ausgestellten Stücke ab. »Keinen Chronographen, nichts in Edelstahl, die Goldene mit den römischen Ziffern … Nein, nicht die. Die daneben. Ja, genau!« Sie fragte mich nicht nach meiner Meinung. Ich wartete, beobachtete und tat so, als wäre ich Audrey Hepburn, die bei Tiffany's frühstückt. Der Verkäufer im perfekt geschnittenen Anzug präsentierte Deirdre ihre Wunschuhr mit perfekt geschliffenen Manieren auf einem Samttablett. Sie nahm sie, hielt sie sich ans Handgelenk und reichte dem Verkäufer ihre American-Express-Karte. Dieselbe Frau, die uns, um Geld zu sparen, die Benutzung von Müllbeuteln in den Abfalleimern der Redaktion verboten hatte, die jede noch so kleine Gehaltserhöhung als finanziellen Todesstoß der gesamten Medienbranche verteufelte und die den kostenlosen Pausenkaffee abgeschafft hatte, als die Zuckertütchen teurer wurden, diese Frau brauchte keine zehn Minuten, um achttausend Dollar für eine Armbanduhr auf die Ladentheke zu blättern. In meinem nächsten Leben würde ich Aktienoptionen und eine Weihnachtsprämie verlangen.

Während wir darauf warteten, dass der Verkäufer mit der Quittung und der blauen Schachtel zurückkam, ordnete Deirdre ihre Brieftasche, die Zwanziger zu den Zwanzigern, die Zehner zu den Zehnern. Meine große Chance, mit einem eleganten Schlenker zu meiner Kolumne überzuleiten, war dahin.

Warum hatte ich die Gelegenheit nicht im Taxi beim Schopf gepackt? »Wollten Sie nicht irgendwas mit mir besprechen?« Sie klappte die Brieftasche zu. Mir blieb nichts anderes übrig, als ausgerechnet bei Tiffany's mit den Schlagworten wie »Markenwert« und »Alleinstellungsmerkmal« um mich zu werfen, die meine Schwester mir eingetrichtert hatte. Ich gab mein Bestes, um Deirdre davon zu überzeugen, dass eine Kolumne mit dem Titel MyEye ein völlig im Trend liegendes, um nicht zu sagen kühnes und ausgesprochen werbewirksames Konzept war, an das die Konkurrenz vom *Gawker* nicht einmal im Traum zu denken wagte. Vielleicht könnte ich gleich am Donnerstag damit loslegen; der neue Auftrag würde sich ideal dafür eignen. Natürlich bräuchte ich dann noch ein Porträtfoto – ein Kolumnist ohne Foto ging schließlich gar nicht –, aber das ließe sich bis dahin locker einrichten.
»Ich weiß, dass es eine großartige Idee ist«, sagte ich. »Das erkenne ich. Wie eine reife Melone.«

Am Donnerstag sprang ich aus einem Flugzeug. Für einen Artikel natürlich. Aus Jux und Tollerei würde ich so etwas im Leben nicht machen. *Ach, dieses Wochenende läuft kein guter Film im Kino? Dann stürze ich mich eben aus einem großen Luftfahrzeug.* Um meine trendige, kolumnenwürdige Kühnheit unter Beweis zu stellen, war es allerdings die beste Gelegenheit. Und wenn die Sache in die Hose ging, konnte ich mich immer noch auf das Verfassen von Nachrufen verlegen.
In der vergangenen Woche hatte Deirdre mir einen Zettel auf den Schreibtisch gelegt. *Das Thema hat Potenzial!*
Fragte sich bloß, für wen? Einen Bestattungsunternehmer?
Neben dem Zettel fand ich einen Groupon-Gutschein und einen ausgerissenen *Post*-Artikel über das zunehmende Interes-

se am Fallschirmsport – drei Millionen US-Sprünge pro Jahr. Kein Wort über US-Todesfälle. Das Foto zeigte zwei Leute mit Helmen und Schutzbrillen, in Overalls, wie man sie normalerweise an Tankwarten oder Knastbrüdern sieht. Das Geschirr,
mit dem sie aneinandergeschnallt waren, wirkte ungefähr genauso stabil wie die Strippen an einem Rucksack. Sie hatten Arme und Beine ausgebreitet, als wären sie mitten in einer Hampelmannübung unterbrochen worden, als sie, übereinandergestapelt wie zwei Pfannkuchen, aus dem Flugzeug fielen. Die Pfannkuchenassoziation ist übrigens der Hauptgrund dafür, dass ich das Fallschirmspringen für mich persönlich nie in Betracht gezogen habe, denn das ist genau das Bild, das ich dabei vor Augen habe: Molly Hallberg, platt wie ein Pfannkuchen.

Der Gutschein kam von einer Firma, die sich Manhattan Skydive nannte, was eigentlich gleich erkennen ließ, dass man diesen Leuten nicht über den Weg trauen konnte. Der Name war ein Witz. Wenn es auf Erden einen Ort gibt, an dem sich beim besten Willen kein Plätzchen für eine weiche Landung finden lässt, muss es New York City sein. Es sei denn, die Sonnenanbeter im Central Park würden ihre Handtücher zur Verfügung stellen. Ich las mir die Website von Manhattan Skydive durch: Absprung aus zehntausend Fuß Höhe, freier Fall bis auf sechstausend. Sandalen und High Heels verboten, Laufschuhe empfohlen. Das klang logisch. Für den Fall, dass man in letzter Sekunde doch noch sein Heil in der Flucht suchen wollte. Von Alkoholgenuss direkt vor dem Sprung wurde dringend abgeraten. Diesen Rat würde ich leider in den Wind schlagen müssen. Als ich mich telefonisch anmeldete, erkundigte ich mich danach, wie eine Firma, die siebzig Meilen außerhalb lag, auf die Idee kam, sich Manhattan Was-auch-immer zu nennen. Die aufgekratzte junge Frau am anderen Ende der Leitung, die sich mehr für meine Kreditkartennummer als für meine Frage interessierte, erklärte mir, dass sich das »Manhat-

tan« in Manhattan Skydive nicht auf die »Location« bezog, sondern auf ein abenteuerliches Großstadtfeeling. »Dann könnte ich ja genauso gut zu Hause bleiben«, sagte ich.

Für die siebzig Meilen mietete ich einen Carsharing-Wagen. Auf der Fahrt durch Vororte und Kleinstädte, vorbei an Wiesen und Kühen, stellte ich mir meine Beerdigung vor. Ich lag in einem etwas flachen, dafür aber maßgefertigten Sarg mit einer individuell auf mich abgestimmten Polsterung der Firma Hallberg. Meine Schwester Lisa, die mit den Zwillingen aus Atlanta gekommen war, entschuldigte ihren Mann, der wegen einer Poolbedarfskrisensitzung dringend nach Asien musste. Jocelyn sah alle paar Minuten auf ihre Armbanduhr und beschwerte sich, dass die Trauerfeier zu lange dauerte. Grandma Shirley grummelte, dass ihr auf dem Klappstuhl der Hintern einschlief. Pammie war in Gedanken mit der Gästeliste für den nächsten Memorial Day und der Frage beschäftigt, wen sie im Gänseblümchenzimmer einquartieren sollte.

Russell hielt eine bewegende Grabrede über seine vergeblichen Versuche, meine weit verstreuten Knochen zu sortieren. Anschließend verteilte er seine Visitenkarten und bot allen Trauernden einmal Nackeneinrenken gratis an. Deirdre, ganz in Schwarz und mit einem viel zu offenherzigen Dekolleté, brachte, von Reuetränen geschüttelt, kaum ein verständliches Wort hervor. Schließlich hatte sie mich ins Verderben geschickt. »Ich wollte ihr gerade eine eigene Kolumne geben!«, schluchzte sie.

Die *EyeSpy*-Redaktion war in voller Stärke vertreten – mir zu Ehren war sogar der Erscheinungstermin für die neue Ausgabe verschoben worden. Die Kollegen freuten sich über den freien Tag, Emily Lawler saß kichernd in der ersten Reihe, Kristine und Angela knutschten mit ihren Freunden auf den hinteren Plätzen. Anschließend grillte mein Vater für die Trauergemeinde Burger, und meine Mutter verteilte Gedenkplaketten mit meinem Konterfei in Decoupagetechnik. Und während der ganzen Zeit, in der dieser Beerdigungszirkus vor meinem geistigen Auge ablief, stand Cameron Duncan einsam und allein am Rand des Geschehens, faltete traurig aus einer Papierserviette eine Rose und vergoss echte Tränen.

Mein Bestimmungsort war nicht viel mehr als ein abgemähtes Maisfeld. Auch der Alucontainer, der das Büro von Manhattan Skydive beherbergte, hatte auf dem Foto im Internet wesentlich mehr hergemacht. Verdammtes Fischaugenobjektiv! Bevor es losging, musste ich ein paar Formulare unterschreiben, deren Inhalt sich im Großen und Ganzen folgendermaßen zusammenfassen lässt: »Ich werde Sie nicht verklagen, ich werde Sie nicht verklagen, ich werde Sie nicht verklagen!« Auf der letzten Seite fanden sich die launigen Sätze: *Fallschirmspringen* kann *tödlich sein.* Muss *aber nicht.*

Das fing ja gut an.

Dass wir in unserer Gruppe nur zu sechst waren, trug auch nicht gerade zu meiner Beruhigung bei. Wieso waren wir nicht mehr? Wo gingen all die cleveren Fallschirmspringer zum Fallschirmspringen? Wir hockten auf einer Bank in einem Hangar – ein Flugzeug direkt vor unserer Nase, zwei weitere draußen auf der Startbahn – und sahen uns ein Video für Anfänger an. Es erinnerte an einen Zeichentrickfilm von Walt Disney, nur dass darin keine singenden Chipmunks und Vögel vorkamen, sondern fröhliche Menschen vom Himmel fielen. Unser Sprunglehrer, ein optimistischer junger Mann namens Haywood mit ermutigend breiten Schultern und kantigem Kinn, hatte laut eigener Aussage bereits mehr als viertausend Sprünge absolviert. Nachdem er sich vorgestellt hatte, sollten wir erzählen, welcher Anlass uns zu Manhattan Skydive geführt hatte. Meine Nebenfrau feierte den fünfunddreißigsten Geburtstag, ihre zappelige Freundin den achtunddreißigsten. Dickie und Patty feierten ihre Verlobung, und ein Hoppla-jetzt-komm-ich-Typ, der sich als Denby vorstellte, feierte seine Scheidung. Weil es mir peinlich war, dass ich nichts zu feiern hatte, sagte ich, ich feiere den Tod meiner Erbtante. Sie hätte mir ihr Geld nur unter der Bedingung vermacht, dass ich ihr liebstes Hobby auch einmal ausprobiere.

Haywood ließ uns erst zwanzig Minuten Trockentraining am Boden machen, bevor wir die Overalls überziehen durften und auf Flugzeuge und Sprungpartner verteilt wurden. Denby erwischte als Partnerin eine junge Frau von klassischer Schönheit mit einem sexy Muttermal über der Oberlippe. Er war happy, aber nicht so happy wie ich. Ich wurde nämlich mit Haywood, dem Mann mit den viertausend Sprüngen, zusammengespannt. Die Geburtstagskinder bekamen die erste Maschine auf der Startbahn, die Verlobten die zweite. Das war mir mehr als recht. Bis man mein Fluggerät aus dem Hangar gezogen hatte, konnten Stunden vergehen. Doch ich hatte mich zu früh gefreut, denn plötzlich tauchte aus – buchstäblich – heiterem Himmel eine weitere Maschine auf, landete und rollte unter lautem Geknatter vor uns aus. Hoffentlich war noch genügend Sprit im Tank.

Ich war die Letzte, die auf den Tragholm kletterte und sich durch den niedrigen Eingang an Bord duckte. »Wie? Keine Stewardess?«, fragte ich. Der Pilot forderte mich auf, mich anzuschnallen. Er trug keinen Fallschirm – ein gutes Zeichen. Er drehte den Schlüssel im Schloss. Die Kiste wurde mit einem *Zündschlüssel* gestartet? Sogar der Motor klang mickrig. Während des Steigflugs klammerte ich mich rechts und links am Sitz fest. Mittlerweile musste ich brüllen, um mir Gehör zu verschaffen. »Hat schon mal jemand in letzter Sekunde gekniffen?« Es war so eng in der Maschine, dass sämtliche Knie aneinanderstießen. Denbys und meine schlotterten im Takt. Haywood ging noch einmal die Anweisungen mit uns durch: Hände ans Gurtzeug, Kopf in den Nacken, Hohlkreuz machen.

Ich konnte nur an eins denken: Hoffentlich vergisst er nicht, die Reißleine zu ziehen. Haywood und ich sprangen als Erste. Als er die Tür öffnete, schlugen mir eiskalte Luft und ohrenbetäubender Lärm entgegen. Er überprüfte ein letztes Mal mein Geschirr und hakte sich hinten bei mir ein. Der Augenblick der Wahrheit war gekommen, jetzt hieß es Todesmut oder Blamage. Bei dem Gedanken, umzukehren und die Maschine mit Haywood huckepack wieder zu verlassen, fiel mir die Entscheidung nicht schwer. Ich stürzte mich in die Tiefe.

Ich sprang. Wir fielen. Von dem, was danach kam, weiß ich nicht mehr viel. Rasend schnell ging es abwärts, wie in einem Windschacht. Ich bekam kaum mit, dass ich Haywood im Kreuz hatte. Es war herrlich. Dann war es gruselig. Der Schirm öffnete sich und riss uns mit einem Ruck nach oben, dann schwebten wir schwerelos der Erde entgegen. Ein unbeschreibliches Gefühl. Ein magischer Moment. Glück pur. Wie ich mir die wahre Liebe vorstellte – nur nicht so kompliziert.

17

[220] Am Samstag kam Russell nach einem langen Tag in der Praxis triefend und schniefend nach Hause. Er schaffte keinen halben Satz ohne ein *Hatschi!*. »Wieso ist der Fernseher so laut?«

»Kevin und Lacey.« Ich zeigte auf die Wand, spitzte die Ohren. »Ich glaube, sie sind fertig.« Ich schaltete den Fernseher aus.

Russell nieste. »Verdammte Ambrosia.«

»Die Ambrosiasaison fängt erst im August an.«

»Das ist doch schon in zwei Tagen.« Er ließ sich auf die Couch sacken, lockerte den Schlips und zerfloss vor Selbstmitleid über seine laufende Nase, die juckenden Augen und die geschwollenen Mandeln.

»Du hast die Mandeln noch drin?« Ich setzte mich neben ihn und hielt seine Hand – bis mir einfiel, dass er eben erst hineingeprustet hatte. »Was haben deine Patienten gesagt, als du ihnen was vorgeniest hast?«

»Sie haben selbst Allergien.«

»Alle?«

»Jeder fünfte Amerikaner leidet an einer Allergie.«

»Also haben vier von fünf keine Scherereien damit. Hast du ein Antihistaminikum genommen?«

Er nickte. »Wusstest du, dass das Dengue-Fieber von Mücken übertragen wird?«

»Und deshalb lässt du dir graue Haare wachsen?« Mein durch und durch solider Mehr-oder-weniger-Mediziner zeigte sich nicht gerade von seiner Schokoladenseite. Mit Evan war es dasselbe gewesen. Unerschrocken stand er, von streitbaren Mandanten gehetzt, vor zwölf Geschworenen und einem knallharten Richter seinen Mann und zerfetzte den gegnerischen Anwalt samt Argumenten und Selbstwertgefühl in der Luft. Doch beim leisesten Anzeichen eines Schnupfens war es mit seiner Macht und Herrlichkeit vorbei. Wahrscheinlich sollte ich mehr Mitleid für das Leiden der Männer in meinem Leben aufbringen oder ihnen wenigstens die eine oder andere erotische Krankenschwesternfantasie erfüllen. Aber wenn wir als Kinder krank waren, hat unsere Mutter auch kein großes Aufhebens darum gemacht. Sie fühlte uns die Stirn: »Hm, ja, ein bisschen warm. Und jetzt raus aus dem Bett, sonst kommst du noch zu spät in die Schule.« Sie war felsenfest davon überzeugt, dass es charakterbildend wäre, der Krankheit die klappernden Zähne zu zeigen. Und wenn wir ausnahmsweise doch zu Hause bleiben durften, hatten wir auch nichts davon. Wir mussten beim Putzen und Staubsaugen helfen und unsere Bettwäsche bügeln. Meine Schwestern und ich legten uns schon in sehr jungen Jahren ein robustes Immunsystem zu. Alles andere hätte uns ohnehin nichts genützt.

Russell nieste.

Ich reichte ihm ein frisches Taschentuch. »Es ist wohl besser, wenn wir doch nicht ins Kino gehen.«

»Aber ich will unbedingt *Cowboys & Aliens* sehen!«

»Die anderen Kinobesucher würden sich schön bedanken. Sie bezahlen dreizehn Dollar für ein Ticket, und dann haben sie dich neben sich sitzen und müssen sich mit deinen Schimmelsporen beregnen lassen.« In meinen Augen geböte es dem niesenden Einzelnen der Anstand, zugunsten der nicht niesenden Mehrheit Verzicht zu üben. Russell quengelte, es wäre aber doch das Premierenwochenende.

»Und wenn du erst mal ein Nickerchen machst?«, schlug ich

vor. »Aber nur ein kurzes. Keines deiner Zwei-Tages-Nickerchen nach dem Motto: ›Nicht zu fassen, wie lange ich geschlafen habe.‹ Nur bis du weißt, ob du in der richtigen Verfassung für so einen Ausflug bist. Und dann gehen wir. In die Neun-Uhr-Vorstellung statt in die um sieben. So lange kannst du es doch aushalten, oder? Und währenddessen bestelle ich im Internet schon mal die Tickets.« Das war gelogen. Ich sehe es gar nicht ein, für sowieso schon unverschämt teure Karten noch mal 1,75 Dollar Internetzuschlag zu zahlen. Wir würden die Karten an der Abendkasse kaufen, zum normal aberwitzigen statt zum extrem aberwitzigen Preis. »Leg dich schön hin, und mach ein Power-Schläfchen.«

»Power« war das Zauberwort, das Russell überzeugte. Im Schlafzimmer stellte er die Halbschuhe akkurat vors Bett und hängte sein Hemd über die Rückenlehne des Polstersessels. Die Armbanduhr kam aufs Nachttischchen, neben den Radiowecker, *Haus Bellomont* und die Serviettenrose, die Cameron mir gebastelt hatte. »Sollen wir nicht lieber doch den Wecker stellen?«, fragte er.

»Ich krieg dich schon wieder wach. Brauchst du deine Schlafmaske?«

»Nicht für ein Power-Schläfchen.«

Ich deckte ihm das Bett auf, er legte sich hin, nieste noch zweimal und war eingedöst. Ich machte es mir im Sessel bequem und sah ihm beim Schlafen zu. Manche Männer sehen so unschuldig aus, wenn sie schlafen. Zart und jungenhaft. Mit einem bin ich sogar mal viel zu lange zusammengeblieben, nur weil ich sein Schlafgesicht mit seiner Wachperson verwechselt habe. Aber wenn Russell schläft, hängt ihm der Unterkiefer runter, seine Züge erschlaffen, und die Zunge guckt raus. Dass ihm das Schlafen gut steht, kann man beim besten Willen nicht behaupten. Er schnaufte, er ächzte, er wälzte sich herum. *Du hast viele gute Eigenschaften, Dr. Russell Edley*, dachte ich. *Und du hast es verdient, nicht nur gemocht und akzeptiert, sondern geliebt zu werden.* In der hintersten Ecke meines Kleiderschranks machte sich seit Jahren ein Paar brauner Lederstiefel breit. Mich hatte schon immer etwas an ihnen gestört. Vom ersten Tag an. Ich kam irgendwie mit dem Schnitt nicht zurecht. Aber sie sahen fantastisch aus und waren auch sonst perfekt – wasserdicht, mittelhoher Absatz, Gummisohle. Deshalb scherte ich mich nicht darum, dass sie mir eigentlich zu eng waren, und kaufte sie trotzdem. Ich gab mich insgeheim der Hoffnung hin, sie würden mir, wie durch ein Wunder, eines Tages doch noch passen.

Ich weckte Russell um viertel nach acht und fragte ihn, ob er sich inzwischen fit genug fühle fürs Kino. Er behauptete steif und fest, es gehe ihm prima. Er hustete. Und nieste. Er nahm die Papierrose vom Nachttisch und schneuzte hinein.

Bis zum Kino waren es nur wenige Gehminuten, die Zeit nicht mit eingerechnet, die man für das Umkurven von Straßenhändlern, Mülltonnen, Haltestellenschlangen, Zeitungskiosken, Buggys, Hunden, Fahrradständern, Baumschutzbügeln und Fußgängern braucht. Russell war sauer, weil ich vergessen hatte, die Tickets zu kaufen. »Es wird schon nicht so schlimm sein«, sagte ich. »Die Kritiken waren grottenschlecht. Es gibt bestimmt genügend Plätze.«

Als wir um die letzte Ecke bogen, sahen wir die Warteschlange, die bis auf den Bürgersteig reichte.

Russell wandte sich an eine Frau, die ein breites Stirnband trug, im Hillary-Clinton-Stil der Neunzigerjahre. »Ist das hier die Abholerschlange oder die Käuferschlange?«

»Die Käuferschlange«, antwortete sie.

Wir stellten uns an. Es war noch hell. Ein paar Meter weiter hatte ein Mann einen provisorischen Stand für Sonnenhüte und Sonnenbrillen aufgebaut. Drei Plätze vor uns keifte eine Frau in ihr Handy: »Nie bist du pünktlich! Immer kommst du extra zu spät, damit ich die Karten besorgen muss!« Ihre Lautstärke stellte sogar den üblichen New Yorker Lärm in den akustischen Schatten. Ich konnte mir nicht vorstellen, so wütend zu sein, dass ich in aller Öffentlichkeit herumbrüllte. Das wäre mir viel zu peinlich.

Als sich die ersten Leute hinter uns anstellten und wir nicht mehr das allerletzte Ende der Schlange bildeten, taute Russell ein bisschen auf. Trotzdem unternahm er immer mal wieder einen schnellen Vorstoß ins Kino, um einen Blick auf die Anzeigentafel zu werfen. Er wartete gespannt auf das Wort AUSVERKAUFT, um mir dann ein »Hab ich's dir nicht gleich gesagt?« an den Kopf pfeffern zu können.

»Noch ist nichts verloren«, sagte er, als er von seinem zweiten Erkundungsgang zurückkam.

»Gut«, sagte ich. »Aber für den Fall der Fälle … Welchen Film würdest du sonst sehen wollen?«

»Keinen.«

Er schwieg.

Ich schwieg.

Er nieste.

Ich sagte prost und verstummte wieder.

Hinter uns sagte ein Mann: »Der Film mit den Aliens und Cowboys soll echt scheiße sein.«

Millimeterweise rückte die Schlange durch den Eingang vor. Endlich konnte Russell die Anzeige über den Kassen pausenlos im Auge behalten. »Es gibt noch eine Halb-zwölf-Vorstellung, wenn wir um neun nicht mehr reinkommen. Die Warterei hast du dir selbst zuzuschreiben.«

Höchste Zeit, das Thema zu wechseln. »Russell, was hast du eigentlich mit dem Lyrikband gemacht, den du letztens gekauft hast?«

Er hob eine Augenbraue, wie ein englischer Fernsehdetektiv. »Woher weißt du, dass ich einen Lyrikband gekauft habe?«

»Ist er für mich?«

»Für dich?«

»Ja, für mich.«

»Nein. Er ist für mich.«

»Für *dich*?« Offenbar trug ich mein ungläubiges Staunen viel zu deutlich zur Schau, denn ich sah ihm an, dass ich ihn gekränkt hatte. Die Schlange rückte weiter vor.

»Du kennst mich überhaupt nicht, oder?« Er hielt die Stimme gesenkt, als wäre ihm an einem zu großen Bekanntheitsgrad auch wieder nicht gelegen. »Ich lese gern Gedichte. Walt Whitman. Billy Collins. Robert Frost.«

»Du liest Robert Frost? Wieso weiß ich das nicht? Du erzählst mir doch sonst alles: dass du keinen Schichtsalat magst, dass du es bei den Pfadfindern um Haaresbreite bis zum Rudelführer gebracht hättest, dass du auf dem Geburtstag deiner Großmutter einmal fast an einer Gräte erstickt wärst. Aber über deine Liebe zur Lyrik schweigst du dich aus?«

»Ich dachte, du würdest mich auslachen.«

Mit einem abschließenden »Arschloch!« klappte die Frau drei Plätze vor uns ihr Handy zu und stampfte wütend davon.

»Wieso sollte ich dich deswegen auslachen?«

»Also wirklich, Molly. Du bist nun mal kein Lyriktyp.« Obwohl ich keine Ahnung hatte, was genau er damit meinte, war ich mir ziemlich sicher, dass ihm unter der weiblichen Aus-

gabe eines solchen »Lyriktyps« ein Wesen vorschwebte, das sanfter, sensibler und insgesamt Elizabeth-Barrett-Browning-artiger war als ich. »Du beschäftigst dich mit Literatur nur, um dich darüber lustig zu machen.«
»Und du? Schaust dir immer wieder dieselben blödsinnigen DVDs an.«
»Na und?«
»Nichts und.«
Russell nieste. Er wühlte in seinen Taschen. Ich kramte ein Papiertaschentuch hervor.
Als Evan und ich Schluss machten, ging es hochdramatisch zu, inklusive Beleidigungen und Vorwürfen, die wir uns gegenseitig um die Ohren hauten. Bei Russell und mir glich es eher einem allmählichen Verpuffen. Wie bei einem faulen Tier, das, wenn es keine Lust mehr hat, sich weiterzuschleppen, einfach stehenbleibt und tot umfällt. Mir ist ein Ende mit Schrecken lieber. Da weiß man wenigstens, woran man ist, und wird nicht noch von Zweifeln geplagt.
»Bei dir artet die einfachste, normalste Unterhaltung zum verbalen Schlagabtausch aus«, sagte Russell.
»Ist das schlimm?«
Er seufzte tief. »Ich komme mir vor wie ein Bär, der ständig am Nasenring herumgeführt wird. *Kannst du da noch einen draufsetzen?* Aber einen schlagfertigen Gesprächspartner, wie du ihn dir wünschst, findest du nur im Film.« Endlich hatten wir die Kasse erreicht. »Vielleicht gibt es ja Leute, die an solchen Scharmützeln Vergnügen haben, ich jedenfalls gehöre nicht dazu.« Er verlangte zwei Eintrittskarten für *Cowboys & Aliens*.
»Nur eine«, sagte ich. Und kaufte mir ein Ticket für *CrazyStupidLove*.

Es war eine Trennung unter Erwachsenen. Wir einigten uns darauf, dass ich die Kaffeemühle behalten sollte, die er mir zum Valentinstag geschenkt hatte. Dafür durfte er die Munddusche behalten, die ich ihm zum Geburtstag geschenkt hatte. In der Popcorn-Schlange fragte Russell, ob er anschließend noch vorbeikommen solle, um seine Sachen abzuholen – sein Film dauerte länger als meiner. Er hatte noch seine Rasiercreme, Schlafmaske, Boxershorts, Socken, den Rasierapparat, ein Hemd und sein Gurgelsalz bei mir rumliegen. Nein, sagte ich, wir wüssten schließlich beide, dass wir nur im Bett landen würden. Abschiedssex mache alles nur noch komplizierter. Er nieste, ich sagte Gesundheit. Jeder würde die Habseligkeiten des anderen bei seinem Portier hinterlegen. Nachdem wir uns mit Snacks eingedeckt hatten, trug ich ihm Grüße an Joyce und Irwin auf, er wünschte mir viel Erfolg mit dem Schreiben. Dann steuerte er mit dem Popcorn in der Hand und gefolgt von zwei Frauen seinen Kinosaal an.

Als ich am nächsten Morgen aufwachte, schoss es mir durch den Kopf: *Hoffentlich war das kein Riesenfehler! Vielleicht ist Russell ja, was die Männer angeht, für mich doch schon das höchste der Gefühle. Ist nicht jeder Mann besser als gar keiner?* Was, wenn ich mich noch so sehr abstrampelte, den Felsblock wie Sisyphus immer wieder den Berg raufwälzte, nur um am Ende doch mit leeren Händen dazustehen? Was, wenn sie mir niemals vergönnt waren, die wahre Liebe, das große Glück? Ein Partner, bei dem ich seelische und emotionale Erfüllung fand, statt mich wie bisher mit Mittelmaß und Durchschnitt begnügen zu müssen? Ich sah mich schon gestrandet in einem Heim für Beziehungsblindgänger. Aber dann riss ich mich am Riemen. Wahrscheinlich konnte ich mich zur Not immer noch mit Cameron Duncan trösten. Eine Ein-, Zweitagesaffäre müsste drin sein, bevor er zur nächsten Blüte flatterte. Danach würde ich mich bei einer Partnerbörse im Internet anmelden und meine Abende sinnlos mit irgendwelchen Dates verplempern, bei denen mit Sicherheit höchstens eine Koffeinsucht für mich raussprang. Oder ich gab die Suche ganz auf. Schließlich hatte ich immer noch meinen treuen Rabbit unterm Bett.

»Dass ihr nicht zusammenpasst, ist euch über einem Film mit Cowboys und Außerirdischen klargeworden?«, fragte Angela. Angela, Kristine und ich gönnten uns bei Sheila's Nails in der Lexington Avenue eine Pediküre. Ob es das in anderen Städten auch gibt, weiß ich nicht, ich bin keine Expertin, aber in New York kann man an einem Sonntagnachmittag zur Fußpflege gehen. Während ich in der Mitte saß und ein Fußbad zum Vorweichen nahm, bekam Kristine zu meiner Rechten die Schwielen geschmirgelt und Angela zu meiner Linken die Hornhaut gehobelt. Die drei Pediküren, fleißige kleine Persönchen im rosa Kittel, unterhielten sich lebhaft auf Koreanisch, während wir drei Pedikürten mein nicht einmal vierundzwanzig Stunden zurückliegendes Beziehungsaus durchhechelten. Wahre Freundinnen erkennt man daran, dass sie sich bereitwillig aus den warmen Betten ihrer Männer schälen, um einer plötzlich Unbemannten Trost zu spenden.
»Im Grunde war es schon an der Kasse vorbei, aber den endgültigen Schlussstrich haben wir dann in der Popcornschlange gezogen.«
»Wer hat das Popcorn bezahlt?«, fragte Angela.
Ich drehte den Kopf hin und her wie bei einem Tennisspiel. »Russell. Aber ich hatte Weingummis.«
»Wer isst denn Weingummis?«, sagte Kristine.
»Und wer hat die Weingummis bezahlt?«, fragte Angela.

»Russell.«
»Schick«, sagte sie.
»Eigentlich hatte ich schon vorher beschlossen, mit ihm Schluss zu machen. Als wir noch zu Hause waren und er ein Nickerchen gemacht hat.«
»Ein Nickerchen?«, fragte Kristine.
»Nicht schick«, sagte Angela. »Gut, dass du ihm den Laufpass gegeben hast. Mein Grundsatz lautet: Wenn er dich nicht mehr heiß macht, schick ihn in die Wüste.«
»Du hast Grundsätze? Das wusste ich ja gar nicht«, sagte ich.
»Nur diesen einen. Und den hab ich gerade erfunden.«
»Man braucht Mut, um eine Beziehung zu beenden«, sagte Kristine. »So ähnlich, wie wenn man auf den Bus wartet. Man wartet und wartet und steht sich die Beine in den Bauch. Und irgendwann ist es dann zu spät, sich einfach ein Taxi zu nehmen. Weil man in die Warterei schon viel zu viel Zeit investiert hat.«
»Zehen kurz oder lang?«, säuselte meine Koreanerin mit ihrer melodischen Stimme.
»Kurz.« Während sie sich aufs Nägelschneiden konzentrierte, erzählte ich weiter. »Hinter uns standen zwei Frauen in der Schlange. Russell und ich hatten kaum Schluss gemacht, da hat sich die eine von ihnen sofort an ihn rangeschmissen. Ihre Körpersprache war unmissverständlich. Und dann hat sie ihn auch noch gefragt, in welchen Film er geht.«
»Die Männer haben es leicht«, sagte Kristine und hielt ihrer Pediküre den anderen Fuß hin. »Die Nagelhäute nur zurückstoßen, nicht schneiden.«
»Viel zu leicht«, sagte Angela. »Wolltest du ihn wiederhaben, als die Schnecke ihn angebaggert hat?«

»Ich war ihn ja noch gar nicht richtig los.«

»Einen Mann in den Wind zu schießen ist genau so, wie ein Schnäppchen wieder auf den Wühltisch zurückzulegen«, sagte Angela. »Sobald sich eine andere dafür interessiert, will man es doch haben.« Angelas Pediküre sagte etwas zu meiner Pediküre; alle drei Pediküren lachten. »Reiß irgendeinen Kerl auf, und amüsier dich heute Nacht mal so richtig.«

»Wer? Sie?«, sagte Kristine.

»Wer? Ich?«, sagte ich.

»Du musst dich in eine neue Affäre stürzen, um die alte zu vergessen«, sagte Angela.

»Russell war keine Affäre. Er war Russell.«

»Wann hast du zuletzt einen Typen nur so zum Spaß abgeschleppt?«, fragte Kristine.

Ich überlegte. »Als ich noch bei Hertz gearbeitet habe, lief was zwischen mir und einem Kunden. Er hat mir versaute Nachrichten auf die Mailbox gesprochen.«

»Was für einen Wagen hat er gemietet?«, fragte Angela.

»Ein Cabrio. Er hat Sachen gesagt wie ›Ich will dich oben ohne probefahren‹.«

»Und das hat dich angemacht?«, fragte Kristine.

»Nein. Das Cabrio hat mich angemacht. Ich war jung, und er war Hertz Gold.«

Angela und Kristine fühlten sich bemüßigt, ihre eigenen wilden Affären zum Besten zu geben. Wahrscheinlich, um mich zu inspirieren.

»Ein Museumsführer im Guggenheim«, sagte Kristine.

»Ein Theologiestudent!«, sagte Angela.

»Der Abteilungsleiter für Glas- und Porzellanwaren.«

»Dieser supersüße Meteorologe aus Terre Haute. Wir haben uns auf einer Tagung kennengelernt.« Angela errötete.

»Verheiratet?«, fragte ich.
Sie zuckte mit den Schultern. »Tja, nun.«
»Onkel Freddy.« Kristine grinste. »Aber er war gar nicht mein Onkel.«
Ich war nicht auf eine Affäre aus. Weder auf eine wilde noch auf eine lahme. Und schon gar nicht auf eine kurze, flüchtige, unüberlegte oder peinliche. Ich wollte geliebt werden. Bewundert. Als ginge mit mir die Sonne auf beziehungsweise der Mond unter, oder was auch immer diese Himmelskörper in den Augen eines Liebenden anstellen mochten. Ich wollte, dass mich jemand suchte und fand und so liebte, wie ich war. Aber vor allem wollte ich wieder daran glauben können, dass so etwas möglich war.
»Du wirst deiner großen Liebe noch begegnen«, sagte Angela. »Glaub mir. Da liegt was in der Luft.«
»Ja«, sagte ich. »Ambrosia. Sporen. Pollen.«

[232] Emily Lawler stand in meinem Kabäuschen. Sie war braun gebrannt und trug einen lavendelblauen Rüschenrock mit lavendelblauem Blümchentop. »Möchtest du meine Urlaubsfotos sehen?«

Emily war weder der Rüschen- noch der Lavendeltyp. Sehr verdächtig. Was mich so misstrauisch machte, wusste ich selbst nicht, nur eins stand fest: Da war etwas im Busch. »Ich warte lieber auf die Dia-Show.«

»Ich habe viel zu erzählen.«

»Und ich erst. Ich konnte zur Abwechslung mal ungestört arbeiten.«

»Wenn es mich hier nicht mehr gäbe, würdest du mich vermissen.« Unaufgefordert ließ sie sich auf *meinem* Gästestuhl nieder.

»Diese Theorie habe ich schon überprüft. Ich kann sehr gut ohne dich leben.«

»Gestern Abend habe ich ein unglaublich interessantes Interview für meine Kolumne geführt.« Ich hätte es nie für möglich gehalten, wie viel Selbstgefälligkeit man in die Aussprache eines einzigen kleinen Wortes wie *Kolumne* hineinpacken kann. »Emily Literati«, fügte sie noch hinzu, für den Fall, dass ich nicht kapierte, welche Kolumne sie meinte. Sie kreuzte gemütlich die Beine übereinander und lehnte sich zurück, die Hände im Nacken gefaltet, die Ellenbogen in die Höhe gestreckt.

»Schon mal was von Manieren gehört? Man macht sich nicht ungebeten in anderer Leute Büro breit.«

»Eine der besten Kolumnen, die ich je geschrieben habe.«

»Einbildung ist auch ’ne Bildung.«

»Du erinnerst dich an Cameron Duncan? Habt ihr nicht neulich zusammen auf einem Podium gesessen?« Sie verschränkte die Arme vor der Brust. »Auf dem natürlich eigentlich *ich* hätte sitzen müssen. Er musste lachen, als ich ihm erzählt habe, wie er an dem Abend an dich geraten ist. Weil du mir nämlich meinen Auftritt geklaut hast.«

»Cameron lacht über jeden Mist.«

»Sein neues Buch klingt wahnsinnig spannend. Mike Bings Freundin muss diesmal nicht sterben. Er ist bereit, sich auf eine feste Beziehung einzulassen. So wie in den Spenser-Krimis, als Spenser sich in die Psychiaterin verliebt.«

»Dann klaut Cameron jetzt auch schon bei Robert Parker?«

»Das ist eine Hommage.«

»Und er hat nichts dagegen, dass du das Ende des Krimis ausplauderst? Du darfst überall rumerzählen, dass die Freundin überlebt?«

»Auf keinen Fall. Das ist streng vertraulich. Ich schweige wie ein Grab.«

»Dann kann Cameron sich ja noch auf einiges gefasst machen.«

»Wir haben uns viele Geheimnisse anvertraut.«

»Du und Cameron? Geheimnisse?«

Emily lächelte und sah verträumt gen Himmel, als ob sie da oben ihre Geheimnisse versteckt hätte. Miss Unschuld-in-Person. Miss Hoch-zu-Ross. »Obwohl man ihn im landläufigen Sinn wohl kaum als attraktiv bezeichnen würde, besitzt er doch eine ungeheure Ausstrahlung, findest du nicht auch? Und dann dieser zurückhaltende Charme.« Zurückhaltend hatte ich Cameron noch nie erlebt. Eher dreist und großspurig. »Ich weiß gar nicht, wie lange wir miteinander geredet haben. Es müssen Stunden gewesen sein. Er hat mir erzählt, wie stark er von seiner Kindheit und Jugend im Mittleren Westen geprägt ist und wie es für ihn war, als einziger Junge unter so vielen Schwestern aufzuwachsen. Wir haben uns auch über meine Kolumne unterhalten. Er hat ja früher selbst eine geschrieben, beim *Ellery Queen's Mystery Magazine*. Du machst dir ja gar kein Bild, was uns alles verbindet.«

»Zwei Kolumnisten, eine Seele.«

»Er ist so sensibel. Wenn du ihn hättest hören können … beziehungsweise *dürfen*. Unglaublich, was er über Liebe und Romantik zu sagen hat. Er findet, dass uns oft vorgefasste Meinungen daran hindern, die wahre Liebe zu erkennen. Wie viele Männer gibt es schon, die sich über solche Fragen Gedanken machen? Er sagt, Zynismus sei Selbstschutz, ein Abwehrmechanismus für Feiglinge, die von der Liebe nichts mehr wissen wollen, weil sie Angst haben, dass die Liebe von ihnen nichts mehr wissen will. Mike Bings neue Freundin wird sich so sehr in ihn verlieben, dass sie ihren Zynismus ein für alle Mal begräbt.«

»Und deshalb darf sie weiterleben?«

»Deshalb bleibt sie den Lesern weiterhin erhalten.«

»Danke für das Update.« Ich sah auf die Uhr. »Huch! So spät schon? Dabei hab ich noch so viel zu erledigen! Ich würde mich ja gern noch länger mit dir über deinen tollen Abend gestern Abend unterhalten, aber ich versinke in Arbeit.«

»Wie du meinst«, sagte die lavendelblau Gerüschte und stand auf. »Cameron ist wirklich süß. Er hat mir aus einer Serviette eine Origami-Blume gefaltet. Möchtest du sie sehen?«

»Ich stelle sie mir lieber bildhaft vor.«

Eine Woche später musste ich mich bei den Rockettes anmelden. Deirdre ließ sich immer teuflischere Aufträge für mich einfallen. Ich war jederzeit darauf gefasst, dass sie mich einen Artikel wie »Bekenntnisse eines Exjunkies« oder »Lebendig begraben« schreiben ließ. Diesmal sollte ich beim sogenannten »Rockettes Experience« mitmachen – drei Stunden Hoch-das-Bein. Mit solchen Unterrichtsevents für Amateure schlägt sich die Showtanzgruppe bis zu ihrer großen Weihnachtsgala durch.

Tanzen ist nicht mein Sport. Andere sind da ja Naturtalente. Meine Schwester Lisa zum Beispiel. Ganz egal, welche Art von Musik aus der Stereoanlage schallt, ihr fährt der Rhythmus sofort in die Glieder, sie wippt mit den Füßen, wiegt sich in den Hüften, schnippt mit den Fingern. In Minutenschnelle hat sie die Schritte einer Rumbafigur oder den neuesten Hip-Hop-Move drauf. Käme sie an einer Feuerwache vorbei, in der ein Radio dudelt, würde sie mit Sicherheit an der Rutschstange einen Poledance zum Besten geben. Lisa hat sämtliche Tanzgene abgestaubt, die in unserer Familie zu verteilen waren. Für Jocelyn und mich blieb nur die Rolle des Mauerblümchens übrig.

Im siebten Schuljahr wollten alle Jungs mit mir tanzen, weil ich frühreif war. Wenn ein Zwölfjähriger – rein zufällig, versteht sich – nähere Bekanntschaft mit dem knospenden Busen einer Gleichaltrigen machen möchte, bietet ihm ein Tanzkurs die beste Gelegenheit dazu. So beliebt wie damals war ich wohl in meinem ganzen Leben nicht mehr. Aber mit meiner Popularität war es auch schon wieder vorbei, als ich Artie Brodsky beim Bierkastenschritt gegen den Knöchel trat und Allan Greagsbey beim Jitterbug auf die Zehen latschte. (Und jetzt fragen Sie mich bitte nicht, warum wir den Jitterbug lernen mussten. Dass der Jitterbug an einer Schule in Roslyn noch 1984 auf dem Lehrplan stehen würde, hätte selbst George Orwell nicht vorhersagen können.) Ich war als Trampeltier abgestempelt. Und bei den präpubertären Jungs konnte ich nicht mal mehr mit meinen Miniaturbrüsten punkten. Von da an

ging ich dem Tanzen geflissentlich aus dem Weg. Schulparty? Ich saß im Auto und knutschte, um mit dem Knutscher nicht tanzen zu müssen. Bar-Mizwa-Feier mit Live-Band? Ich hing am Dessertbuffet rum.

Ich habe sogar versucht, mich vor meinem eigenen Hochzeitstanz zu drücken. Aber zu meinem Pech hielt Evan sich für einen zweiten Arthur Murray. Hätte er Lisa geheiratet, wären sie Stammeltern einer ganzen Sippe kleiner Michael Jacksons und Twyla Tharps im Westentaschenformat geworden. Ich hätte meiner Schwester den Schleier überwerfen und sie an meiner Stelle aufs Parkett schicken sollen, denn Evan dachte nicht im Traum daran, darauf zu verzichten, seine exzellente Bein- und Fußarbeit vor den Anwaltskollegen zur Schau zu stellen. Leider musste er dabei eine in weiße Spitze gehüllte Dampfwalze mit sich herumwuchten. Kein Wunder, dass ihm der Boden zu heiß wurde! Manchmal denke ich, dass es mit unserer Ehe seit dem Moment bergab ging, als die Band »Wind Beneath My Wings« anstimmte. Dummerweise habe ich diese Geschichte in einem schwachen Augenblick Deirdre erzählt: wie meine eigene Familie mich mit Krabben und Lammkoteletts bewarf und von der Tanzfläche buhte. Und Evan dann allein im Rampenlicht seine Solotanzeinlage mit einem schwungvollen Kniertscher krönte und voll in den Cellisten krachte. Wobei es nicht auszuschließen ist, dass mir die Einzelheiten in der Erinnerung etwas durcheinandergeraten sind. Auf jeden Fall muss Deirdre aus dieser Story den Schluss gezogen haben, dass ein Artikel über eine Tanzbanausin wie mich bei den Rockettes einiges an humoristischem Potenzial erwarten ließ. Und so hockte ich nun in meinem Kabäuschen und versuchte, mich für den Kurs anzumelden.

Das »Rockettes Experience« schien heiß begehrt zu sein, es war bereits jetzt für den ganzen nächsten Monat ausgebucht – bis auf einen einzigen Termin, der ungünstiger nicht hätte liegen können. Nur der Samstag des Labor-Day-Wochenendes war noch frei. Ich würde also unter lauter Landeiern das Tanzbein schwingen. Den Warnhinweis auf der Homepage, der Kurs sei nur für *fortgeschrittene* Teilnehmer mit Jazztanz-, Stepp- und klassischer Balletterfahrung geeignet, musste man hoffentlich nicht allzu ernst nehmen. Ich meldete mich trotzdem an. Solange sie bei Kursbeginn meine Gebühr auf dem Konto hatten, würden sie mich wohl kaum zum Direktor schicken – falls das die Strafe für eine Rockette-Elevin ist, die man beim Flunkern ertappt hat.

Plötzlich überkam mich eine tiefe Russell-Nostalgie. Falls ich mir den Rücken zerrte oder mich aus Versehen selbst k.o. kickte, konnte ich ihn nicht einfach anrufen. *Hi! Erinnerst du dich noch an mich? Wir waren bis vor zwei Wochen ein Paar, aber dann hab ich mir dummerweise eingebildet, ich wäre ohne dich besser dran. Jedenfalls wollte ich mal kurz anfragen, ob du wohl so nett wärst, mir meinen Rücken wieder zu entzerren.* Diese Schmach wäre tödlich, tödlicher noch als das Tanztraining. Trotzdem tat es mir leid, auf die Dienste meines persönlichen Chiropraktikers in Zukunft verzichten zu müssen.

Mindestens ebenso leid tat es mir allerdings, dass ich auf eine hohe Trennwand verzichten musste. Emily lugte mal wieder zu mir rüber. »Alle sind total hin und weg von meinem Interview mit Cameron. Hast du es schon gelesen?« Sie trug Schneemann-Ohrringe.

»Wer ist alle?«

»Alle und jeder.«

»Was sind denn das für Schneemann-Klunker?«

»Ein Geschenk von Rory.«

[238] »Aus dem Sommerschlussverkauf?«

Ich fragte sie, ob sie meinen Fallschirmsprungartikel gelesen hätte.

»Würde ich ja gern, aber ich komme einfach nicht dazu. Dauernd rufen Leute an, die mir zu dem Interview gratulieren wollen.« Wie aufs Stichwort klingelte ihr Bürotelefon. Wahrscheinlich hatte sie sich selbst mit dem Handy angerufen. »Siehst du? Schon wieder!« Sie tauchte ab.

Seit meinem Gespräch mit Cameron hatte ich kein Wort mehr mit ihm gewechselt. Stellen Sie sich vor, Sie säßen an einem geheimen Schreibprojekt und hätten sich Essays abgerungen, die noch nie ein Mensch zu Gesicht bekommen hat, Texte, an denen Ihr Herzblut klebt, in denen sich Ihr wahres Ich widerspiegelt, und Sie hätten sich in einem aberwitzigen Augenblick der Schwäche von einem aalglatten Schriftsteller beschwatzen lassen, sie ihm zu mailen, nur um anschließend nie wieder etwas von ihm zu hören. Dann wären Sie auch sauer. Auf ihn. Aber noch mehr auf sich selbst.

Ich holte mir Emilys Interview auf den Bildschirm. Schon beim ersten Satz – *Letzte Woche traf ich mich mit meinem guten Freund, dem Schriftsteller Cameron Duncan* – wäre mir fast das Frühstück hochgekommen. Nebenan quiekte Emily: »Wirklich? Es hat Ihnen gefallen?« In aller Eile überflog ich den Artikel. Ich wollte unbedingt damit durch sein, bevor sie auflegte. Emily lachte. »Im Ernst? Das beste Interview aller Zeiten?« Entweder war ihr Gesprächspartner schwerhörig, oder sie blökte meinetwegen so laut durch die Gegend.

In dem Interview kam der schriftstellernde Cameron so gut

wie gar nicht vor. Emilys Fragen konzentrierten sich vielmehr auf den sensiblen, verständnisvollen Cameron, den Schwarm aller Leserinnen, den Mann zum Bemuttern oder Vernaschen. Sie hatte wirklich alle Register gezogen.

»Weniger erfahrene Männer, die zum Beispiel ihre Jugendliebe geheiratet haben oder ursprünglich Priester werden wollten, befällt in späteren Jahren das Gefühl, im Leben zu kurz gekommen zu sein. Deshalb fangen sie häufig eine Affäre an. Wer dagegen als Mann das Glück hatte, diverse Frauen näher kennenzulernen, begreift allmählich immer besser, wie die Eine sein müsste, mit der er glücklich werden kann. Wenn er so weit ist, erkennt er die Richtige sofort. Und dann heißt es für ihn nur noch: jetzt oder nie!«

Ich frage ihn: »Inwiefern, Cameron?«

Und er antwortet: »Dann muss er sie küssen.«

»Oh Gott, ich könnte Sie küssen!«, säuselte Emily. »Danke, Cameron. Sie haben mein Leben verändert!«

Ich klickte den Artikel weg. Interessant? Vielleicht. Lebensverändernd? Eher nicht, Emily Lawler.

Mein Telefon klingelte. *Externes Gespräch*, verriet das Display, eine verzichtbare Information, da bei uns in der Redaktion die *internen Gespräche* drahtlos geführt werden – im Stehen über die Trennwände hinweg. Ich nahm ab und meldete mich mit Hallo. In den ersten Monaten bei *EyeSpy* begrüßte ich unbekannte Anrufer noch mit *Molly Hallberg! Reporterin!*. Wenn ich in der richtigen Stimmung war und die Zeit dafür reichte, konnte es auch gern mal *Online-Magazin* EyeSpy*! Molly Hallberg! Reporterin! Ressort Vermischtes!* sein. Aber nachdem sich meine Mutter beschwert und Kristine mich ein paar Mal ausgelacht hatte, begnügte ich mich mit *Molly Hallberg, hallo.*

»Hallo, Molly Hallberg«, sagte der Anrufer. »Ein inspirierender Fallschirmsprungartikel. Um ein Haar hätte ich mich zu Fuß in eine zweite Etage raufgetraut.«

Was führte dieser Kerl bloß im Schilde? Sich von Apparat zu
[240] Apparat durch unseren Bürodschungel zu hangeln? Dann blühte ihm allerdings eine Überraschung. Hinter der nächsten Trennwand residierte nämlich Keith. »Hallo, Cameron. Schön, dass Sie meinen Artikel gelesen haben.« Bloß schade, dass ich mich nicht halb so cool und professionell fühlte, wie ich mich gab. Ich hätte ihn zu gern nach meinen Essays befragt, ihn andererseits aber fast noch lieber zum Teufel geschickt.

»Ich muss die ganze Zeit an unser Kaffee-Date denken.«

»Kaffee-*Date*? Das war kein Date, sondern eine Zufallsbegegnung mit Kaffee.«

»Wann können wir uns das nächste Mal zufällig begegnen? Sie schulden mir noch ein Mittagessen.«

»Das habe ich anders in Erinnerung. Könnten Sie mich bei all Ihren Interviewterminen denn überhaupt noch irgendwo reinschieben?«

»Ach, dann haben Sie Emilys Artikel gelesen?«

»Aufmerksamst. Wollen Sie mich abfragen?«

»Ich möchte lieber über uns reden.«

»Über uns?«

»Ihre Essays.«

»Ach, meine Essays.«

Sollte Ihnen jemals ein Schriftsteller weismachen wollen, dass er sich über ein Feedback von Ihnen freuen würde, ersetzen Sie das Wort *Feedback* umgehend durch *Lob*. Kein Schriftsteller will ein Feedback. Da könnte er genauso gut gleich um konstruktive Kritik bitten, oder noch schlimmer: um die Wahrheit. Obwohl meine Essays noch im Computer steckten und es nicht so aussah, als ob sie jemals den Weg in die weite Welt antreten würden, hatte ich Albträume von gnadenlosen Verrissen in der *New York Times*, die in der Regel darin gipfelten, dass ich nach Brasilien flog, um mir mittels einer Gesichtsoperation eine neue Identität zuzulegen.

Ungenießbarer Unsinn!

Verschnarchte Schlaftablette!

Für diesen Schund mussten Bäume sterben?

Unter aller Kritik!

Schiffbruch – ohne Tiger!

Auf meinem Bildschirm rissen die Rockettes die Beine in die Luft. Die Mädels hatten es gut. Sie bekamen immer gute Kritiken.

»Können wir nicht jetzt darüber reden?«, fragte ich. »Wieso geht das nicht am Telefon?«

»Beim Mittagessen ginge es besser.«

»Also gut. Ein Geschäftsessen. Ich freue mich schon auf Ihr Feedback.« Ich meinte natürlich Lob.

»Unser üblicher Treffpunkt?«

»Wir haben einen üblichen Treffpunkt?«

»Das Café Lalo.«

»Erstens ist das nicht unser üblicher Treffpunkt, und zweitens komme ich nicht mehr so oft in die Gegend.«

»Beziehungsknatsch?«

»Ein kurzes Geschäftsessen. Mehr ist nicht drin.«

»Ich muss Samstagnachmittag zu Barnes & Noble in der Zweiundachtzigsten. Bücher signieren.«

»Ihre eigenen?«

»Wollen wir uns um zwölf da treffen?«

Ich willigte ein. Mit fester, lauter Stimme. Laut genug, um über die Trennwand hinweg gehört zu werden. »Ja! Also, bis dann! Ich kann es kaum erwarten, Cameron!«

19

 Es war Samstag. Angela saß bei mir im Schlafzimmer im Polstersessel, twitterte für ihren Großhandelskunden und frühstückte ein Twinkies. Ihre Pyjamahose, das Unterhemd und die verstrubbelten Haare verrieten, dass Charlie nicht bei ihr übernachtet hatte. Sonst wäre sie in heißen Dessous eingelaufen. »Wie klingt das?«, fragte sie und las mir den Tweet vor: »›Zwiebelschneiden ohne Tränen? Immer unter fließendem kaltem Wasser, rät Flo. Speisezwiebeln jetzt 0,29 das Pfund.‹«

»Mitreißend.« Ich überlegte gerade krampfhaft, welche Schuhe ich zum Lunch mit Cameron anziehen sollte. Flache Absätze bedeuteten *Geschäftsessen*. Sandalen sagten: *Nicht dass du auf den Gedanken kommst, ich hätte zu viele Gedanken auf diese Frage verschwendet.*

Angela tippte weiter. »Flo hat auch noch einen guten Rat für Hamburger in petto. Dass man die gebratenen nicht auf denselben Teller legen sollte, auf dem vorher die ungebratenen lagen. Ich weiß nur noch nicht so genau, wie ich das in 140 Anschlägen unterbringen soll.«

»Das schaffst du. Geht das so?« Ich schwenkte eine Strohtasche. »Oder lieber die hier?« Ich griff zu einer Leinentasche.

»Du machst dir viel zu viele Gedanken. Leinentasche. Passt besser in eine Buchhandlung.«

»Okay. Und flache Schuhe.«

»Warum hast du mir deine Essays nie gezeigt?«

»Weil du sie twittern würdest.«

»Nur wenn sie kurz wären.«

Ich setzte mich aufs Bett. »Er hat mich gezwungen, sie ihm zu zeigen.«

»Du magst ihn.« Angela klang vorwurfsvoll und erfreut zugleich.
»Er ist ein Hallodri.«
»Perfekt! Dann geh mit ihm ins Bett.«
»Sex hilft mir nicht dabei, über einen Mann hinwegzukommen. Sex macht mir bloß vor, dass ich jemanden liebe, mit dem ich eigentlich nichts zu tun haben will. Cameron Duncan ist der geborene Aufreißer.«
»Wollen wir mal sehen, was er gerade so treibt«, sagte sie, eifrig tippend. Sie stutzte. »Hoppla.«
»Hoppla?« Ihr Hoppla-Gesicht verhieß nichts Gutes.
Der Tweet lautete: *Die Pflicht ruft. Ich muss los, der Eitelkeit schmeicheln. Mike Bing sagt: Augen zu und durch. Könnte unangenehm werden.*

Er war spät dran, aber nicht *zu* spät. Dafür war ich zu früh dran. Während ich beim Krimitisch auf ihn wartete, las ich mir den Klappentext von Sarah Greers Roman durch. Als Cameron schließlich angehetzt kam, entschuldigte er sich. Er hätte noch schnell auf einen Sprung bei der Geschäftsführerin reingeschaut, um ihr guten Tag zu sagen. »Sie ist eine Freundin.«
»Das glaube ich gern.«
»Sie ist jung. Begeisterungsfähig. Sehr hilfsbereit.«
Ich stelle mir den Chef einer Buchhandlung als jemanden vor, der einen Dreiteiler samt Knopflochsträußchen trägt, liebevoll die Bücher im Regal geraderückt und alten Damen Romane empfiehlt. »Haben Sie Ihre hilfsbereite junge Freundin mal gefragt, warum Ihre Bücher nicht auf dem Krimitisch liegen?«
»Weil sie ihren eigenen Tisch haben, eine Etage höher.«

»Was Sie nicht sagen! Sie haben Ihren eigenen Tisch? Couch und Sessel etwa auch?«

»Kommen Sie mit.«

[244] Er trug Baseballkappe und Sonnenbrille. Ich verkniff mir die Frage, wozu dieses Outdoor-Outfit gut sein sollte. Vielleicht wollte er nicht erkannt werden. Was in einer Buchhandlung nicht ganz ausgeschlossen war. Vielleicht befürchtete er aber auch, nicht erkannt zu werden. In dem Fall konnte er die Schuld auf seine Sonnenbrille schieben. So viel zum Thema *Eitelkeitschmeicheln.*

»Wird Ihnen auf einer Rolltreppe auch schwindlig?«, fragte ich, halb nach hinten gewandt, während wir in den ersten Stock hinauffuhren. Ich stand zwei Stufen über ihm.

»Nicht, wenn ich stur geradeaus sehe.« Mit anderen Worten: stur auf meinen Hintern.

Er hatte tatsächlich einen eigenen Tisch, auf dem sich seine drei Romane in riesigen Stapeln türmten, fächerförmig ausgelegt waren und auf Ständern prangten. »Es dauert bestimmt nicht lang«, sagte er.

Ich behielt lieber für mich, dass ich keinen seiner Krimis gelesen hatte. Den einen, der bei mir zu Hause lag, wollte ich mir erst vornehmen, wenn Cameron sich zu meinen Essays geäußert hatte. Dann konnte ich mir, wenn mir sein Feedback nicht gefiel, leichter einreden, er wäre ein fürchterlicher Autor, um dessen Urteil ich mich nicht zu scheren brauchte.

Er klopfte seine Jeanstaschen ab und bat mich dann, ihm einen Stift zu leihen. Nachdem ich einen hervorgekramt hatte, sah ich ihm dabei zu, wie er seinen Namen auf die Titelseiten von *Lustmord unter Liebenden* schrieb. Fast rechnete ich damit, dass jemand vom Personal angestürzt kam, um diesen Narren von einem Baseballkappen- und Sonnenbrillenträger zurechtzustutzen, der da am Tisch saß und das Eigentum von Barnes & Noble bekrakelte. Aber niemand störte sich daran. Ich spielte mit dem Gedanken, selbst ein paar Bücher zu signieren: *Herzliche Grüße, Willa Cather. Alles Gute, Charlotte Brontë.*

»Werden Ihre anderen beiden Bücher nicht neidisch, wenn sie keine Signatur abkriegen?« Ich nahm *Verrat unter Freunden* in die Hand und deutete damit auf *Mord unter Mätressen.*

»Pst.« Cameron hielt mitten im Schreibschwung an und lächelte. »Hat Ihnen Ihre Mutter nicht beigebracht, dass man in einer Buchhandlung flüstert?«

»Wie soll Ihr nächstes Buch heißen? *Brandstiftung unter Bekannten*?«

»Es handelt von Partnerbörsen im Internet. Nicht von Brandstiftung.«

Während er weiterschrieb, machte ich ein paar Titelvorschläge: »*Einbruchdiebstahl unter einsamen Herzen*? *Schwarzfahren unter Singles*?«

Er nahm die Sonnenbrille ab, sah zu mir hoch und schüttelte den Kopf. »Möchten Sie vielleicht in der Kinderbuchabteilung auf mich warten?« Er lächelte sein schiefes, anziehendes Lächeln, dem ich mich kaum entziehen konnte.

»Wieso haben wir uns überhaupt hier verabredet?« Sollte ich ihm etwa bewundernd über die Schulter schauen, während er seine drei Bestseller signierte, um anschließend meine Essays und mein Ego in Grund und Boden zu stampfen? »Wollten Sie mich beeindrucken?«

»Ja. Hat's funktioniert?« Er senkte die Stimme, ob nun um meinetwillen oder aus Rücksicht auf die Kunden, die von ihren Müttern gelernt hatten, in einer Buchhandlung nicht zu stören, konnte ich nicht sagen. »Weil Sie hier sind, komme ich mir nicht so affig vor. Ich konnte mich dieser Pflicht nicht entziehen. Auch wenn sie mir nicht gerade angenehm ist.«

Meine Gehirnwindungen enttwitterten sich. »Eine unangenehme Pflicht?«

Er hatte nicht mich, sondern *sich* gemeint. Erst später kam mir der Gedanke: *Mensch, Cameron, warum hast du die Bücher dann nicht im Büro deiner jungen Freundin, der Geschäftsführerin, signiert, wenn du dich so genierst?*

Nachdem Cameron seine Pflicht und Schuldigkeit getan hatte, schlug er mir einen Spaziergang vor. »Es sei denn, Sie hätten Hunger«, fügte er hinzu.

»Nein, nein.« Meinem Magen war doch etwas bang angesichts des bevorstehenden Feedbacks.

Also gingen wir bummeln. Wären wir in einem Film gewesen, hätten wir uns mitten in einer Schnittfolge schnell wechselnder Szenen befunden, die den Zuschauer wissen lassen sollen, dass es zwischen den Protagonisten gefunkt hat, ohne dass der Regisseur den Film um zwanzig Minuten in die Länge ziehen muss. Meistens geht es in diesen Szenen nicht besonders spannend zu. Man braucht nicht lange darüber zu rätseln, ob die Verliebten wohl kichern werden, wenn sie sich im Swimmingpool nassspritzen, oder ob sie sich vor Lachen ausschütten, wenn sie auf der Picknickdecke miteinander rangeln. Viel dramatischer wäre es doch, wenn zum Beispiel mal jemand im Swimmingpool ertrinken würde, aber das habe ich noch nirgends gesehen. Nicht mal in einem ausländischen Film.

Cameron und ich wanderten am Starbucks in der Einundachtzigsten vorbei, den Broadway hinunter, über den Bauernmarkt. Eine Komposition aus Mais, Tomaten, Zucchini, selbstgebackenem Brot und Ziegenmilchseife. Wir schlenderten am Hudson River entlang hinüber zum Riverside Park. Ein Arrangement aus Hunden, Gras, Wasser, Booten und Hundehäufchen. Wir schlugen einen Bogen zu den Blumengärten in der Einundneunzigsten. Manchmal werden in solche Montagen auch noch Dialogschnipsel eingebaut, damit der Zuschauer eine Vorstellung davon hat, wie sich die Beziehung entwickelt.

Vor Starbucks:

CAMERON: Warum empfinden Sie mich als Bedrohung?

ICH: Nehmen Sie sich bloß nicht so wichtig.

CAMERON: Können Sie mir nicht glauben, dass ich es ernst meine?

ICH: Ich bin sehr stolz darauf, dass ich Ihnen nicht glaube. Weder Ihnen noch sonst einem Schürzenjäger.

CAMERON: Schürzenjäger sind spätestens seit dem neunzehnten Jahrhundert ausgestorben.

ICH: Dafür haben Sie sich nicht schlecht gehalten.

Ecke Broadway und Sechsundsiebzigste:

CAMERON: Sie sind eine Romantikerin, Molly. Sie wollen es nur nicht zugeben.

ICH: Ich?

CAMERON: Wer zum Vergnügen Thomas Hardy liest, muss ein Romantiker sein.

ICH: Reden wir jetzt über meine Essays? Ich habe mich nicht getraut zu fragen.

CAMERON: Aber Sie haben sich getraut, sich aus einem Flugzeug zu stürzen?

ICH: Nein. Man muss einfach die Augen zumachen und springen.

CAMERON: Das sollten Sie sich öfter trauen.

Bauernmarkt:

ICH: Erzählen Sie mir von einer Frau, die Ihnen das Herz gebrochen hat.

[248] CAMERON: Das ist einfach. Amanda Carson.

ICH: Einfach Amanda Carson?

CAMERON: Wir waren in einem Straßencafé. Neben uns saß ein Typ, allein, mit einem wuscheligen kleinen Kläffer.

ICH: Klingt mir eher nach einem Frauenhund.

CAMERON: Sie streichelt den Hund, fängt an, sich mit dem Typen zu unterhalten, sie lachen, er gibt ihr seine Karte, die beiden heiraten.

ICH: Es gibt zu viele Hunde in dieser Stadt. Wie lange waren Sie und Amanda zusammen?

CAMERON: Einen Kaffee lang.

ICH: Mir bricht das Herz.

Am Hudson River:

CAMERON: Sie sind die Nora für meinen Nick.

ICH: Nora Ephron?

CAMERON: Nick und Nora. Aus dem Film *Der dünne Mann.* Sie und ich, Molly. Ich benutze die witzigen Wortgefechte zwischen Nick und Nora als Folie für Mike Bing und seine neue Freundin.

ICH: Sie haben die Idee geklaut?

CAMERON: Es ist eine Hommage.

Riverside Park, Blumengärten:

ICH: Haben Emily Lawler und Sie tatsächlich Geheimnisse?

CAMERON: Das ist ein Geheimnis.

Er zeigte auf eines der Plakate, mit denen für die unterschiedlichsten Veranstaltungen im Park geworben wurde: Kajakfahren, Yoga, kostenlose Filmvorführungen auf dem Pier an der Siebzigsten Straße. »Wie wär's ganz spontan mit einer Verabredung zum Open-Air-Kino?«, fragte er.
Ich sah nach oben und las die Ankündigung für den Film des Abends: *Bad Lieutenant – Cop ohne Gewissen.*
»Nicholas Cage«, sagte er.
»Ich hab schon was vor«, sagte ich.
Schweigend verließen wir den Park – ohne den kleinsten Dialogschnipsel. An der West End Avenue winkte ich einem Taxi. Plötzlich hatte ich es eilig. Warum, verstand ich selbst nicht. Ich musste einfach weg.
»Nächstes Mal?«, sagte er.
»Fragt sich, ob es ein nächstes Mal gibt.«
Behutsam setzte er mir seine Baseballkappe auf und zog noch einmal kurz und fest am Schirm, damit sie mir nicht davonfliegen konnte. »Auf jeden Fall. Sie müssen mir schließlich meine Mütze zurückgeben.«
Meine Essays erwähnte er mit keinem Wort. Aber in einer Montage kommen Essays eben auch nicht so oft vor.

20

[250] Dass ich an diesem Abend schon etwas vorhatte, war nicht gelogen. Doch ich hätte meine Pläne auch umschmeißen können. Worüber zumindest meine Mutter hoch erfreut gewesen wäre. Es deprimierte sie, wenn ihre neununddreißigjährige Tochter anrief und fragte, ob sie sich an einem Samstagabend in ihrem alten Kinderzimmer verkriechen könnte. Aber zu Hause zu sitzen, den Fernseher bis zum Anschlag aufgedreht, um das Liebesgestöhne von Kevin und Lacey zu übertönen, kam nicht in Frage. Genauso wenig wie ein Besuch in den Hamptons. Ich hatte keine Lust, mich Pammies anderen Gästen mit den Worten vorstellen zu lassen: »Das ist Molly. Sie ist zurzeit Single. *Mal wieder.*« Und mit Cameron Duncan konnte ich den Abend schon gar nicht verbringen, da überkam mich die reine Panik. Ich war auf einen Mann angesprungen, der, wie ich aus eigener Anschauung wusste, das Frauenaufreißen blind und im Schlaf beherrschte. Wahrscheinlich hatte er, kaum dass ich im Taxi saß, sein Handy gezückt und sich mal eben schnell mit einer anderen verabredet. Womöglich sogar mit *Emily.* Vielleicht vertrauten sie sich wieder irgendwelche Geheimnisse an. Aber wieso hatte er für einen Samstagabend noch kein Date gehabt? Wieso war er am Wochenende überhaupt in der Stadt? Und wieso saß ich mit seiner Baseballkappe auf dem Kopf im Zug nach Roslyn? Wie viele andere Frauen wohl mit seinen Mützen unterwegs sein mochten?

Ich wollte ihm glauben, dass er es ernst meinte, aber ich konnte es nicht. Wieso nur war ich nicht fähig, einem Mann zu vertrauen, der noch nie verheiratet gewesen war, sich mit zig verschiedenen Frauen vergnügte und die Kunst, im richtigen Augenblick genau die richtigen Worte zu finden, auf eine Weise vervollkommnet hatte, dass sogar den abgeklärtesten, intelligentesten Frauen die Sinne schwanden? Wieso, um Himmels willen, hätte mich das bloß stören sollen?

Nachdem ich an der Jamaica Station umgestiegen war, saß ich einer Frau gegenüber, die an einer Pseudozigarette zum Abgewöhnen nuckelte. Sie wippte mit dem Fuß, trommelte mit den Fingern auf die Armlehne, kaute abwechselnd auf ihrer Plastikzigarette und auf ihrer Unterlippe und war während der ganzen Fahrt so zappelig, dass ich, als ich in Roslyn ankam, selbst an den Nägeln knabberte und ein dringendes Verlangen nach einer Zigarette verspürte.

Vater grillte zum Abendessen Mais und Lachs. Mutter bereitete mit einer Tüte »Pariser Mix« von Costco einen Salat zu, der mir, ehrlich gesagt, nicht besonders französisch vorkam. Ich deckte den Tisch – samt einer Flasche Pepsi und einer Flasche Coca-Cola. Meine Mutter findet Coca-Cola zu sirupartig, mein Vater findet Pepsi zu sprudelig, der Rest der Familie findet, dass man keinen Unterschied schmecken kann. Damit es nicht zu Streitereien kommt und der Hausfrieden gewahrt bleibt, kauft meine Mutter nun schon seit Jahren beide Marken. Ich wiederum trank Wodka – auf meinem Molly-Stuhl. Obwohl meine Schwestern und ich schon lange erwachsen und ausgezogen sind, setzen wir uns, wenn wir zu Hause sind, noch immer auf unsere alten Plätze. So saß ich nun meiner Mutter gegenüber neben Lisas leerem Stuhl, während mein Vater von meiner Mutter auf der einen und von Jocelyns leerem Stuhl auf der anderen Seite eingerahmt wurde.

»Und? Hast du schon einen neuen Freund?«, fragte Mutter, als wir uns am Tisch versammelt hatten.

»Wäre sie denn dann hier?«, fragte Vater, während er seinen scharf gebratenen Lachs pfefferte. In meiner Familie benutzen wir »scharf gebraten« als Euphemismus für verbrannt.

Mutter war über meine Beziehung zu Russell nie ganz glücklich gewesen, über unsere Trennung allerdings auch nicht besonders. Obwohl sie ihn für eine langweilige Schlaftablette hielt, war er immer noch besser als gar kein Freund. »Vielleicht könnte ich dich an den Mann bringen«, sagte sie.

»Ach ja? Und an welchen?«

»Das weiß ich noch nicht.«

Bis jetzt hatte sie nur ein einziges Mal versucht, mich zu verkuppeln. Ich war über Ostern von der Uni zu Hause, Elliot war über Ostern von der Uni zu Hause. Ich studierte an der SUNY Albany, er an der Cornell. Für den Fall, dass es Sie interessiert: Die Cornell rangiert auf der Uni-Rangliste ungefähr zehn Milliarden Stufen höher als die SUNY Albany. Für mich galt eine Verabredung mit einem Cornell-Studenten demnach als Aufstieg. Meine Mutter hatte Elliots Mutter, Frances, zwei Monate zuvor im ersten Step-Aerobic-Kurs ihres Lebens kennengelernt – der auch ihr letzter bleiben sollte, weil sie diese Art der sportlichen Betätigung kurzerhand als »Blödsinn« abhakte. Immerhin hatte sie lange genug daran teilgenommen, um sich dick mit Frances anzufreunden und gemeinsam mit ihr zu dem Schluss zu kommen, dass sie hervorragende Schwiegermütter abgeben würden. (Inzwischen reden sie nicht mehr miteinander. Weil sie sich 1998 wegen irgendwelcher Matinee-Karten für *Ragtime* verkracht haben.) Über die Feiertage lud Mutter mich dann zum Lunch mit ihrer neuen Freundin ein – sie köderte mich mit einem Essen in der Trattoria Diane, dem Restaurant mit den unwiderstehlichen Reisbällchen. Daneben ist es auch für sein Drei-Gänge-Sonntagsmenü berühmt, wovon man an einem Dienstag allerdings nichts hat. Mutter ließ kein Wort darüber verlauten, dass Frances ihren Sohn mitbringen würde, und ich bin überzeugt, Elliot wurde von seiner Mutter genauso überrumpelt. Mutter hatte den jungen Mann nie gesehen, sie kannte ihn nur von dem Foto, das Frances ihr in der Umkleidekabine gezeigt hatte. Ich sollte auch darauf hinweisen, dass meine Mutter die Fotos, die sie in der Brieftasche mit sich rumträgt, nicht mehr ausgetauscht hat, seit ich in der fünften Klasse war. Was Frances für einen Eindruck von mir hatte, kann ich nicht sagen. Aber vielleicht war sie einfach nur hin und weg von meiner Pfadfinderinnenkluft. Jedenfalls trafen sich die Ränke schmiedenden Mütter, der Eliteuni-Student und die Durchschnittsuni-Studentin zum Lunch.

Ich war mit Sicherheit der einzige Mensch am Tisch, der merkte, dass Elliot völlig zugedröhnt war. Nicht mal er selbst konnte es merken, dafür war er viel zu high. »Wie gefällt es dir auf der Cornell?«, fragte ich ihn. Womit der Inhalt unseres Gesprächs auch schon im Wortlaut wiedergegeben wäre. Er starrte stumm auf den Salzstreuer, schaufelte seine Ravioli und die übrig gebliebenen Linguine seiner Mutter in sich rein und machte auch noch den Brotkorb leer. Nach dem Essen schlugen unsere Mütter vor: »Ihr solltet euch unbedingt wiedersehen, Kinder!« Später hatte ich für meine Mutter ebenfalls einen Vorschlag parat: dass sie die Kuppelversuche einstellen solle. Ich sei durchaus in der Lage, mir selbst einen Freund zu suchen, herzlichen Dank. Seit meiner Scheidung warte ich nur darauf, dass sie ihr Glück von Neuem probiert. Womöglich würde sie diesmal die Neffen irgendwelcher Frauen anschleppen, die sie beim Einkaufen kennengelernt hatte.

Am elterlichen Küchentisch kam ich zu einem Entschluss. Es

war besser, wenn Mutter glaubte, ich hätte mir jemanden ausgeguckt, als wenn sie sich selbst bemüßigt fühlte, mich an den Mann zu bringen. Also erzählte ich ihr, dass ich mich bereits wieder für jemanden interessierte.

»Inwiefern interessieren?«, fragte sie.

Ich stocherte in meinem Lachs herum. »Ich weiß nicht, ob er mich mag oder ob er es nur nicht ertragen kann, wenn eine Frau ihn nicht mag, und er mich deshalb als besondere Herausforderung ansieht. In eurer Generation hätte man ihn wohl einen Weiberhelden genannt.«

»Und wie würde man ihn in deiner Generation nennen?«, fragte Vater.

»Männliche Schlampe.«

»Magst du ihn?« Mutter stach mit der Gabel in ihren Pariser Mix.

»Ich will ihn nicht mögen.«

»Aber magst du ihn?«, fragte Vater.

»Kann schon sein.«

»Wenn du ihn magst, bist du keine Herausforderung mehr für ihn«, sagte er. »Dann hätte er schon längt die Nächste im Visier. Dein Weiberheld meint es wohl ernst.« Mein Vater, der Problemlöser.

»Er ist zweiundvierzig und war noch nie verheiratet.«

»Gut«, sagte Mutter. »Ein verheirateter Mann ist das Letzte, was du brauchst.«

»Ich denke, darin sind wir uns alle einig, aber ich hätte ein besseres Gefühl, wenn er geschieden wäre.«

»Warum? Wo ist der Unterschied zwischen einem, der nie verheiratet war, und einer, die besser nicht geheiratet hätte?«

»Einer von uns beiden ist bindungsfähig.«

»Ja«, sagte Mutter. »Aber die hat ein miserables Urteilsvermögen.«

Jetzt verteidigte sie Cameron schon, obwohl sie ihn gar nicht kannte. So groß war seine Wirkung auf das weibliche Geschlecht.

»Zu meiner Zeit hatte ich auch ganz schön Schlag bei den Frauen«, sagte Vater.

»Mensch, Dad, du warst zweiundzwanzig, als du Mum kennengelernt hast. Da wird vorher ja wohl nicht viel gelaufen sein.«

»Auf dem College hatte ich jede Menge Freundinnen.«

»Und ich hatte auf dem College jede Menge Freunde!«, schob Mutter hinterher.

»Und woher wusstet ihr zwei schlimmen Finger, dass ihr für eine feste Beziehung bereit wart?«

»Sieh dir deine Mutter doch an!«, sagte Vater, einen Maiskolben schwenkend. »Sie ist eine Schönheit!«

Meine Mutter kicherte. »Es ist schwer, einem Mann zu widerstehen, der immer die richtigen Worte findet.«

Am Sonntagnachmittag kam Jocelyn mit ihrem neuen Freund vorbei. Genau wie Grandma, mit *ihrem* neuen Freund.

»Dave Rooney, Molly Hallberg«, sagte meine Schwester, als sie uns bekannt machte. »Molly, Dave Rooney.« Anscheinend verwechselte sie einen Brunch im Familienkreis mit einem Geschäftstermin.

»Arnold«, verkündete Großmutter und deutete mit dem Daumen auf ihren Bekannten, wie eine Tramperin. »Stell dich selber vor, Molly.«

Alle anderen kannten sich bereits. Long Island ist eben ein Dorf.

Während ich an den Nachwehen meiner Beziehung mit Russell laborierte, hatte meine Schwester sich kurzentschlossen

einen Mann geangelt. Und noch schockierender: Meine Großmutter war ihrem Beispiel gefolgt.
Jocelyn war in Caprihose, durchbrochenem Strickpullover und
 Flip-Flops kaum wiederzuerkennen. Ihre Zehennägel schimmerten in einem zarten Pfirsichton. Aus den Tiefen einer BWLer-Seele war mir eine neue Schwester geboren. Ich freute mich für sie. Mit seiner gesunden Gesichtsfarbe und den kurz geschnittenen Haaren erinnerte Dave Rooney an einen properen Pfadfinderführer. Dave entstammte ebenfalls einer Polstererfamilie, wenn auch nicht wie Jocelyn in vierter, sondern erst in zweiter Generation. Außerdem polsterte die Firma nicht selbst, sondern verkaufte Polstereibedarf. Zwirn, Schaumstoff, Nesseltuch, Polsterwatte. Das alles wusste ich bereits; meine Mutter hatte mich von Anfang an über »Jocelyns Romanze mit Polster-Dave« auf dem Laufenden gehalten.
Glücklich verliebte Paare können nicht anders: Sie müssen jedem davon vorschwärmen, wie sie sich kennengelernt haben. Das ist der Stoff, aus dem schon so manche romantische Filmkomödie geschnitzt wurde. Die Story von Dave und Jocelyn ging so: *Nicht zu glauben! Da verhandeln wir über eine Kräuselbandlieferung, und plötzlich sind wir verliebt!* Ich stellte mir vor, wie sich wohl ihr Bettgeflüster anhörte: »Schatz, die Erde hat gebebt.« – »Für mich auch, Liebling. Was meinst du? Kaltschaum oder Rosshaar?«
Großmutter hatte Arnold in der Seniorenresidenz beim kostenlosen Blutdruckmessen kennengelernt. Er wollte sich vordrängeln, sie stauchte ihn zusammen. So führte eines zum anderen, und inzwischen sind sie unzertrennlich. Arnold spricht gern in Redensarten: »Shirley und ich, wir passen zusammen wie Topf und Deckel!« – »Seit ich Shirley kenne, stehe ich auf der Sonnenseite des Lebens!« – »Shirley und ich, wir sind ein

Herz und eine Seele.« Nach allem, was Mutter mir über ihre Frauengespräche mit Großmutter erzählt hatte, war Arnold in der Residenz der heiß umkämpfte Schwarm aller Seniorinnen. Er war ein schlanker, vornehmer Herr und zwei Jahre älter als Grandma. Auf seiner Stirn trat eine dicke Ader hervor, die so aussah, als ob sie jede Sekunde platzen könnte. Hoffentlich ging er seiner Shirley nicht bald ex und hopp.
Wir saßen auf der Terrasse und tranken Bloody Marys aus Wodka und einem Fertigmix von Costco. Jocelyn war mit ihrem Stuhl bis auf Tuchfühlung an Dave herangerückt; die beiden hielten Händchen. Mutters Stuhl stand neben dem unseres Vaters, der ihr immer mal wieder das Knie tätschelte. Auch der Abstand zwischen Großmutter und Arnold ließ den Austausch von Zärtlichkeiten jederzeit zu. Ich kam mir vor wie das fünfte Rad am Wagen. Mindestens. Obwohl der Tisch längst für den Brunch gedeckt war, schien sich noch kein Mensch fürs Essen zu interessieren.
»Noch eine Bloody Mary, Arnold?«, fragte Mutter.
»Darauf stoße ich an!« Er lachte leise und hielt ihr sein Glas hin.
»Ich auch«, sagte Jocelyn. Dave hatte offensichtlich einen beruhigenden Einfluss auf sie. Sie schielte nicht alle fünf Minuten auf ihre Uhr, und überhaupt wirkte sie rundum glücklich. Zufrieden war ich mit Russell auch gewesen. Aber glücklich? Nie.
Arnold erhob das Glas auf Grandma. »Seit ich mit fünfzehn die erste Freundin hatte, wusste ich, was für eine Frau ich mir wünsche«, sagte er. »Jetzt habe ich die Frau meiner Träume gefunden und werde das Eisen schmieden, solange es heiß ist.«
»Sind Sie verwitwet, Arnold?«, fragte Mutter.
»Nein.«

»Geschieden?«

»Nein, *Single*!«, sagte er stolz.

»Dann hatten Sie nie eine feste Beziehung, in über siebzig Jahren?«, fragte ich.

»Ich wollte mich eben nicht binden.«

»Beeindruckend«, sagte Jocelyn.

»Romantisch«, sagte Mutter.

»Hirnverbrannt«, sagte Vater.

»Hauptsache, glücklich«, sagte Großmutter mit einem missbilligenden Blick auf ihren Schwiegersohn.

»Wir sind jetzt im dritten Frühling und stehen noch voll im Saft«, sagte Arnold. Großmutter lachte, während wir anderen diese nun doch etwas zu plastisch geratene Redewendung erst einmal verdauen mussten.

»Jocelyn hat mir erzählt, dass Sie im Auftrag einer Online-Zeitschrift ulkige Tests durchführen«, sagte Dave.

Ich funkelte meine Schwester böse an. »So hätte ich meine Arbeit nicht unbedingt beschrieben.«

»Was für ulkige Tests sind das denn?« Mit der einen Hand streichelte er Jocelyns Arm, mit der anderen schwenkte er seine Bloody Mary. Polster-Dave war beidhändig, Respekt.

»Ich schmuggle Vibratoren durch Sicherheitsschleusen. Und laufe in perversen Unterhosen herum.«

»Und was machen Sie wirklich?«, fragte er.

»Dave hat an der Duke University BWL studiert«, sagte Jocelyn.

»BWL und BWL gesellt sich gern«, sagte ich.

»Also sprecht ihr dieselbe Sprache«, sagte Arnold.

»Das ist wirklich wichtig«, sagte Jocelyn. Obwohl ihr sowieso niemand widersprochen hätte. »Es kommt darauf an, dass die Gesprächsmuster übereinstimmen. Unsere passen haargenau zusammen.«

»Wie Topf und Deckel!«, verkündete Arnold.
Großmutter knuffte ihn in die Rippen.
Ich kam mir vor wie damals bei Bloomingdale's in der Haushaltswarenabteilung. Überall nur Töpfe und Deckel. Meine Freundinnen. Meine Familie. Überall Seelenverwandte, wohin ich auch ging.
»Vielleicht könnten wir noch ein bisschen enger miteinander ins Geschäft kommen«, sagte Vater zu Dave.
Sofort mischte Grandma sich ein. Sie erträgt es nicht, wenn Vater über die Firma redet. »Gestern Abend kam *Vertigo* im Fernsehen«, sagte sie. »Mit Jimmy Stewart.«
»Von Alfred Hitchcock«, sagte Arnold.
»Kennen wir.«
»Die beste Szene ist die, wo Jimmy Stewart diese abgehackten, wirbelnden Halluzinationen hat«, schwärmte Arnold.
»Davon ist den meisten Residenzbewohnern kotzübel geworden.« Großmutter prustete los. Arnold prustete mit. Jocelyn und Dave, die mit den Waden schmusten, sahen gezielt aneinander vorbei und taten so, als ob wir anderen nichts mitbekämen.
»Wie Jimmy Stewart seine Höhenangst überwindet und der Frau, die er liebt, in dem Turm hinterhersteigt …«, sagte Arnold. »Das nenne ich romantisch.«
»Romantisch?«, sagte Vater. »Er bringt Kim Novak um!«
Großmutter schüttelte den Kopf und lachte. »Von der Bettkante hätte er sie jedenfalls nicht geschubst!«
»Noch ein Schlückchen?«, fragte Mutter hilflos in die Runde.
»Heute kommt *Der dünne Mann*«, sagte Arnold. In der Seniorenresidenz werden jeden Abend Filme gezeigt. »Mit Nick und Nora.«

»Kennen wir.«

»Auch wenn die Filmemacher damals nichts zeigen durften: Man merkt schon allein an den hitzigen Dialogen, dass bei den beiden mächtig die Post abgeht.«

Mutter schenkte sich selbst nach. »Der Krug ist leer«, sagte sie. »Wir brauchen Nachschub.«

»Ich gehe!« Jocelyn sprang auf.

»Ich helfe dir!« Dave sprang auf. Schon waren sie in Richtung Küche verschwunden.

»Die zwei sehen wir in den nächsten Stunden nicht wieder«, sagte Grandma.

»Spielen wir nachher eine Runde Pingpong, Molly?«, fragte Vater.

»Kannst du nicht warten, bis ich die Wäsche zusammengelegt habe?«, sagte Mutter.

»Bis dahin bin ich längst unter der Erde, Bitsy.«

»Entschuldigung, aber ich muss mal eben für kleine Königstiger«, sagte Arnold. Er gab Großmutter ein Küsschen und ging ins Haus.

»Er hat's an der Prostata«, erklärte sie, als die Tür hinter ihm ins Schloss gefallen war. »Muss dauernd pieseln.«

»Ich freue mich, dass du glücklich bist, Grandma«, sagte ich.

»Arnold ist ein Guter. Er versucht nicht, mich zu ändern.«

»Dafür wäre es wohl auch ein bisschen zu spät«, warf Vater ein.

»Ich hätte genug Zeit gehabt, dich zu ändern, Sidney, aber ich habe es bleibenlassen«, sagte Mutter. »Ich liebe dich so, wie du bist.«

Meine Eltern küssten sich. Großmutter und ich sahen uns das Schauspiel an, bis es uns peinlich wurde. »Ich bin froh, dass du den Knochenbrecher in den Wind geschossen hast«, sagte sie zu mir.

»Grandma, Chiropraktiker ist ein angesehener medizinischer … Ach, ist ja auch egal.«

»Ich war wirklich nicht auf der Suche, aber als mir Arnold über den Weg gelaufen ist, habe ich ihn mir einfach geschnappt. Man braucht kein Einstein zu sein, um zu wissen, dass Russell, der Kurpfuscher, nur eine Reaktion auf Evan, die miese Ratte, war. Putz dir endlich deinen Ex von der Backe. Der Kerl hat dich aus der Bahn geworfen und eine feige Socke aus dir gemacht.«

»Feige?« Das war eindeutig eine als Rat getarnte Beleidigung.

»Willst du mir etwa weismachen, dass es in einer Achtmillionenstadt keinen einzigen Mann gibt, bei dem du Herzklopfen bekommst?«

»Grandma, ich bin eine Niete in Sachen Liebe.«

»Blödsinn. Vielleicht erkennst du sie bloß nicht, wenn du sie siehst.«

»Hab ich was verpasst?«, fragte Arnold, der von seiner Mission zurückgekehrt war.

»Jetzt gibt's Brunch!«, rief Mutter. Sie löste sich von Vater und stand auf. »Sidney backt uns Omeletts.«

»Super«, sagte Grandma. »Wenn man auf verkohlte Eier steht.«

21

Am Montagmorgen reichte Emily ihre Kündigung ein. Ich erfuhr es von Keith Kretchmer. Er streckte den Kopf in mein Kabäuschen und fragte: »Hast du schon gehört?«

Darauf gab es nur eine passende Antwort: »Hab ich was schon gehört?«

»Deine Busenfreundin.« Er deutete mit dem Kopf auf Emilys Abteil. »Sie zieht nach Idaho um.« Wie von der Tarantel gestochen sprang ich auf und sah über die Trennwand. Emily war nicht da. »Sie hat da wohl einen Typen.«

»Rory, der Skilehrer?«

»Hm. Irgend so ein Pistenhengst.« Keith zog weiter. Ich wäre nicht halb so überrascht gewesen, wenn er mir erzählt hätte, dass sie in Idaho eine Kartoffelfarm aufmachen wollte.

Ich betrat Emilys Büro so selten wie möglich. Selbst wenn ich gewollt hätte, wäre es fast unmöglich gewesen, denn es war fast völlig mit Bücherstapeln zugestellt. Dazu kamen bergeweise Manuskripte von Hobbyschriftstellern, die sich von Literati-Emily eine Rezension erhofften. Es war der reinste Saustall. Emily räumte nie auf. Wahrscheinlich war die Hälfte der Bücher schon längst wieder vergriffen. Aber heute gab ich mir einen Ruck und ging rüber. Ich räumte zwei Bücherhaufen von ihrem Besucherstuhl, türmte sie auf einen gefährlich schwankenden Stapel und setzte mich hin. An der Wand hingen neue Aufnahmen von Rory und Emily: im Central Park Boathouse. Vor der Queensboro Bridge. In Little Italy. Neben dem Computer stand ein gerahmtes Foto von Rory und Emily unter berstenden Feuerwerksraketen. Und daneben lag die Cameron-Duncan-Rose.

Eine Minute später kam Emily hereingeschwebt. Sie blieb wie angewurzelt stehen, als sie mich sah. »Ein Besuch von Molly Hallberg!« Sie setzte sich an den Schreibtisch.
»Wie geht's so?«, fragte ich.
»Dann hast du die gute Nachricht schon gehört?«
»Von Keith, der wandelnden Buschtrommel. Rory und du? Dann gibt es den Typen also wirklich?« Emily lächelte. Dieses eine Mal würde ich zu gern sagen, dass es ein liebes Lächeln war. War es aber nicht, es war süffisant. »Du lässt deinen Job – deine *Kolumne* – für einen Kerl sausen?«
»Er will Berge für mich versetzen.«
»Und deshalb versetzt du dich in die Berge?«
»Das macht die Liebe, Molly.« Ihr Lächeln veränderte sich. Von glücklich auf strahlend. Emily – verliebt. Rory, der Skilehrer, verliebt in *sie*. Es wollte mir einfach nicht in den Kopf.
Brad, der Cloud Administrator, sah kurz zu uns herein und war nach einem »Herzlichen Glückwunsch!« auch schon wieder verschwunden.
»Wann hast du dich dazu entschlossen? Und was sagt Deirdre?«
»Sie ist natürlich am Boden zerstört. Ich wollte es ihr unbedingt persönlich sagen, bevor sie in den Urlaub fährt. In zwei Wochen bin ich über alle Berge. Deirdre sitzt in ihrem Büro und würde sich am liebsten die Kugel geben.« Sie lächelte ihr Emilylächeln. »Sie hat gesagt, ich kann die Kolumne auch in Idaho schreiben.«
»Darauf würde sie sich einlassen?«
»Ich habe ihr weisgemacht, der *Gawker* hätte auch Autoren in Idaho sitzen.« Emily stand auf, nahm die Papierrose und reckte sie in die Höhe. Sie sah aus wie die Freiheitsstatue. »Ja, ich kann tatsächlich alles haben!«

»Aber nur, wenn du in die Pampa ziehst. Und du kannst dir wirklich vorstellen, da zu leben?«

»Jetzt schon.« Sie setzte sich wieder. »Cameron Duncan hat mich überzeugt, den Sprung ins kalte Wasser zu wagen. Mit Rory.« Sie hielt die Rose im Schoß, wie eine todernste Debütantin. »Er hat gesagt, die zwei stärksten Triebkräfte auf der Welt sind Liebe und Angst. Die Rose soll mir Mut machen; sie ist für mich so etwas wie die Zauberfeder für Dumbo, den fliegenden Elefanten. Er hat sie für mich gebastelt, um mir Flügel zu verleihen.« Sie konnte sich vor Begeisterung kaum noch bremsen. »Er hat gesagt, wenn man begriffen hat, dass man den Rest des Lebens zusammen verbringen will, dann will man, dass der Rest des Lebens so schnell wie möglich beginnt.«

»Das ist nicht von Cameron. Das sagt Billy Crystal in *Harry & Sally.*«

Emily runzelte die Stirn. »Egal. Sie haben beide recht.«

Am Dienstagnachmittag rief Cameron mich im Büro an. *Externes Gespräch.* »Sie schulden mir einen Film. Und eine Mütze.«

»Ich habe Ihre Baseballkappe in meine Garderobe integriert. Jetzt kann ich mich nicht mehr von ihr trennen.«

Er schlug einen sonoren Radiosprecherton an. »Dann muss Mike Bing Sie wohl oder übel zur Strecke bringen und sich die Mütze wiederholen.«

»Da wird nichts draus. Schließlich muss jede Frau sterben, die ihm zu nahe kommt.«

Jetzt klang er wieder wie Cameron. Wie ein ernsthafter Cameron. »Ich bin dabei, das zu ändern. Open-Air-Kino am Pier, Freitagabend? Riverside Park, Siebzigste Straße?«

»Wir wollten mit der Redaktion was trinken gehen. Wyatt gibt seinen Ausstand.«
»Wer ist Wyatt?«
»Unser Sommerpraktikant. Seine Semesterferien sind zu Ende.«
»Der Film fängt erst um halb neun an. Bis dahin können Sie mit dem Umtrunk längst fertig sein.«
»Und wo genau würde ich Sie auf dem Pier finden?«
»In der ersten Reihe. Ich sitze immer ganz vorn. Dann habe ich das Gefühl, mitten im Film zu sein.«
»Und wie soll ich ein paar hundert Leute dazu bringen, mich bis in die erste Reihe durchzulassen?«
»Vielleicht springen Sie einfach aus einem Flugzeug.«
»Das wäre eine Idee.«
»Ich weiß«, sagte er. »Sie inspirieren mich.«
»Blödsinn.«
Nach einer Pause von ein, zwei Sekunden fragte er: »Wie lange wollen Sie eigentlich noch an mir zweifeln?« Ich antwortete nicht. »Wer zuerst da ist, hält dem anderen einen Platz frei«, sagte er und legte auf.

Zum Glück hatte ich vergessen, Cameron zu fragen, was für einen Film wir uns ansehen wollten. Sonst hätte ich womöglich gekniffen. Liebesfilme bei einem ersten Date machen mich nervös, weil ich immer das Gefühl habe, unter Beobachtung zu stehen. Man ist einem enormen Erwartungsdruck ausgesetzt. Wie am Singletisch auf einer Hochzeitsfeier.
Am Freitagmorgen zog ich mich nicht für einen Bürofreitag, sondern für eine Freitagabendverabredung an: sommerliche Baumwollhose, duftiges Top und Plateausandalen, die weniger bequem als stylish waren. Ich schwänzte Wyatts Abschieds-

gelage und fuhr mit der U-Bahn zum Pier, bewaffnet mit einem Strandtuch, das Angela mir aufgeschwatzt hatte. Sie wollte nicht, dass ich einen schmutzigen Hintern bekam. *Nicht*
 sexy, meinte sie.

Es war noch hell, als ich ankam; der Film begann erst mit Einbruch der Dunkelheit. Ich liebe den Pier an der Siebzigsten Straße. Der lange Holzsteg, der sich in den glitzernden Hudson hinausschiebt, ist eines der wenigen ruhigen Fleckchen in der Stadt. Es herrschte kaum Betrieb, nur an dem Ende, wo die große Leinwand stand, hatten sich bereits die ersten Filmfans eingefunden. Dieser Anblick weckte meinen Jagdinstinkt, und ich beschleunigte meinen Schritt. Am besten sicherte ich uns sofort die Plätze, statt mich später durchs Gedränge zu kämpfen. Eine Frau baute sich einen niedrigen Strandklappstuhl auf, zwei Männer hockten im Schneidersitz auf dem Boden und spielten Karten. Von Cameron keine Spur. Ich hatte gehofft, er wäre vor mir da, weil ich nicht gern Plätze freihalte. Dabei kann man sich zu leicht Ärger einhandeln.

Ich hockte mich so weit wie möglich nach vorn, fast schon mit den Füßen in der Leinwand. Eine Frau in Jeanskleid und praktischen Schuhen breitete sich mit Sandwichtüten, Limonadendosen, Jacke und Rucksack neben mir aus. Sie kam mir vor wie ein Landvermesser, der ein Grundstück absteckt. »Passen Sie doch auf«, sagte sie, als ein Molekül meines Strandtuchs ein Molekül ihrer Decke berührte. »Passen Sie doch selber auf«, sagte ich. Wir durchbohrten einander mit Blicken. Ich zog mir Camerons Kappe tiefer in die Stirn, breitete die Arme aus und verteidigte mein Territorium.

Die Zuschauerplätze füllten sich schnell, und der Pier sah schon bald wie ein riesiger bunter Picknickplatz aus. Die Menschen schlängelten sich zwischen Decken und Kühltaschen hindurch, machten es sich bequem, genossen den Sonnenuntergang über dem Hudson und warteten auf den Film. Mehr Frauen als Männer. Wesentlich mehr.

Als Cameron – mit einer Papiertüte im Arm – endlich aufkreuzte, hatte ich seinen Platz ein halbes Dutzend Mal verteidigen müssen. Er sah schick aus, bequeme Jeans und Buttondown-Hemd. »Sie sind tatsächlich gekommen!«, freute er sich. Und ich fühlte mich wie eine Frau, über die ein Mann sich freuen kann.

»Ach, du lieber Himmel!«, sagte meine Nebenfrau, die Breitmacherin. »Ich habe Sie im 92Y gesehen!«

Mich hast du auch gesehen!, hätte ich am liebsten geknurrt. Cameron unterhielt sich mit der lästigen Person. Sie fand seine Bücher toll. Sie fand ihn toll. Und natürlich würde sie ein Stückchen zur Seite rücken, damit er mehr Platz hatte. Zur Not hätte sie mich bestimmt auch vom Pier geschubst. Cameron setzte sich hin und sah mich achselzuckend an, als wollte er sagen: *Was will man machen?*

»Danke für den Sonnenuntergang«, sagte ich. »Das Tüpfelchen auf dem i.«

Er wollte wissen, ob ich *Schlaflos in Seattle* kenne.

»Ist das eine Fangfrage?«

Er öffnete die Papiertüte. Zum Vorschein kamen zwei Plastikbecher, eine Flasche Weißwein, ein Beutel Popcorn und eine Packung Weingummi.

»Sie essen Weingummis?«, fragte ich.

»In Gesellschaft immer.«

Während des Films tranken wir Chardonnay. Wir ließen die Weingummis hin- und hergehen, und ich ärgerte mich, dass ich keine Zahnseide mitgenommen hatte. Tom und Meg waren Sam und Annie. Ich hätte die meisten Dialoge auswendig aufsagen können. Sam am Telefon, im Gespräch mit der Radiopsychologin, wie er erzählt, dass er es bei der ersten Berührung wusste: Diese Frau ist die Richtige. *Magie.* Annie,

die die Sendung am Heiligabend hört und weinen muss. Die den Brief schreibt und sich nicht traut, ihn aufzugeben. Rosie O'Donnell, die ihn einfach abschickt. Als ich, ohne Annie aus den Augen zu lassen, in die Popcorntüte griff, streiften meine Finger kaum merklich Camerons. Warm, weich, kratzig. Träumte ich? Bildete ich mir etwas ein? *Magie.* Wir sahen uns an und lächelten. Die unausgesprochene Botschaft: *Wie schön.* Und dann Jonah, Sams Sohn, der den Brief aus Hunderten anderer herausfischt und sich Annie als zukünftige Mutter aussucht, weil sie auch ein Fan von Brooks Robinson ist. Ich litt mit Sam, als er mit der Frau ausgeht, die wie eine Hyäne lacht. Bill Pullman erinnerte mich tatsächlich sehr an Russell. Und als Annie nach Seattle fliegt und Sam sie am Flughafen sieht, drückte ich mir Camerons Baseballkappe ans Herz. Später sieht sie Sam auf der anderen Straßenseite, bekommt Angst und fliegt nach New York zurück, zu ihrem Russell. Doch es ist Valentinstag, und das Schicksal will, dass sie sich verliebt. Sie macht mit Bill Pullman Schluss und hetzt zum Empire State Building, ihrer Bestimmung entgegen. Sie wagt den Sprung ins kalte Wasser. Im flackernden Licht sah ich Camerons Profil; gebannt verfolgte er, wie Sam und Annie sich endlich finden.

Ich geb's ja zu. Ich habe geweint. Obwohl ich genau weiß, was kommt, breche ich jedes Mal in Tränen aus. Jimmy Durante singt »Make Someone Happy«, auf der Fassade des Empire State Building erstrahlt ein großes rotes Herz. Feuerwerksraketen bersten über der Skyline der Stadt.

Als die Leinwand dunkel wurde, applaudierten die Zuschauer. Pärchen umarmten sich. Freundinnen sahen sich wehmütig an. Nach und nach löste sich die Menge auf, Getränkedosen und Popcorntüten wurden eingesammelt, Decken zusammengelegt. Der Abend war frisch, klar, romantisch geworden. Cameron gab mir eine Serviette. Sie war glatt, nicht zur Rose gefaltet. Ich wischte mir die Tränen aus den Augen. Setzte seine Kappe auf.

Er stopfte unseren Abfall in die braune Papiertüte. »Wollen wir ans Ende des Piers schlendern?«

»Geht das denn? Kriegt Mike Bing keine Panikattacke?«

»Es ist dunkel. Im Dunkeln ist es einfacher.« Er lächelte. »Ich muss in Übung bleiben. Schließlich will ich meine Höhenangst überwunden haben, bevor der Sommer vorbei ist.«

»Dafür wird aber langsam die Zeit knapp.«

»Ich male mir aus, wie ich auf dem höchsten Gebäude der Stadt stehe.«

»Auf dem Empire State Building? Da haben Sie sich ja ganz schön was vorgenommen.«

»Das ist mein Traum.«

Nachdem Cameron die Tüte in einen Abfallkorb geworfen hatte, bummelten wir zum Ende des Piers und blickten auf den stillen Fluss hinaus. Cameron behielt unverwandt den Horizont im Blick, die Laternen und Lampen von New Jersey.

»Wenn Ihnen schwindelig wird, konzentrieren Sie sich auf das grelle Neonlicht da hinten.« Ich zeigte ans andere Ufer. »Das ist ein Krankenhaus.«

»Das beruhigt mich ungemein.« Er lächelte, und ich ließ mich davon anstecken.

Der Pier zog verliebte Paare magisch an. Stimmengemurmel und leises Gelächter drangen an unser Ohr.

»Sie mögen *Schlaflos in Seattle* tatsächlich. Ich dachte, das hätten Sie nur so dahingesagt.«

Er nickte. »Nora Ephron hat keine Angst vor der ganz großen Geste. Die Verabredung am Valentinstag. Dass Tom Meg in *e-m@il für Dich* die Margeriten bringt, als sie krank ist. Dass Billy Crystal ihr auf der Silvesterfeier seine Liebe gesteht. Eine große Geste drückt aus, was man für den anderen empfindet.«

»Ich mag besonders die Szene, wo Annie in Baltimore zum Himmel hochschaut und Sam gleichzeitig in Seattle die Sterne betrachtet.« Ich legte den Kopf in den Nacken.

Cameron legte den Kopf in den Nacken. »Keine Sterne über Manhattan.«

»Ja, Fehlanzeige. Nur der übliche milchige Dunst und höchstens mal ein Planet oder eine fliegende Untertasse. Wäre es nicht das Größte, wenn Tom Hanks und Meg Ryan dieselbe fliegende Untertasse gesehen hätten?«

»Molly?«

»Ja?« Wir sahen uns an.

»Atmen Sie mal tief durch, Molly.«

»Durchatmen? Wieso?«

»Wenn Sie mit den fliegenden Untertassen durch sind, wäre das jetzt der ideale Moment für einen Kuss.«

Als er mir die Hände auf die Schultern legte, überlief mich ein Frösteln. Vielleicht war es auch nur die frische Brise, die vom Fluss kam. Ich atmete tief durch. Wir beugten uns vor, unsere Lippen waren nur noch Zentimeter voneinander entfernt. Ich nahm den Kopf zurück. »Wir gehen hier mit extrem hohen Erwartungen an den ersten Kuss heran. Was machen wir, wenn sie sich nicht erfüllen?«

»Probieren geht über Studieren – und spart Zeit. Und ansonsten können wir immer noch Freunde sein. Und Kollegen.«

»Kollegen?«

»Ja.« Er lachte. »Wir fangen eine Affäre am Arbeitsplatz an. Deirdre hat mir eine Kolumne angeboten.« Ich zuckte zurück, machte einen so großen Schritt nach hinten, dass ich ein anderes Pärchen anrempelte. Ich entschuldigte mich hastig und wandte mich wieder Cameron zu.

»Eine Kolumne? Bei *EyeSpy*?«

Cameron lächelte sein schiefes, schelmisches Lächeln und schüttelte den Kopf, als wollte er sagen: *Tja, Sachen gibt's.* »Wir sind uns vor ein paar Wochen einig geworden. Deirdre will es erst bekanntmachen, wenn sie aus dem Urlaub zurück ist. Ich fange nach dem Labor Day an. Es soll eine Kolumne mit einem trendigen, kühnen Konzept sein. Sie verspricht sich davon eine besondere Werbewirksamkeit. Deirdre will sie *GuyEye* nennen.«

»Aber das war *meine* Idee! Für *meine* Kolumne! Und Sie haben sie mir geklaut.« Cameron machte ein verwirrtes, gekränktes Gesicht. Dabei war er mit Sicherheit nicht halb so verwirrt und gekränkt wie ich. »Sie brauchen keine Kolumne! Sie haben Ihre Romane! Diese Kolumne gehört mir!«

»Das soll doch hoffentlich ein Witz sein, oder?«

»Das ist mein bitterer Ernst. Sie haben mir meine Kolumne gestohlen! Das hier – das alles …« Mit einer weit ausholenden, wild fuchtelnden Geste deutete ich auf den Pier, die Leinwand, den Hudson River und ganz New Jersey. »Das war alles nur ein Trick von Ihnen, um sich über mich lustig zu machen. Wie konnte ich Ihnen diesen Wir-zwei-unterm-Sternenzelt-Schmu bloß abkaufen? Sie sind ein aalglatter Selbstvermarkter. Und ein Dieb! Das meiste von dem, was Sie geschrieben haben, ist geklaut. Wieso sollte es mich also wundern, wenn Sie sich meine Idee auch noch unter den Nagel reißen? *Meine* Kolumne. Oder ist das mal wieder als gottverdammte Hommage gedacht? ›Jetzt hab dich nicht so, Molly. Betrachte es lieber als Ehre, dass ich mich bei dir bediene, Molly! Niemand sonst beklagt sich über den ach so beliebten Cameron Dun-

can. Also, wozu die Aufregung, Molly?‹«

Inzwischen hatte unsere kleine Szene neugierige Blicke auf sich gezogen.

Ich riss mir Camerons Baseballkappe vom Kopf und schleuderte sie weit auf den Hudson hinaus. Gut, so weit nun auch wieder nicht. Sie landete keine zwei Meter entfernt im Wasser und dümpelte langsam wieder in Richtung Pier.

Cameron klammerte sich mit beiden Händen am Geländer fest, lehnte sich gegen die Brüstung und starrte aufs Wasser. Er sah fix und fertig aus. Entweder hatte ihn doch noch die Höhenangst überkommen, oder es tat ihm leid um seine absaufende Mütze.

»Danke für den Film. Und viel Spaß noch mit Ihrer ganz großen Geste!« Ich stürmte davon. Er blieb allein zurück, in seinem Gesicht die entgeisterte Frage: *Was, um Himmels willen, hab ich denn bloß gesagt?*

22

Deirdre hatte sich kaum in den Urlaub verabschiedet, da flogen in der Redaktion überall die Kopfhörer in die Ecke, und die Musik wurde bis zum Anschlag aufgedreht. Als sie mit dem Fahrstuhl unten ankam, veranstalteten der Bildredakteur und der Traffic Coordinator in den Gängen bereits das erste Drehstuhlrennen. Auf den Hinterrollen balancierend, kurvten sie in rasendem Tempo um die Kabäuschen herum, während die Interactive Designer Wetten auf sie abschlossen. Wie aus dem Nichts tauchten plötzlich überall Wasserpistolen auf, Heckenschützen nahmen die Kollegen hinter den Trennwänden ins Visier. Die gesamte interne Korrespondenz wurde mittels Papierfliegern abgewickelt. Die *EyeSpy*-Mitarbeiter waren außer Rand und Band, wie Drittklässler, die einen Vertretungslehrer mit Radiergummis bombardieren. Nur gab es bei uns keine Vertretung. Deirdre hielt sich für dermaßen unersetzlich, dass sie niemals auf die Idee gekommen wäre, einen Ersatz für sich zu organisieren. Stattdessen *vertraute* sie uns.

An diesem Montagmorgen war ich die Erste, die unsere provisorische Bürobar mit Pappbechern und billigem Wodka bestückte, bevor irgendjemand sonst überhaupt daran dachte, den mitgebrachten fuseligen Wein, Gin oder Tequila rauszuholen. Vor lauter Erbitterung darüber, dass Deirdre meine Kolumne Cameron überlassen hatte, konnte ich keinen klaren Gedanken fassen. Und der Alkohol vernebelte mir die Sinne noch mehr.

Es gab jedoch einen Lichtblick mitten in meiner dunkelsten Stunde: Emily räumte ihr Büroabteil aus, und sie kam sogar recht zügig voran. Als meine Kopfschmerzen nach drei Tagen verflogen waren, hatte sie bereits beachtliche Schneisen in ihren Literaturdschungel geschlagen. »Bücher zu verschenken!«, verkündete sie nebenan.

»Meine Mutter hat nächste Woche Geburtstag«, sagte Santiago, der Videokonferenztechniker. »Was hast du denn anzubieten?«

Emily versuchte, die Auswahl etwas einzugrenzen: »Backt sie gern? Arbeitet sie an ihrem Selbstwertgefühl? Interessiert sie sich für Henry Kissinger?«

»Es ist wirklich höchste Zeit, dass du ausmistest!«, rief ich über die Trennwand. »Dein Chaos hätte jeden Augenblick in Flammen aufgehen können.«

»Die einzigen Flammen, die mich noch interessieren, sind die der Liebe, die in Idaho auf mich warten«, rief sie zurück. »Wenn euch der ganze Laden hier über dem Kopf abbrennt, braucht ihr mir keine Postkarte zu schicken.«

Für jemanden mit meiner Stinklaune war Emilys Jubelstimmung eine unerträgliche Zumutung. Wie konnte sie so viel Vertrauen in ihren Rory setzen, dass sie Leib und Leben für ihn riskierte?

Ein Papierflugzeug kam in mein Kabäuschen gesegelt und landete hinter mir auf dem Fußboden. Auf dem einen Flügel stand eine Frage: »Alles im Lack?« Ich drehte mich um, Keith stand in der Tür. »Darf ich?« Er deutete auf den Besucherstuhl.

»Aber sicher.«

Er setzte sich hin. Ließ seine Fingerknöchel knacken. Stützte die Ellenbogen auf die Knie und beugte sich mit gefalteten Händen weit vor. Hätte er graue Haare gehabt und dreißig Jahre mehr auf dem Buckel, wäre er mir wie ein Großvater vorgekommen, der mir eine Gutenachtgeschichte erzählen wollte. »In der letzten Woche warst du nicht du selbst.«

Ich schaute nach links und rechts über meine Schulter, ob da wohl noch ein anderes Ich hinter mir stand. »Wer bin ich denn normalerweise?«

»Eine Frau mit Pep. Aber der Pep ist weg.«

»Mein Pep ist weg?« Das war ja ein Ding. Bis gerade eben hatte ich nicht mal gewusst, dass ich überhaupt welchen besaß. »Mir geht's prima, Keith. Brauchst dir keine Sorgen zu machen.«

»Wir meinen es alle gut mir dir. Du hast hier noch andere Freunde, nicht nur Emily. Nimm es dir nicht so zu Herzen, dass sie uns verlässt.« Ich sagte kein Wort. Mir fiel beim besten Willen nichts Passendes ein. »Und wenn es um einen Mann geht … Du kannst jederzeit mit mir über deine Probleme sprechen. Und meine Frau hätte einen netten Cousin in Westchester an der Hand.«

»Einen Cousin in Westchester? Den werd ich mir merken.«

»Ich glaub zwar, dass ihm eine Frau ohne Pep zu fad wäre, aber du kommst schon wieder in die Spur.«

»Danke, Keith. Schön, dass wir darüber gesprochen haben.«

Er stand auf und tätschelte mir den Kopf. »Hast du Wodka mitgebracht? Die Vorräte gehen langsam zur Neige.«

»Ich besorge heute Mittag eine neue Flasche.«

Als Keith hinausging, erschallte nebenan ein Freudenschrei: »Was werde ich diesen Laden vermissen!«

Wenn Emily nicht gerade dabei war, Bücher zu verschenken, organisierte sie hintenrum ihren Ausstand. Sie ließ durchblicken, in welcher Kneipe sie gern feiern würde, deutete an, welches Abschiedsgeschenk sie sich wünschte, und beklagte sich, dass niemand daran gedacht hatte, Deirdre vor ihrer Abreise in den Urlaub um einen Beitrag zur Geschenkekasse zu bitten.

»Wieso müssen wir eigentlich so ein Affentheater aufführen, obwohl du trotzdem weiter Bücher für uns rezensierst und deine Kolumne schreibst?«, fragte ich sie über die Trennwand
 hinweg. Ich recherchierte im Internet für einen Artikel über fliegende New Yorker Brezelverkäufer.

»Wer braucht einen Hefter?«, rief Emily. »Zu haben ist er erst ab Freitag, aber wer zu spät kommt, den bestraft das Leben.« Sie lugte zu mir rüber.

»Ich hätte da ein paar Bücher für dich.«

»Danke, Emily Literati, aber ich habe genug zum Lesen.«

Sie hielt mit beiden Händen ein Buch hoch und ließ es auf der Wand hin und her wandern. »Wie wär's damit?« Der Titel lautete: *Er steht einfach nicht auf dich*. Als Nächstes bot sie mir *Aggressionsbewältigung für Dummies* an. Sie lachte. »Kleiner Scherz. Aber Dummie passt. Du bist nicht halb so clever, wie du glaubst.«

Sie verschwand. Mit Karacho schob der Art Director den Bildredakteur auf einem Drehstuhl an meinem Büro vorbei. Das Startsignal für die Happy Hour.

Ein rosafarbenes Taschenbuch kam über die Wand gesegelt. *Sodbrennen*. Von Nora Ephron. Gefolgt von Emilys Papierrose.

Trotz unzähliger (= null) Wochenendeinladungen entschied ich mich dafür, zu Hause zu bleiben und mich in Selbstmitleid zu suhlen. Dieser Sommer war eine einzige Katastrophe. Ich hatte mich von meinem Freund getrennt. Mich in einen Mann verguckt, in den ich mich niemals hätte vergucken dürfen. Eine Kolumne verloren, die noch nie die meine war. Und dann hatte meine Erzfeindin Emily mir – und allen anderen Kollegen – auch noch fünfzig Dollar für ihren Abschiedsumtrunk und eine Seidenbluse abgepresst. Wer trägt in einem

Wintersportort schon eine Seidenbluse? Wieso hatte sie sich keine Daunenweste gewünscht?
Die Party war gar nicht mal schlecht gewesen, wenn auch nach einer ausschweifenden Woche ohne Deirdre ein bisschen überflüssig. Ich umarmte Emily zum Abschied. Sie umarmte mich zum Abschied. Wie in einer Filmszene, wo zwei Todfeinde erst in dem Moment zueinanderfinden, als bereits alles zu spät ist.
»Wir können ja skypen«, sagte ich zu Emily.
»Wozu?«
»Stimmt. Wozu?«
Die letzten Worte, die sie an mich richtete, lauteten: »Du bist eine blinde Vollidiotin, Molly Hallberg.«
Ich ließ es dabei bewenden. Leider war es auch zu spät, ihr meine fünfzig Dollar wieder abzuknöpfen.
Am Montag würde ich Deirdre sagen, wie *wütend* – nein, *enttäuscht* klänge besser – ich wegen der Kolumne war. Wenn ich ihr mit *wütend* kam, schmiss sie mich womöglich achtkantig raus. Bevor ich keinen neuen Job gefunden hatte, durfte ich dieses Risiko auf keinen Fall eingehen. Vielleicht konnte ich mich ja bei den Rockettes bewerben! Bis zum Kursbeginn waren es nur noch zwei Wochen. Danach suchten sie bestimmt schon Tänzerinnen für die Weihnachtsgala. Und vielleicht fand ich als Rockette sogar einen neuen Freund. Der Weihnachtsmann soll ja ein netter Kerl sein.
Während ich in der Fernsehzeitung blätterte und mein Wochenende plante, kam Angela auf einen Sprung vorbei, bevor sie sich mit ihrem Schwimmlehrer in die Catskills davonmachte. Sie schlug mir vor, mein Glück noch mal bei SpeedLove zu probieren, aber diesmal als ich selbst und nicht als Jeri Jacobs. »Damit ich wieder die gleichen Typen kennenlerne?«,

sagte ich. »Den einzigen Guten hast du dir doch schon geschnappt.«

Am Samstagnachmittag rief Kristine aus der Kaffeepause bei Bloomingdale's an. Sie stieß einen tiefen Seufzer aus. »Die Matratzenverkäuferin hat sich einen Chiropraktiker angelacht.«

Das Telefon zwischen Ohr und Schulter geklemmt, lackierte ich mir im Badezimmer die Zehen, einen Fuß auf der Badewanne. Die Unfallgefahr in Person. »Woher hast du die Info?«

»Sie posaunt es überall rum. Wahrscheinlich lässt sie die gute Nachricht demnächst auf Handzetteln verteilen.«

»Und warum musstest du es mir unbedingt erzählen?«

»Damit du endlich einen Schlussstrich ziehen kannst.«

»Den hatte ich längst gezogen. Jetzt fängt das Gegrübel wieder von vorn an.«

Nachdem wir aufgelegt hatten, dachte ich an Russell, bis mir auffiel, dass mir zu ihm rein gar nichts mehr einfiel. Sofort bekam ich ein schlechtes Gewissen. Hatte er nicht wenigstens eine Trauerzeit verdient? Andererseits schien er auch nicht gerade ein Kind von Traurigkeit zu sein. Ich wünschte ihm, dass er mit seiner Matratzenfrau glücklich wurde. Sie konnte seine Visitenkarten unter ihren Kunden verteilen. Er konnte ihre unter seinen Patienten verteilen, wenn sie für ihren Rücken eine härtere Matratze benötigten. Und Russell käme in den Genuss ihres Bloomingdale's-Rabatts. Das perfekte Paar.

Danach suhlte ich mich erst mal wieder eine Runde in Selbstmitleid.

Mit Selbstmitleid bringt man die Zeit erstaunlich angenehm rum. Man muss sich nicht aufstylen oder schminken, darf zwischendurch hin und wieder Eis essen, und man braucht sich nicht angeregt zu unterhalten, weil man sowieso nur Selbstgespräche führt.

Dir ist schon klar, dass du in zwei Monaten vierzig wirst, ja?

Oh Gott, ich werde vierzig!

Du willst nicht daran denken, aber es hängt über dir, wie eine große Honigmelone an einem dünnen Stängel. Unverheiratet mit über dreißig? Das lässt dir deine Umwelt gerade noch durchgehen. Kann ja sein, du bastelst noch an deiner Karriere, machst eine Reise um die Welt oder holst deinen Masterabschluss nach. Unverheiratet mit über vierzig? Da denken sich die Leute, mit der kann doch was nicht stimmen.

Ich bin nicht unverheiratet. Ich bin geschieden.

Wortklauberei. Auf jeden Fall bist du alleinstehend. Du bist zur Zynikerin geworden. Du glaubst nicht mehr an die Liebe. Seit fünf Jahren benutzt du deine Scheidung als Vorwand, um dich mit Männern einzulassen, die dir herzlich egal sind, damit es dir schnuppe sein kann, wenn sie dich verlassen.

Das ist unfair! Russell und ich hatten auch schöne Zeiten.

Schöne Zeiten? Damit willst du dich abspeisen lassen? Wie wär's denn zur Abwechslung mal mit Schmetterlingen im Bauch? Mit einem Mann, der dich zum Leuchten bringt? Bei dem du dich gefordert, lebendig, geliebt fühlst? Der dir zeigt, was Romantik ist? Der Magie in dein Leben bringt?

Ich weiß genau, wen du meinst, aber ich kann ihm nicht vertrauen.

Gib's zu. Da war Magie im Spiel.

Schon möglich. Okay. Vielleicht war es Magie.

Ob wir jemandem vertrauen oder nicht, ist keine Sache der Entscheidung. Entscheiden können wir nur, unsere Angst zu überwinden. In den Filmen, die du so liebst – apropos, du kannst Nora Ephron nicht lieben und trotzdem eine gute Zynikerin sein –, in jedem einzelnen dieser Filme vertraut Meg Ryan. Auf sich selbst, auf ihr Bauchgefühl. Nur deshalb kann sie sich in die Ma-

schine nach Seattle setzen, nur deshalb kann sie darüber hinwegkommen, dass Tom Hanks ihrer Buchhandlung den Todesstoß versetzt. Nur darum heiratet sie Billy Crystal. Sie bekommt ihr

Happy End, weil sie etwas Neues wagt. Weil sie sich auf jemanden einlässt, an den sie nicht im Traum gedacht hat.
Aber Tom Hanks war auch kein Lügner. Er hat Meg nicht die Idee für eine Kolumne gestohlen.
Na dann viel Glück. Igel dich schön ein mit deiner Kolumne. Ich hoffe, die Empörung hält dich nachts warm, wenn du allein in deinem Bettchen liegst.

Am Samstag erledigte ich all das, was man angeblich immer erledigen will, wenn man mal die Zeit dafür findet: Ich brachte meine High Heels zum Besohlen. Und das war auch schon alles. Nachdem ich wochenlang rumgejammert hatte, ich käme zu nichts, alles bliebe bei mir liegen, lief dieses Alles letztendlich auf zehn Minuten beim Schuster hinaus. Ich sortierte meine Sockenschublade nach Farben. Und dann nach dem Alphabet. Überprüfte die Haltbarkeitsdaten im Medizinschränkchen. Überprüfte die Haltbarkeitsdaten im Kühlschrank. Ich hatte mein halbes Leben hinter mir. *Vierzig,* schoss es mir immer wieder durch den Kopf. *Ich werde vierzig.* Mutter wollte eine Party für mich schmeißen, Vater wollte grillen. Auf diese Idee waren sie gekommen, als ich noch mit Russell zusammen war. *Eine Party? Klar, warum nicht?*, hatte ich gesagt. Mit Freund ist ein vierzigster Geburtstag gerade noch auszuhalten. Aber ohne? Allein im Kreise der Familie ist ein Vierzigster ein Trauerspiel. Ich brauchte bloß an die Party zu denken, schon fühlte ich mich wie ein Häufchen Elend. Ein Gefühl, das mich zwangsläufig in den Waschkeller führte.
Nichts symbolisiert ein verkorkstes Liebesleben besser als ein

Samstagabend im Waschkeller. Dabei ist es gar nicht auszuschließen, dass man sich auch dort verlieben kann. Zwei Fremde beim Zusammenlegen der Wäsche. Ihre Blicke finden sich. Ihre Seelen erkennen sich. *Dir geht's mies? Mir geht's mies! Wir sind verliebt.* Es war mir peinlich, dass Dennis, der Portier, mich an einem Samstagabend dort unten sehen würde. Wir haben nämlich eine Überwachungskamera im Haus, damit unsere Portiers von der Lobby aus im Waschkeller nach dem Rechten sehen können. Bis jetzt haben sie den Mann aus 5B dabei erwischt, wie er Damenschlüpfer klaute, und die Frau aus 7A, wie sie sich am Waschpulver einer Nachbarin vergriff. Sonst ist noch nichts dabei rausgekommen, außer dass man beim Wäschewaschen das Gefühl hat, auf dem Präsentierteller zu sitzen.

Ich kramte eine Handvoll Kleingeld zusammen, schnappte mir ein Buch, stopfte Waschmittel und Trocknertücher in den Wäschesack, schleifte das Ganze durch den Korridor zum Aufzug und fuhr in den Keller. Normalerweise schleife ich den Sack nicht, sondern trage ihn, aber an diesem Tag war mir nach Schleifen zumute. Zu meiner Überraschung traf ich Lacey und Kevin Gallo im Waschkeller an, händchenhaltend standen sie vor dem Trockner und sahen versonnen zu, wie die Wäsche darin herumpurzelte. Wie frischgebackene Eltern, die beglückt in ein Kinderbettchen starren.

»Hallo, Lacey.«

»Hallo, Molly.«

»Hallo, Kevin.«

»Hallo, Molly.«

»Kevin und ich ziehen aus«, sagte Lacey.

»Ihr seid doch gerade erst eingezogen.«

»Die Wände sind zu dünn. Wir können nachts deinen Fernseher hören.«

Ich verzichtete auf den Hinweis, dass die Wand nach beiden Seiten hin geräuschdurchlässig war. Nicht genug damit, dass ich keinen Freund an mich binden konnte, jetzt vertrieb ich sogar schon die Nachbarn. Der Trockner piepste. Lacey machte ihn auf und holte Dessous heraus, die an Peinlichkeit so ziemlich alles überboten, was ich auf diesem Gebiet je gesehen habe. Am liebsten hätte ich mir die Augen mit Waschmittel ausgespült.

An dieser Stelle könnte ein voreingenommener Betrachter vielleicht einwerfen, dass mir im Grunde gar kein Selbstmitleid zustand. Wer hatte denn schließlich mit Russell Schluss gemacht, wer Camerons Mütze in den Hudson geschleudert? Und vor allem: Wer war auf die glorreiche Idee verfallen, diesen Blindgänger Evan Naboshek zu heiraten? Was mich aber am meisten runterzog, waren nicht die Irrtümer von gestern, sondern die Angst, auch in Zukunft die falschen Entscheidungen zu treffen. Konnte mir der Himmel nicht einen kleinen Wink geben, ob ich mit der Liebe jemals zurande kommen würde? Was musste ich tun, um eine hoffnungsvolle Optimistin zu werden? Vollweib statt Vollpfosten? Ein Optimist schaut sich im vollbesetzten Bus als Erstes nach einem Sitzplatz um. Ein Optimist steigt auf die Waage und denkt, das ist nur der Wasseranteil. Ein Optimist schließt keine Lebensversicherung ab. Wollte ich, abgesehen von hoffnungsloser Hoffnung, wirklich bis ans Ende meiner Tage keine Gefühle mehr zulassen?

Lacey und Kevin zogen mit ihrer Brechreizwäsche ab. Froh, dass ich nicht um eine freie Waschmaschine kämpfen musste, startete ich gleich zwei Ladungen auf einmal. Ich machte es mir auf einem orangefarbenen Plastikstuhl bequem, winkte in die Überwachungskamera und klappte *Sodbrennen* auf.

Der voreingenommene Betrachter von oben könnte sich (und mich) nun fragen, warum ich es vorzog, im Keller auf die Wäsche zu warten statt in meiner behaglichen Wohnung. Normalerweise mache ich das auch so. Aber leider habe ich überhaupt kein Zeitgefühl. Wenn ich nach unten gehetzt komme, ist die Wäsche entweder noch nicht fertig, und ich muss eine Viertelstunde lang Däumchen drehen, oder ich komme zu spät, und jemand anderer hat meine nassen Klamotten schon rausgeholt – doch nicht etwa aus Hilfsbereitschaft, sondern um die Waschmaschine nach dem letzten Piepser sofort selbst in Beschlag zu nehmen. Und zwar ohne Rücksicht auf meine Sachen, die als verwurstelter Knoten auf einem Haufen enden.

Solange mir niemand seine Gesellschaft aufzwang, saß ich gern friedlich mit meinem Buch hier unten und wartete auf die Wäsche. Es war auf jeden Fall besser, als ständig mit dem Fahrstuhl rauf- und runterzufahren. Lieber ein Abend mit einem guten Buch zu Hause als ein Abend mit einem miesen Kerl auf der Piste. Das war schon immer meine Devise. Womit nicht gesagt sein soll, dass an diesem Abend irgendein Kerl etwas mit mir hätte unternehmen wollen, aber hätte mich einer gefragt, hätte er gegen Nora Ephron den Kürzeren gezogen. Während das Wasser in die Maschinen lief, floh Nora, im siebenten Monat schwanger, aus Washington zu ihrem Vater nach New York, nachdem sie erfahren hatte, dass ihr Mann eine Geliebte hatte. Obwohl sie im Roman Rachel heißt und ihr Mann Mark, weiß jeder, dass es eine wahre Geschichte ist und von wem sie eigentlich handelt. Das Wasser wurde schaumig, die Trommeln fingen wie wild an zu rotieren, sodass ich Angst um meine BHs bekam, und Rachel ging zur Gruppentherapie, benutzte einen Gefilte-Fisch-Witz als Metapher und flocht

Rezepte für Limettenkuchen und Bratkartoffeln mit Speck ein. Ein Straßenräuber folgte ihr von der U-Bahn, bedrohte ihre Therapiegruppe und raubte sie aus. Ich hielt das Buch
 in die Kamera und zeigte darauf. So ungünstig, wie ich saß, konnte Dennis wahrscheinlich nicht sehen, dass ich las, und er sollte mich doch nicht für eine Wahnsinnige halten, die mutterseelenallein im Waschkeller hockte und sich beim Anblick schleudernder Handtücher totlachte.

Ich hatte den Roman vor Jahren zum ersten Mal gelesen, bevor mein Mann mich betrog und ich selbst reif für eine Gruppentherapie war. Rachel, die, noch dazu schwanger, von ihrem prominenten Ehemann betrogen wurde, nachdem sie die gleiche Seitensprunggeschichte mit dem Ehemann davor schon einmal erlebt hatte, hatte sich das Recht verdient, den Männern – aber auch sich selbst und ihrem eigenen Instinkt – zu misstrauen. Aber sie gab die Hoffnung nicht auf. Sie glaubte weiter an die Liebe und gab ihr eine Chance. Während des Spülvorgangs kam Mark nach New York, um Rachel und den zweijährigen Sohn zurück nach Washington zu holen. Ich war so in meine Lektüre vertieft, dass ich vergaß, die Weichspültücher in die Wäsche zu geben, bevor ich den Trockner anschaltete. Ich hielt ihn also wieder an, legte die Tücher hinein und las weiter, wie Nora – ich meine natürlich Rachel – entdeckt, dass Mark und seine Geliebte zusammen ein Haus kaufen wollen, und wie sie ihm daraufhin bei einer Dinnerparty eine Sahnetorte ins Gesicht drückt.

Als ich wieder oben in meiner Wohnung war, hängte ich die T-Shirts an die Duschstange, legte Handtücher und Bettwäsche zusammen und ließ den Rest erst mal liegen, weil ich weiterlesen musste. Während Rachel, die weiß, dass ihre Ehe nicht mehr zu retten ist, in den Wehen liegt, bittet sie Mark, ihr von der Geburt ihres ersten Kindes zu erzählen, als sie beide noch glücklich waren. Einen Kaiserschnitt und ein Vinaigrette-Rezept später verlässt sie Washington mit ihren Kindern und fliegt erneut nach New York, um noch einmal ganz von vorn anzufangen. Und sie hat es geschafft.

Natürlich hat sie es geschafft. Sie hat den Glauben an die Liebe nicht verloren, Nora hat gehofft und gewartet, bis sie ihren Nick fand. Einen echten Nick. Einen Krimiautor. Der tatsächlich Nick heißt. Man ahnt ihr Glück in *Harry & Sally*. Man sieht es in *Schlaflos in Seattle*. Man fühlt es in *e-m@il für Dich*. Man erkennt es an ihrer unbeirrbaren Entschlossenheit, für ein Happy End zu sorgen. Jeder kann es schaffen; in uns allen steckt mehr Mut, mehr Mumm, als wir ahnen. Wir müssen uns nur trauen, dann kann es auch für uns wahr werden: leuchtende Herzen an einer Hochhausfassade, Jimmy Durantes Liebeslied, Küsse in einem Blumengarten und ein Tanz zu »Auld Lang Syne«. Dann werden wir viele Jahre später mit unserer großen Liebe auf einem roten Plüschsofa sitzen und uns gemeinsam daran erinnern, wie alles begann.

So glücklich kann es ausgehen – nur nicht für die Vollidioten unter uns.

23

[286] Am Montagmorgen marschierte ich auf direktem Wege zu Gavin und bat ihn um ein Gespräch mit Deirdre.
»Da bist du nicht die Einzige. Ihr Terminkalender ist der reinste Albtraum.« Er senkte die Stimme. »Genau wie Deirdre übrigens. Sie ist ungenießbar.« Unsere Chefin kommt nie entspannt aus dem Urlaub zurück.
»Es ist wichtig.«
»Für dich oder für sie?« Er wollte sehen, was sich machen ließe. Gavins Macht über den Terminkalender ist auch schon die einzige, die er genießt. Ansonsten ist er Deirdre auf Gedeih und Verderb ausgeliefert.
Ich ging zu meinem Schreibtisch und setzte mich an den Brezelverkäuferartikel. Ich starrte auf den Bildschirm. Er starrte zurück. Spätestens jetzt wären bei Emily und mir die Fetzen geflogen. Ich stellte mir vor, wie sie mich von drüben mit Brezeln bombardierte. Offen würde ich das niemals zugeben, aber ohne sie war es in der Redaktion nicht halb so unterhaltsam. Irgendwie fehlte sie mir sogar.
Nach ihrem triumphalen Abgang wurde ihr Büro sofort geplündert. Sobald bei *EyeSpy* jemand kündigt oder stirbt, sammeln sich die Aasgeier. Stühle und Papierkörbe werden ausgetauscht, Schreibblöcke, Haftnotizen und Bleistifte geklaut, Aktenschränke und Schwarze Bretter von der Wand geschraubt oder zur Not auch mit dem Vorschlaghammer entfernt. Keith und Brady kabbelten sich bereits um Emilys Arbeitsabteil. Brady war scharf darauf, weil es größer war als seines, Keith wollte es haben, weil es näher bei den Toiletten lag. Keiner wollte von Keith wissen, warum ihm das so wichtig war.

Das Telefon klingelte. Externer Anruf. Ich nahm ab und meldete mich im schönsten Journalistenton: »Molly Hallberg.«
»Gut.« Entweder hatte die Anruferin eine extrem miserable Verbindung oder die Hand auf dem Handy.
»Gut? Warum?«
»Hier spricht Veeva Penney.«
»*Die* Veeva Penney?«
»Ja, Viva la Veeva.« Sie gluckste. »Alter Scherz.« Es knackte und knisterte in der Leitung.
Ich schwieg. Womöglich handelte es sich um einen Telefonstreich. Womöglich sogar von Emily, die aus Idaho anrief und sich als berühmte Agentin ausgab.
»Wie ich erfahren habe, schreiben Sie die neue *EyeSpy*-Kolumne.«
»Sehr witzig!« Ich legte auf.
Eine Minute später klingelte es erneut. Externer Anruf. Ich riss den Hörer von der Gabel. »Was soll das? Hältst du es ohne mich nicht aus? Geh und trag deine neue Bluse spazieren.«
»Eine neue Bluse? Könnte ich auch mal wieder gebrauchen.«
Die Verbindung war ausgezeichnet. Und es war definitiv nicht Emily, die ich da an der Strippe hatte. Die Chancen standen nicht schlecht, dass es tatsächlich Veeva Penney war. »Oh. Guten Tag.« Ich wäre am liebsten im Erdboden versunken. »Leider war gerade die Leitung gestört. Konnten Sie mich hören?« *Bitte, bitte, sag nein.*
»Klar und deutlich. Ich habe Ihre Essays gelesen. Haben mir gut gefallen.«
Diese Unterhaltung hatte ich im Leben schon unzählige Male geführt. Aber immer nur in Gedanken. »Meine Essays?«, sagte ich mit kieksender Stimme.
»Cameron Duncan hat sie mir geschickt. Haben Sie schon mal daran gedacht, sie als Sammelband zu veröffentlichen?«

»Unzählige Male.«

»Man bräuchte mindestens zwanzig.«

»Ich habe mindestens hundert. Verstehe ich Sie richtig? Sie wollen meine Agentin sein?« Kann ein Herz tatsächlich stehenbleiben? Meins hatte jedenfalls vorübergehend den Dienst eingestellt.

»Cameron sagt, Sie seien eine fantastische Autorin. Und ein Hitzkopf. Sie haben hoffentlich nicht vor, mir das Leben zur Hölle zu machen?«

»Eher soll mich der Teufel holen.«

»Ihr Wort in Gottes Ohr. Alles Weitere besprechen wir ein andermal. Und herzlichen Glückwunsch noch mal zu Ihrer Kolumne. Heutzutage braucht jeder eine Plattform.« Veeva rasselte ihre Telefonnummer, E-Mail- und Postadresse herunter und hängte aus unerfindlichen Gründen noch eine Liste ihrer Lieblingsblumen an, bevor sie auflegte.

Ich hatte eine Agentin? Und eine Plattform?

Hank Brandt, der Anzeigenleiter, hastete an meinem Büro vorbei. »Hey, Hank. Hast du irgendwas von einer neuen Kolumne läuten hören?«

»Nein. Aber wenn da was dran ist, bewerbe ich mich für den Job.« Er hetzte weiter.

Ich marschierte zurück zu Gavin, der voll konzentriert vor seinem Computer hockte. Stellenangebote. Blitzartig klickte er den Bildschirm schwarz. »Kein Wort zu Deirdre.«

»Ich halte dicht.«

»Ich wollte dich gerade anrufen. Du kannst jederzeit zu ihr, wann immer es dir am besten passt.«

»Wann es *mir* passt? Heißt das, ich werde gefeuert?«

»Glaube ich nicht.«

»Dann passt es mir jetzt.«

Er drückte auf den Knopf der Sprechanlage und flüsterte mir zu: »Sie hat heute Morgen eine Stinklaune.«

»Das habe ich gehört, Gavin!«, krächzte es aus dem Lautsprecher.

»Er hat mich gemeint, Deirdre«, sagte ich. »Molly. Wäre es jetzt günstig?«

»Kommen Sie rein.«

Gavin und ich sahen uns an – Daumen hoch. »Viel Glück«, sagte er.

Ich tippte auf die Leertaste des Computers, die Stellenanzeigen leuchteten wieder auf. »Dir auch.«

Ein Blick genügte, und ich wusste, warum Deirdre sich in ihrem Büro verkroch. Der Grund dafür stand ihr ins Gesicht geschrieben: ein knallroter Sonnenbrand, der sich an manchen Stellen bereits schälte. Da hatte sie offensichtlich am Lichtschutzfaktor gespart. Sie trug eine Sonnenbrille. Und plötzlich erkannte ich, dass es gar kein Sonnenbrand war. Sie hatte sich ein Säurepeeling verpassen lassen. Ich wartete ab. Vielleicht wollte sie ja ein Gespräch von Frau zu Frau mit mir führen, sich über Beautytipps austauschen oder so. Wie zum Beispiel den Namen ihres Schönheitschirurgen. Oder eines auf ärztliche Kunstfehler spezialisierten Rechtsanwalts. »Nehmen Sie Platz«, nuschelte sie, ohne die Lippen unnötig zu bewegen. Wahrscheinlich, weil ihre Haut so spannte.

Ich weiß nie, wie man sich in einer solchen Situation korrekt verhält. Sagt man *Gratuliere! Ihre Haut wird bald wieder so glatt sein wie ein Kinderpopo!*? Doch Deirdre schwieg, also schwieg ich vorsichtshalber auch. Während sie mich durch ihre ovalen dunklen Brillengläser musterte, taten wir beide so, als ob sie nicht aussähe wie eine Mondlandschaft. »Schönen Urlaub gehabt?«, fragte ich. Sie ging nicht darauf ein, sondern kam sofort zur Sache. Weswegen *meine* Sache – die Frage, wieso sie Cameron Duncan die Kolumne gegeben hatte, die auf meinem Mist gewachsen war – erst mal warten musste. Was

mich gerade aber noch viel mehr auf die Palme brachte, war die Tatsache, dass ich ihm nicht mehr böse sein durfte, nachdem er mich an Veeva vermittelt hatte. An seine Agentin. *Meine* Agentin. Mir blieb nichts anderes übrig, als mich zu entschuldigen, ihm zu danken und ihn wenigstens halbwegs kollegial zu behandeln.

»Die Kolumne ist eine gute Idee«, sagte Deirdre. »Die Artikel bleiben die gleichen, aber mit Ihrem Namen und Foto im Titel. Wir machen MyEye zur Marke.«

»Wie bitte?«

Was für ein seltsamer Morgen. Das Musterbeispiel eines »Da wird doch der Hund in der Pfanne verrückt«-Morgens. Mein Vater hatte eine Großtante Ruta, die in der Familie für ihren beißenden Zynismus berühmt und berüchtigt war. Bei jedem freudigen Anlass fand sie einen Grund zum Unken. Ihr Lebensmotto lautete: »Hinter jedem Silberstreif am Horizont wartet schon das nächste Pogrom.«

Hochzeiten führen zu Scheidungen. Aus niedlichen Babys werden ungenießbare Teenager. Häuser brennen nieder. Männer, die einer Frau das Herz stehlen, entpuppen sich als Diebe. Wie gesagt, ein seltsamer Morgen. Es hätte mich nicht sonderlich gewundert, wenn mir der Geist meiner Urgroßtante erschienen wäre und *Die Kosaken kommen!* gerufen hätte.

»Wir legen mit dem Artikel über die Rockettes los«, sagte Deirdre. »Für den Anfang brauchen wir einen echten Knaller. Ganz großes Theater. Beziehungsweise Tanztheater. Haha. *Tanz*theater.«

»Haha. Ja, ganz großes *Tanz*theater.«

Sie lehnte sich zurück und lächelte. Was offensichtlich nicht ohne Schmerzen zu machen war.
»Ich dachte, Cameron Duncan schreibt die Kolumne.«
Mir war so, als würde sie rot. Aber bei ihrer knalligen Gesichtsfarbe war das schwer zu sagen. »Schon möglich, dass ich andere Kandidaten in Betracht gezogen habe«, antwortete sie bedächtig. »Vielleicht habe ich ihm die Kolumne sogar angeboten. Aber er hat abgelehnt. Und mir stattdessen *Sie* aufs Auge gedrückt.«
Cameron wollte die Kolumne nicht? Er war gar kein Ideendieb? Eine gute Nachricht. Deirdre musste erst zu ihrem Glück gezwungen werden? Das hörte man weniger gern. Aber ich wollte nicht meckern. Und mein Ego konnte ich später noch streicheln. Ich bedankte mich bei Deirdre, versicherte ihr, dass ich sie nicht enttäuschen würde, bedankte mich noch einmal und schwebte hinaus. Ich musste an mich halten, um nicht laut loszujubeln: *Leute! Stellt euch vor! Ich kriege eine Kolumne!* Denn es stimmt: Geteilte Freude ist doppelte Freude. Ein Lob oder Schulterklopfen hätte mir gutgetan. Nicht sehr wahrscheinlich allerdings, dass ich mir so etwas von den Redaktionskollegen abholen konnte. Genauso gut hätte ich erwarten können, dass sie sich über eine Gehaltserhöhung für mich freuten. Undenkbar. Meine Eltern brauchte ich auch nicht anzurufen. Ich wusste genau, was sie sagen würden: *Schön für dich, Kind. Heißt das, du musst jetzt nicht mehr aus Flugzeugen springen?* Kristine wäre begeistert. Angela würde es ihren Großhandelskunden twittern. In Wahrheit gab es nur zwei Menschen, denen ich es sagen wollte. Der eine wohnte jetzt in Idaho, und der andere würde wohl nie wieder ein Wort mit mir wechseln.

24

[292] In dieser Nacht konnte ich weder auf dem Rücken noch auf der Seite noch auf dem Bauch schlafen. Den Versuch, mit dem Kissen auf dem Gesicht zu schlafen, musste ich aus akuter Erstickungsangst nach ein paar Minuten wieder aufgeben. Egal, welche Position ich auch ausprobierte, ich konnte meine Gedanken nicht abschalten. Sie piesackten mich bis aufs Blut. Ich wollte Cameron anrufen. Es war mir peinlich, Cameron anzurufen. Ich wollte Cameron anrufen. Ich hatte Angst, Cameron anzurufen. Ich wollte Cameron anrufen, wusste aber seine Telefonnummer nicht. Unsere Beziehung war nicht bis zum Simsen gediehen. Und männliche Autoren mit tausenden weiblicher Fans stehen nun mal nicht im Telefonbuch.

Um vier Uhr überlegte ich, ob – und was – ich ihm schreiben sollte:

– Sehr geehrter Mr. Bing. Ich möchte einen Privatdetektiv anheuern. Könnten Sie bitte einer Vollidiotin helfen, einen Bestsellerautor aufzuspüren?

– Ich hätte mich schon längst entschuldigt, aber es ist leider sehr schwierig, eine Entschuldigung zu tippen, während man sich selbst ein Monogramm in den Bauch beißt.

– Kann etwas, was zu schön ist, um wahr zu sein, plötzlich doch schön und wahr sein?

Es wollte einfach keine E-Mail daraus werden, die ich hätte abschicken können. Alles klang schief und daneben. Und wenn er nicht antwortete, würde ich mich bis ans Ende meiner Tage fragen, ob er mich hasste oder ob ich nur in seinem Spam-Filter gelandet war.

Um sieben Uhr schaltete ich das Frühstücksfernsehen ein, um

Kevins und Laceys Frühsport zu übertönen. Sylvester Stallone wurde zu seiner neuen Rolle als Privatdetektiv Mike Bing interviewt. »Er ist ein hartgesottener Kerl«, sagte Sly. »Wie Rambo. Gleichzeitig aber auch sensibel. Wie Rocky. Er ist ein Romantiker, und er wartet auf den Kuss, der sein Leben für immer verändern wird.«

Jetzt hätte ich mir wirklich gern ein Monogramm in den Bauch gebissen.

Genau der richtige Augenblick für eine feministische Intervention. Wie ein Geist erschien mir Gloria Steinem, die Ikone der Frauenbewegung, und sagte: »Sprich mir nach, Molly. *Ich bin Kolumnistin, mir kann keiner was!* Du hast es nicht nötig, einem Mann hinterherzulaufen. Du schreibst ihm ein paar höfliche Zeilen, bedankst dich, dass er dich weiterempfohlen hat, und siehst zu, dass du dein Leben wieder auf die Reihe bekommst. Konzentrier dich auf deine Karriere.«

»Aber sogar du hast doch am Ende noch geheiratet, Gloria.«

»Da war ich sechsundsechzig. Es war also alles andere als eine überstürzte Entscheidung. Und wie kommst du überhaupt aufs Heiraten? Du hast den Kerl doch noch nicht mal geküsst.«

Das machte mich traurig. Denn mit einem Mal wurde mir klar, dass ich ihn küssen wollte. Ich wünschte es mir so sehr wie noch bei keinem anderen Mann in meinem Leben. Einschließlich River Phoenix, für den ich 1986 leidenschaftlich geschwärmt habe.

»Okay«, sagte Gloria, als sie meine kummervolle Miene sah. »Manche Frauen sind für ein Leben ohne Mann eben nicht geschaffen. Und du hast wahrlich dein Bestes gegeben, sonst hättest du niemals etwas mit diesem Chiropraktiker und Schildkrötenhalter angefangen. Du darfst keinem verraten, dass du diesen Rat von mir hast: Frag deine Chefin nach seiner Telefonnummer. Frag Veeva Penney danach – übrigens: meinen Glückwunsch! Deine Feindin Emily hat ihn doch interviewt. Sie muss seine Nummer ebenfalls haben. Obwohl ich an dei-

ner Stelle nie mehr mit ihr reden würde. Das ist kein Mann wert. Auch wenn Cameron Duncan ein ausgesprochen attraktives Exemplar ist.«

»Du kennst ihn?«

»Natürlich. Wir Promis laufen uns dauernd über den Weg.«

»Warum kannst du mir dann seine Telefonnummer nicht geben?«

»Weil du mich nur imaginierst, Molly. Wie zum Teufel soll ich mir da seine Telefonnummer aus den Fingern saugen?«

Ich fing mit Gavin an, der Zugang zu Deirdres Kontaktliste hatte. Da ihre Bürotür geschlossen war, konnte ich ihn nach Camerons Telefonnummer fragen, ohne dass sie davon erfuhr. Das wäre mir zu peinlich gewesen. Und diese Peinlichkeit sparte ich mir lieber für Plan B auf.

»Ich darf keine Telefonnummern herausgeben. Dafür könnte sie mich feuern.«

»Du hasst deinen Job doch sowieso, Gavin. Und du kriegst eine Abfindung. Ich würde dir also einen Gefallen tun.«

»Wessen Nummer soll es denn sein?«

»Die von Cameron Duncan.«

»Geht nicht. Geheimnummern hat Deirdre nur auf ihrem Privathandy.«

»Cameron hat eine Geheimnummer?«

Gavin zuckte mit den Schultern. »So sind sie, die Krimiautoren.«

Ich warf einen Blick auf Deirdres Tür. Atmete tief durch. Bat Gavin, kurz über die Sprechanlage anzufragen, ob ich ihr ausnahmsweise eine Geheimnummer abschwatzen könnte.

»Sie ist nicht da«, sagte er. »Hat sich schon ins Labor-Day-Wochenende verabschiedet.«
»Sie war doch gerade erst im Urlaub.«
Gavin verdrehte die Augen. »Ich schätze, der *Sonnenbrand* macht ihr zu schaffen. Du könntest es bei ihr zu Hause probieren, aber ich würde es dir nicht empfehlen. Mit ihr ist momentan nicht zu spaßen. Sie ist stinksauer auf ihren Hautarzt, weil man ihr das schlechteste Säurepeeling der Welt immer noch ansieht.«
»Ein guter Rat, Gavin. Dann weiter zu Plan C.«

Ich ging in mein Büro. Nebenan polterte Keith, der den Kampf ums Kabäuschen gewonnen hatte, mit den Möbeln. Ich rief in Veeva Penneys Agentur an, bekam aber nur den Anrufbeantworter. Sie sei erst nach dem Labor-Day-Wochenende wieder erreichbar. Zeit für Plan D. »Hey, Keith«, rief ich nach drüben. »Du hast nicht zufällig die Telefonnummer unserer werten Exkollegin Miss Lawler irgendwo rumfliegen?«
Er schaute über die Trennwand. »Doch, klar. Ich bin ein begeisterter Skifahrer.« Er tauchte ab und wieder auf und reichte mir einen zerknitterten Zettel mit Emilys Handynummer.
»Danke, Keith.«
»Bitte, Molly. Der Cousin in Westchester ist übrigens immer noch zu haben.«
»Danke, Keith.«
Ich wählte. Hoffentlich kriegte ich nur die Mailbox, dann könnte Emily mich auf meiner Mailbox zurückrufen, und ich käme gar nicht erst in die Verlegenheit, sie in persona um Camerons Nummer bitten zu müssen. Ich würde beiläufig fallenlassen, dass sie nicht der einzige Mensch mit einer *EyeSpy*-Kolumne war, und dann ganz nebenbei erwähnen, dass ich eine Telefoninfo von ihr bräuchte.

Ich war ja so froh, als tatsächlich ihre Ansage ansprang. Der Piepser piepste, und ich legte los.

»Wusste ich's doch, dass du ohne mich nicht leben kannst«, fiel Emily mir ins Wort. »Ich habe von deiner Kolumne gehört.«

»Woher?«

»Ich bitte dich, Molly. Man hat so seine Quellen.«

»Wie geht es dir? Was macht das Leben in den Bergen?«

»Es ist wahnsinnig romantisch. Rory massiert mir jeden Abend die Füße.«

»Ich rufe dich doch nicht an, um mit dir über deine Füße zu reden.«

»Er bringt mir jeden Morgen eine Tasse Kaffee.«

»Das macht Gavin für Deirdre auch.«

»Wie man hört, war ihr Säurepeeling eine Katastrophe.«

»Wie gehört?«

»Ich bitte dich, Molly.«

»Ich will dich nicht aufhalten, aber …«

»Das sagt man nur, wenn man selber nicht aufgehalten werden will. Was willst du? Ich bin schwer beschäftigt.«

»Womit?«

»Ich redigiere ein Interview. Ich rezensiere Liebesromane. Ich spiele mit dem Gedanken, meine Kolumne in *Emily Lieberati* umzutaufen.«

»Ich kann's kaum erwarten. Hättest du vielleicht Cameron Duncans Telefonnummer?«

»Herzlichen Glückwunsch. Sind dir endlich die Ausreden ausgegangen, vor ihm wegzulaufen?«

»Wieso? Was meinst du damit?«

»Ich bitte dich, Molly. Meiner Meinung nach könnte er locker etwas Besseres finden, aber er will einfach nicht auf mich hören. Anscheinend glaubt er, du wärst seine Nora. *Nicht* Nora Ephron. Die Nora für seinen Nick. Nach dem Artikel, den du in den Sand gesetzt hast, käme wohl niemand auf die Idee, dich mit Nora Ephron zu verwechseln.«

»Hast du mit ihm gesprochen?«

»Huch, ich glaube, mein Telefon gibt gerade den Geist auf.«

»Kannst du mir seine Nummer geben, Emily?« Sie schwieg.

»Bitte!«

»Na schön!« Sie drückte mich in die Warteschleife, drückte mich wieder zurück und gab mir Camerons Geheimnummer.

»Und wie willst du dich bei ihm entschuldigen? Ein Anruf wäre wohl ein bisschen dürftig, findest du nicht?«

»Hast du einen Vorschlag?«

»Das bedarf einer ganz großen Geste.«

»Zum Beispiel?«

»Woher soll ich das wissen?!«

Würde ich mich selbst in einem Nora-Ephron-Film sehen, wäre ungefähr jetzt der Moment gekommen, wo ich Molly anbrüllen würde, dass sie endlich in die Gänge kommen soll, um den Mann zurückzugewinnen, der, wie das gesamte Publikum seit der ersten Sekunde weiß, der einzig Richtige für sie ist. Was würde Nora sich für Molly als Nächstes einfallen lassen? Wie eine wahre Nora-Heldin hatte Molly eine Beziehung mit dem falschen Mann hinter sich. Ihre Freunde hatten sich um sie geschart. Es hatte Verweise auf andere Filme gegeben. In *Schlaflos in Seattle* auf *Die große Liebe meines Lebens*, in *Harry & Sally* auf *Casablanca*. Molly verweist ständig auf Noras Filme.

Natürlich kommt es in allen Filmen zu Missverständnissen, aber unsere geliebten Helden entscheiden sich, um ihre Liebe

zu kämpfen, statt sich gegenseitig die Köpfe einzuschlagen. So macht es Billy Crystal als Harry. Tom Hanks als Joe Fox. Meg Ryan als Sally und Kathleen. In *Schlaflos in Seattle* geht es
 zwar ohne Reibereien ab, aber Komplikationen gibt es trotzdem. Und es wird gerannt. Es wird wahnsinnig viel gerannt in den Filmen. Billy rennt zum Silvesterball, um Meg seine Liebe zu gestehen. Tom rennt zum Empire State Building, um seinen Sohn und seine große Liebe zu finden. Und jetzt war Molly dran. Jetzt musste sie um ihr Leben rennen. Um ihr Leben und um den Mann, den sie liebte.

Okay, es reicht. Wenn ich noch länger über mich selbst in der dritten Person spreche, kriege ich eine Psychose. Und von wegen rennen: Was meine Ideen anging, war ich erst mal in einer Sackgasse angelangt. Dabei wünschte ich mir so sehr ein Happy End. Aber zum Glück hat Nora mich nicht nur gelehrt, dass man sich nicht mit halben Sachen begnügen darf und sein Herz in die Hand nehmen muss. Nein, ihr verdanke ich auch die Erkenntnis, dass jeder seines eigenen Happy Endes Schmied ist.

Telefonnachricht 1 (Dienstag, 16.00 Uhr):
»Entschuldigung! Auf dem Pier stand ich völlig neben der Kappe.«

E-Mail 1 (Dienstag, 23.00 Uhr):
Es tut mir leid. Es tut mir leid. Es tut mir leid. Elektronische Entschuldigungen sind nicht die feinste englische Art. Aber es tut mir wirklich leid. Es tut mir leid. Es tut mir so leid.

E-Mail 2 (Mittwoch, 3.00 Uhr):
Die letzte Mail bitte lesen. Es tut mir leid. Es tut mir leid.

Telefonnachricht 2 (Mittwoch, 11.00 Uhr):
»Hallo? Eine Mitteilung vom New Yorker Taucherclub: Wir haben Ihre Baseballkappe geborgen. Bitte rufen Sie uns so schnell wie möglich zurück!«

Telefonnachricht 3 (Mittwoch, 18.00 Uhr):
»Cameron? Ich bin's, Molly. Die Autorin des neuen Buches *Mea culpa unter Megaidioten*. Wobei mit dem Idioten natürlich ich gemeint bin. Nicht Sie. Sie haben Veeva meine Essays geschickt, und Sie haben die Kolumne ausgeschlagen. Auch wenn Sie sie ja vielleicht gar nicht haben wollten. Aber das stimmt nicht, Sie wollten sie haben, und trotzdem haben Sie Deirdre weichgeklopft, sie mir zu geben. Und wir mögen beide Weingummi und sitzen im Kino am liebsten in der ersten Reihe, was wahrscheinlich nicht viel zu besagen hat, aber höchstwahrscheinlich eben doch. Ich kenne niemanden sonst, der gern in der ersten Reihe Weingummi isst. Und deshalb: Rufen Sie mich doch bitte zurück.«

Ich rief Angela an. »Ist die Luft rein?«
»Kein Mann in Sicht.«
»Ich bin schon drüben.«
Sie erwartete mich bereits, in einem halb durchsichtigen, spitzenbesetzten, kurzen, babydollartigen *Ding*, das wirklich in keine Bekleidungskategorie passte. Aber es verriet mir, dass Charlie jeden Augenblick aufkreuzen konnte. »Wo hast du das Teil denn her?«, fragte ich mit einem skeptischen Blick auf ihr Outfit.
»Aus dem Internet.« Sie machte die Tür hinter mir zu.
»Den Namen der Website will ich gar nicht wissen.« Angela ist im Stil »Frühes IKEA« eingerichtet, garniert mit *Peanuts*-Pos-

tern. Im Wohnzimmer stand aufgeklappt ein kleiner Koffer, um den herum sich ihre halbe Garderobe in krummen, schiefen Stapeln türmte. In ihren mit puscheligen Federn besetz-
[300] ten Pantoletten tänzelte sie, eine Hand in die Hüfte gestemmt, die Schulter mit dem Snoopy-Tatoo vorgereckt, in die Küche.
»Ich glaube kaum, dass Charles M. Schulz diese Aufmachung für gut befunden hätte«, sagte ich.
»Dann ist es ja gut, dass er tot ist.« Angela öffnete den Kühlschrank und starrte stirnrunzelnd hinein. »Kann ich dir was anbieten? Wein, Wodka, einen Gifttrank? Cameron hat dich immer noch nicht zurückgerufen?« Sie klappte die Kühlschranktür wieder zu.
»Nein.«
»Ruf ihn noch mal an, und tu so, als wärst du jemand anderes. Vielleicht redet er dann mit dir.«
»Und als wen soll ich mich ausgeben?«
»Du könntest ihn als Jeri Jacobs zu einem SpeedLove-Abend einladen.«
»Ich soll mich entschuldigen, indem ich ihn mit einer anderen Frau verkupple?«
»Was meinst du, wie überrascht er ist, wenn er dich sieht? Und dann hast du vier Minuten Zeit, um ihm persönlich zu sagen, wie leid es dir tut.«
»Danke. Ich überleg's mir. Das mit dem Gifttrank, nicht das mit SpeedLove.«

Ich setzte meine Kampagne fort.
SMS 1 (Donnerstag, 10.45 Uhr):
Nur für den Fall, dass Ihr Anrufbeantworter kaputt ist … eine Frau namens Molly versucht, Sie zu erreichen.

SMS 2 (Donnerstag, 10.46 Uhr):
PS. Sie ist keine Stalkerin. Sie ist eine Entschuldigerin.

Telefonnachricht 4 (Freitag, 8.00 Uhr):
»Hallo? Hier ist Nora. Nora Charles. Nicht Ephron. Ich bin auf der Suche nach Nick. Hoffentlich rufe ich nicht zu früh an. Ich weiß ja nicht mal, ob Sie ein Frühaufsteher sind oder bis in die Puppen am Schreibtisch sitzen und deswegen ausschlafen wollen, weil wir darüber noch nie …«

Der Anrufbeantworter schaltete sich aus, der Hörer wurde abgenommen. »Ich bin Spätaufsteher.« Camerons Stimme klang warm und dunkel. Und so, als wäre er noch nicht ganz wach.
»Oh! Hi! Sie sind es. Sie selbst! Danke, dass Sie rangegangen sind.« Ich war so daran gewöhnt, mit seinem Anrufbeantworter zu sprechen, dass mir die Worte fehlten.
»Woher haben Sie meine Nummer?«
»Ich habe Mike Bing auf Sie angesetzt, als Sie mal einen Augenblick lang nicht aufgepasst haben.«
»Soll das heißen, er nimmt hinter meinem Rücken Fremdaufträge an?«
»Bitte sagen Sie ihm nicht, dass ich ihn verraten habe.«
»Was mache ich bloß mit Ihnen, Molly Hallberg?«
»Können wir es nicht wieder hinbiegen?«
»Wir? Es?«
»Ja. Sie. Ich. Wir? Können wir das Rad nicht zurückdrehen?«
»Bis vor Ihren Wutanfall? Dabei fällt mir übrigens die Liste mit Ihren Schwächen ein. Ein Punkt fehlt noch: Jähzorn.«
»Das war ich nicht. Das war eine wahnsinnige Irre, von deren Körper eine außerirdische Macht Besitz ergriffen hatte.«
»Sie machen mich fertig, Molly. Ich mag Sie, und Sie haben

mich nicht mal ausreden lassen. Sie haben Energie und Temperament, sonst würden sie Sie sich nicht im New Yorker Stadtverkehr auf ein Fahrrad wagen, aus einem Flugzeug stürzen oder vollkommen ahnungslos auf ein 92Y-Podium setzen – diese Seite an Ihnen kann schön und beflügelnd sein, aber auch verletzend. Nicht nur für andere, auch für Sie selbst.«

Seine Traurigkeit sprach mir aus dem Herzen. »Wenn ich nach Hause komme, freue ich mich auf einen spannenden Abend. Aber deshalb wünsche ich mir noch lange nicht, dass mir jemand eine Pistole an die Schläfe hält. Ich weiß nicht, ob ich mit einer Frau zusammen sein kann, die kein Vertrauen hat.«

Ich suchte verzweifelt nach den richtigen Worten, um ihn umzustimmen. Doch ich kam nicht mehr dazu. Cameron seufzte. »Ich weiß nicht, was ich noch sagen soll, Molly. Es tut mir leid.« Er legte auf.

Das sollte eigentlich mein Text sein: *Es tut mir leid.*

Ich rief Angela an, obwohl ich wusste, dass ich sie aus dem Schlaf riss. Aber sie würde es verstehen.

Umständlich nahm sie den Hörer ans Ohr. »Schatz?«

»Der andere Schatz. Molly.«

»Ach.«

»Tut mir leid.« Nun war ich den Satz doch noch losgeworden. »Ich hab gerade mit Cameron gesprochen.«

»Er hat dich angerufen?«

»Ich habe ihn angerufen. Er hat abgenommen. Und nein gesagt.«

»Wozu?«

»Zu mir.«

»Und es war ein endgültiges Nein?«

»Er hat nein gesagt.«

»Oh nein, das tut mir wirklich leid. Hältst du es allein aus die-

ses Wochenende? Oder fährst du zu deinen Eltern raus? Kristine ist doch auch weggefahren.«
»Ich komm schon klar. Irgendwie wird's schon gehen.« Irgendwie musste es gehen. »Und morgen habe ich ja auch den Rockettes-Kurs.«
»Charlie und ich sind früh am Montag wieder zurück. Vergiss Cameron. Du findest einen Besseren.«
»Angela?«
»Ja?«
»Glaubst du wirklich, dass ich einen Besseren finde? Dass Menschen austauschbar sind?«
»Nein. Aber das muss ich sagen. Ich bin schließlich deine Freundin.«

25

Die New Yorker rasten mit quietschenden Reifen ins letzte Sommerwochenende. Am Freitagnachmittag lief ich die Third Avenue runter, die Lexington rauf, die Park runter, die Madison rauf. Ich stapfte durch den Central Park und versuchte, die versammelte Menschheit auszublenden. Leider bestürmte sie mich von allen Seiten. *Pärchen, Pärchen, nichts als Pärchen. Händchen haltende, verliebt guckende Pärchen.*

Am Samstag stand ich erst sehr spät auf. Nicht etwa, weil ich mal gemütlich ausschlafen wollte, sondern weil ich nicht wusste, wie ich den Tag überstehen sollte. Es war so unfair! War es mir nicht gutgegangen mit Russell? Oder wenigstens ziemlich gut? Aber dann musste Cameron sich in mein verbarrikadiertes Herz schleichen, und ich hatte alles verbockt. Ich warf einen Blick auf den Wecker. Mein Rockettes-Event fing um 13.15 Uhr an. Na, wenigstens würde ich in dem Kurs lernen, wie man sich selbst in den Hintern tritt. Ich schoss aus dem Bett. In fünfunddreißig Minuten musste ich in der Radio City Music Hall antanzen! Ich durfte keinesfalls zu spät kommen und meine allererste eigene Kolumne vergeigen. *Liebe Bildredaktion, Mollys Porträtaufnahme braucht ihr nicht mehr zu photoshoppen!*

Ich sprang unter die Dusche und zog saubere Unterwäsche an, für den Fall, dass ich mich selbst ins Krankenhaus kicken würde, pinselte mir ein bisschen Rouge ins Gesicht und quetschte mich in meine Gymnastikklamotten. Dass ich so etwas überhaupt besaß, verdankte ich einer Halloweenparty, für die ich mich 2005 als Katze verkleidet hatte. Evan ging als der Hund, der er war. Ich rundete mein Outfit mit Rock und Turnschu-

hen ab und band mir die Haare zum Pferdeschwanz zusammen. Für jemanden, der nicht tanzen konnte, war es besonders wichtig, wenigstens wie eine Tänzerin auszusehen.
Als ich unten aus dem Aufzug gestürzt kam, blieben mir nur noch zehn Minuten, zumindest, wenn ich pünktlich sein wollte. Im Vorbeirennen wurde ich von Dennis, dem Portier, gestoppt, der wie ein Verkehrspolizist die Hand hob. »Post für Sie, Molly.« Die Aufzugtür machte *ding*. Dennis gab mir einen kleinen weißen Briefumschlag. »Den hat Angela gestern bei mir hinterlegt, bevor sie übers Wochenende weggefahren ist.«
»Gestern?«
»Ich hab's verschusselt.«
Ich stopfte den Umschlag in meine Tasche und rannte weiter, bis zur nächsten Straßenecke, wo ich ein Taxi ergatterte. »Radio City Music Hall. Fünfzigste Straße, Bühneneingang! Und beeilen Sie sich!« Sein Fahrstil war filmreif. Während er mit einem Affenzahn nach Midtown raste, bombardierte er mich mit Fragen. Ob ich Tänzerin sei? Musikerin? Platzanweiserin? Ob ich ihm verbilligte Karten für die Weihnachtsgala beschaffen könne?
Ich traf als Letzte im Studio mit den Spiegelwänden ein. Taschen, Schuhe und Pullover lagen auf, in und über einer Reihe von Polsterstühlen, die an den Armlehnen miteinander verbunden waren. Sie sahen aus wie Rockettes. Ich schmiss meine Sachen dazu und hockte mich schnell zu den anderen Kursteilnehmerinnen, die im Kreis auf dem Fußboden saßen, um eine langbeinige Schönheit mit Haarknoten herum, die sich als Miss Melodie vorstellte.
»Und Sie wären …?«, fragte sie und warf einen Blick auf ihre Stichwortkarte.
»Molly.«

»Molly?«

»Jeri Jacobs. Entschuldigung! Das macht die Nervosität.«

Die schöne Miss Melodie lächelte. »Es gibt keinen Grund, nervös zu sein.« Sie erzählte uns, dass es im Lauf der letzten fünfundsiebzig Jahre mehr als dreitausend Rockettes gegeben hatte, die bei jeder Aufführung durchschnittlich vierhundert Kicks machen mussten. Leider kam ich nicht dazu, die Multiplikationstabelle rauszuholen. Wir mussten aufstehen und uns hinter ihr im Raum verteilen. Ich kam mir vor wie in einem Yogakurs, mit dem Unterschied, dass wir nicht Rodney Yee nacheiferten, sondern Bob Fosse.

Zur Musik von Mr. Seth sagte Miss Melodie uns die Tanzschritte an, die sämtliche Teilnehmerinnen beherrschten – mit Ausnahme eines Trampeltiers in schwarzer Gymnastikpelle. Ich sprach mir vor: *Du musst das nicht können, du musst nur darüber schreiben.* »Eins-zwei-drei-fünf-sieben!«, rief Miss Melodie. Während ich noch überlegte, was wohl aus vier und sechs geworden war, fing sie an, zusätzliche Anweisungen zu geben. »Strecken, Ginny! Die Schultern, Tina! Links, Jeri, nicht rechts!« Ich entwickelte fast so etwas wie Spaß an der Sache. Zwar kickte ich nie mit irgendjemandem im Gleichschritt, aber dafür mit wachsender Begeisterung.

Als ich mich gerade mit dem Gedanken anfreunden wollte, dass in mir womöglich schon seit Jahren ein Talent für Jazztanz schlummerte – genauer gesagt, für Jazzausdruckstanz –, ging es mit Stepptanz weiter. Zu behaupten, es wäre nicht aufregend gewesen, die beigefarbenen Rockette-Schuhe mit dem T-Riemchen anzuziehen, wäre gelogen, auch wenn sie in Wahrheit nur einen winzigen Hauch schicker sind als stinknormale Bowlingschuhe. Aber es war herrlich, wie die Spitzen und Absätze klackerten, und ich hätte am liebsten ewig so weiterge-

steppt, doch da wollte die schöne Miss Melodie auch schon, dass wir uns in einer Reihe aufstellten, um synchron die Beine in die Luft zu werfen. Die größten Frauen kamen in die Mitte, die anderen schlossen sich, nach rechts und links hin immer kleiner werdend, an. »Schneller, meine Damen. Schneller!«
Wir hatten einen sehr eng gesteckten Zeitrahmen. Jazzchoreographie. Steppchoreographie. Nach der Beinchen-in-die-Höh'-Übung erwarteten uns noch ein Probevortanzen, ein Fotoshooting mit Miss Melodie und eine Führung durch den Backstagebereich der Radio City Music Hall.
Obwohl ich rein nach Körpergröße in die Mitte gehört hätte, landete ich am äußersten Ende der Reihe, neben einem hyperaufgedrehten Persönchen, das, wenn wir abgestimmt hätten, unter Garantie zur zweitunbeliebtesten Kursteilnehmerin gewählt worden wäre. Die Unbeliebteste war unschwer zu erkennen. Ein abfälliger Blick hier. Ein böser Blick da. Niemand wollte sich freiwillig neben mir aufstellen. Aber das war mir egal! *Lass es krachen, Mr. Seth!* Kick! Kick! Kick! Ich tanzte und kickte und gab alles für meine erste eigene Kolumne. Ich war so aufgeregt, dass ich fast umgekippt wäre, weil ich keine Luft mehr bekam. Kick! Kick! Kick! »Synchron, meine Damen! Synchron!«, rief Miss Melodie. »Nicht hinterherhinken, Jeri!« Jetzt spielte Mr. Seth »Rockin' Around The Christmas Tree«, und die wunderschöne Miss Melodie steppte und kickte vorneweg, und wir steppten und kickten hinterher, und dann sollten wir mit der rechten Hand zackig salutieren, ohne dabei aus der Formation zu fliegen. »Salutieren! Salutieren!« Beim Salutieren kam ich dummerweise Miss Hyperaufgedreht in die Quere, kickte in die falsche Richtung, trat ihr auf den Fuß und geriet ins Stolpern. Nachdem ich jetzt sowieso schon aus der Reihe getanzt war, konnte ich – klack-klack-klack –

genauso gut auf einem der schönen weichen Polsterstühle eine kurze Verschnaufpause einlegen und vielleicht sogar meine Undercoverinterviewfragen noch mal durchgehen. Bohrende,

scharfsinnige Fragen à la: Wie schaffen es die Rockettes, dass ihnen in ihren paillettenbesetzten Minikostümchen bei der Thanksgiving-Parade nicht der Hintern abfriert?

Meine Mittänzerinnen kickten inzwischen im Kreis, Arm auf Schulter, Arm auf Schulter. Kick. Kick. Es war zehn vor drei. Nach über anderthalb Stunden Steppen und Kicken konnten meine Arme und Schultern die Auszeit dringend gebrauchen. Meine Beine hätten mir am liebsten ein paar tüchtige Kicks verpasst. Während ich in der Handtasche nach meinem Notizblock kramte, fiel mir Angelas Nachricht wieder ein. Ich riss den Umschlag auf, aus dem ich ein Blatt Snoopy-Briefpapier zutage förderte: *Hey, Molly! Zu deiner Info. Cameron hat was Merkwürdiges getwittert. »Schlaflos. Ist sie's oder ist sie's nicht? Mike Bing braucht eine neue Perspektive. Höchste Zeit, dass es mit ihm auf-auf-aufwärts geht. Samstag @3.« Klingt total durchgeknallt, der Typ. Ein Glück, dass du nichts mit ihm angefangen hast. LG, A.*

Ich las den Text noch einmal: *Auf-auf-aufwärts. Schlaflos.*

»Entschuldigung! Ich muss weg!«, rief ich. Nicht, dass es irgendjemanden interessiert hätte. Mr. Seth hämmerte »Santa Claus is Coming to Town« in die Tasten, die Damen kickten und salutierten, Miss Melodie rief: »Kinn hoch! Ihr schafft das!«

Ich stürmte aus dem Studio, sprintete an einer Besuchergruppe vorbei die Treppe runter und schoss auf die Sixth Avenue hinaus. Zwischen Cameron und mir lagen siebzehn Straßenblocks. Außerdem fiel mir auf, dass ich im Gymnastikanzug und geklauten Steppschuhen unterwegs war. Egal. Mich konnte höchstens ein mit gezückter Pistole hinter mir herjagender Wachmann aufhalten. Ich rannte und rannte, die Fünfzigste Straße runter, an den Radio-City-Plakaten vorbei, um Fußgänger herum und quer über die Fahrbahn. Als ich in vollem Tempo in die Fifth Avenue einbog, wäre ich um ein Haar mit einem Saxophonspieler zusammengekracht. Und die ganze Zeit betete ich inständig um ein Taxi. Wegen eines liegengebliebenen SUVs staute sich der Verkehr. Ich rannte immer weiter. Vorbei am Rockefeller Center und am T. G. I. Friday's. Vorbei an der Siebenundvierzigsten Straße und am Diamond District, in dem es von Geldtransportern nur so wimmelte. Selbst Urgroßtante Ruta hätte mich angefeuert: *Schnapp dir den Kerl!* Auch wenn sie vielleicht noch ein *Wenn du nicht vorher vom Bus überfahren wirst* hinzugefügt hätte. Für einen Bus hätte ich alles gegeben. Aber es gab keinen. Und hätte es einen gegeben, wäre auch für ihn kein Durchkommen gewesen. Genau wie für die hupenden Taxis, die im Stau feststeckten. Ich schlängelte mich zwischen Schaufensterbummlern, Schnappschussknipsern, Stadtplanlesern, Pfadfindergruppen, Blumenkurieren, Päckchenlieferanten und Joggern hindurch, um Hot-Dog-Stände und Baugerüste herum. Mir tat der Brustkorb weh. Mir taten die Beine weh. Und ich begriff, warum es von Nike keine Stepptanzschuhe gibt: weil man darin nicht rennen kann. Ich raste an der Stadtbibliothek vorbei, an Lord & Taylor in der Neununddreißigsten. Ich sah mehr Vitaminshops und Drugstores, als die Gesamtbevölkerung von New York jemals brauchen könnte. Japsend und zeternd stand ich an roten Ampeln. Und lief klack-klack-klack weiter. Und mein Herz klopf-klopf-klopfte. In letzter Sekunde umkurvte ich einen FedEx-Boten, wich um Haaresbreite einem Rollenkoffer aus. Der Geruch, der mir aus der Belüftung der Heartland-Brauerei entgegenschlug, hätte mich fast aus den Steppschuhen gehauen.

Vielleicht sagen ja manche Frauen, wenn sie *Schlaflos in Seattle* sehen: »Meg! Verstehe ich dich richtig? Du willst Bill Pullman abservieren, obwohl er eine viel bessere Frisur hat als Tom Hanks und bestimmt einen ebenso guten Job« – auch wenn ich mich jetzt, egal, wie oft ich mir den Film schon angesehen habe, auf Teufel komm raus nicht dran erinnern konnte, was er eigentlich beruflich macht –, »und *auf gut Glück* deine ganze Zukunft aus dem Panoramafenster dieses schicken Restaurants schmeißen, weil du die vage Hoffnung hast, dass Tom Hanks – mit dem du bisher kein einziges Wort gewechselt hast – *zufälligerweise* am Valentinstag aus Seattle nach New York geflogen kommt? *Du bist wohl nicht ganz dicht!*« Aber Meg setzt alles auf eine Karte. Und warum? Wegen Nora. Weil Nora sagt, dass man sich nicht für den falschen Mann entscheiden darf. Wie kann man da der Liebe *nicht* entgegenlaufen, auch wenn es noch so sehr nach einem verrückten romantischen Märchen klingt?

Die langen Schlangen vor den Kassen im Empire State Building hat Nora nicht erwähnt. Wie um alles in der Welt schafft Meg es so schnell nach oben auf die Aussichtsplattform? Es war zehn nach drei. Die überfüllte Eingangshalle bot einen festlich edlen Anblick: der grauviolette Marmorfußboden, die in Blattgold und Blattaluminium schimmernden Einlegearbeiten an den Wänden, die Sonnen und Sterne darstellten, das Deckengemälde mit den Rädern und Zahnkränzen. Einfach atemberaubend – und was mich anbelangte, sogar im wahrsten Sinne des Wortes. Abgekämpft und nassgeschwitzt steckte ich in meinem Katzenkostüm, die Frisur als solche nicht mehr zu erkennen, das Make-up verlaufen. Aber ich schaffte

es trotzdem durch die Sicherheitskontrolle. Eine Frau im Gymnastikanzug hat nicht viele Geheimnisse. Meine Handtasche gelangte unbeanstandet durch das Röntgengerät. Rock und Schuhe hatte ich im Studio vergessen; vielleicht würden sie
mit den Rockettes auf Tour gehen. Hatte ich Cameron etwa verpasst? Oder hatte er sich tatsächlich getraut, mit dem Aufzug bis ganz nach oben zu fahren? Er schien zu allem entschlossen zu sein. Und Entschlossenheit darf man nicht unterschätzen. Während ich in der Kartenschlange wartete, klammerte ich mich an die Hoffnung, ihn vielleicht doch noch zu erwischen. Ich rief Zeus, Buddha, Jesus, Moses um Hilfe an, und es war mir ganz egal, wer mein Stoßgebet erhören würde. Während ich mir für mich wünschte, dass Cameron im nächsten Augenblick hinter mir auftauchen würde, wünschte ich mir für ihn, dass er seine Angst überwunden hatte. Cameron. Der Mann, der auch meine Angst überwunden hatte. Die Schlange bewegte sich zentimeter-, ach was, millimeterweise vorwärts. Der Mann vor mir sagte zu seiner Begleiterin: »Ich hab' dir ja gesagt, du sollst die Tickets online kaufen!« Darauf sie: »Ich bin doch nicht deine Sekretärin.« Während sie sich kabbelten, stritt sich die Familie hinter mir in einer mir unbekannten Sprache, aber ich bin mir sicher, dass die Frau zu ihrem Mann sagte: »Ich hab' dir ja gesagt, du sollst die Tickets online kaufen!« Ein Junge mit einem kleinen Rucksack auf dem Rücken und einem Teddybären im Arm starrte zu mir hoch. Endlich war ich an der Reihe. Das Ticket kostete fünfundzwanzig Dollar – es sei denn, ich wollte mir den Expresseintritt für 47,50 Dollar leisten, mit sofortiger Fahrstuhlbenutzung. Ich zückte meine Kreditkarte. »Express.« Die Frau hinter der Kasse musterte mich, musterte meinen Gymnastikanzug, gab mir das Ticket und sagte: »Viel Spaß brauche ich *Ihnen* wahrscheinlich gar nicht erst zu wünschen.«

Ich rannte zum Aufzug, stolz wie Oskar, dass ich die zweiundzwanzig Dollar extra hingeblättert hatte und deshalb nicht zu warten brauchte. Die Kabine war voll, die Tür ging zu. In letzter Sekunde quetschte ich mich hinein. Ich war spät dran, viel zu spät, aber ich musste einfach nach oben. Die Tür schloss sich. Sie ging wieder auf. Der Fahrstuhlführer sagte: »Tut mir leid, Leute. Kleine Verzögerung.« Die Tür ging wieder zu und wieder auf. Und da sah ich ihn. Ganz einsam und allein und verschüchtert und nervös stand er da, mit einer nagelneuen Cincinnati-Reds-Kappe auf dem Kopf. Cameron Duncan. Ich lächelte ihm zu. Er lächelte mir zu. Ich trat aus dem Aufzug, hinter mir schloss sich die Tür. Vorher hatte ich gar nicht bemerkt, dass in der Lobby Musik aus dem Lautsprecher kam. Jimmy Durante.

Ich ging zu Cameron. Meinem Cameron. »Schicke Mütze«, sagte ich.

»Schicker Gymnastikanzug«, sagte er. Er sah zur Decke, zuckte mit den Schultern und lächelte sein süßes schiefes Lächeln. Verlegen sagte er: »Ich schaffe es nie bis nach oben.«

»Na und? Hier unten ist es auch schön.«

Er nahm meine Hand. »Sogar wunderschön.«

»Dann bleiben wir doch einfach hier.«

Und bevor er mich küsste, sagte er: »Dann lass uns hier und jetzt von vorn anfangen.«

DANKSAGUNG

Allerliebsten Dank an Joyce Hunt, Debi Feinman, Dolores Barnett, Joan Black, Sybil Sage, Chrissy Cross und Gina Bogin, weil sie nie aufgehört haben, mich anzufeuern. Und an die wunderbare Charlotte Arthur, die mich vor Anachronismen bewahrt. Ich danke meiner Lektorin Kathy Sagan für den Anstoß, meiner Agentin Gail Hochman für das grüne Licht und meiner Mutter Vivien Yellin fürs Dampfmachen. Nicht zu vergessen meine imaginären Freunde, die Herren Simon und Schuster. Auch ihnen gebührt ein Dankeschön.

NF 185/1/9.13

NF 137/1/3.14